KORRUPT auf Gedeih und Verderb

Das Buch

Der Elektro-Ingenieur Richard Gotha wechselt nach mehrjährigem Aufenthalt auf einer Kraftwerksbaustelle im Iran in das Vertriebsbüro seines Arbeitgebers in Hamburg. Dort kann er mit Hilfe von Christoph Raff, einem Mitarbeiter eines Consultingbüros, einen ersten lukrativen Auftrag für die Elektrobaufirma EMU International GmbH hereinholen. Christoph Raff erhält dafür eine Gratifikation aus einer schwarzen Kasse von EMU. Als weitere Aufträge trotz intensiver Bemühungen von Richard Gotha nicht eingeworben werden können, läuft er Gefahr, seinen Arbeitsplatz zu verlieren. In dieser Situation versucht er, seine Jugendliebe und erste Frau Nora, die in der Submissionsstelle der Baubehörde in verantwortlicher Position arbeitet, für raffinierte Manipulationen an Angebotsunterlagen zu gewinnen, um in einem Bieterwettbewerb erfolgreich zu sein. Immer tiefer gerät Richard Gotha in ein Netz aus Bestechung und Intrigen, aus dem er sich erst befreien kann, nachdem es Tote gegeben hat.

Der Autor

Reinhard Jalowczarz, geboren am 09. März 1947, lebt mit seiner Frau in Hamburg. Stationen: Ausbildung zum Starkstromelektriker, Ingenieurstudium der Elektrotechnik. Längere berufsbedingte Auslandsaufenthalte – u.a. mehrere Jahre im Iran – und 20 Jahre Berufstätigkeit in der Industrie schlossen sich an.

Reinhard Jalowczarz

KORRUPT auf Gedeih und Verderb

Roman

Korruption spielt nicht nur in Konzernspitzen eine Rolle. Sie ist durchgängig auf allen Ebenen eines Unternehmens zu finden. Beleuchtet wird in diesem weitgehend fiktiven Roman die Ebene der Vertriebsmitarbeiter eines mittelständischen Elektrobetriebs. Handlungen und Personen sind frei erfunden, Ähnlichkeiten mit lebenden oder toten Personen sind rein zufällig.

Bibliografische Information der Deutschen Nationalbibliothek
Die Deutsche Nationalbibliothek verzeichnet diese Publikation in der Deutschen Nationalbibliografie; detaillierte bibliografische Daten sind im Internet über http://dnb.d-nb.de abrufbar.

© 2011 Reinhard Jalowczarz
Satz, Herstellung und Verlag: Books on Demand GmbH, Norderstedt
Umschlaggestaltung: Michael Jalowczarz
ISBN 978-3-8448-7172-2

Für meine Frau

Hamburg

Juli 1986

Vertriebsbüro

»Zwei Millionen?«
Felix Ritter saugt den Rest Teer aus der Marlboro und drückt den abgelutschten Filter zwischen die anderen Kippen in den Aschenbecher.
»Zwei Millionen! Nicht schlecht! Und, kriegen wir den Auftrag?«
»Keine Ahnung!«, antwortet Richard. »Ehrlich! Darüber grüble ich schon das ganze Wochenende nach. Wenn du keine Idee hast, wie ich da rankommen könnte, dann... – und außerdem, ich kenn den doch gar nicht.«
Ritter zündet sich die nächste Zigarette an. Der alte Fuchs hat die Fährte bereits aufgenommen. Er bleckt die nikotingelben Zähne, stemmt sich aus dem Drehstuhl und schiebt seinen Bauch Richtung Bürotür. Behutsam zieht er den Riegel ins Schloss.
»Pass mal auf: Wir sind doch Freunde…!«
– Manchmal hat Ritter was Unangenehmes, was Vermessenes, irgendwie Anzügliches. –
Richard löst den Blickkontakt und sucht zwischen Tagespost und Submissionsanzeigern nach seinen Stuyvesants, zieht einen Stängel aus der Schachtel und bringt ihn zum Glimmen.
»Ja?«
»Was ich jetzt sage, muss 100 Prozent unter uns bleiben!«
Richard zögert, bevor er antwortet:
»OK, versprochen!«
»Ehrenwort?«
»Kannst dich auf mich verlassen!«
In epischer Breite schwört der eloquente Vertriebsleiter Richard ein. Er überschüttet ihn mit Ratschlägen, weiß jeden Trick, um einen fetten Fisch an Land zu ziehen.
»Treff dich mit ihm zu einem Vieraugengespräch! Lade ihn zum Bier ein! Alkohol lockert die Zunge. Geh mit ihm zum Essen! Zu

einem Boxkampf! Kauf die teuersten Plätze am Ring! – Spielt er Tennis? Ja? Geh mit ihm zum Rothenbaum auf ein Turnier! Manchmal hilft auch eine Waschmaschine oder ein Fernseher. Vielleicht muss ein Auto her! Steht er auf Weiber? Geh mit ihm ins Hotel »Village«! Finde seine schwachen Punkte heraus! Gewinn sein Vertrauen! Mach ihn zu deinem Freund! Sag ihm klar und deutlich, dass eine Hand die andere wäscht! Es reicht nicht, wenn du von dem Auftrag träumst! Du musst ihn haben wollen! Mit jeder Faser deines Körpers. Du musst alles tun, damit du ans Ziel kommst! Alles! Und merk dir eins: Der Auftrag ist erst da, wenn er, unterschrieben vom Auftraggeber, vor dir auf deinem Schreibtisch liegt. Bis dahin kann dir noch immer ein Mitbewerber die Suppe versalzen!«

Die Luft im Raum knistert. Elektrische Teilchen entladen sich. Ozon überlagert Cognac- und Zigarettenduft.

»Traust du Christoph Raff zu, dass er den Mund halten kann?«

Felix Ritter wartet Richards Antwort nicht ab. Er wittert ein Objekt, aus dem er einen persönlichen Nutzen ziehen kann.

»Zwei Millionen Mäuse! Wir könnten uns ebenfalls ein Stück von der Torte abschneiden!«

»Abschneiden, wie meinst du…?«

Ritter reibt die Hände ineinander.

»Ich hab dein Ehrenwort?«

»Ja doch!«

Gespannt wie ein Flitzebogen sieht Richard auf seinen Tutor.

»Ganz einfach! Ohne Risiko! Wir sagen unserem Kaufmann, dass dein »Freund« 50.000 für seine Hilfe haben will. Aber du bist ja clever und vereinbarst mit ihm nur zwanzig Riesen! In bar, gebrauchte Scheine, versteht sich! Sobald die Bestellung unterschrieben auf deinem Tisch liegt, wachsen die Kirschen zu Raff rüber. Das Geld erhält er von dir. Unter vier Augen. In einem unauffälligen Umschlag. Keine Quittung! Nichts! Nur er und du. Den Rest teilen wir.«

Grabesstille, bis auf das Ticken der Wanduhr. Felix Ritter fasst sich selbstgefällig in den Schritt und ordnet sein Gemächt.

»Dafür muss eine alte Frau lange stricken!«, fährt er fort und bringt mit einem verbogenen Zehnpfennigkamm und theatralischer Gestik seine ergrauten Schläfenhaare in Form. Richards Halsschlagader pocht gegen den Hemdkragen. Die Harpune sitzt im Speck. Er wehrt sich nicht, spürt, wie sich die Fangleine strafft. Tief in seinem Inneren wird eine dunkle Tür aufgestoßen.

Im »Fischerhaus«

Das Gemäuer des gelben Hauses am Altonaer Fischmarkt riecht in der Mittagshitze nach Schimmel und Brackwasser. Am Eingang des um die Jahrhundertwende errichteten Gebäudes fällt eine Säule ins Auge, die einen Erker stützt. Im Schatten dieses Eckzimmers befindet sich die Tür, die in das beliebte Volkslokal führt. Die Säule ziert ein Messingschild. Es erinnert an die Flutkatastrophen der Jahre 1962 und 1976, in denen das Elbwasser über die Kaimauern stieg und das »Fischerhaus« flutete.

Unmittelbar neben dem Eingang des Restaurants tritt der Fahrer eines HVV-Busses in die Bremsen. Mit pfeifenden Schläuchen bringt er den Großraumwagen der Linie 112 an der Haltestelle Hafentreppe zum Stehen. Die Türen schwingen auf. Zeitungsschnitzel, vertrocknete Halme und Straßendreck wirbeln hoch. Niemand steigt ein oder aus. Erschrocken lässt ein Köter von der Hauswand ab und kläfft sich die Seele aus dem Leib.

Sonnenstrahlen überziehen die Elbe mit einem Spiegel aus Gold. Am Südufer des Flusses dümpeln rostrot die Docks von Blohm und Voss im ablaufenden Wasser. Dumpf hallt der Arbeitslärm herüber.

Die Decke des Speisesaals hat seit Jahrzehnten keinen Pinsel mehr gesehen. Sie wird von zwei hohen Säulen getragen, deren gusseiserne Sockel braun angestrichen und nach Zuckerbäckerart gestaltet sind. Schwarzweißfotografien in schmalen Holzrahmen zeigen den Gästen, wie hoch der Wasserspiegel während der zwei Sturmfluten in dem Lokal angestiegen war. Viele Holzstühle und einige Sitzbänke, von unzähligen Hosenböden und Röcken abgewetzt, drängen sich um runde und eckige Tische, die mit kariertem Papiertuch gedeckt sind. Es riecht nach gebratener Butter und Fisch und im hinteren Teil des Saales, wo der Weg am Tresen vorbei zu den Pissoirs führt, nach grünen Hygienewürfeln, die den Kampf gegen den Urinstein längst verloren haben.

Richard winkt dem Kellner, der, seine Hüfte gegen den Tresen gelehnt, an einer Selbstgedrehten zieht. Der Ober trennt sich von seiner Zigarette und kommt zu ihm an den Tisch:

»Sie haben gewählt?«

»Erst mal ein kleines Bier! Ich warte noch auf jemanden!«

Richard fährt mit beiden Händen durchs Haar und massiert sich die Kopfhaut. Er reckt den Hals über die wenigen Gäste an den anderen Tischen hinweg und hält nach Christoph Raff Ausschau. Doch auf dem Parkplatz neben dem Restaurant tut sich nichts. Sein Blick streift die Wanduhr, die über der Tür zur Damentoilette hängt. 12 Uhr 30. Zum x-ten Male zupft er am Knoten der in verschiedenen Rot- und Beigetönen gestreiften Seidenkrawatte. Die Warterei nagt an seinen Nerven. –

Zwanzig Minuten später rumpelt Raffs 75er Ford Taunus über die Gehwegüberfahrt. Die Reifen knirschen durch den Kies. Raff lenkt den Wagen in die Lücke zwischen Richards 190er und einem silbergrauen BMW.

Einen Augenblick später stößt er die Tür zum Speisesaal auf. Sein gehetzter Gesichtsausdruck weicht einem Lächeln, als er Richard entdeckt, der sich vom Stuhl erhebt und ihm ein paar Schritte entgegengeht. Sie reichen sich die Hand.

»Hallo!«

»Schön, dass Sie kommen konnten, Herr Raff!«

Christoph Raff entledigt sich seines Cord-Jacketts, das am

Rücken geknautschter Wellpappe ähnelt, und hängt es über die Stuhllehne.

»Warm heute!«

Zur knapp sitzenden Bluejeans trägt er ein cremefarbenes Hemd mit hellblauem Karomuster. Er musste sich im Büro losreißen.

»An manchen Tagen kommt alles auf einmal! Aber unser Büroleiter...!«

Raff spricht den Satz nicht zu Ende. Richard glaubt auch so zu verstehen. Die Männer mustern einander. Dann fangen beide gleichzeitig zu reden an.

»Ich...«

»Kein...«

Sie lächeln.

»Sie zuerst!«, sagt Richard und schiebt schnell noch hinterher: »Waren Sie schon mal hier?«

»Doch, doch. Wer kennt das »Fischerhaus« nicht!?«, antwortet Christoph Raff.

»Ich war schon als Kind hier«, sprudelt die Geschichte aus Richard heraus.

»Sonntagsmorgens ging ich des Öfteren mit meinem Vater auf den Fischmarkt. Wir mussten recht früh aus den Federn, denn bereits um 10 Uhr wurden die Marktstände geschlossen. Und von uns zu Haus brauchten wir zu Fuß fast eine Stunde. Mein Vater kaufte damals an den Fischkuttern, die an den Altonaer Landungsbrücken festgemacht hatten, Schollen. Das war unser Sonntagsbraten! Hier, im »Fischerhaus«, spendierte er mir eine Cola. Er selbst trank ein oder zwei, manchmal zu viel Bier, so dass meine Mutter stinksauer auf ihn war. Dort, in der Ecke, saßen zwei Musiker. Einer von ihnen spielte auf dem Schifferklavier, der andere schlug die Trommel. Sie sangen Seemannslieder und rissen schlüpfrige Witze. Punkt 12 Uhr kehrten die Kellner mit eisernem Besen die Nachteulen aus dem Lokal, legten Leinen auf die Tische und deckten Bestecke ein. Nun konnte der normale Restaurantbetrieb wieder beginnen.«

»Die Herren haben was gefunden?«, mischt sich der Ober ein.
Richard deutet auf Christoph Raff.
»Bitte!«
»Ich nehm die Büsumer Scholle! Und ein Pils!«
»Für mich auch! Und noch ein kleines Ratsherrn!«

Zu Beginn ihrer Unterhaltung reden sie um den Busch herum. Doch allmählich stellen sie gegenseitige Sympathie fest. Richard entpuppt sich als geduldiger Zuhörer. Christoph Raff öffnet sein Herz und erzählt von seinem Sohn, der vorzeitig vom Gymnasium abgegangen ist und eine Ausbildung als Kraftfahrzeugmechaniker begonnen hat. Dass er Marihuana bei ihm gefunden hat und hofft, dass sein Spross nicht mit dem Zeug dealt. Erzählt von seiner Ehefrau Rita, die häufig unter Migräne leidet. Raff lässt durchblicken, dass ihm der häusliche Sex nur wenig Freude bereitet. Erzählt weiter, dass er vor zwei Monaten geschäftlich für RAT Consulting, dem Ingenieurbüro, für das er arbeitet, nach Havanna musste und dort eine Frau kennengelernt hat, die es im Handumdrehen fertig gebracht hat, ihm den Kopf zu verdrehen. Dass er sie unheimlich gern einladen würde. Ihr Hamburg zeigen möchte. Richard spitzt die Ohren: Das könnte die schwache Stelle sein, die Ritter gemeint hat!

Aus der Küche, die vom Lokal durch eine Glasschiebetür getrennt ist, ist Geklapper zu hören. Erwartungsvoll blicken Richard und Christoph Raff zum Tresen, an dem der Ober von dem Geräusch der sich öffnenden Tür zu neuem Leben erwacht. Ein Schwarzafrikaner stellt Glasteller in Form einer Scholle auf den Ausgabetresen. Der Kellner erhebt sich von seinem Stuhl, klemmt die obligatorische Zigarette in die Kerbe am Rand des Aschenbechers, strafft seinen Rücken, zieht die mit Ornamenten bestickte Weste über dem Bauchansatz glatt und bringt zwei Schollen Büsumer Art – mit Nordseekrabben – zu ihnen an den Tisch.

Richard hebt sein Bierglas:
»Gönnen wir uns noch eins?«

Raff nickt ein »Ja!«

Ohne ein weiteres Wort machen sie sich über den Plattfisch her. In Richards Brustkorb rumort es. Die Katze muss endlich aus dem Sack!

»So lang akquiriere ich noch nicht. Ich arbeite erst seit Anfang Juli in der Zentrale. Davor war ich als Elektrobauleiter im Iran tätig. Habe drei Jahre für EMU auf einer Kraftwerksbaustelle in Tus, in der Nähe von Mashhad, gearbeitet.«

»Interessant!«

Christoph Raff piekt Nordseekrabben auf die Gabel und führt sie zum Mund.

»Ja, das war es! Doch nun ist das Schnee von gestern! Jetzt bin ich bei EMU International im Vertrieb!«

»Hm...«

Richard dreht seine Scholle mit Bedacht auf die andere Seite. Die Schwanzflosse bricht ab und pascht in die Buttersauce. Fetttropfen schlagen in seine Krawatte ein.

Vorsichtig, aber entschlossen kommt er zur Sache:

»Ein großer Brocken, das Logistik-Center in Henstedt-Ulzburg! Wir haben uns um die Elektroarbeiten beworben und sind fest entschlossen, ein marktgerechtes Angebot auszuarbeiten.«

Richard trinkt einen Schluck Bier, bevor er fortfährt:

»Die Frage ist nur, wie treffe ich genau ins Schwarze? Wie stelle ich es an, als günstigster Anbieter im Ziel zu landen, ohne Geld zu verschenken? Wie komme ich an den Auftrag ran?«

»Ja ja, ich verstehe. An dem Leistungsverzeichnis basteln wir schon seit über zwei Jahren«, antwortet Christoph Raff. »RAT Consulting hat sämtliche Leistungsstufen im Auftrag. Von der Kostenschätzung über den Entwurf bis hin zur Ausschreibung und Bauüberwachung. Der Vergabevorschlag für die gesamte Elektrotechnik geht über meinen Tisch.«

Richards Puls pumpt. Er fummelt an seiner Krawatte, beugt sich vor und zurück. Herzstiche hindern ihn am Reden.

»Wenn Sie mir behilflich sind, an den Auftrag zu kommen«,

flüstert er, »helfe ich Ihnen, Ihre Freundin nach Hamburg zu holen!«

Christoph Raff zieht die rechte Augenbraue hoch, atmet hörbar ein, lehnt sich zurück und lässt Richard kommen.

»OK, die Bäume wachsen nicht in den Himmel! Aber 1 Prozent der Auftragssumme ist immer drin!«

Schweigen! Endlich ist der Druck aus Richards Brustkorb raus!

Raffs Blick bohrt sich in Richards blaue Augen.

»20.000 Mark in bar!«, stößt Richard hervor. »Keine Quittung oder so! In gebrauchten Scheinen. In einem unauffälligen Briefumschlag! Nur du und ich!«

Raff hält die Faust vor den Mund und räuspert sich.

»Was muss ich dafür tun?«

Richard sieht sich im Speisesaal um. Keiner der Gäste ist an dem Gespräch der beiden interessiert. Die Kellner sitzen entfernt an einem Sechsertisch neben dem Eingang zur Damentoilette, ziehen an ihren Zigaretten und starren Löcher in die Luft.

»Lass uns erst einmal kalkulieren«, sagt Richard. »Dann sehen wir weiter! Im Grunde läuft es darauf hinaus, dass wir die Möglichkeit erhalten, Seiten der Offerte oder eventuell sogar das Anschreiben zu unserem Angebot auszutauschen, nachdem wir wissen, wie der Wettbewerb angeboten hat!«

»Das muss aber verdammt schnell über die Bühne gehen! Quasi über Nacht, bevor die Damen in der Kalkulation die Angebote zum Nachrechnen in die Hände bekommen!«, wirft Raff, der plötzlich besorgt scheint, ein.

Richard nickt.

»Das kriegen wir schon hin! Übrigens, das Du ist mir im Eifer des Gefechts so rausgerutscht!«

»Bleiben wir einfach dabei«, antwortet Raff, »aber kann ich dir vertrauen?«

»Hundertprozentig! In jedem Fall!«

Erster Teil

Dezember 1985 – April 1986

Asia Highway

Ein halbes Jahr zuvor, am Freitag, den 13. Dezember 1985, oder nach dem iranischen Kalender am *dschom'bä*, den 22. *Azar* 1364:

Der geistliche Würdenträger der Schiiten, Ajatollah Khomeini, hält die Geschicke des Iran fest in der Hand. Von dem Krieg, den seine Soldaten am Persischen Golf gegen die Iraker führen, ist im Nordosten des Landes, das die Größe von ganz Mitteleuropa hat, nur wenig zu spüren. Hier im Dreiländereck nahe der sowjetischen und afghanischen Grenze liegt Mashhad. Die Stadt hat über 1 Million Einwohner iranischer, arabischer und afghanischer Herkunft sowie eine beachtliche kurdische Minderheit. Mashhad liegt in einer fruchtbaren Oase zwischen zwei Gebirgszügen in Khorassan, etwa 1000 Meter über dem Meeresspiegel. Bekannt ist der heilige Ort vor allem durch das Mausoleum des Imam Reza.

Von der Grabmoschee des Imam, die mit ihren Minaretten und goldenen Kuppeln im Stadtkern steht, führt eine Straße in Richtung Nordwest bis an die Peripherie des Pilgerortes. Dort, am Stadtrand von Mashhad, mündet die vom Überlandverkehr stark frequentierte Ausfallstraße in eine Landstraße, die umgangssprachlich Asia Highway genannt wird. Nach zwanzig Fahrminuten Richtung Kaspisches Meer zweigt von dem Highway eine Straße nach Norden ab, die nach Tus führt. Der kleine Ort, dessen alter Stadtwall links neben der Straße noch recht gut erhalten ist, erlangte Berühmtheit, weil hier in einem gepflegtem Garten das aus weißem Sandstein errichtete Mausoleum des Dichters Ferdowsi steht. Der Poet aus dem 10. Jahrhundert wird als bedeutender Epiker im Iran verehrt.

An diesem kalten Winternachmittag spazieren nur wenige in graue Baumwollmäntel und schwarze Schadors gekleidete Männer, Frauen und Kinder durch den Park. Mit offenen Mündern blicken sie nach oben. Ein Hubschrauber des Typs Hughes 500 nähert sich im Tiefflug. Die Besucher des Parks ziehen die Hände aus den Manteltaschen, um sie gegen den Lärm vor die Ohren zu halten.

Der Pilot des Helikopters sieht unter sich den Highway, auf dem der Abendverkehr bereits eingesetzt hat. Hochbeladen mit Baumwollbündeln aus den Anbaugebieten am Kaspischen Meer quält sich ein betagter 7,5-Tonner, der eine stinkende Wolke verbrannten Dieselöls hinter sich her zieht, Richtung Osten, um seine Ladung in einer der neuen Spinnereien Mashhads abzuliefern.

Ein Daimler-Benz-Überlandbus, der bis auf den letzten Platz mit Pilgern belegt ist und dessen Fahrer vielleicht gegen die aufkommende Müdigkeit ankämpft, setzt zum Überholen des vor ihm dahinschleichenden, mit einer sechsköpfigen Familie überladenen Pekans an. Zwei Taxen, die sich ihnen auf der Gegenfahrbahn nähern und auf deren Dachgepäckträgern Koffer, Körbe mit Federvieh und Säcke festgezurrt sind, liefern sich ebenfalls ein waghalsiges Überholduell.

Der Dauerhupton des Busses, der wie die Pfeife eines Hamburger Hafenschleppers tönt, kombiniert mit dem professionellen Ausweichmanövern zweier Pistazien kauender Taxifahrer, verhindert im letzten Augenblick die Kollision.

Der Hughes 500 steigt weiter in die Höhe. Gut 1000 Meter sind erreicht. Mit 240 Sachen schwebt er den Highway entlang. Voraus fallen wegen ihrer breiten weißen und roten Ringe an der Spitze zwei 100 Meter hohe Schlote auf. Der Helikopter fliegt näher heran. Baukräne sind zu erkennen, deren Ausleger die 45 Meter hohen Stahlskelette der Kesselhäuser des Kraftwerkes um einiges überragen. Drei weiße, jeweils 24.000 Kubikmeter Schweröl fassende Tankbehälter strahlen mit dem hellblauen Winterhimmel um die Wette.

Im Zentrum des etwa 20 Hektar großen Kraftwerk-Areals, das Tus Power Station Mashhad heißt, liegt wie in Silberpapier eingewickelte Pralinen in einer geöffneten Schachtel das Camp der deutschen Gastarbeiter. Hier lebt und wohnt seit drei Jahren Richard Gotha mit Frau Helen und Tochter Katrin. Außer ihnen residieren in dieser Abgeschiedenheit siebzig Monteure und vierzehn Familien, von denen acht mit ihren Kindern angereist sind. Die Männer und zwei der Ehefrauen arbeiten wie auch Richard Gotha für die Elektrobau- und Montagefirma EMU International GmbH aus Hamburg, die innerhalb eines internationalen Konsortiums mit der Lieferung und Installation von Schalt- und Elektroanlagen beauftragt ist. Hinter dem Eingangstor zum Camp, das wie der 2 Meter hohe Zaun aus Rohrstahl mit Maschendraht gefertigt ist, stehen auf einem freien Platz neben der Kantine fünf Sahara-gelbe Mazda-Kombis. Der mit dem roten Hamburg-Aufkleber an der Heckklappe gehört zu Richard Gotha. Mit ihm fährt er jede Woche von Samstag bis Donnerstag – der Freitag ist im Iran der Sonntag und somit arbeitsfrei – rüber zur Baustelle, wo er sich in einer Baubaracke unmittelbar hinter dem Puffertank der Öltank-Farm ein 30 Quadratmeter großes Büro mit den iranischen Ingenieuren Mehrdad Razipour und Karim Arasteh teilt.

Mittlerweile hat die Sonne an Kraft verloren. Fahlgelb schickt sie sich an, hinterm Horizont zu verschwinden.
Der Pilot kippt den Steuerknüppel nach Backbord, gleichzeitig drückt er mit der Linken einen Hebel nach unten, während er mit den Füßen die Stabilität der Maschine mit dem Heckrotor durch Pedaldruck regelt. Der Hughes 500 sinkt auf 400 Meter, fliegt eine Linkskurve und gleitet am Asia Highway entlang zurück nach Mashhad.
Mashhad ist nur 30 Kilometer von der Großbaustelle entfernt. Einmal in der Woche, meist an den Donnerstagnachmittagen, fahren die Gothas mit dem Kombi in die nahe gelegene Stadt,

um an den Marktständen und in den vielen Krämerläden Obst und Gemüse, Joghurt und Fladenbrot, Konserven und Salzgurken sowie tiefgefrorene Golf-Shrimps einzukaufen.

Schwarzbrand

»Heiraten?«, fragt Richard und streicht eine Strähne seiner blonden, glatten Haare aus dem Gesicht. »Golnas muss heiraten?«

Mit einer tiefen Verbeugung, die eilfertige Geschäftigkeit eines Basarhändlers nachahmend, bittet ihn Karim Arasteh, auf dem mit dicken Teppichen belegten Boden Platz zu nehmen. Arasteh ist unter Richards Leitung auf der Baustelle für die Abnahmen der leit-, mess- und regeltechnischen Anlagen verantwortlich. Richard schätzt sein Engagement. Dennoch bereitet ihm seine übertriebene Höflichkeit immer wieder Unbehagen.

Richard faltet 80 kg in den Schneidersitz und stöhnt auf. Der lederne Flechtgürtel schnürt ihm den Leib ein. In dieser Stellung wird er nicht lange sitzen können. Er lockert den Gürtel und öffnet den Messingknopf am Hosenbund seiner Jeans, verlagert die Position und lehnt sich mit dem Rücken an die Wand. Er war schon des Öfteren bei Arasteh zu Besuch, um schwarzgebrannten Kartoffelschnaps für sich und die Kollegen zu kaufen, und so niedergeschlagen wie heute hat er seinen iranischen Mitarbeiter bisher noch nie erlebt. Arastehs Tränensäcke sind noch schwärzer als sonst. Wie mit einem Teerquast sind sie ihm unter die tief in den Höhlen liegenden kastanienbraunen Augen gemalt.

Richard weiß, dass Golnas, die in einer Mashhader Klinik als Krankenschwester ihr Geld verdient, Arastehs Cousine und Geliebte zugleich ist. Was es jedoch mit ihrer Heirat auf sich hat, das hat er noch nicht ganz verstanden.

Er wendet den Blick von Arastehs Gesicht ab und mustert aus den Augenwinkeln die spartanische Einrichtung des Souterrains der in Mashhad gelegenen Familienvilla. Eine antike Kommode aus Nussbaumholz mit klemmenden Schubladen und ein Kiefernholzregal, aus dem sich die Äste aus den Löchern verabschiedet haben, sind außer einem überquellenden Aschenbecher das einzige Mobiliar in dem den nach Zigarettenrauch miefenden Raum. Im Regal stehen ein abgegriffener Koran und Fachbücher der Elektrotechnik in englischer Sprache. Am besten gefällt Richard der handgeknüpfte Wollteppich, auf dem sie sitzen. Er weiß, dass das schöne Stück alt ist und von den Nomaden aus Ferdows stammt.

Arasteh wiegt sich hin und her, unterbricht das Schweigen und flüstert hinter vorgehaltener Hand:

»Golnas wurde schon als Kind einem dreißig Jahre älteren Mann versprochen. Jetzt hat sie das Alter erreicht, in dem sie ihn heiraten soll. Und aus diesem Grund fliegt sie nächste Woche nach Teheran.«

Tränen kullern aus seinen Augen. Rollen übers Kinn und werden vom marineblauen Woll-Pullunder aufgesogen. Bei Richard fällt der Groschen: Der Traum der Liebenden ist von Golnas Eltern zerstört worden.

»Allerdings gibt es noch ein Problem!«, fährt Karim Arasteh fort.

Richard beugt sich ihm so weit entgegen, dass er dessen Atem riechen kann.

»Sie ist keine Jungfrau mehr. Ich helfe ihr, die Angelegenheit zu regeln. Morgen früh begleite ich sie. Wir gehen zu einem Arzt. Einem Spezialisten, der einen Eingriff vornimmt, bei dem sie ihre Unschuld zurückerhält.«

Richard ist nicht bekannt, ob Arasteh und Golnas, ohne dass ihre Familien davon wissen, eine Ehe auf Zeit geschlossen haben. Eine solche Beziehung ist den Schiiten zwar erlaubt, aber im Iran nicht gut angesehen. Besonders Frauen müssten um ihren guten Ruf fürchten. Aus Höflichkeit fragt Richard nicht weiter nach. Er fährt sich mit zwei Fingern in den Hemdkragen. Seine Hände kribbeln. Er atmet kurz ein und lang aus, um ein Hyperventilieren zu vermeiden. Langsam wird es ihm zu eng in dem überheizten Kellerraum. Und da er los möchte, bittet er Arasteh, Golnas seine besten Wünsche und alles Gute auszurichten. Dann dreht er sich zur Seite und zeigt auf die Plastikkaraffen, die in der Ecke neben der Kommode stehen.

»Sechs davon sind für Sie, Mister Gotha«, sagt Karim Arasteh, »sechs mal 5 Liter vortrefflich gebrannter Wodka.«

Der Deal ist perfekt. 600 Toman – rund zwanzig Mark – und sechs ordinäre Wasserflaschen gefüllt mit Kartoffelschnaps wechseln die Besitzer.

Richard sieht auf die Uhr. Die Zeit drängt! Er will zurück ins Camp, bevor es dunkel wird. Er steht auf, schließt Knopf und Ledergürtel, steckt das blaukarierte Baumwollhemd in den Hosenbund und greift vier der Plastik-Karaffen. Karim folgt ihm, nimmt den Hausschlüssel von der Kommode und packt die anderen zwei Behälter. Sie gehen durch den kleinen Flur und an der Küche vorbei. Richard wirft einen Blick hinein. Neben dem Gasherd, auf dem eine Flamme blau-gelb züngelt, sitzt eine für ihre Körpergröße zu schwere Frau. Der mit Sonnenblumen bedruckte Kittel umhüllt nur mit Mühe ihren Leib. Dem Baumwolltuch, das vom Kopf in den Nacken gerutscht ist, schenkt sie keine Beachtung. Andächtig saugt die Frau, deren dunkelblondes, glattes Haar straff nach hinten gebürstet ist, am Schlauch einer Wasserpfeife.

»Meine Tante!«, stellt Arasteh im Vorbeigehen die Raucherin vor. »Sie kocht für uns. Davon bekommt sie immer Kopfweh. Sagt sie jedenfalls. Ein wenig Opium in die Pfeife und ihre Kopfschmerzen sind wie weggeblasen!«

Arasteh reibt sich die Nase, die von der Seite her gesehen Ähnlichkeit mit dem Schnabel eines Falken hat.

»*Chodâ haféz!*«, grüßt die Frau Richard und schiebt das abgekaute Mundstück wieder zwischen die Lippen.

»*Chodâ haféz!* Auf Wiedersehen!«, ruft Richard zurück.

Am Ende des Flurs, an dessen Decke eine 25 Watt-Lampe ihr Bestes gibt, führen drei Stufen nach oben. Arasteh öffnet die schwere Holztür, die in den Innenhof führt, welcher als Stellplatz für den 280er Mercedes seines Vaters genutzt wird. Dann stemmt er sich gegen das mannshohe Eisentor, das den Hof zur Straße hin abgrenzt. Richard schlüpft als erster durch das Gatter und geht auf die VW-Pritsche zu, die er vor dem Haus am Straßenrand geparkt hat. Er stellt die Karaffen auf den Bürgersteig. Mit dem Autoschlüssel öffnet er die rostige Klappe, die sich unterhalb der Ladefläche zwischen Vorder- und Hinterrad befindet, und schiebt das Schmuggelgut in den Bauch der Pritsche, während Karim Arasteh Schmiere steht.

»*Take care!*«, ruft Arasteh in das Führerhaus. »*Chodâ haféz! See you tomorrow morning!*«

Richard nickt ihm zu, schließt die Wagentür und dreht den Zündschlüssel. Beim zweiten Versuch erwachen die 50 PS des 1600ers zum Leben. Der Keilriemen schrillt sein Lied dazu. Er löst die Handbremse, tritt die Kupplung, drückt den Gang rein und tippt vorsichtig mit der Fußspitze auf das Gaspedal, als gelte es, sechs mit Nitroglyzerin gefüllte Fässer zu transportieren.

Die Dämmerung bricht an. Richard zieht den Reißverschluss seiner Feldjacke bis zum Hals und schaltet die Scheinwerfer ein. Er dirigiert das Fahrzeug, das er sich für den Transport der Karaffen von der Elektro-Montagetruppe ausgeliehen hat, den Asia Highway entlang.

Richard kämpft gegen die aufkeimende Anspannung an. Er achtet noch aufmerksamer als an anderen Tagen auf den Verkehr. Sollten die Pasdaran, die Revolutionswächter des Landes, ihn mit dem Schnaps erwischen, gäbe es riesigen Ärger! Im schlimmsten Fall hagelte es zweiundsiebzig Stockschläge! Das ist Gesetz im Iran und so steht es zur Warnung aller am Schwarzen Brett im Baubüro geschrieben. Richard lässt den Abbieger nach Tus rechts liegen. Er schiebt die Fernbrille, die er beim Autofahren tragen muss, zurück auf die Nasenwurzel. In seinem Kopf surrt es. Heute ist er mitten drin! Mitten im Leben! Heute hat er viel über die Gebräuche im Land erfahren und dazugelernt!

Er lässt den Nachmittag Revue passieren:
Golnas muss einen dreißig Jahre älteren Mann heiraten, weil sie ihm versprochen war. Karim Arasteh erweist sich als »Gentleman« und übernimmt die für die Intim-Korrektur anfallenden Kosten. Seine unverheiratete Tante ist gewaltig aus dem Leim gegangen, kocht für die Familie und tröstet sich mit Opium. Arastehs Vater, ein angesehener Rechtsanwalt, sitzt am Wochenende mit hohen Militärs im Souterrain der Villa, um zu pokern und Whiskey zu trinken. Ballantine finest malt! Bottled Whiskey in Irak! Unglaublich! Und er schmuggelt schwarz gebrannten Wodka, nach Erbrochenem riechenden Fusel, für sich und seine Kollegen ins Camp! Als Bauleiter und Führungskraft sollte er hier eher Vorbild sein! Er fragt sich, warum er eigentlich den Schnaps schmuggelt. Unverdünnt lässt sich der Sprit gar nicht trinken. Auf Eis mit Cola geht es ja. Warum geht er das Risiko ein? Weil es die Regeln des Landes verletzt, bei Strafe verboten ist? Weil er den Kick braucht? Das könnte ein Grund sein. Außerdem hat Alkohol in dieser Abgeschiedenheit und weil er verboten ist einen hohen Stellenwert! Ihn zu beschaffen und herzustellen, ist zum Hobby aller im Camp geworden. Das meint Helen auch und es stört sie immer wieder. Sie hat keine Lust mehr darauf und kann überhaupt mit dem Leben hier nicht mehr viel anfangen! Mag es nicht mehr, dass sie ein Kopftuch tragen muss, wenn sie zum Einkaufen das Camp verlässt. Sie interessiert sich nicht für Dichter aus dem 10. Jahrhundert, während er die Schönheit der Landschaft, das Stahlblau des Himmels, die kraftstrotzende Technik, mit der er täglich arbeitet, liebt.

Richard lässt keine weiteren Gedanken an sich rankommen. Er nimmt den Fuß vom Gas und schaltet zurück in den zweiten Gang. Weit hinter ihm mahnt die Dreiklangfanfare eines zitronengelben Mack zur Eile. Der Schwertransporter, der zwei 1000 KVA-Transformatoren geladen hat, faucht heran wie ein stählernes Monster. Richard schaut in den vom Staub erblindeten Rückspiegel. Der gewaltige Kühlergrill, auf dem sich eine verchromte Bulldogge bissig in Fahrtrichtung streckt, kommt immer näher. Richard wartet noch den Pekan ab, der ihm entgegenkommt. Dann zieht er das Steuerrad rum, tritt aufs Gas und biegt über die Gegenfahrbahn hinweg in die Baustellenzufahrt ein.

Der 1600er rumpelt durch die Schlaglöcher, so dass Richards Schutzhelm vom Beifahrersitz herunterpoltert und im Fußraum der Pritsche hin und her schaukelt. Im Innern des Laderaums geht es ebenfalls munter zu. Die prall mit Schnaps gefüllten Plastikflaschen purzeln durcheinander, als wären sie von einer Bowlingkugel getroffen worden.

Richard bringt die VW-Pritsche vor dem Tor zur Baustelle zum Stehen. Er holt tief Luft, legt die Hände auf die Oberschenkel und reibt sie an den Bluejeans trocken.

»Bleib ruhig, Junge! Gleich hast du es geschafft!«, sagt er zu sich selbst.

Das Scheinwerferlicht fällt durch die engen Maschen des Drahtgitters. Es reflektiert an der rauen Oberfläche der windschiefen Holzbaracke, die hinter dem Bauzaun am Straßenrand aufgestellt worden ist. Dicker Qualm steigt aus einem rußschwarzen Ofenrohr in den Abendhimmel, Funken sprühen. Das kleine Quecksilberthermometer neben der Eingangstür ist auf minus 14 Grad gefallen. Die Luft über dem Areal riecht nach verbranntem Holz und verkohlten Abfällen. Im Winter ist die Baustelle am saubersten, denn an besonders kalten Tagen tragen die Männer vom Bau herumliegende Seeverpackungen aus Sperrholz, nicht mehr verwendbares Schalholz, Pappe und Papier zusammen, stopfen den Abfall in ausgediente Öl-Fässer und verbrennen das Zeug. Von Zeit zu Zeit legen sie dann ihre Maurerkellen oder Schweißzangen zur Seite, steigen durchgefroren vom Baugerüst und wärmen sich an den Feuertöpfen Rücken und Hände auf. Die Männer vom Tor haben es da schon behaglicher. Stiefeln, wenn es ihnen zu frostig geworden ist, einfach in ihre Hütte, rücken dicht an den verrosteten Kanonenofen ran, stellen den verbeulten

Kessel auf die glühende Ofenplatte und kochen sich einen starken, schwarzen Tee.

Richard macht auf sich aufmerksam, indem er die Lichthupe betätigt. Wie auf Kommando wird in diesem Augenblick die Tür der Hütte aufgestoßen. Ein untersetzter Mann mit verfilztem Vollbart tritt heraus, reibt sich die Augen und blinzelt in das Abblendlicht des Transporters. Seine Armeemütze hat er sich gegen die Kälte tief ins Gesicht gezogen. Plötzlich dreht er sich um 180 Grad, geht noch mal zurück in die Hütte und kommt nur Sekunden später, einen Karabiner an einem speckigen Lederriemen über die Schulter gehängt, wieder aus der Baracke.

Richard kurbelt das Fenster herunter und winkt dem Wachmann zu. Der Perser trägt Springerstiefel, die er in Ermangelung von Schnürsenkeln mit isoliertem Kupferdraht zugebunden hat. Auf schiefen Absätzen geht er auf das Tor zu, zieht einen Schlüssel aus der Gesäßtasche seiner ausgebeulten Cordhose und entriegelt das imposante Vorhängeschloss. Er entfernt die schwere Eisenkette aus dem Gatter, greift mit bloßen Händen in die Maschen des Zauns, hebt das Tor leicht an und zieht es, in gebückter Haltung rückwärtsgehend, zur Seite.

Nachdem er den Torflügel vollständig geöffnet hat, schlägt er mehrmals die Arme um seine Brust, um sich Wärme zu verschaffen. Mit kleinen Schritten, als wenn ihn die Stiefel drückten, bewegt er sich auf den Transporter zu.

»*Ssálam!*«, grüßt Richard.

Der Wachmann nimmt ihm den Baustellenausweis aus der Hand und hält ihn sich dicht unter die Nase.

»*Ssálam, Aga mohandés!*«

‚Guten Abend, Herr Ingenieur!', weiß Richard zu übersetzen.

Der Wächter zieht am Griff der Fahrertür und deutet an, dass er die Kabine der Pritsche inspizieren will. Richard steigt aus. Doch außer den zerschlissenen Polstern, aus denen die Schaumstofffüllung hervorquillt, dem Schutzhelm mit dem blankgeschwitzten Stirnleder und einer leeren Plastiktüte mit roten Griffen kann der Perser nichts in der nach kalter Zigarettenasche stinkenden Kabine entdecken. Sie gehen um das Fahrzeug herum. Der Wachmann wirft einen Blick auf die leere Ladefläche. Am Heck der Pritsche bleibt er stehen und zeigt mit der Hand, die immer noch Richards Ausweis hält, auf die Klappe des Motorraums.

»*Please open!*«

‚Oh Scheiße!', denkt Richard. ‚Jetzt aber cool bleiben, Alter!'

Er hält die Luft an. Sein Herz pumpt, als wenn er die oberste Arbeitsbühne des Kesselhauses im Laufschritt erklommen hätte.

Die Scharniere wimmern nach Fett, während er den kleinen Deckel anhebt. Ohne Rücksicht auf den kalten Boden zu nehmen, geht der Wachmann in die Knie, stützt sich mit der freien Hand auf der eisigen Stoßstange ab und späht in den Motorraum.

»*Very good engine!*«, lobt er.

»Volkswagen!«, antwortet Richard kurz angebunden mit vor Aufregung gegeneinanderschlagenden Zähnen. Doch zum Glück kommt es nicht so schlimm, wie er befürchtet hatte. Kameradschaftlich klopft der Iraner Richard auf die Schulter, gibt ihm den Ausweis zurück und zeigt, gestikulierend wie ein Verkehrspolizist an einer Mashhader Straßenkreuzung, zum Tor.

»Allah sei gepriesen! Der Laderaum unterhalb der Ladefläche ist echt ein gutes Versteck!«, brummelt Richard kaum hörbar.

Noch nie hat einer der Männer der Wachmannschaft hinter die eingebeulte Klappe gesehen!

Endlich darf er passieren. Seine Gesichtszüge entspannen sich. Lächelnd drückt er dem Wachmann zum Abschied die Hand.

»*Chodâ haféz, Aga!*«

»*Chodâ haféz, Aga mohandés!*«

Die Flugwarnbefeuerung der Schornsteine und Kesselhäuser ist längst eingeschaltet, als Richard die Pritsche durch das Tor lenkt.

Es ist geschafft! 30 Liter schwarz gebrannter Wodka blieben unentdeckt!

In Richards Kopf ziehen Peter Fonda mit Jack Nicholson und Dennis Hopper auf ihren Choppern vorbei:
‚Born to be wild…!'

Tus Power Station Mashhad

Der Starter für die Leuchtstofflampe über dem Bauschild, das zu Baubeginn zwischen Zaun und Baracke aufgestellt worden war, hat seinen Geist aufgegeben. Alle paar Sekunden flackert die Röhre auf und flimmert über das Holzschild, das einen neuen Anstrich vertragen könnte. Vom Wappen des Iran, in dem die fünf Säulen des Islam abgebildet sind, fehlen zwei Mondsicheln und der Schriftzug Tus Power Station Mashhad ist ebenfalls stark ramponiert und müsste in Ordnung gebracht werden. Richard steckt sich eine Zigarette zwischen die Lippen, inhaliert den Rauch und pustet ihn dann gegen die Windschutzscheibe. Würziger Tabakduft legt sich über den Geruch von Dieselöl. Er nimmt sich vor, die fälligen Reparaturen gleich morgen früh anzuschieben.

Als sei es gestern gewesen, steigt in Richard die Erinnerung daran auf, wie er im Dezember '82, einige Tage vor Heiligabend, Helen und die damals zwei Jahre alte Katrin vom Airport Mehrabad im Westen von Teheran abgeholt hat:

»Abu?! Abuhederi!«

»*Ssálam, Amigo*!«

»Es ist schon 6 Uhr 30!« Richard tippte mit dem Zeigefinger auf die Armbanduhr.

»Ich dachte schon, du kommst überhaupt nicht mehr!«

»Der *Traffic, Amigo*!«, brachte Abuhederi seine Entschuldigung an den Mann.

»Ist die Maschine aus Istanbul schon gelandet?«, fragte Richard den in Teheran lebenden Pakistani.

»Ich weiß nicht, *Amigo*!«, antwortete der und ließ die Schultern hängen.

»Wenn du noch einmal *Amigo* zu mir sagst, dann…! Da! Da hinten! Da sind sie!«

Richard schwenkte die Arme über dem Kopf. Knuffte Abuhederi in die Seite, griff im Reflex nach dessen Hemdsärmel und zerrte daran.

»Da!«

Richard zeigte auf die Schlange der Wartenden.

»Die da! Die Frau mit dem hellblauen Kopftuch, die mit dem Buggy, der kleinen Kinderkarre! Das sind sie!«

»Alles klar, *Amigo*!«

Fast im selben Augenblick hatte Helen Richard entdeckt. Eben noch müde von der beschwerlichen Reise über Frankfurt und Istanbul, ging in ihrem Gesicht die Sonne auf. Ihre blauen Augen füllten sich mit Tränen. Sie beugte sich zu Katrin und nahm den Blondschopf aus der Karre. Kati blieb mit dem rechten Fuß am Bauchgurt des Buggys hängen und verlor einen Stiefel. Helen scherte sich nicht darum, hob ihre Tochter so hoch sie konnte und hielt sie in Richards Richtung.

»Siehst du ihn? Da hinten! Da ist dein Papi, da ist Richi!«

Der rothaarige Schwede, der hinter Helens Rücken hin und her schwankte, roch nach Schnaps. Der Hemdkragen stand ihm bis zum Bauchnabel offen. Die spärlich behaarte Brust schmückte eine protzige goldene Kette, an der ein Zahn einer Wildsau baumelte. Dem Skandinavier war Katrins Malheur nicht entgangen. Er wollte helfen, bückte sich nach dem roten Stiefel, strauchelt und stürzte, die Arme nach vorn gestreckt, zu Boden.

»Oh Mann, wie peinlich! Voll wie eine Haubitze! Das könnte Stress geben!«, sagte Richard zu Abuhederi. »Hoffentlich glauben die Zollbeamten nicht, dass der zu Helen gehört!«

Am Kontrollschalter angelangt, hob Helen die Kleine hoch. Der Zöllner verglich die Passfotos mit den Gesichtern der beiden, nickte zufrieden, drückte einen Stempel in die Pässe, klappte sie zu und gab sie zurück an Helen.

Endlich hielten sich die Gothas in den Armen und küssten sich die Wangen. Helen rutschte das Tuch vom Kopf, fiel ihr auf die Schultern.

»Du hast ja die Haare kurz!«, sagte Richard und streichelte mit den Fingerspitzen über die blondgefärbten Strähnen.

»Hm, hm…!«, Abuhederi räusperte sich, mahnte den Weiterflug an.

»Komm, *Amigo, let's go,* die Koffer holen!«

»Achte auf dein Kopftuch!«, bat Richard, der keinen Ärger wollte. Abuhederi, der sich Katrins Kuschelbär Brauni unter den mageren Arm geklemmt hatte, bahnte für sie einen Weg zur Gepäckausgabe. Sie drückten sich an Mullahs mit gestutzten Bärten und Turbanen vorbei. Schlängelten sich durch Gruppen von Männern in dunklen Anzügen, die ihre weißen oder buntkarierten Hemden bis zum Kragen zugeknöpft hatten. Baten Frauen, die Kopf und Körper in Tschadors, einem halbkreisförmigen, oft schwarzen Tuch, gehüllt hatten, vorbeigehen zu dürfen.

Richard, der Katrin auf dem Arm trug, blieb Abuhederi dicht auf den Fersen. Der Kleinen gefiel das, sie strahlte ihren Vater aus blauen Augen an.

Helen, die im Buggy eine prall gefüllte Reisetasche vor sich her schob, ging die Puste aus. Sie blieb stehen, gönnte sich eine Pause. Richard stellte Katrin auf den Boden. Die zog an seinen Hosenbeinen, wollte wieder getragen werden.

»Weiter, *Amigo*!«, drängte Abuhederi.

Dann, fünf Minuten später:

»Stopp! Hier ist es!«

In der Halle roch es wie in einem alten Kühlschrank. Keine Musik, keine Werbung. Nur lautes Stimmengewirr. Mit einem Ruck sprang das Gepäckband an. Helen stellte den Buggy neben den Pfeiler mit dem Anzeigetableau: Istanbul. Sie zog ihre lederne Umhängetasche vor die Brust und nahm ein braunes Kuvert heraus.

»Sie haben mir was für dich mitgegeben.«

Richard öffnete den Umschlag mit dem Zeigefinger.

»Rechnungen? Von EMU? Was soll das denn?«

»Zwanzig Holzkisten! In etwa so groß!«, sagte Helen und gestikulierte mit den Händen in der Luft herum. »Sehen aus wie Munitionskisten!«

Richard schluckte:

»Nur Rechnungen, keine Papiere? Davon habe ich echt nichts gewusst! Mann, diese Hamburger! 230 Kilo! Welch Wahnsinn! 32 Mark kostet ein Kilo Übergepäck!«

Er kratzte sich am Hinterkopf, zog eine Schachtel Stuyvesant aus der Jackentasche und bot Abuhederi eine an.

»Noch was, Richard«, Helen schaute ihn mit Stolz an. »Ich habe uns einen Schweinebraten mitgebracht!«

»Einen was?«

»Einen Schweinebraten. Und etwas Wurst. Aufschnitt! Für Weihnachten!«

»Du importierst Schweinefleisch in ein moslemisches Land? Ich fass es nicht!«

Er drehte sich nach seinem Begleiter um, der immer noch Brauni unter dem Arm hielt, und suchte in dessen Augen nach der Lösung des Problems. – Was für ein Morgen!

»Abuhederi?«

»Alles klar, *Amigo*!«, antwortete der, zog ein Papiertuch aus der Hosentasche und wischte sich den Schweiß von der Stirn.

Abuhederi wuchs über sich hinaus. Er zog alle Register und schleuste, ohne Zollpapiere zu haben, zwanzig Holzkästen mit 10 mm Metallspreizdübeln zur Befestigung von Kabeltrassen an Betonwänden, dreißig Kilo Schweinefleisch – Schinken, Krustenbraten, Schnitzel, Bratwürste und Salami –, vierzig Fläschchen Underberg, sechs Pfund Idee-Kaffee in Dosen, zwanzig Tafeln Trumpf-Schokolade und reichlich Maggi-Suppen und -Würfel durch den Zoll am Teheraner Flughafen!

Während Richard, Helen und Katrin mit dem Gepäck vor dem Flughafengebäude warteten, organisierte Abuhederi zwei Taxen.

Sie verstauten die Koffer und Kisten und wechselten über zum Domestik-Airport.

Der A 320 der Iran Air, dessen Seitenleitwerk ein mystischer Vogel zierte, stand bereits auf seiner Halteposition.

»Der Flieger geht um 12 Uhr. Wenn alles glatt läuft, könnten wir um sieben zu Hause sein!«, sagte Richard und reichte Helen die Bordkarten.

»Zu Hause, Richi?«, fragte Helen.

»Ja, das Camp, unser neues Zuhause!«

Richard drehte sich um, schaute nach Abuhederi, der etwas abseits stand und wartete. Er winkte ihn zu sich heran.

»Abu, du warst eine große Unterstützung! Vielen Dank! Ohne dich wären wir nicht klar gekommen!«, sagte Richard zu dem hageren Mann, nahm dessen Hand, legte sie zwischen seine Hände und hielt sie so lange fest, bis 2000 Toman – circa 60 Mark – als Lohn für die astreine Hilfe angenommen wurden.

»Nochmal, besten Dank, *Amigo*!«, schmunzelte Richard.

Abuhederi stutzte: »*Amigo*?« Dann lachte er schallend auf, ließ die strahlendweißen Zähne blitzen und drückte Richard noch einmal die Hand.

»*Goodbye Amigo! Chodâ haféz, Aga mohandés. Take care!*«

Für Richard sind die Jahre »am Ende der Welt«, wie Helen in letzter Zeit immer häufiger ihr iranisches Exil nennt, wie im Fluge vergangen. Er lebt hier seinen Traum. Fern von der Heimat arbeiten zu können, täglich neuen Anforderungen gegenüberzustehen und Exotisches zu erfahren! Genau das hat er sich immer gewünscht. Es ist seine Zeit! Er ist am richtigen Ort!

Das Camp von EMU International GmbH liegt nahezu in der Mitte des großflächigen Areals. Vom Tor am Highway führt der unbefestigte Weg, dessen Schlaglöcher mit Sand und Schotter provisorisch ausgebessert worden sind, quer über das Gelände bis an den rotweißen Balken des Parkplatzes der kleinen Siedlung. Ein Maschendrahtzaun umschließt die deutsche Enklave.

Armdicke Eiszapfen hängen an den Trapezblechdächern der Streif-Fertigteil-Bungalows. Als Schutz gegen die Kälte haben die Camp-Bewohner die Kunststoffrollläden vor ihren Fenstern heruntergelassen. Nicht einmal aus dem Recreation Center fällt heute Licht, wo sonst gewöhnlich am Abend auf zwei grünen Platten Pingpongbälle hin und her gejagt werden oder ein Recorder zum x-ten Male alte Kino-Hits abspielt.

Keine Seele ist zu sehen. Wer nicht bei minus 14 Grad vor die Tür muss, setzt keinen Fuß auf die Schwelle.

Richard bringt den Wagen vor dem Parkplatz zum Stehen. Er öffnet die Tür und rutscht vom Sitz. Sein Atem flattert wie eine zarte Wolke. Er drückt die Schranke hoch, geht zurück zum Fahrzeug und steuert es neben das Transformatorhäuschen, das die Bungalows im Camp mit Strom versorgt.

Sein Gesichtsausdruck hat sich verändert. Es bedrückt ihn zunehmend, dass Helen drängt, nach Deutschland zurückzukehren. Und das nur, um Katrin im kommenden Sommer in Hamburg einzuschulen. Was eigentlich, nach seiner Meinung, noch gut ein Jahr Zeit hätte.

Er schüttelt den Unmut darüber ab, schaltet den Motor aus und steigt aus dem Auto.

Im Camp-Haus

»Richard ist noch nicht zurück«, sagt Helen zu Erhard Loderer, der im Türrahmen des Bungalows steht.

»Immer noch nicht?«, antwortet der gebürtige Weinheimer und schiebt den Kaugummi im Mund auf die andere Seite.

»Er ist doch schon nachmittags weggefahren«, wundert er sich.

»Jetzt komm schon rein und schließ die Tür, die Wohnung kühlt sonst aus!«

Der 43 Jahre alte Maschinenbauingenieur, der zuständig für die Montage der Kesselhäuser ist, lässt die grüne Haustür, in der in

Kopfhöhe eine Drahtglasscheibe eingelassen ist, hinter sich ins Schloss fallen.

Helen fährt zusammen.

»Pst! Katrin liegt schon im Bett!«, ermahnt sie den Besucher und geht voran. Fünf flinke Schritte und sie steht am Herd der weißen, kompakten Küchenzeile. Der Wasserkessel stößt Dampf durch die Pfeife und trillert. Helen nimmt ihn von der Herdplatte, stupst die Pfeife in das Spülbecken und gießt das sprudelnde Wasser über den Tee, der in einem Netz im Hals der verchromten Thermoskanne steckt.

»Vielleicht hatte er einen Platten und keinen Ersatzreifen dabei?«, spekuliert Loderer und gnitscht mit dem Kaugummi.

Helen schenkt Tee ein. Sie rücken die Stühle zurecht und setzen sich an den Küchentisch. Erhard Loderer lässt nicht locker:

»Hoffentlich ist er nicht vom Highway abgekommen und liegt im Straßengraben«, orakelt er, um das Gespräch in Gang zu bringen.

»Jetzt lass die Witze! Richard fährt immer vorsichtig!«

Loderes Blick wandert zu dem blauen Plastikfass, das auf der Kühlschrankkombination steht und in dem Hopfen, Malz, Hefe und Zucker mit 80 Litern frischen Quellwassers, das Richard zum Brauen extra aus den Bergen herangeschafft hat, ihr Bestes tun, um zu einem akzeptablen Bier heranzureifen.

»Möchtest du noch einen Tee?«

»Lieber hätte ich ein frisch gezapftes Pils! Aber das da ist noch nicht fertig, hat Richard gesagt!«

Er nimmt den Kaugummi aus dem Mund, dreht ihn zwischen Daumen und Zeigefinger zu einer Kugel und fragt:

»Wo kann ich meinen…?«

Helen zeigt auf die Tür unter der Spüle.

»Oder die Pasdaran!«, setzt Erhard noch einen oben drauf.

»Mein Gott! Lass stecken!«

»Stell dir mal vor, die iranischen Revolutionswächter haben ihn beim Schmuggeln erwischt! Wenn die den Schnaps bei ihm finden, kann er riesigen Ärger bekommen und muss vor den Kadi! Das gibt Prügelstrafe! Auch für Ausländer!«

»Nun mach aber mal halblang!«

»Na gut, in seinem Fall mit dem Koran unter dem Arm: Das bedeutet kurzer Hebel und tut bestimmt nur halb so weh!«, lästert der Ingenieur.

»Warum besorgst du dir den Schnaps eigentlich nicht selber?« Helens Frage sitzt. Richards Kollege guckt wie ein gerügter Dackel, wickelt ein frisches Spearmint aus der Folie und schiebt es sich in den Mund.

»Pst! Richard?«

Helen hat ein Kratzen an der Tür gehört. Sie spitzt die Ohren, erhebt sich vom Stuhl, tritt in die zwei Quadratmeter große Diele, stellt sich auf die Zehenspitzen, pliert durch das Drahtglasfenster nach draußen. Sie öffnet die Tür.

»Endlich! Mensch, Richi! Ich habe mir schon Sorgen gemacht!«

»Arasteh hat mir vielleicht eine dubiose Geschichte erzählt! Wollte mich überhaupt nicht mehr weglassen!«, antwortet er. Richard zieht Helen an sich, schiebt mit verfrorenen Fingern den Kragen ihrer Bluse zur Seite und bedeckt Hals und Schulter mit vielen kleinen Küssen.

Helen läuft ein Schauer über den Rücken.

»Das geht jetzt aber nicht, Richi!«, haucht sie. »Erhard sitzt am Küchentisch und wartet schon seit einer Stunde auf dich!«

Wodka, Coke und Eis

Nicht der leiseste Hauch. Die mannshohen Koniferen, die Richard im letzten Frühjahr vor die Terrasse gepflanzt hat, sind unter der Last des Schnees zu Boden gesunken. Erhard ist ihm zum Wagen gefolgt. Seite an Seite tragen die Kollegen, die keinen Blick für das gefrorene Kunstwerk haben, die Plastikflaschen bis an die Haustür des Bungalows. Erhard zieht aus der Gesäßtasche seiner Levi's ein Portemonnaie hervor, das wie eine Speckschwarte glänzt, und bezahlt seinen Anteil an dem Schwarzbrand. Ohne das Geld nachzuzählen, steckt Richard die Scheine, auf denen Bauern und Mullahs oder Moscheen abgebildet sind, in die Jackentasche.

Die Männer stehen im Türrahmen, hängen ihren Gedanken nach. Die aufglimmende Glut ihrer Zigaretten lässt die geröteten Gesichter noch roter erscheinen. Richard schüttelt sich vor Kälte, wirft den Zigarettenstummel auf den Boden, zerreibt die Kippe mit der Schuhsole und scharrt die Reste über die Kante der Terrasse ins Beet. Eben noch – bei der Kontrolle des Wächters am Tor – unter Stress, schlägt sein Herz jetzt wieder ruhig und gleichmäßig 80 Mal die Minute. Er schiebt den Jackenärmel hoch und hält sich das Zifferblatt der Schweizer Automatik-Uhr dicht unter die Nase.

»9 Uhr, kommst du noch mal mit rein?«

»Aber klar!«, freut sich Loderer, der ohne seine Frau und Kind im Iran ist. »Der Abend ist gerettet!«

Sie hängen ihre Jacken an die Garderobe. Nur zwei Schritte nach rechts und sie sind im Wohnzimmer.

Das Sofa haben Richard und Helen selbst entworfen und gebaut. Der rostrote Baumwollstoff, mit dem Matratze und Arm- und Rückenrollen bezogen sind, macht sich gut unter dem Fenster. Die beiden blauen Cord-Sessel, der niedrige Couchtisch und das Sideboard, das den Wohnbereich zur Küche hin abtrennt, stammen von einem Möbelhändler aus Mashhad. Ebenso der Küchentisch mit den vier Stühlen. Die Küchenzeile, Herd und Backofen sowie der Kühlschrank mit dem kleinen Tiefkühlfach am Top sind aus Hamburg herbeigeschafft worden.

Helen sitzt mit angezogenen Beinen auf dem Sofa und blättert in einem orientalischen Kochbuch. Sie legt es beiseite, als die beiden das Wohnzimmer betreten.

»Möchtest du auch einen?«, fragt Richard und hebt die Karaffe in Helens Richtung. Sie schüttelt verneinend den Kopf, will lieber beim Tee bleiben. Richard stellt den Wodka auf die Arbeitsplatte neben dem Kühlschrank, füllt Eiswürfel in zwei Whiskey-Stamper, bedeckt sie mit einem kräftigen Schuss Kartoffelschnaps und füllt die Gläser bis an den Rand mit Coca-Cola.

Helen setzt sich zu ihnen an den Küchentisch.

»Was war denn nun mit Arasteh?«, fragt sie.

Richard prostet Loderer zu. Sie schieben die Gläser auf der Tischplatte zusammen.

Klick!

»Gut!«, Loderer schnalzt mit der Zunge.

»Nun erzähl schon!«, drängelt Helen.

»Geht sofort los! Auf einem Bein kann man nicht stehen, oder was meinst du, Erhard?«

Richard schiebt den Stuhl zurück, nimmt die Gläser, geht an den Kühlschrank und füllt Eis, Wodka und Coke nach.

Klick!

Helen taxiert ihren Gatten: Das werden nicht die letzten Gläser gewesen sein!

»Arasteh war heute Nachmittag ziemlich niedergeschlagen«, beginnt Richard seinen Bericht. »Seine Freundin und Cousine Golnas, die in Mashhad als Krankenschwester arbeitet, fliegt in zwei Wochen nach Teheran.«

Die Blicke der Männer kreuzen sich. Aus den Gläsern muss die Luft rausgelassen werden!

Klick!

‚Der Dritte', rechnet Helen mit.

»Golnas heiratet in Teheran!«, fährt Richard fort.

»Stellt euch das mal vor: Sie wurde als Fünfjährige einem dreißig Jahre älteren Mann versprochen!«

Richard stemmt sich am Tisch hoch, schenkt nach und plumpst zurück auf den Stuhl.

Klick!

‚Der Vierte!'

»Mal davon abgesehen, dass es den beiden weh tut, dass sie sich trennen müssen, ist Golnas keine Jungfrau mehr.«

Er trinkt einen Schluck aus seinem Glas.

»Und was passiert jetzt?! Sie gehen morgen zu einem Arzt, einem »Spezialisten«, wie er mir hinter der Hand zuflüsterte, der sie mit einem Eingriff wieder zur Jungfrau macht. Ist das nicht krass?«

»Unglaublich!«, Helen ist entrüstet. »Ich hatte darüber gelesen, aber dass es wirklich so ist…«

Klick!

‚Der Fünfte!'

Klick!

‚Der Sechste!'

Nach dem zweiten Versuch steht Richard.

»Ich hab keine Eiswürfel mehr!«, lallt er, den Allerwertesten fest an die Arbeitsplatte gedrückt, damit die Balance nicht verloren geht.

»Geht auch ohne!«, findet Loderer.

Klick!

‚Der Siebte!'

Richard hat einen zuviel, kann nicht mehr geradeaus gucken! Loderer hat Heimweh, labert Quatsch mit Soße! Helen hat die Nase voll von der Gefühlsduselei!

»Am besten, du gehst jetzt!«, zischt sie Erhard Loderer ins Ohr, der aber nicht mehr zuhört, überlässt den beiden Zechbrüdern die Küche, in der man die zigarettenrauchgeschwängerte Luft in Scheiben schneiden kann, und verzieht sich ins Schlafzimmer.

Klick!

Der Nächste.

»Magst du Hans Albers?«

Richard wartet Erhards Antwort gar nicht erst ab. Er reckt sich nach dem Bücherbord an der Wand hinter dem Esstisch. Sein blau-kariertes Baumwollhemd rutscht ihm bei der Aktion aus dem Hosenbund. Neben den zerlesenen Taschenbüchern stehen acht oder zehn Musikkassetten. Er nimmt alle herunter und legt

sie in eine Reihe auf den Tisch. Da ist er, der blonde Hans! Nun gibt es kein Halten mehr!
Auf der Reeperbahn nachts um halb eins...wer noch niemals in lauschiger Nacht...ist ein armer Wicht...
Klick!
Good bye Jonny, good bye Jonny...bricht mir auch heut das Herz entzwei...in hundert Jahren, Jonny, ist doch alles vorbei... Klick!

Katerstimmung

6 Uhr in der Früh. Nur drei Stunden Schlaf! Wie im Koma. Richard hat das Fiepen des Reiseweckers nicht gehört.
»Aufstehen!«
Helen rüttelt ihn.
»Du musst hoch, Richard!«
Er öffnet die Augen einen Spalt. Weit hinten in seinem Hirn rührt sich etwas. Ein Tischkalender klappt auf. Samstag, der 14. Dezember 1985 um 8 Uhr: Baubesprechung!
»Oh, mein Gott!«
Richard schiebt das linke Bein aus dem Bett. Auf nackten Sohlen tapst er über das Linoleum ins Badzimmer. Mit beiden Händen hält er sich am Waschbeckenrand fest und sieht in den Spiegel.
»Oh, nein!«
Ein Übelkeitsschub zerrt an seinen Eingeweiden.
»Helen!?«
Kalter Schweiß steht auf seiner Stirn. Er schwankt aus dem Bad. Die Küchentür ist angelehnt.
Kaffeeduft steigt ihm in die Nase. Helen und Katrin sitzen am Tisch. In der Bratpfanne, die auf einem ausgefransten Bastuntersatz steht, liegen Reste von Rührei und Speck. Richard würgt, sucht Halt an der Türklinke. Seine Lieben drehen ihm die Köpfe zu und schauen sich ihren »Jonny« an.
»Was hast du denn mit deiner Nase gemacht, Papi?«

»Das wollt ich gerade von Helen wissen!«
»Frag mich nur!«
Helen nippt am Tee und stellt den Becher auf den Tisch. Vorwurfsvoll schildert sie die Ereignisse der vergangenen Nacht:
»Du hattest einen Filmriss, mein Lieber! Irgendwann bist du aufgestanden und ins Badezimmer gestolpert! Konntest dich kaum auf den Beinen zu halten!«
»Mein Gott!«
»Wie ein angeschossener Löwe hast du in die Kloschüssel gebrüllt! Dein Freund Erhard machte sich Sorgen um dich, wollte nach dir sehen. Ich habe ihn nach Hause geschickt.«
»Oh Mann, ist mir das peinlich!«
Helen trinkt einen Schluck Tee. Katrin lauscht interessiert.
»Beim Ausziehen verhedderte sich dein T-Shirt in deinem Genick. Du hast dich nach vorn gebeugt und mit aller Gewalt versucht, dir das Hemd über den Kopf zu ziehen. Dann ging alles ganz schnell. Kopfüber bist du gegen den Bettpfosten geknallt! Es knackte. Und, überhaupt, dass dein Nasenbein nicht gebrochen ist, finde ich erstaunlich!«
»Helen! Ehrlich! Tut mir leid, ich weiß auch nicht, was gestern mit mir los war, ich…«
Richard spricht den Satz nicht zu Ende. In seiner Mundhöhle ist es trocken wie in der Dasht-e-Kavir, der Großen Salzwüste.
»Ich muss rüber ins Büro! Ausgerechnet heute kommen die Ingenieure von der Energiebehörde! Unsere Auftraggeber!«
Er geht zurück ins Bad, duscht kalt, rasiert sich, so gut es geht, und putzt die Zähne. Vorsichtig tupft er sein Gesicht trocken. Schorf verunstaltet seinen Nasenrücken. Mit einem Pflaster klebt er die Wunde zu.
Wieder in der Küche, würgt er einen Streifen Fladenbrot runter und trinkt einen halben Becher lauen Tee.
»Mist! Am besten sage ich, dass ich am Donnerstagabend im Kesselhaus ausgerutscht und auf ein Gitterblech geschlagen bin!«

»Du solltest los!«, drängt Helen.

»Oh Mann! Ausgerechnet mir muss sowas passieren! Das glaubt sowieso keiner! Ist mir das peinlich!«

»Hoffentlich bleibt alles drin!«, gibt Helen, nicht hundertprozentig frei von Schadenfreude, zu bedenken.

»Tschüss, Papi!«, meldet Katrin sich zu Wort.

Er streichelt die Wange des strohblonden Mädchens, das zu ihm aufblickt. Helen hält ihn auf Abstand.

»Nun geh schon! Du riechst immer noch nach Alkohol!«

Richard senkt den Kopf, dreht sich um die eigene Achse und trollt sich. In der Diele schlüpft er in seine Feldjacke, öffnet die Haustür und verschwindet in der Kälte.

Stromausfall

Aus dem Backofen duftet es nach Knoblauch. Richard sitzt am Küchentisch und reibt sich mit dem Zeigefinger über die Nase. 13 Tage ist es her, das Malheur! Seitdem hat sein ramponiertes Riechorgan den Schorf abgeworfen und die geplatzte Haut ist wieder zusammengewachsen. Der Brief, an dem er arbeitet, muss morgen früh beim Consulting-Ingenieur sein. Die Lieferung des Netztransformators für Block 4 ist seit Wochen überfällig! Der Schwertransporter ist 10 Kilometer vor Kerman liegengeblieben. Eine Hinterachse ist gebrochen. Richard trifft keine Schuld. Es gehört jedoch zum guten Ton, sich als Repräsentant von EMU International bei Moshanir, dem Ingenieurbüro, das die Energiebehörde auf der Baustelle vertritt, für den Vorfall zu entschuldigen.

»Brauchst du noch lange?«, fragt Helen.

Richard klappt den Langenscheidt »Englische Geschäftsbriefe heute« zu.

»*Please be patient for several days! You will hear from us! Sincerely yours, Richipour Gothanir.*«

»Richipour Gothanir…? Jetzt spinnst du aber!«, lacht Helen.
»Fertig!«
»Es ist 8 Uhr. Kati hat einen Bärenhunger!«, sagt Helen und blinzelt ihrer Tochter zu, die Hinkebein spielt.
»Hunger, Hunger!«, ruft Katrin.
Während Helen den Taschen-Krimi über Lord Peter Wimsey beiseitelegt und sich vom Sofa erhebt, holt Richard drei Teller aus dem Küchenschrank und stellt sie auf den Esstisch. Katrin hüpft auf einem Bein zwischen ihren Eltern hin und her und ruft:
»Pizza, Pizza!«
»Pizza?«
Richard verstellt sich, als wüsste er nicht, was zum Abendessen auf den Tisch kommt.
»Homemade Pizza à la Tus, mit Knoblauch an Gambas!«, sagt Helen.
Sie streift die wattierten Küchenhandschuhe über, bückt sich zum Ofen und öffnet die Klappe.
»Puh!«
Die Hitzewelle schlägt in ihr Gesicht. Sie kneift die Augen zu einem Schlitz und dreht den Kopf beiseite.
»Das riecht aber sehr gut!«, freut sich Richard.
Mit einem Schlag geht das Licht aus!
»Was ist denn jetzt los?«, fragt Helen.
»Papi!«, ruft Katrin und sucht die Hand ihres Vaters.
»Seid mal bitte still!«, anwortet Richard.
Sie lauschen in die Dunkelheit. Das Sirren der Heizlüfter, die unter jedem Fenster an der Wand hängen, wird leiser und immer leiser, bis die Ventilatoren stehen.
»Das war es mit der Heizung!«, konstatiert Richard. »Auch das noch! Bei minus 16 Grad vor der Tür!«
Wie ein Blinder stolpert er durch die Küche zum Fenster, drückt die Nase gegen die Scheibe und späht in die Nacht.
»Stockfinster draußen. In den Kesselhäusern brennt kein Licht

mehr! Und die Flugwarnbeleuchtung hat ebenfalls ihren Geist aufgegeben.«

»Wo ist unsere Taschenlampe?«, fragt Helen.

»Wenn ich das wüsste. Weißt du, wo die Kerzen liegen?«, antwortet Richard.

Irgendwer schlägt mit der Faust gegen die Haustür.

»Moment!«, ruft Richard und tastet sich in die Diele vor.

Seine Jacke hängt mit der Kapuze am Garderobenhaken. Das Schlüsselbund steckt in der Seitentasche. Es dauert, bis der Richtige im Schließzylinder steckt. Richard drückt die Tür auf. Schneeflocken schweben herein. Der gebündelte Lichtstrahl einer Stableuchte streift sein Gesicht.

»Erhard?«

»Unsere Baustromversorgung funktioniert nicht mehr! Was machen wir denn jetzt?«, fragt Loderer.

»Ich muss ins Büro!«, ruft Richard Helen zu, die inzwischen die Kerzen angezündet hat und mit Katrin an der Hand zu ihnen in die Diele kommt.

»In meinem Schreibtisch habe ich die Telefonnummer von den Mashhader Energiewerken. Da es auf dem ganzen Gelände dunkel ist, muss wohl außerhalb unseres Bauzaunes die Stromzufuhr unterbrochen sein. Ich schätze, da können nur die uns helfen. Vielleicht ist der Generator ausgefallen und die Sicherungen sind geschmolzen? Ich fahre jetzt rüber und ruf in Mashhad an. Es kann dauern, bis ich wieder zurück bin! Wenn es Katrin oder dir zu kalt wird, kriecht einfach unter die Bettdecke!«

»Und die Pizza?«, fragt Helen.

»Tut mir leid. Später!«

Mit den Gedanken ist er schon im Büro. Richard küsst Helen die Wange. Wendet sich dann Katrin zu und sagt:

»Hab keine Angst und pass gut auf Helen auf!«

Auf dem Weg zum Parkplatz diskutieren Richard und Erhard die Sachlage. Richard schlägt Erhard vor, im Camp zu bleiben und die Stellung zu halten. Er soll die Kollegen informieren und vor allem den Frauen sagen, dass alles getan wird, um die Stromunterbrechung so schnell wie möglich zu beheben. Richard klettert in den Mazda und fährt in das Baubüro. Vor der Baracke parkt er den Kombi mit laufendem Motor so, dass die Scheinwerfer Licht durch die Scheiben in sein Büro werfen.

Die Visitenkarte mit der Telefonnummer steckt in der Hülle des Taschenkalenders, der in der obersten Schublade des Schreibtisches liegt. Richard greift zum Telefonhörer. Einen Augenblick später hat er die Energiewerke am Ohr. Der dortige Telefonist verbindet ihn so lange hin und her, bis er sein Problem in englischer Sprache vortragen kann. Der Netzausfall ist den Mashhadern nicht entgangen. Nach der Schadensursache wird noch gesucht. Richard bittet darum, dass ihn der Serviceleiter umgehend zurückruft, wenn dieser von der Kontrollfahrt zurück ist und den Schaden lokalisiert hat.

Drei Stunden sind seit dem Telefonat vergangen. In dieser Zeit wird Richard zum Kettenraucher... und er hat Hunger.
Endlich klingelt das Telefon.
»Grüß Gott!«, meldet sich der Anrufer.
Richard traut seinen Ohren nicht.
Der Serviceleiter der Energiewerke spricht bayrisch!

Eine Stunde später schütteln sich die beiden Ingenieure neben der windschiefen Holzbaracke am Tor die Hände.
Richard traut nun auch seinen Augen nicht. Den 1,75 Meter großen und schlanken Perser, der sich als Mohammed Dahghigi vorstellt, ziert ein Schnauzer, der einen Walrossbullen vor Neid in die Fluten getrieben hätte. Ein grüner Filzhut Typ »Schinderhannes« schützt seinen Kopf gegen Schnee und Kälte. Eine Kordel, die zweimal um den Hut geschlungen und an den Enden verknotet ist, baumelt über die Hutkrempe und kitzelt sein Ohr. Das Ensemble wird durch einen Gamsbart abgerundet. Passend zum Hut trägt er einen Lodenmantel. Den schmalen Kragen hat

er zum Schutz gegen den eisigen Wind hochgestellt. Die Ärmel sind zu lang. An dem einen fehlt an der Lasche der geflochtene Lederknopf. Der etwa Fünfzigjährige sieht Richards verwunderten Blick. Er nimmt den Hut ab, klopft den Schnee vom Filz und streichelt mit frostroten Fingern die Spitzen des Gamsbarts.

»Da staunen Sie! Aus Bayern! Ich habe in München studiert!«

Richard staunt wirklich. Nachdem die obligatorischen Fragen über das persönliche Befinden ausgetauscht worden sind, kommen sie zur Sache.

»Hören S', ich habe keine gute Nachricht!«, beginnt der ehemalige Wahlmünchner. »Fünf Kilometer von hier, hinter der Straße, die nach Tus führt, ist die Freileitung beschädigt. An den Drähten hing so viel Eis, dass sie unter der schweren Last gerissen sind. Ärgerlich ist auch, dass ein Holzmast umgeknickt ist.«

»Und jetzt?«, fragt Richard.

»Wissen S', der Boden ist hart wie Beton! Ich brauche zwei Tage, um einen neuen Mast einzugraben!«, antwortet der Serviceleiter.

»So ein Mist!«

Richard steckt die Hände in die Seitentaschen seiner Jacke.

»Die elektrischen Heizungen in den Bungalows funktionieren nicht mehr. Frauen und Kinder haben bestimmt schon eiskalte Füße! Sie können sich nicht einmal einen Tee kochen! Was mache ich jetzt? Mit hundert Leuten in ein Hotel ziehen? Da platzt das »Hyatt« aus den Nähten!«

»Und das unter Umständen für zwei oder drei Tage«, antwortet der Perser.

»Gibt es nicht irgendeine…?«

Richard verstummt mitten im Satz.

»Doch! Kommen S'! Es gibt eine Möglichkeit!«

Der Serviceleiter langt in die Manteltasche und zieht ein zerknittertes Taschentuch hervor. Er findet eine trockene Stelle und trompetet hinein.

Unter den interessierten Blicken der Wachmänner schreiten die beiden Elektroingenieure durch das Tor. Der Serviceleiter zeigt nach oben.

»Sehen S', parallel zur gerissenen Überlandleitung, die normalerweise ihre Baustelle mit Strom versorgt, verläuft eine zweite Trasse. Sie versorgt Akhlamad. Der Ort liegt westlich von hier. Eine Schotterstraße verbindet ihn mit dem Highway. Wir könnten die Stichleitung, die zu Ihnen führt, hier am Tor kappen und provisorisch mit der Freileitung nach Akhlamad verbinden.«

»Geht das denn einfach so?«

»Kann ich bei Ihnen telefonieren?«

Mohammed Dahghigi steigt zu Richard in den Wagen. Sie zuckeln über die unbefestigte Straße ins Baubüro. Dort klingelt »Schinderhannes« seine Freileitungsmonteure, seine Ranger, wie er sie nennt, aus den Betten.

»In einer Stunde sind sie hier!«

Die Ranger rücken zu viert in einem verbeulten Nissan Patrol an. In abgetragenen Jacken trotzen sie der Kälte der Dezembernacht, gegen die sie außerdem Lappen, die wie Turbane aussehen, um ihre Köpfe gewickelt haben. Sie nicken Richard freundlich zu, halten sich zu ihm auf Distanz und konzentrieren sich auf die Anweisungen ihres Chefs.

Der Wind, der aus südöstlicher Richtung durch die Ebene des Khorassangebirges fegt, ist noch stärker geworden.

Ein Ranger bindet sich Steigbügel um zerschlissene Schuhe. Bewaffnet mit einem isolierten Bolzenschneider, drückt er die Bügel, die wie das Geweih eines Hirsches aussehen, in den vereisten, zehn Meter hohen Holzmast. Meter um Meter steigt er nach oben. Bei den Porzellanisolatoren angekommen, strafft er, indem er sich nach hinten lehnt, den Sicherheitsgurt um den Mast. Er hebt den Bolzenschneider über seinen Kopf, setzt an und kappt die Leitungen, die zur Baustelle führen.

Richard fährt mit »Schinderhannes« noch einmal ins Baubüro. Der Perser sorgt am Telefon dafür, dass die parallel zur Stichleitung verlaufende Freileitung nach Akhlamat freigeschaltet wird.

Es dämmert bereits, als sie wieder zurück bei den Rangern sind. Sie bekommen von »Schinderhannes« grünes Licht und machen sich an das Provisorium. Sie hantieren mit eiskaltem Werkzeug, klemmen, klettern, schrauben und schneiden, bis die Verbindung zwischen der Trasse nach Akhlamat und der gekappten Stichleitung zur EMU-Baustelle steht.

Ein letztes Mal in dieser Nacht steuert Richard, Seite an Seite mit seinem Helfer in der Not, die Baubaracke an. Ein letzter Anruf. Eine letzte Anweisung. Der Strom wird zugeschaltet. Das nächtliche Abenteuer hat ein Ende!

In den Deckenleuchten klickern die Starter. Leuchtstofflampen flackern zwei-, dreimal auf, bevor sie ihr weißes Licht an den Raum abgeben.

Richard Gotha verlässt mit seinem Begleiter die Baracke. Im Kesselhaus brennt die Arbeitsbeleuchtung wieder und die rote Flugwarnbeleuchtung an den hundert Meter hohen Kaminen ist ebenfalls in Betrieb. Sie steigen in den Kombi und fahren zurück an das Tor.

»Danke! Vielen Dank für Ihre Hilfe! Echt tolle Burschen, diese Ranger!«, sagt Richard zum Abschied.

Er geht auf die Freileitungsmonteure zu und drückt jedem von ihnen die Hand.

»Sonnabend kaufe ich beim Konditor die feinste Torte, die er in der Auslage liegen hat, und bringe sie euch persönlich in Mashhad vorbei!«

(Und so geschah es.)

Das Versprechen

Der Wind hat nachgelassen. Fahl scheint die Sonne auf die schneebedeckten Trapezblechdächer der kleinen Bungalows, in denen die Ventilatoren der Heizkörper surren, als hätte es nie einen Stromausfall gegeben.

Einzelne Schneeflocken landen auf den Scheiben des Mazda, schmelzen dahin und laufen als zarte Rinnsale über das Glas. Richards reibt sich die Müdigkeit aus den Augen. Sein Magen knurrt wie ein hungriger Wolf. Er öffnet die Fahrertür, stößt sie mit dem Fuß auf und freut sich auf einen heißen Kaffee und ein Stück Pizza.

Schade, dass Richard seinem »alten Herrn« nicht von dem nächtlichen Abenteuer berichten kann! Vielleicht wäre der stolz auf seinen Sohn gewesen, auch wenn er es ihm nicht hätte zeigen können.

Richards Vater starb früh, mit 58 Jahren. Gebrochen aus dem Zweiten Weltkrieg zurückgekehrt, war er nie wieder richtig auf die Füße gekommen. Er verdiente sich sein Geld als Hilfsarbeiter auf dem Bau. Später schuftete er im Hafen. Klapperjass, das schnelle Kartenspiel, das die Schauerleute spielten, wenn sie auf einer der unzähligen Barkassen in den Freihafen fuhren, und die Bahrenfelder Trabrennbahn, wo nur der Totalisator Gewinn machte, rissen tiefe Löcher in die wöchentliche Lohntüte. Den Ärger darüber ertränkte er in Alkohol. Ständig stritt Richard sich mit ihm rum. Er wollte nicht akzeptieren, dass die Väter seiner Freunde Autos kauften, mit ihren Familien an die italienische Riviera in den Urlaub fuhren, in größere Wohnungen oder sogar in eigene Häuser zogen, während das Wirtschaftswunder an seinen Eltern spurlos vorüberging. Richard hasste die Arme-Leute-Stulle mit Griebenschmalz und Zucker, die ihm seine Mutter morgens mit rot geweinten Augenrändern schmierte und mit zur Schule gab.

Im Alter von 19 Jahren – er hatte die Lehrausbildung zum Starkstromelektriker abgeschlossen – wurde Richard zum Wehrdienst eingezogen. Endlich ergab sich die Chance, die elterliche Wohnung zu verlassen! Von da an machte er sich bei seiner Familie rar. Verlor seine beiden Brüder und das Nesthäkchen, seine Schwester, aus den Augen. Nur an den Geburtstagen und am Heiligabend ließ er sich blicken. Eines war klar: Ein Leben, wie seine Eltern es führten, wäre für ihn undenkbar!

Vor zwei Jahren starb Richards Vater an Kreislaufversagen. Er wurde auf dem Hauptfriedhof in Hamburg-Altona beerdigt. Das schlichte Grab mit dem Naturstein befindet sich auf der Wiese hinter dem zehn Meter hohen braunen Holzkreuz, dem Ehrendenkmal des unbekannten Soldaten. Ein guter Platz für die ewige Ruhe!

Sie hatten einander überhaupt nicht gekannt! Geschweige denn verstanden! Sie hätten sich, als noch Zeit dafür war, aussöhnen sollen.

Gedankenversunken öffnet Richard die Reißverschlüsse der mit Schaffell gefütterten Sicherheitsstiefel, stopft die Hosenbeine seiner Jeans hinein und zieht sie wieder hoch. Der Schnee knirscht unter jedem seiner Schritte. Die derben Sohlen hinterlassen Muster, die einem Reifenabdruck ähneln. Am Bungalow angekommen, staunt er über den breiten Bart aus gefrorenem Schnee, der von der Traufe des Blechdaches herunterhängt und in der trüben Morgensonne glitzert. Er zieht die Eingangstür auf, stampft auf das Gitterrost, schiebt die bunten Streifen des Plastikvorhangs beiseite und tritt in die Diele. Während er die Sicherheitsstiefel von seinen Füßen streift, öffnet Helen die Wohnzimmertür und kommt zu ihm in den Flur.

»Hier, guck mal!«, sagt sie und drückt ihm das Thermometer, das normalerweise im Tiefkühlfach des Kühlschranks liegt, in die Hand: »Nur 12 Grad!«

»War gar nicht so einfach heute Nacht!«

Helen gibt den Türrahmen frei und setzt sich auf das Sofa. Sie zieht die Steppdecke, die im Vergissmeinnicht-Muster-Bezug steckt, über die Schultern.

»Stell dir mal vor...«, beginnt Richard.

»Katrin hat geweint!«, unterbricht Helen.

»Schau, jetzt sind es doch schon 13 Grad!«, sagt Richard und legt das Thermometer auf den Couchtisch.

»Deine Tochter hatte Angst, dass wir bei Kerzenlicht erfrieren würden!«

»So ein Unsinn!«

Er geht auf Socken in die Küche, lässt Wasser in den Kessel und stellt ihn auf die Schnellkochplatte.

»Möchtest du auch einen Kaffee?«, fragt er.

Helen nickt.

»Stell dir mal vor, einer der Freileitungsmonteure hatte nicht einmal Handschuhe an. Und gegen die Kälte hatten sie sich Lappen um die Köpfe gewickelt.«

»Richi!«, Helen zieht das zweite »I« in die Länge, »ich hab mir so viel Mühe mit dem Pizzateig gemacht!«

Helen hat kein Interesse an seinem nächtlichen Abenteuer. Richard gibt auf. Er öffnet den Backofen, um sich ein Stück Pizza aufzuwärmen.

Der Zeiger des runden Tiefkühlfachthermometers, das auf dem Couchtisch neben der zerlesenen Samstagausgabe des Hamburger Abendblatts liegt, ist fast am Anschlag. 18 Grad! Richard sitzt im Cord-Sessel. Die Augen fallen ihm zu. Er fährt sich durch die Haare, massiert die Kopfhaut, reckt und dehnt sich.

»War prima, die Pizza!«, sagt er.

»Hm!«

»Ich hau mich jetzt aufs Ohr! Weckst du mich um 12 Uhr? Wir könnten in die Stadt fahren und im »Hyatt« Kebab essen.«

Helen stellt den Kaffebecher, den sie als Wärmespender zwischen den Händen hält, auf den Tisch und schiebt das Abendblatt über die Tischplatte.

»Du hast es versprochen!«

»Ich brauch eine Mütze voll Schlaf!«, antwortet Richard.

»Du hast mir versprochen, sie zu lesen!«

»Lass uns heut Mittag noch einmal darüber reden!«

»Ich weiß gar nicht, ob ich Lust habe, ins »Hyatt« zu gehen!«, antwortet Helen.

»Seit wann das denn?«

»Immer muss ich dieses Kopftuch tragen. Auch beim Essen!«

»Das hat dich doch sonst nicht gestört.«

»Und die Kellner erst!«

»Was ist mit den Kellnern?«, fragt Richard.

»Immer sprechen sie nur dich an. Mich fragen sie nie, was wir haben möchten.«

»Aber, das kennst du doch!«

»Außerdem gibt es immer nur Chicken-Kebab.«

»Dann fahren wir eben nach Shandiz und essen in dem kleinen Ausfluglokal. Katrin fand die Lammspieße lecker!«

Helen klopft auf die Zeitung. Es ärgert sie schon eine ganze Weile, dass Richard einen Bogen um die Stellenanzeigen im Hamburger Abendblatt macht.

»Bitte, Richard!«

»Ich muss jetzt ins Bett!«, knurrt er, »weck mich um zwölf! Wir fahren dann irgendwo hin, was essen, und heute Abend lese ich mir meinetwegen die Stellenanzeigen durch.«

»Versprochen?«

»Versprochen!«

Feuer!

Das Badezimmer im Bungalow befindet sich zwischen Küche und Schlafzimmer. Die schmale Tür, die von der Diele aus in den Raum führt, steht im Winter meistens offen. Der Grund dafür ist der Heizlüfter, der neben der Tür an der Wand hängt.

Die Wendel glühen und der Ventilator bläst – volle Pulle – einen Teil der erzeugten Wärme in den Hausflur. Decke und Wände sind weiß gestrichen. Die Wanne steht unter dem Schiebefenster. Sie ist so lang, wie der Raum breit ist. Auf ihrem Rand ist eine Duschabtrennung montiert. Zwischen der Kunststoffscheibe und dem Waschbecken hängt der Elektro-Boiler. Der Thermostat steht auf Maximum. Noch leuchtet die Kontrolllampe rot. Rechts vom Waschtisch ist das Klo. Alles in allem ein einfaches, zweckmäßig eingerichtetes Bad.

Es ist 22 Uhr. Richard beugt sich über den Wannenrand, lässt Badewasser ein, hält die Hand unter den Strahl und prüft die Temperatur. Zufrieden mit dem Ergebnis, geht er ins Schlafzimmer und zieht sich aus. Richard hat kräftige Hände, die, wenn es darauf ankommt, ordentlich zupacken können, und starke Schultern, an die sich gut anlehnen lässt. Wären die »love handles« an den Hüften nicht, hätte Helen einen sportlich-schlanken Typen zum Mann.

Katrin liegt längst im Bett und Helen hat sich ins Recreation verabschiedet. Dort ist heute Videoabend. Richard geht zum Kühlschrank. Auf dem oberen Gitter liegen mehrere Coca-Cola-Flaschen. Er nimmt eine und hebelt den Kronenkorken vom Flaschenhals. Nackt wie er ist, sinkt er in einen Sessel. Ein frischer Duft Pino Silvestre Classico zieht durch den Raum. Richards Augenlider werden schwer. Er pliert in das flackernde Licht der Haushaltskerze, die vor ihm auf dem Couchtisch steht. Den sternförmigen Plastikhalter hat Helen kurz vor Weihnachten in einem Trödelladen in Tus erstanden. Richard setzt die Flasche an und trinkt den Rest aus. Dann erhebt er sich aus dem Sessel und geht ins Badezimmer. Er freut sich auf das Bad, gleitet mit einem leisen Seufzer durch eine herrliche Wolke aus Schaum in die Wanne, schließt die Augen und atmet tief den Pinienduft ein.

, - - - Katrin wird doch erst im Frühjahr sechs Jahre alt - - - Was soll sie in der Rudolf-Steiner-Schule an der Elbchaussee? - - - Ich mit einem Schlips? - - - Alles Schnickschnack - - - '

Richard döst weg.

‚ - - - Was soll ich in Hamburg? - - - Hab nicht mal 'n Anzug - - - Ein paar Jahre noch - - - Wir könnten uns ein Haus kaufen - - - müssten keine Hypothek aufnehmen - - - '

Plötzlich ein Schrei:

»Feuer!«

»Richard! Feuer!«

Halb ist er wach, halb schläft er. Der Badeschaum hat sich in Luft aufgelöst. Mit ihm ist der frische Duft des mediterranen Pinienwalds verflogen. Stattdessen riecht es nach glühender Holzkohle. Wie durch einen langen, unbeleuchteten Tunnel hört Richard Helen rufen.

‚ - - - Feuer? - - - '.

» Helen?«

»Richard! Schnell! Es brennt! Feuer!«

Er springt aus der Badewanne, schiebt Helen, die in der Diele steht und wie hypnotisiert ins Wohnzimmer starrt, zur Seite. Der Couchtisch brennt lichterloh. Ätzender Qualm wabert die Decke entlang, zieht durch die Diele und wälzt sich durch die offene Haustür ins Freie. Schwarze Schlieren, die von dem verkohlten Plastikkerzenhalter stammen, hängen an den Wollgardinen fest oder schweben ziellos durch den Raum.

Richards Reflexe funktionieren auf Hochtouren. Rasch und sicher weiß er, was zu tun ist.

»Der Tisch muss raus!«

Er schließt die Haustür, um Durchzug zu vermeiden. Sprintet quer durch den Raum zur Küchentür und stößt sie mit beiden Händen auf. Im Nu ist er zurück am Couchtisch. Greift das brennende Teil an zwei Beinen und trägt es weit von sich haltend zur Küchentür. Die Flammen lecken ein letztes Mal hungrig die Zimmerdecke ab. In hohem Bogen wirft Richard das Möbel in den Schnee.

»Was ist passiert?«, fragt Helen.

»Die Kerze! Der Plastikstern!«

Richard steht, noch immer nackt und die Arme vor der Brust verschränkt, in der Küche. Er spürt die Kälte nicht, die durch die offene Hintertür in die versottete Wohnung zieht.

»Sie muss heruntergebrannt sein und hat den Halter, den Scheißplastikstern angezündet!«, flucht er.

»Warum hast du sie denn nicht ausgepustet?«, fragt Helen.

Richard verliert die Contenance.

»Du hast doch die Kerze angezündet, und dann bist du doch Videos gucken gegangen!«

Wie ein Blitz schlägt der Schock in Richards Hirn ein: »Katrin!«

Seine Stimme überschlägt sich. Das Kinderzimmer liegt direkt neben dem Schlafraum der Eltern. Im Bruchteil einer Sekunde ist er an der Tür des kleinen Zimmers. Dichter Qualm kommt ihm entgegen, beißt ihm in die Augen. Richard hält die Luft an, zerrt Katrin aus dem Bett, drückt sie an seine Brust und rast mit ihr durch die offene Küchentür ins Freie. Helen läuft hinterher.

»Was ist mit ihr? Was hat Katrin? Katrin! Wach auf!«, ruft sie verzweifelt.

Unter Katrins Nasenlöchern haben sich schwarze Ringe gebildet. Richard packt sein schlafendes Kind bei den Achseln.

»Katrin!«, schreit er wie von Sinnen und schüttelt sie.

Die dünnen Beine schlackern gegeneinander, als gehörten sie zu einer Marionette. Katrin rührt sich nicht. Mit der flachen Hand schlägt er ihr ins Gesicht. Nichts! Sie reagiert nicht!

»Wach auf! Bitte, bitte, wach auf!«, fleht Helen, die neben ihnen steht.

Endlich! Endlich hat Katrin das Rufen gehört! Sie öffnet die Augen und flüstert:

»Papi, mir ist kalt!«

Richard zittert am ganzen Körper. Dicke Tränen kullern ihm über die Wangen.

»Komm, gib sie mir!«, fordert Helen. »Geh rein! Zieh dir was über! Du holst dir noch den Tod!«

Erhard Loderer ist der einzige Nachbar im Camp, dem die Beinahekatastrophe nicht entgangen ist. Er begutachtet den Schaden und hilft Helen, die verräucherten Gardinen von der Stange zu nehmen. Richard reibt derweil erfolglos mit einem nassen Tuch über Decken und Wände. Schwarze Schlieren bleiben zurück.

Um 3 Uhr in der Früh legt Erhard seinem Kollegen Richard die Hand auf die Schulter und schlägt vor, ihm morgen Abend beim Streichen zu helfen. Zu zweit könnten sie – ruck zuck – in ein paar Stunden damit fertig sein und alles wäre wieder wie neu.

Die Gothas sind wieder allein. Katrin, die nicht in ihr Zimmer zurück wollte, liegt in Helens Bett. Sie schläft längst wieder. Richard sitzt am Küchentisch. Er schüttelt den Kopf und zieht ein Gesicht, als verstehe er die Welt nicht mehr. Helen setzt Teewasser auf und setzt sich zu ihm an den Tisch.

»Ich will hier weg!«

Mehr sagt sie an diesem unseligen Abend nicht.

Im Baubüro

Zwei Wochen nach diesem Zwischenfall erinnern nur noch die verkohlten Reste des Couchtischs im Müllcontainer am Parkplatz an das nächtliche Unglück. Während Richard sich auf den Weg zur Arbeit vorbereitet, schlummern Helen und Katrin noch in ihren Betten. Die Tür zur Wohnküche steht offen. Es riecht heimelig nach Spiegelei mit Speck. Richard schlüpft in seine mit Teddyfell gefütterte Feldjacke und stößt die Haustür auf. Eiskalt greift die Morgenluft nach seinen klammen Haaren. Er zieht die Kapuze über den Scheitel und stiefelt den schmalen Pfad entlang, den die Camp-Bewohner in den Schnee getrampelt haben.

Über Nacht hat sich auf der Windschutzscheibe des Kombis Raureif gebildet. Richard zerrt an der Fahrertür, die beim Nachgeben ratscht, als würde ein Lumpen in Stücke gerissen. Er steigt ein und startet den Motor, der nach dem dritten Versuch anspringt. Richard, in der Faust einen rostigen Malerspachtel, steigt noch mal aus und kratzt die Windschutzscheibe frei.

Im Schritttempo schlittert der Wagen quer über das Gelände zur Baustelle. Bei den Schweröltanks hält er sich links und steuert auf das Baubüro zu.

Erhard Loderer steht vor dem Schwarzen Brett im Flur der Baubaracke.

»Moin, Richard! Hast du das gesehen?«

Loderer klopft mit den Fingerkuppen auf ein DIN-A4-großes Blatt Papier. Richard stellt sich neben ihn und liest laut vor:

»*Aus gegebenem Anlass sehe ich mich gezwungen, eine Liste von Vergehen, die eine körperliche Züchtigung nach sich ziehen können, bekannt zu geben:*

Nicht klarierte Devisen. Außerehelicher Geschlechtsverkehr. Alkoholmissbrauch. Hören westlicher Musik. Homosexuelle Handlungen. Fotografieren öffentlicher Einrichtungen, z.B. Kasernen.«

»Vom Oberbauleiter unterschrieben!«, kommentiert Loderer.

Richard lupft den Schutzhelm und schiebt ihn ins Genick.

»Das gilt hoffentlich nur für die Iraner. Oder gibt es Probleme?«

»Ich weiß von nichts. Hat der OBL wohl nur zur Abschreckung aufgehängt«, antwortet Loderer.

»Pervers, oder?«, sagt Richard.

»Was sind das hier für Sitten! Wir sollten unsere Koffer packen und mit der nächsten Maschine nach Hause fliegen. Lass die Iraner ihren Scheiß doch selber machen!«, wettert Loderer und beißt voller Wut auf sein Kaugummi ein.

Breitbeinig baut er sich vor Richard auf und verschränkt die Arme vor der Brust, um seiner Verstimmung Nachdruck zu verleihen.

»Macht dir dein Heimweh wieder mal zu schaffen?«, antwortet Richard und legt ihm beruhigend die Hand auf die Schulter:

»Na komm schon, nimm es nicht persönlich!«

Unter dem Black Board steht eine Holzbank. Auf ihr liegen Zeitungen und Magazine, die von EMU mehr oder weniger regelmäßig zur Baustelle geschickt werden. Richard zieht ein zehn Tage altes Hamburger Abendblatt hervor, knickt es zusammen und klemmt es unter den Arm.

»Bis dann!«

Er dreht sich um und geht in sein Büro. Automatisch schaltet er die Deckenbeleuchtung ein. Die Leuchtstofflampen flackern auf. Kalter Zigarettenrauch hängt in der Luft. Leise surren die Ventilatoren in den Heizkörpern. Richards Schreibtisch steht am Fenster. Ihm gegenüber hat Mehrdad Razipour seinen Arbeitsplatz. An der Wand hinter Razipours Rücken steht ein raumbreites Regal. In fünf Reihen übereinander drängen sich Aktenordner. Karim Arastehs Schreibtisch steht rechts neben der Tür. Die beiden Inspektoren sind in der Kraftwerkszentrale, um den Consulting-Ingenieuren von Moshanir die installierten Schaltpulte vorzuführen und diese abnehmen zu lassen. Das gehört zum Tagesgeschäft der Großbaustelle.

Richard setzt sich an seinen Schreibtisch und legt die Zeitung in den Posteingangskorb. Er zieht an der obersten Schublade. Vergraben zwischen Messstab, Bleistiften und Radiergummi liegt eine angebrochene Zigarettenschachtel. Bevor er eine Fluppe herauszieht und anzündet, leert er den vollen Aschenbecher in den Papierkorb.

Wie jeden Morgen sieht Richard die Tagespost auf der Suche nach möglichen Hiobsbotschaften durch. Nichts! Alles in allem scheint es ein friedlicher Mittwochmorgen zu werden. Er drückt die Zigarettenkippe in den Aschenbecher. Für einen Moment spürt er die heiße Glut an seinem Zeigefinger.

Das Abendblatt raschelt beim Auseinanderfalten. Richard hält sich die Zeitung unter die Nase. Das Papier riecht ein bisschen nach feuchtem Holz und Druckerschwärze, keineswegs nach Heimat.

Desinteressiert überfliegt er die Überschriften, blättert Seite für Seite um, bis er den Stellenmarkt aufgeschlagen vor sich liegen hat.

Richard liest:

»*Wir brauchen Ihre Unterstützung... – Sie suchen eine sichere Startposition in der Elektrobranche... – Dann brauchen wir Sie jetzt... Ihre ganze Energie als...*
Entwicklungsingenieur Generator/Umrichter...
oder als...
Entwicklungsingenieur Mittelspannungskomponenten
Ihre Aufgaben:
Weiterentwicklung...Auslegung...Erstellung...Erprobung... Reisetätigkeit...Unterstützung...Perspektive...
Ihr Profil:
Abgeschlossenes Studium der Elektrotechnik...Kenntnisse in den Bereichen...
Für beide Positionen erwarten wir:
mehrjährige Berufspraxis...Branchenkenntnisse...gutes Englisch... Eigeninitiative...Konfliktfähigkeit...Teamgeist... Durchsetzungsvermögen...
Schicken Sie uns:
Ihre Bewerbung...Ihren frühestmöglichen Eintrittstermin...Ihre Gehaltsvorstellung und unbedingt die jeweilige Kennziffer!«

‚Das ist nichts! Die suchen die Eierlegendewollmilchsau! Das kann ich nicht! Ich glaube, das kann gar keiner! Wer ist schon ein guter Konstrukteur und Manager zugleich?'

»*... Wir brauchen...Wir erwarten... Ihre Aufgaben...Ihre Gehaltsvorstellung...*
Unbedingt die Kennziffer der Anzeige angeben!«

‚Da werde ich zur Nummer! Und überhaupt, was bieten die mir denn?'

Richards Blick wandert über die Terminpläne, die Schalt- und Anordnungspläne, die an den Wänden seines Büros hängen.

»Das hier will ich! Baustelle! Das ist meine Welt!«
Die Zeitung knistert beim Umblättern, während er weiterliest:
»Zur Verstärkung unseres Ingenieurbüros in Hamburg suchen wir einen Diplomingenieur für allgemeine Elektrotechnik. Sehr gute Kenntnisse in allen Leistungsphasen der HOAI – Honorar- Ordnung für Architekten und Ingenieur – sind bei Ihnen vorhanden. Sie sind ein erfahrener Projektleiter und besitzen fundierte Erfahrungen in der Planung von elektrotechnischen Anlagen...
Wir bieten einen abwechslungsreichen Arbeitsplatz in einem zu-kunftsorientierten Unternehmen.
Wir freuen uns auf Ihre Bewerbung.«
‚*Abwechslungsreich?* – Was steckt dahinter? Unzugängliche Kollegen? Kratzbürstige Sekretärinnen? Oder: Viel zu spät mit dem Projekt begonnen? Ständiger Ärger mit dem Bauherrn? Auf alle Fälle hätte sich der Neue mit der schlechtesten der technischen Zeichnerin abzuplagen!
Zukunftsorientiert? – Ach nee, wahrscheinlich eine Klitsche! Noch im Aufbau begriffen. Na ja, jedenfalls würden die sich freuen, wenn ich mich bewerbe.'
Richards Begeisterung hält sich in Grenzen. Er legt die Stellenanzeigen beiseite, zündet sich eine neue Zigarette an, nimmt einen Zug und starrt ins Leere.
‚Nur Mist! Das ist alles nichts für mich! Was ist bloß mit Helen los? Warum gefällt es ihr hier nicht mehr? »Am Ende der Welt!« Warum redet sie so? Wir haben hier doch alles! Wovor hat sie Angst? Noch hätten wir Zeit. Ich will auch nicht mein Leben lang auf der Walz sein! Die Kleine wird doch erst sechs! Wenn sie mit sieben in die Schule käme, wäre das doch immer noch in Ordnung!'
Er widmet sich wieder dem Stellenmarkt.
»Was ist das denn? EMU? EMU hat eine Anzeige geschaltet!? Das ist ja ein Ding!«
Seine Hände umfassen die Zeitung fester. Das Papier raschelt. Mit einem Mal riecht es anders, nach Heimat. Richard liest:

»*EMU International GmbH... sucht...Verkäufer...im Innen- und Außendienst.*
Aufgabe:
Verkauf von erklärungsbedürftigen Komponenten und Anlagen der Elektrotechnik...
Profil:
Elektroingenieur...erfahren im Anlagenbau...kaufmännischen Dingen gegenüber aufgeschlossen...
Interessiert?
...bei Fragen wenden Sie sich an Herrn Felix Ritter – Leiter Vertrieb – ...Telefon 040...
Ihre Bewerbung senden Sie an...«
‚Gibts denn so was? EMU sucht einen Vertriebsmitarbeiter! Wäre Helen nicht so unnachgiebig gewesen, hätte ich nie davon erfahren! Ob das was ist? Vertrieb?'

»Na, suchst du schon?«
Richard fährt zusammen. Erhard Loderer steht direkt neben ihm.
»Quatsch!«
Richards Gesicht läuft rot an. Es dauert einen Moment, bis er die Fassung wiederfindet. Er räuspert sich, krächzt wie ein Rabe im Stimmbruch:
»Was schleichst du dich denn hier so leise rein? Mich so zu erschrecken! Was liegt an?«
»Entschuldige! Ich wollte nur eine Zigarette schnorren.«
Richard legt das Abendblatt zusammen und versenkt es in der untersten Schublade seines Schreibtisches. Er wird die Sache sacken lassen und eine Nacht darüber schlafen.
»Hast du Feuer?«
»Rauchen kannst du wohl alleine?«
»Aber ja doch!«
»Was macht ein Vertriebsmann den ganzen Tag?«

Das Geschoss

Drei Wochen sind vergangen, seit Richard beim Studieren der Stellenanzeigen von Loderer überrascht worden war und er die Zeitung in der untersten Schreibtischschublade verschwinden ließ. Und da liegt sie heute noch.
Er steigt in seinen Kombi und fährt ins Camp. Von 12 Uhr bis 14 Uhr 30 ist Mittagspause. Genug Zeit, um mit Helen und Katrin ohne Hast zu essen. An manchen Tagen ist sogar noch ein Schläfchen drin.

Klack!
Metall schlägt auf Metall. Helen schreckt zusammen. Kaum hörbar flüstert sie mit sich selbst:
»Was war das denn?«
Sie schiebt den Küchenstuhl vom Esstisch zurück, steht auf und geht an den Herd.
»Der Schnellkochtopf?«
Sie hebt den Sicherheitskochtopf am Deckelgriff an und stellt ihn auf die Seite.
Die Bajonettverschlüsse sind fest ineinandergeschoben. Der Deckel sitzt stramm auf dem Gummiring und der Griff ist auch an der richtigen Stelle eingerastet.
»Nee, der kann es nicht gewesen sein!«
Helen dreht sich vom Herd weg. An ihrem linken Ohr pendelt ein selbstgebasteltes Gebilde aus drei schwarzen Holzkugeln und einer perlmuttschillernden Muschel, die Richard während ihres ersten gemeinsamen Urlaubs am Strand von Hikkaduwa auf Sri Lanka gefunden hat. Sie streicht sich über die blonden Strähnen, die sie aus einer Laune heraus kurz abgeschnitten und gebleicht hat. Helen beäugt das Sperrholzregal, das über dem Küchentisch an der Wand hängt. Am untersten Brett hängen an verchromten Haken ein rotes Fliegensieb aus Plastik zum Abdecken von Obst-

oder Wursttellern und neben Katrins Biene Maja- ein weißer und ein blauer Kaffeebecher. Es scheint alles in Ordnung zu sein.

»So ein Knall! Was mag das nur gewesen sein?«

Helen geht ins Wohnzimmer. Auf dem Bücherbord steht ein Weltatlas neben abgegriffenen Taschenbüchern, zum Beispiel »Mord im Orientexpress« von Agatha Christie.

»Die Klemmlampe sitzt an ihrem Platz. Was war das bloß?«

Inzwischen tritt Richard die Stiefel auf dem Gitterrost ab, schiebt den bunten Vorhang aus Plastikstreifen beiseite und betritt den Windfang. Er hängt seine Jacke an die Garderobe. Aus der Wohnküche riecht es nach geschmortem Rindfleisch. Gerade entriegelt Helen das Sicherheitsventil am Griff des Kochtopfs. Dampf zischt aus dem Druckentlastungsventil. Sie dreht den Deckelgriff gegen den Uhrzeigersinn und öffnet den Topf.

»Katrin ist noch nicht da!«, sagt Helen.

»Ach!«

»Bin sowieso spät mit dem Essen dran!«

»Ja?«

»Vorhin knallte irgendwas ganz laut in der Küche.«

»Ach ja?«

»Ich hatte den Schnellkochtopf in Verdacht.«

Wie gerufen steht Katrin in der Tür.

»Hallo Papi, was ist das denn?«, fragt sie und zeigt auf ihren Sessel am Couchtisch. »Da! Das da! Die gelben Fusseln!«

Richard wendet sich vom Gulaschtopf ab, aus dem er am liebsten schon mal gekostet hätte.

»Was ist denn, Kati?«

»Da!«

Der strohblonde Wirbelwind zeigt auf das kleine Büschel zerfetzter Steinwolle auf seinem Sessel.

»Wo kommt das denn her?«

Richard begutachtet das Sitzmöbel. Er blickt nach oben und entdeckt das Loch in der Decke. Der Rand hängt in Fetzen, als wenn die Öffnung mit einer spitzen Hacke von oben in die Decke geschlagen worden wäre.

»Ich glaube, jetzt hat sich die Maus endlich durch die Decke gebissen!«

Richard lächelt. Katrin wedelt die Isolierwolle vom Sessel. Sie zeigt auf ein rundes Metallstück, das, bisher unentdeckt geblieben, auf der Sitzfläche liegt.

»Guck mal, Papi!«, sagt sie. »Was ist das?«

Richard traut seinen Augen nicht. Er nimmt Katrin das sechs Zentimeter lange Teil aus der Hand und hält es zwischen Daumen und Zeigefinger.

»Helen, schau mal!«

»Eine Gewehrkugel? Das war der Knall, den ich vorhin gehört habe! Und nicht mein Kochtopf!«

Richard wiegt das Geschoss in seiner Hand. Er blickt an die Decke.

»Von wegen Maus! Das Projektil ist durch das Blechdach geknallt! Direkt in Katrins Sessel!«

»Mein Gott! Auf uns ist geschossen worden!«, Helens Stimme klingt hysterisch.

»Stell dir vor, Kati wäre von der Kugel getroffen worden!«, ihre Stimme überschlägt sich. »Ich habe es satt! Das wird ja lebensgefährlich hier!«

»Beruhige dich. Ich geh zum Oberbauleiter! Das muss ich ihm melden!«, sagt Richard, zieht die Jacke über und geht.

Der OBL wiederum ruft beim Consulting Ingenieur Moshanir an. Die haben auch keine Idee, wer auf das Dach geschossen haben könnte, und informieren die Polizei in Mashhad über den rätselhaften Vorfall.

Wie ein Lauffeuer fegt die Nachricht von dem Ereignis durch das Camp. Erhard schleppt eine Sprossenleiter heran und lehnt sie an die Rückseite des Bungalows. Richard klettert aufs Dach und entdeckt unterhalb des Firstes das längliche Einschlagloch.

»Wahnsinn!«

Mit seiner Polaroid-Kamera fertigt er Bilder an, die das Loch neben dem Dachfirst dokumentieren. Mittlerweile ist ein Polizist eingetroffen. Er klettert zu Richard aufs Dach. Richard zeigt dem Uniformierten das Geschoss, das Einschlagloch und die Fotoaufnahmen, die er gemacht hat.

Sie verlassen das Dach und gehen durch die Küche in das Wohnzimmer. Der Bärtige nimmt die Kappe ab und begrüßt Helen, indem er ein Nicken mit dem Kopf andeutet. Richard zeigt auf den Sessel, auf die Stelle, wo Katrin das Geschoss gefunden hat. Der Polizist nimmt das Projektil an sich und steckt es, nachdem er es ausgiebig auf dem Handteller hin und her gedreht und von allen Seiten betrachtet hat, in die Tasche seiner Uniformjacke. Ratlos zuckt er mit den Schultern, sagt ein paar Worte auf Persisch, die Richard nicht versteht, und verabschiedet sich höflich.

»Das wars dann wohl!«, schätzt Richard die Situation ein.

Und damit sollte er recht behalten.

Eine Stunden später. Helen hat das Gulasch aufgewärmt. Ihr ist der Appetit vergangen. Sie stochert auf ihrem Teller herum. Richard hingegen ist hungrig. Er langt ordentlich zu. Und Katrin scheint es ebenfalls zu schmecken.

»Ich kann es mir nur so erklären, dass die Wachmänner am Tor mit ihren Karabinern rumgespielt haben. Dabei könnte sich ein Schuss gelöst haben.«

Helen fährt aus der Haut:

»Jetzt reicht es mir! Du kannst froh sein, dass die Kugel keinen von uns getroffen hat!«, schreit sie.

Katrin legt den Löffel auf den Tellerrand und sperrt die Augen weit auf. Sie schaut von Helen zu Richard. So außer Kontrolle hat sie ihre Mutter noch nie erlebt.

»Ich will nach Hause, Richard! Am liebsten würde ich sofort unsere Koffer packen und mit Katrin ins nächste Flugzeug nach Hamburg steigen!«

»Nun beruhige dich doch!«, versucht Richard sie zu beschwichtigen.

»Ich beruhige mich nicht! Du hast mir hoch und heilig versprochen, dass du dir eine neue Stelle suchst!«

Katrin rutscht auf ihrem Stuhl hin und her.

»Ich tu doch, was ich kann!«

»Das ist zu wenig!«

Katrins blaue Augen füllen sich mit Tränen.

»Bitte, bitte, nicht streiten!«, sagt sie.

»Helen, ich…Das ist alles nicht so…«

Helen unterbricht Richard mitten im Satz:

»Entscheide dich! Entweder wir oder deine Baustelle!«

Alltag

Als Richard am nächsten Morgen die Augen aufschlägt, trüben Nebelschleier seinen Blick. Er blinzelt nach dem Reisewecker, der auf seinem Nachtschrank steht. Der rote nadeldünne Sekundenzeiger springt von Strich zu Strich. Zack! – eine Sekunde vor 6 Uhr. Richard drückt auf den Alarmknopf.

Seine innere Uhr war wieder einmal schneller als das fiepende Ungeheuer. Von Helen ist nicht viel zu sehen. Sie hat ihm den Rücken zugekehrt und sich die Vergissmeinnicht-Bettdecke bis über beide Ohren gezogen. Richard schlüpft aus dem Bett und verschwindet im Bad. Nachdem er sich erleichtert hat, rasiert und duscht er sich. Er trocknet sich ab, betrachtet das Ergebnis der Nassrasur im Spiegel, cremt die Wangen mit After-Shave-Balm ein, schlingt das Tuch um die Hüften und wechselt in die Küche. Dort greift er nach dem Wasserkessel, füllt ihn und stellt ihn auf die Herdplatte. Er kocht sich ein Ei, streicht Butter auf einen Streifen Fladenbrot, löffelt Kaffee in den Filter und brüht ihn auf. Aromatischer Kaffeeduft zieht durch den Raum.

Richard setzt sich an den Küchentisch und schlägt die Eierschale an der Tischkante auf.

Es ist sechs Jahre her, dass Helen und er sich auf einem Englischseminar in Nottingham kennengelernt haben. Doch so richtig gefunkt hat es erst nach der Bildungsreise, in Hamburg.
    Helen wurde von Richard schwanger. Sie freuten sich auf ihr gemeinsames Kind. Mit dem Heiraten hatten sie es nicht eilig. Doch als Richard den Job im Iran bekam, änderte sich ihre Situation und auch die Einstellung zur Ehe. Als unverheiratete Frau mit Kind hätte Helen keine Aufenthaltsgenehmigung für das Land bekommen. Dass die Reise in den Norden des Iran, nach Mashhad, führen sollte, schreckte sie nicht ab. Ganz im Gegenteil: Sie freuten sich auf das Abenteuer, das vor ihnen lag. Helen hatte überhaupt keine Zweifel an der Sache: Wo Richard hingeht, da will auch sie sein, da geht sie auch hin! Aber der iranische Alltag, das abwechslungsarme Leben im Camp begann sie allmählich unzufrieden und schließlich unglücklich zu machen.
    Jetzt wünscht sie sich, dass Katrin eine Schulausbildung in Deutschland erhält und nicht von Baustelle zu Baustelle gezerrt wird. Ihr wäre am liebsten, sie kehrten nach Hamburg zurück und Katrin würde zu Hause eingeschult werden. Richard hingegen hätte keine Probleme damit, Katrin die ersten Jahre im Camp von dem rotbärtigen Heinrich Ohlen, dem eigens dafür von EMU eingestellten Baustellenlehrer, unterrichten zu lassen. Hinzu kommt, dass Helen sich ernsthaft Sorgen macht, da seit Mitte Dezember zu viele Dinge vorgefallen sind, die tragisch hätten enden können! Erst der Stromausfall! Dann das Feuer im Haus, bei dem Katrin im Schlaf fast erstickt wäre! Gestern Abend die Gewehrkugel, die durch das Dach in Katrins Sessel geschlagen war! Und dann schließlich auch »König Alkohol«: Die deutschen Männer suchen in Ermangelung normaler Freizeitmöglichen wie Familienleben, Freunde treffen oder Sportverein Entspannung im Alkohol, obwohl dessen Genuss in diesem Land rigoros bestraft

werden könnte. Richards Blackout, bei dem er sich fast die Nase gebrochen hätte, war auch ein unerfreulicher Zwischenfall gewesen. Helen hat ihren Unmut darüber kundgetan und er hat sein Fehlverhalten eingesehen.

Richard fühlt sich, als säße er zwischen den Stühlen. Auf der einen Seite sehnt er sich nach Abenteuer, Freiheit und aktivem Leben! Andererseits schätzt er Geborgenheit und Harmonie! Auf gar keinen Fall will er Streit mit Helen, die gestern beim Abendessen sehr entschlossen wirkte, als sie zu ihm sagte:
»Wir oder die Baustelle!«
Da schwammen ihm die Felle endgültig davon. Er spürte ihre Entschlossenheit und dass er sich entschließen musste, nach Hamburg zurückzukehren.

Richard steht vom Tisch auf und räumt ab. Becher und Teller wandern in das hochglänzende Nirosta-Spülbecken. Helen wird das Geschirr später abwaschen. Es wird Zeit! Richard geht zurück ins Schlafzimmer und kleidet sich an. Er muss rüber, auf seine Baustelle!

Das Telefongespräch

Er sitzt allein im Baubüro, in dem nach einem langen Arbeitstag aller Sauerstoff aufgebraucht ist. Seine iranischen Kollegen sind längst bei Frau und Kind, beziehungsweise in der Stadtvilla der Familie angekommen.

Der Stellenmarkt des Hamburger Abendblatts liegt auf dem Schreibtisch ausgebreitet vor ihm.

Er kann es immer noch nicht fassen: Sein Hamburger Arbeitgeber sucht einen Ingenieur mit Erfahrung im Elektroanlagenbau, der kaufmännischen Dingen gegenüber aufgeschlossen ist!

Richard klemmt den Telefonhörer zwischen Schulter und Ohr, um die Hände frei zu bekommen. Er zieht die obligatorische

Stuyvesant aus der Schachtel. Tabak krümelt auf die Anzeige. Er wischt ihn vom Zeitungsblatt. Wie meistens auf leerem Magen, wird ihm nach dem ersten Zug schwindelig. Er öffnet einen Moment lang das Fenster. Kalte Luft strömt herein und streift über sein Gesicht.

Vom Kraftwerk wehen vertraute Geräusche herüber. Hämmer schlagen gegen Rohrleitungen, klopfen die Schlacke von den Schweißnähten. Trennscheiben fressen sich schrill kreischend durch Eisenträger. Erzeugen einen Feuerschweif, wie ein auf die Erde zustürzender Komet.

»Hallo? Hier ist Gotha, Richard Gotha!«

»Richard?«

»Ja?«

»Richard! Das ist ja eine Überraschung! Hier ist Bettina. Ich denke, du steckst im Iran!«

»Da bin ich auch, Betti! Ich rufe von der Baustelle an, aus Tus.«

Bettina, gut 14 Jahre jünger als er! Jeder im Betrieb wusste von der Affäre. Er denkt an die Nächte mit ihr, bevor Helen ihnen auf die Schliche kam! Richard war neu bei EMU und steckte mitten in der Einarbeitung für das Tus-Projekt. Bettina hatte gerade ausgelernt und ihre Lehre als Industriekauffrau beendet. Wenn das kein Grund zum Feiern war! Richard war, im wahrsten Sinne des Wortes, Testosteron-gesteuert, um seinen Verstand gebracht! Der Abend endete bei ihr, in ihrem Bett. Ein paar Wochen später flog er in den Iran. Heute ist er Helen dankbar dafür, dass sie den Großmut besessen hatte, ihm zu verzeihen und ihre Ehe zu retten! Ohne ihre Hilfe wäre er vielleicht in Tus gescheitert! Sein Englisch war anfänglich so schlecht, dass er froh sein konnte, dass Helen ihn bei den Briefen an Moshanir behilflich war. Ohne sie im Rücken wäre er in Tus nicht so schnell erfolgreich gewesen.

Bettina ging cool mit dem Schlussstrich um, den sie unter ihre Affäre ziehen mussten.

»Echt schade«, sagte sie zum Abschied, »dass du nicht mehr zu haben bist.«

»Richard, bist du noch dran?«
Die Telefonverbindung schwankt.
»Ich wollte eigentlich mit der Personalabteilung sprechen. Oder mit Felix Ritter!«
»Die sind noch zu Tisch.«
»EMU hat im Abendblatt annonciert.«
»Ich weiß, wir suchen einen Vertriebsingenieur.«
In der Telefonleitung ist solch ein Rauschen, dass Richard Betti nur schlecht verstehen kann.
»Ist die Stelle schon vergeben?«
Wegen der langen Distanz kommen die Worte zeitverzögert in der Hörmuschel an.
»Ich will zurück nach Hamburg! Unsere Tochter Katrin soll in Hamburg eingeschult werden!«
»Nein, die Stelle ist noch frei. – Ich werde Felix Ritter erzählen, dass du angerufen hast und dich für die Stelle im Vertrieb interessierst. Das mach ich gern für dich! Ritter hält ziemlich viel von dir! Guter Mann und so, der Gotha! Leute wie den Gotha könnten wir in der Zentrale gut gebrauchen, sagt er des Öfteren, wenn wir wieder mal auf der Piste sind.«
Bettina fährt fort:
»Schick doch ein Fernschreiben an die Personalabteilung und bewirb dich einfach um die Stelle! Das geht am schnellsten! Paula Wandel hat doch deine kompletten Unterlagen in ihren Akten.«
Richard zögert. Eine steile Sorgenfalte teilt seine Stirn. Dann antwortet er resigniert:
»Gut, dann mach ich das einfach so!«
»Vielleicht musst du ja herkommen. Bewerbungsgespräch und so!«, freut sich Bettina Hansson am anderen Ende der immer schwächer werdenden Telefonverbindung.
»Mach dir bloß keine falschen Hoffnungen!«

Doch den Einspruch hört Betti wegen der endgültig getrennten Verbindung nicht mehr. Richard legt den Hörer auf die Gabel.

Persönlich / Vertraulich

Der Drehstuhl poltert gegen die Wand mit dem Terminplan, der sich im Laufe der Jahre von einem weißen Balkenplan in braunes Backpapier verwandelte.
Richard schabt mit dem edding eine Zickzacklinie über das gewellte Papier. Sein Blick wandert die Statuslinie entlang. In den letzten Wochen sind die Elektromonteure recht ordentlich vorangekommen. Zufrieden mit dem Stand der Arbeiten, dreht Richard sich zum Fenster, schiebt die mit Fingerabdrücken übersäte Glasscheibe zur Seite und steckt den Kopf durch den Fensterrahmen. Mächtig heben sich die Stahlskelette der vier Kesselhäuser vor dem strahlend blauen Märzhimmel ab. Eine einsame Wolke schwebt wie ein riesiger Plattfisch über den Ausläufern des Khorassangebirges und löst sich langsam auf. Die Quecksilbersäule im Thermometer neben der Barackentür steht bei 24 Grad. Frisch asphaltiert dampft die neue Ringstraße in der Mittagssonne, Teergeruch erfüllt die Luft. Schweren Herzens schließt Richard das Fenster.

Sofort nach dem Telefongespräch mit Bettina hatte Richard sich an den Fernschreiber gesetzt, der im Kabuff neben der Baubarackeneingang steht. Mit einem Kloß im Hals hackte er im Ein-Finger-Such-System seine knappe Bewerbung in die Tastatur.
Zwei Tage danach, am späten Nachmittag, war Felix Ritter am Telefon. Der Leiter des Vertriebs tönte in sein Ohr, wie sehr er sich über Richards Bewerbung freue. Eine bereits offen stehende Tür sei noch weiter aufgestoßen worden, denn in der Zentrale wären seit einiger Zeit Überlegungen im Gange, wie man das leitende Personal in Tus optimal an die enge Kostensituation anpassen

könne. Block 1 und 2 seien ja am Netz und liefen seit Wochen ohne gravierende Mängel im Probebetrieb. In Block 3 sei die Inbetriebsetzung so gut wie abgeschlossen und die Montage in Block 4 müsste spätestens in drei Monaten erledigt sein. In diesem Stadium könne Erhard Loderer das Bauprojekt allein zu Ende führen.

Und so schlecht seien die Konditionen in Hamburg ja auch wieder nicht, meinte Ritter: Ein neutraler Dienstwagen der gehobenen Mittelklasse, der im Rahmen der gesetzlichen Bestimmungen privat genutzt werden könne! Ein zusätzliches Zielgehalt, das abhängig von den Bestelleingängen wüchse! Ein großzügiges Spesenkonto!

»Ja, ja. Vorher... Ja, die zehn Wochen... Alles, den gesamten Urlaub nehmen...«, säuselte Ritter ins Telefon, als handelte er in geheimer Mission. Die Einarbeitung erfolge durch ihn. Das sei doch selbstverständlich!

»Ach ja, ...die Lohnsteuer! ...Ein leidiges Thema! ...Die hat jeder am Hals!«

Dafür sei er wieder in Hamburg, was er sich gewünscht habe.

Seitdem sind vier Wochen vergangen. Und jetzt liegt der Brief aus der Personalabteilung auf seinem Schreibtisch.

Persönlich / Vertraulich steht fett in Druckbuchstaben über seinem Namen. Er steckt den Brief in die Brusttasche seines Baumwollhemds, schleicht mit schleppenden Schritten aus dem Büro, setzt sich hinter das Lenkrad, startet den Motor und fährt ins Camp.

Gemächlich schaukelt der Mazda an Steppengras vorbei, das in dichten Büscheln am Wegrand zwischen faustgroßen Kieseln wächst. Die Schranke vorm Camp steht offen. Er steuert den Wagen neben das Transformatorhäuschen und steigt aus. Die Sicherheitsschuhe knirschen über den Kies. Am Bungalow angekommen, schiebt Richard den bunten Plastikvorhang beiseite und tritt in die Diele.

»Helen?«

Sie kommt ihm entgegen. Er reicht ihr den Briefumschlag.

»Er ist noch verschlossen?!«, fragt sie verwundert.

»Lies!«

Helen rupft das Briefkuvert auf:

»Sehr geehrter Herr Gotha,
wir freuen uns außerordentlich, dass Sie sich entschieden haben, bei uns im Vertrieb anzufangen.
Bitte übertragen Sie ihre Aufgaben bis zum 15. April an Herrn Erhard Loderer. Danach haben Sie die Möglichkeit, in Ruhe nach Hamburg überzusiedeln.
Die Änderung zu Ihrem Arbeitsvertrag liegt zur Unterschrift in der Personalabteilung für Sie bereit. Ebenso der Dienstwagen-Vertrag und die Zielgehaltsvereinbarung.
Unser Vertriebsleiter, Herr Felix Ritter, erwartet Sie nach ihrem Urlaub am 01. Juli in seinem Büro. Herr Ritter wird Sie persönlich in Ihre neue Aufgabe einarbeiten.
Da Sie die Ausstattung Ihres Dienstfahrzeuges, das Ihnen im Rahmen der gesetzlichen Bestimmungen zur privaten Nutzung zur Verfügung steht, mitbestimmen sollten, stellen wir Ihnen vorübergehend einen Mietwagen zur Verfügung.
Wir wären Ihnen dankbar, wenn Sie uns mitteilten, wann wir Sie voraussichtlich in unseren Räumen erwarten können.
Wir freuen uns auf die Zusammenarbeit mit Ihnen.
Mit freundlichen Grüßen
Elektroanlagenbau Mueler & Uderich International GmbH
Walter Uderich   ppa. Manfred Thaler«

»Richi!«

Helen stößt einen Jubelschrei aus, als hätte sie gerade von einem Sechser im Lotto erfahren. Sie wedelt den Brief in der Luft herum und tanzt durch das Zimmer.

»Was hat Mami?«

Katrin, der Helens Freudenschreie nicht entgangen sind, wieselt ins Wohnzimmer.

»Wir ziehen um, nach Hamburg!«, antwortet Richard.
»Ich will aber nicht!«
»Es geht nicht anders, mein Schatz!«
Die Würfel sind gefallen! Wovon Richard träumte, zählt nicht mehr!

Abschied

Wolkenschleier überziehen große Teile des Himmels von Khorassan. Diffuses Licht blendet empfindliche Augen. Die Deckenbeleuchtung im Baubüro ist eingeschaltet. Auf den Schreibtischen liegen aufgeschlagene Ordner, Zeichnungen und Bautagebücher kreuz und quer übereinander.

Zusammengekrümmt flüstert Karim Arasteh verschwörerisch in den Telefonhörer. Mehrdad Razipour hackt stoisch Zahlen in die elektrische Rechenmaschine, die links von ihm auf dem Schreibtisch steht. Die verbrauchte Luft riecht nach Arbeit. Richard betritt den Raum. Das Wandregal vibriert unter seinen Schritten. Er setzt den Schutzhelm ab und legt ihn auf seinen Schreibtisch.

»Bleib sitzen!«, sagt er und drückt Erhard zurück in den Stuhl.

Vier Wochen härtester Arbeit liegen hinter ihnen. Montage-Termine wurden diskutiert und als Statuslinie in den Plan an der Wand hinter Richards Drehstuhl eingetragen. Akten wurden gesichtet, Seite um Seite die wichtigsten Vorgänge durchgeblättert, die bis dato angefallenen Kosten geschätzt, eine to do- und open item-Liste erstellt.

Sie sind in jedes Kesselhaus gegangen, um Plattform für Plattform die Meßgerüste zu inspizieren. Keine Turbinenhalle, kein Generator, nicht ein Schaltanlagenraum oder Kabelkeller wurde bei den Rundgängen ausgelassen. Zu guter Letzt sind sie in Richards Wagen gestiegen, um vom Werkstattgebäude zur Gas-turbine, von den Tiefbrunnen zur Wasseraufbereitung, vom Öltanklager bis zu den Speisewassertanks zu fahren. Unberührt von den Aktivitäten lief das Tagesgeschäft weiter. Karim Arasteh und Mehrdad Razipour haben Tag für Tag ihr Bestes gegeben, haben, wie Richard es von ihnen gewohnt war, Abnahmen durchgeführt und Restpunkte dokumentiert. Der bevorstehende Wechsel in der Bauleitung wurde vom Oberbauleiter dem Consulting Ingenieur Moshanir und der Masshader Energiebehörde Tavanir zeitnah und vor allem schriftlich angezeigt.

Gestern Abend war Big Party. Im Recreation-Center ging es hoch her. Richard hatte die ARGE-Partner eingeladen. Kurt, der Senior Bauingenieur, schrieb Richard zum Abschied ein paar Zeilen, in Schönschrift, wie es nur Architekten können:

Die ehrenwerte Bruderschaft der Altgesellen der Baustelle Tus Power-Station Mashhad Iran bestätigt hiermit »Tippel-Ingenieur« Richard Gotha, dass er nach altem Brauch und Sitte am 14ten April im Jahre 1986 seinen Ausstand gegeben hat. Die besten Wünsche der Bruderschaft begleiten ihn und seine beiden Weibsleute auf der Walz zur EMU-Zentrale Hamburg.

Dazu ein paar Fotos, die Richard in voller Montur, mit Schutzhelm, Bluejeans, offenem Baumwollhemd und halblanger Feldjacke inmitten seiner Monteure auf der Baustelle zeigen.

Japaner, Jugoslawen, Österreicher, Rumänen sowie die deutschen Kollegen waren über die kalten Platten hergefallen, die Helen mit den anderen Frauen aus dem Camp gerichtet hatte. Richards letztes Fass »Eigenbräu« war in weniger als einer Stunde gelenzt.

Leicht fiel sie ihm nicht, die Abschiedsrunde durch das Baubüro!

»Man sieht sich«, hatte der Oberbauleiter gesagt und ihm kräftig auf die Schulter geklopft.

»*Goodbye, Mister Gotha!*« Die Damen im Sekretariat zupften an ihren Kopftüchern, waren aufgestanden und deuteten eine Verbeugung an.

»Mach es gut, Richard!«, gaben ihm die Kollegen vom Bau, von der Mechanik, die Inbetriebnahme-Ingenieure und Turbinen-Spezialisten mit auf den Weg.

»Das hätte ich hinter mir!«, sagt Richard sichtlich berührt und erleichtert zugleich.

»Hast du noch Fragen?«

Erhard Loderer sieht auf die Spitzen seiner Sicherheitsstiefel, aus dessen zerkratztem Leder die Stahlkappen hervorgucken. Unmerklich schüttelt er den Kopf. Richard geht um seinen Schreibtisch herum und nimmt Mehrdad Razipours Hand, dessen kastanienbraunen Augen sich mit Tränen füllen. Richard muss schlucken, kämpft gegen seine Gefühle an. Karim Arasteh ist von seinem Schreibtisch aufgestanden und kommt zu ihnen rüber.

»Für Sie, Mister Gotha, damit Sie in Hamburg an uns denken!«

Er überreicht Richard einen schmalen Ring aus Rotgold, den ein hübsch eingefasster schwarzer Stein ziert. Richard ist von so viel Freundlichkeit überwältigt. Er räuspert sich mehrmals, bevor er antworten kann:

»Das kann ich nicht...!«

Arasteh lässt ihn nicht aussprechen.

»Doch, doch, Mister Gotha!«, bekräftigt er.

Richard steckt den Ring auf den kleinen Finger und betrachtet den Stein. Es ist nicht der Ring allein, der ihn erfreut, sondern die Wertschätzung, die hinter dem Abschiedsgeschenk steckt.

»Danke!«, sagt er zu Arasteh und Razipour, »danke für alles. Für die tolle Arbeit, die ihr geleistet habt und für das, was ich von euch über euer schönes Land erfahren habe. Leider muss ich jetzt gehen und meine Koffer packen. Danke!«

»Soll ich dir beim Packen helfen...?«

Richard legt Erhard die Hand auf die Schulter.

»Bleib besser hier, das schaffen wir schon allein. Wir sehen uns später, im Camp!«

Ohne stehenzubleiben oder sich umzusehen, verlässt Richard das Baubüro. Seine Schuhe kommen ihm so schwer vor wie die Bleischuhe eines Helmtauchers.

Er geht an der VW-Pritsche entlang, die mit der Ladefläche zur Baubaracke steht. Mit der Hand fährt er über den Rand der verrosteten Seitenklappe, klopft gegen die verbeulte Luke zu seinem Geheimfach, wendet sich ab und geht zu seinem Kombi, der auf der anderen Seite des Eingangs steht. Betrübt rutscht Richard hinter das Lenkrad und fährt rüber ins Camp.

Im Überlandbus

Seit Stunden quält sich der zwölf Meter lange Daimler-Benz-Überlandbus die schnurgerade Piste entlang, die über 350 Kilometer durch die Salzwüste von Kerman, die Dasht-e-Lut, führt. Eine mächtige Staubwolke wälzt unter dem Heck hervor. Die Luft im Bus, der mit 52 Reisenden, 2 Fahrern, einem Lamm, das sein Besitzer mit zusammengebundenen Hufen unter die Sitzbank geschoben hat, und einem Dutzend Hühnern, die in zwei Käfigen aus Weidengeflecht zwischen Ballen, Koffern und Taschen auf dem Dachgepäckträger festgezurrt sind, voll besetzt ist, ist knochentrocken. 35 Grad heißer Fahrtwind zieht durch die geöffneten Schiebefenster in den Fahrgastraum. Feiner Sand reizt Augen und Nasen. Wortfetzen überlagern das satte Brummen des Dieselmotors. Ohne den Bus zu stoppen, tauschen die Fahrer bei Tempo 70 die Plätze. Jetzt dreht der kleinere der beiden am Steuerrad, während der Bärtige die Wasserflasche an den Mund setzt und mit hüpfendem Kehlkopf von der warmen Brühe trinkt.

Die Gothas sitzen zwei Reihen hinter dem Fahrer über den Radkästen. Katrin hat den Fensterplatz ergattert. Zur blau-weiß gestreiften Jeans trägt sie ein rosa T-Shirt, die braunen Füße stecken in roten Ledersandalen mit schmalen Riemen. Sie ist eingeschlafen und liegt quer über Helens Schoß. Helen träumt mit offenen Augen. Eine weite hellblaue Baumwollbluse, die bis zu den Knien reicht, und eine cremefarbene Leinenhose verschleiern ihre Figur. Das weiße Kopftuch ist von der Stirn in den Nacken gerutscht. Ohne sich dessen bewusst zu sein, streicht sie der Kleinen den schweißnassen Pony aus dem Gesicht. Richard sitzt auf der anderen Seite des Mittelganges. Er trägt seine obligatorische Lee und ein Leinenhemd, dessen Kragen offen steht. Ein bunter Seidenschal von Helen schützt seinen Hals gegen Zugluft.

Neben ihm am Fenster sitzt ein junger Mann. In sich gekehrt, lehnt das Milchgesicht mit dem Turban an der verstaubten Glasscheibe und döst vor sich hin. Richard beugt sich in den Gang und tippt mit dem Finger auf die Armbanduhr:

»In zwei Stunden könnten wir in Kerman sein!«

»Fliegen wäre einfacher gewesen!«, antwortet Helen.

»Tut mir echt leid! War wegen des Krieges nichts zu machen! Im Büro haben sie alles versucht. Mal durch die Wüste von Mashhad bis an den Persischen Golf zu fahren, ist doch ein Erlebnis!«, begeistert er sich.

»Mir fallen schon immer die Augen zu«, gähnt Helen hinter vorgehaltener Hand.

Das ist kein Wunder, denn seit 4 Uhr in der Früh sind sie auf den Beinen. Erhard Loderer und der dicke Kurt verfrachteten die drei mit Sack und Pack in ihren Kombis und kutschierten sie noch vor Sonnenaufgang nach Mashhad zum Zentralen-Omnibus-Bahnhof. Es dauerte eine Weile, bis sie den grün-weißen Überland-Linienbus nach Bandar Abbas via Kerman gefunden hatten. Eine Menschentraube am Heck des Busses zog und schob wild gestikulierend Gepäckstücke vor sich her. Richard, der ziemlich stur sein kann, hatte sich in den Kopf gesetzt, dass ihr Reisegepäck, zwei olivgrüne Bundeswehr-Blechkisten und drei Samsonite-Schalenkoffer, nach unten in die leeren Kofferräume des Busses verfrachtet werden sollten. Er hatte einmal auf einem Ausflug ins Elbrusgebirge gesehen, wie eine Gepäckbrücke samt Ladung bei Einfahrt in einen Tunnel vom Dach des Busses gerissen und auf die Straße geschleudert worden war. Die Fahrer und einige Mitreisende versuchten, Richard von seinem Plan abzubringen. Seine bescheidenen Farsi-Kenntnisse reichten nicht aus, um zu verstehen, warum. Er schaltete auf Unverständnis, die Perser gaben auf und ließen dem Dickschädel seinen Willen.

Endlich ging die Reise los. Der bärtige der beiden Busfahrer drückte zweimal kurz auf die Hupe, wie ein Hamburger Hafenlotse, der mit der Pfeife die Kursänderung seines Dampfers nach Backbord anzeigt. Der Auspuff stieß eine schwarze Wolke aus. Behutsam löste sich der Linienbus aus dem Knäuel der parkenden Fahrzeuge. Der Fahrer lenkte den grünweißen Bus um den Kreisel, in dessen Mitte sich Palmen und ein Teich mit rosa Seerosen befanden, und steuerte Kerman, dem ersten Ziel der zweitägigen Etappe, entgegen.

Mit ausgebreiteten Armen, als würden sie entlaufene Küken in den Stall scheuchen, treiben die beiden Fahrer die Reisenden nach einer zehnmütigen Pause zurück in den Bus.

»*Bórou! Bórou dïgá!*«, hört Richard ihr Rufen, während er hinter dem Kiosk der Tankstelle ins Gestrüpp pinkelt und die Luft anhält. Die Abendsonne scheint ihm ins Genick. Es stinkt wie in einem Affenstall, denn vor ihm waren schon Hunderte hier.

»*Jawâsch! Jawâsch!*«, antwortet Richard. »Sachte! Sachte!«

Er steigt als Letzter in den Bus, der nach 900 Tageskilometern über Geröll und durch Wüstensand wie mit Staub gepudert neben einer einst roten und jetzt schrottreifen Zapfsäule steht. Mit einem Zischen schließen die Schwingtüren, der Bus zieht an. Richard strebt zu seinem Platz. Dem Sitznachbarn ist der Kopf auf die Brust gesunken, er schläft.

Abrupt tritt der bärtige Fahrer auf die Bremse. Das Gemurmel im Bus nimmt zu und wird noch lauter, nachdem der Staub verflogen ist:

Straßensperre!

Hinter einem Spanischen Reiter stehen drei junge Männer in

schmucklosen Uniformen. Ein sandfarbener Nissan-Patrol parkt seitlich am Straßenrand.

»Pasdaran!«, raunt eine Frau und zieht den braunen Tschador tiefer in die Stirn.

Ayatollah Ruhollah Khomeinis Revolutionswächter hätten Drillinge oder Klone sein können: Braune Augen, dunkles Haar, Bärte gestutzt, steinerne Mienen. Schlank und trainiert. Khakifarbene Hemden und Hosen. Springerstiefel korrekt bis ans Schaftende geschnürt.

»Dein Kopftuch, Helen!«

»Passkontrolle!?«

»Hoffentlich durchsuchen die nicht unser Gepäck!«

Die Türen des Busses schwingen auf. Keiner der Reisenden sagt ein Wort. Die Uniformierten entern den Bus. Während einer vorn beim Fahrer einsteigt, klettern die anderen durch die hintere Tür in das Abteil. Fahrer und Pasdaran wechseln ein paar Worte. Als wüssten sie keinen Rat, schütteln sie mit dem Kopf und zucken die Schultern. In die Reisenden kommt Bewegung. Jacken und Handtaschen rascheln, während sie nach ihren Pässen suchen.

»Was will der Mann?«, fragt Katrin ängstlich.

»Pst! Das erklär ich dir später«, beschwichtigt Helen.

Richard reicht dem Revolutionswächter die Pässe. Schwarze Augen blitzen unter der Mütze hervor, auf der das Emblem der Pasdaran, ein Schnellfeuergewehr in ausgestreckter Faust vor der Weltkugel, prangt. Der Uniformierte vergleicht die Gesichter mit den Fotos, klappt die Pässe zu, ringt sich ein Lächeln ab und drückt sie Richard in die Hand. Dann streckt er die Hand nach dem Mann aus, der neben Richard sitzt. Zwischenzeitlich ist dieser noch tiefer in die mit grünem Wachstuch bespannte Sitzbank gerutscht. Von dem Wortwechsel, den die beiden miteinander führen, versteht Richard absolut nichts. Nur am Tonfall glaubt er zu erkennen, dass der Pasdaran immer rüder und der junge Kerl neben ihm immer ergebener wird. Ayatollah Khomeinis Sittenwächter fordert den Mann auf auszusteigen. Der fängt an zu jammern. Richard steht auf und lässt den armen Kerl vorbei. Er kann die Angst des Mannes riechen.

In Sekundenschnelle ist der Spuk vorüber. Während einer der Revolutionswächter die Straßensperre zur Seite zerrt, schieben die anderen den Gefangenen auf die Rückbank des Geländewagens, der mit blinden Scheiben am Wegrand steht. Im Bus ist es still wie im Grab.

Der Fahrer holt tief Luft, rückt die Sonnenbrille zurecht und startet den Dieselmotor. Er sieht auf die Uhr, weiß nicht, wie er die Verspätung aufholen soll.

»Bórou!«

Er schiebt den ersten Gang rein. Langsam gewinnt der Bus an Fahrt.

Hotel in Kerman

Es dämmert bereits, als der Linienbus den Stadtrand von Kerman erreicht. Der Fahrer drosselt die Geschwindigkeit und biegt in eine schmale Straße ein. Am Ende der Sackgasse hinter einer mannshohen Lehmmauer steht das zweistöckige Hotelgebäude. Bepackt mit Handtaschen, Plastiktüten und Rucksäcken, verlassen die Reisenden den Bus.

Eine Holztreppe, die unter jedem Schritt ächzt, führt in den ersten Stock. An der Balustrade des Laubengangs hängen Wolldecken zum Auslüften. Ein schweigsamer Mann, der ein steifes Bein nachzieht, zeigt ihnen das einfache Quartier: Zwei Betten, ein wackeliger Holzstuhl, ein blinder Spiegel und ein gusseisernes Waschbecken.

»Puh!«, sagt Helen.

»Nur eine Nacht!«, antwortet Richard.

Sie legen ihre Reisetasche – die Koffer und Kisten sind im Bus geblieben – mit dem Nachtzeug, der Wechselwäsche, den Handtüchern und dem Waschzeug aufs Bett und fragen den Invaliden, der im Türrahmen steht, nach einem Kebab-Restaurant. –

Eine Viertelstunde später sitzen sie an einem Blechtisch, der mit Wachstuch bedeckt ist. Katrin spielt mit der Coca-Cola-Flasche, kippt sie zur Seite und steckt den Strohhalm in den Rest der klebrig-braunen Flüssigkeit. Laut gurgelnd saugt sie den Rest aus der Flasche. Richard und Helen nippen an ihren Teegläsern, die mit dem Goldrand wie Schnapsgläser aussehen.

»Dauert es noch lange?«, fragt Katrin.

Die Köchin muss ihren knurrenden Magen bis in die Küche gehört haben. Plastiklatschen schlurfen über weiße Fliesen. Der Perlenvorhang, der den schmucklosen Speiseraum von der Küche trennt, raschelt. Es duftet herrlich nach gegrilltem Lammfleisch und Rinderhack.

Chelo Kabab! Das Nationalgericht, lecker und sättigend, der Klassiker schlechthin! Nach persischer Sitte bringt der Wirt das Essen portionsweise an den Tisch. Auf jedem Teller liegt ein Hügel Reis, in der Mitte des Hügels eine Kuhle. Darin stecken ein kleines Stück Butter und ein Eidotter. Hinzu kommen Pfeffer, eine Prise Salz und etwas von dem dunkelroten säuerlichen Sumagh-Pulver. Obenauf schließlich liegt, ohne die flachen Metallspieße, das gegrillte Hackfleisch.

Richard und Helen zerdrücken ein paar Granatapfelkerne und heben sie mit dem Mus aus Eigelb und Butter unter den Reis. Dazu trinken sie Dugh, ein leicht gesalzenes Getränk aus Joghurt, Molke und kohlensäurehaltigem Mineralwasser, verfeinert durch die Beigabe von kleingehackten Kräutern wie Estragon, Petersilie, Pfefferminze und Dill. Zur besonderen Erfrischung kommen ein paar Eiswürfel hinzu.

»Mir gefiel es hier!«, sagt Richard. »Ein schönes Land! Das Kaspische Meer mit den traumhaften Stränden, vom Massentourismus unberührt. Isfahan! Schiraz! Persepoles! Wir haben viel erlebt und gesehen. Freundliche und hilfsbereite Menschen!«

Er trinkt von dem Dugh.

»Als ich mich damals bei EMU bewarb und der alte Uderich, unser Chef, mich fragte, ob ich in den Iran gehen würde, war er überrascht, als ich antwortete, dass ich überall hingehen würde. Und der Krieg, fragte er mich, schreckt Sie der nicht? Mir war der Krieg völlig egal! Ich habe nicht weiter darüber nachgedacht! Hauptsache weg! Weg aus Deutschland, was erleben! Als Junge träumte ich von Kanada oder Australien. Bäume fällen! Schafe scheren! Wale fangen! Fremde Sitten und Gebräuche kennenlernen! Da bin ich nie hingekommen. Und nun ist mein Abenteuer im Iran nach drei Jahren schon wieder vorbei! Na ja. Wieder zurück nach Hamburg! Immerhin Hamburg! Was tut man nicht alles für die Familie!«

Er sucht Helens Hand und lächelt Katrin zu, die nicht versteht, was in ihrem Vater vorgeht.

»Ihr seid ein Glückstreffer für mich. Ich hab euch beide lieb!« Helen erwidert Richards Händedruck, streichelt Katrin übers Haar:

»Papi fällt der Abschied schwer.«

Und zu Richard:

»Du wirst sehen, alles wird gut, Richi. Lass uns nach vorn blicken! Freu dich doch auf deine alten Freunde!«

»OK!«, er wirkt belustigt und entschlossen. »Dann kaufe ich mir eben einen Schlips und einen Anzug dazu.«

»Mein Papi mit Schlips! Was ist das, ein Schlips?«, fragt Katrin und darüber müssen sie herzlich lachen.

Am nächsten Morgen geht es vor Sonnenaufgang weiter. Die Gebirgslandschaft wird immer eintöniger und kahler. Der Bus quält sich durch steile Kurven dem Ziel entgegen. Erst kurz vor Erreichen der Küste wird der Blick auf das Meer, die Straße von Hormoz, freigegeben.

Es ist heiß und schwül.

»Mindestens 40 Grad im Schatten«, schätzt Richard, »bei einer Luftfeuchtigkeit über 80 Prozent.«

Der Bus biegt in den Flughafenzubringer ein. Palmen säumen den Straßenrand. An einer Müllhalde glotzen drei Dromedare in die Gegend und malmen mit den Kiefern. Hinter Büschen und Gestrüpp flirrt gleich einer Fata Morgana der Tower von Bandar Abbas-Airport.

Endlich, nach zehn Stunden Fahrt, haben die Reisenden ihr Ziel erreicht. Richard lehnt sich weit aus dem Fenster, hält die Nase in den Wind und schnuppert:

»Ich rieche das Meer – den Persischen Golf!«

Flughafen Bandar Abbas

Sechs Uhr nachmittags. In drei Stunden geht der Iran Air-Flug nach Dubai. Mit geöffneten Türen steht der Bus vor dem Abfertigungsgebäude in Bandar Abbas. Das Fahrzeug strahlt Hitze aus. Tropfendes Motoröl, überhitzte Bremstrommeln und -beläge und eine geschundene Kupplungsscheibe vermischen ihren Gestank zu einem Cocktail. Es knackt im Motorraum: Blechverkleidungen, Ventilator und Auspuffkrümmer kühlen ab, ziehen sich zusammen und streben in die ursprüngliche Form.

Der bärtige der beiden Busfahrer klopft mit der flachen Hand die Staubkruste vom Griff und öffnet die Kofferraumklappe. Staubplacken fallen zu Boden.

»Oh, Mann!«, sagt Richard, »guck dir mal unsere Koffer und Kisten an!«

»Alles voller Sand!«

»Jetzt kapier ich! Deshalb sollten die Sachen nach oben, auf den Gepäckträger!«

Richard kratzt sich am Hinterkopf und zieht ein Gesicht.

»Mach meinetwegen das Halstuch nass und reib sie ab«, schlägt Helen vor.

Gesagt, getan! Richard löst das Tuch vom Hals, zieht die halbvolle Wasserflasche aus dem Rucksack, feuchtet es an und beginnt zu wischen. Derweil winkt der Bärtige zwei Träger herbei. Richard bedankt sich für seine Umsicht und drückt einem der

Träger den feuchten Schal in die Hand. Er zeigt auf die Koffer und Kisten. Im Nu sind die Gepäckstücke leidlich vom Staub befreit. Die Träger stapeln die Blechkisten auf ein Rollbrett und schieben los. An jeder Hand einen Koffer, trottet Richard hinter. Die Räder der Hartschalenkoffer rattern über den Asphalt. Hinter ihm müht sich Helen mit dem dritten Koffer ab und Kati trägt Brauni, den Kuschelbären, unterm Arm.

1986 war es kompliziert und beschwerlich geworden, vom Iran per Flugzeug nach Europa zu reisen. Das war zuvor noch ganz anders: Als Richard und einige Zeit später Helen und Katrin einreisten, konnten sie problemlos von Hamburg über Frankfurt und Istanbul nach Teheran fliegen. Dort stiegen sie in eine Iran Air-Maschine um und flogen einfach weiter nach Mashhad.

1985 begann der sogenannte Städtekrieg. Dabei wurde Teheran mehrmals von Fern-Raketen des Irak getroffen. Die Raketenangriffe hatten zur Folge, dass europäische Fluglinien Teheran nicht mehr anflogen. Stattdessen landeten die Flieger am Südufer des Persischen Golfes in Dubai in den Vereinigten Arabischen Emiraten. Von Dubai flog Iran Air über den Golf nach Bandar Abbas und von dort weiter nach Teheran.

So nah wie heute war Richard der Kriegsregion am Golf von Persien noch nicht gewesen! Er gibt sich gelassen. Sein Herz hätte schneller geschlagen, wenn er geahnt hätte, dass gut zwei Jahre später, am 3. Juli 1988, ein Linienflugzeug der Iran Air – IA655 – auf dem Wege von Bandar Abbas nach Dubai über dem Persischen Golf nahe Qesham von der Crew des US-Kriegsschiffes USS Vincennes fälschlicherweise als ein angreifender, feindlicher Tomcat F14-Jäger identifiziert und abgeschossen werden würde, wobei alle 290 Passagiere ums Leben kommen sollten.

19 Uhr. Das flache Abfertigungsgebäude platzt aus allen Nähten. Menschen ziehen, drängeln und stoßen. Ein mobiles Absperrgitter trennt Einreisende von Ausreisenden. Ohrenbetäubender Lärm, der wie eine Glocke über den Reisenden hängt, erstickt

jeden Versuch einer Unterhaltung. So farbenfroh hat Richard den Orient noch nicht gesehen! Er ist verzaubert! Männer mit Turban. Andere in bestickten Westen und Pluderhosen. Frauen, die ihren Körper von Kopf bis Fuß mit einer Burka verschleiert haben. Nicht mal die Augen sind zu sehen, die durch ein geflochtenes Rosshaargitter auf das geschäftige Treiben schauen.

»Dreh dich mal unauffällig um!«, sagt Helen.

Am Ende der Warteschlange steht ein Beduinenpärchen. Er, klein und schlank, trägt einen Kaftan mit langen Ärmeln und goldenen Manschettenknöpfen. Der gestärkte Stehkragen steht am Hals V-förmig offen. Auf dem Kopf ein weißes Tuch, das bis über die Schultern hängt und durch eine schwarze Kordel gehalten wird. Flaumiger Bartschatten auf Oberlippe und Kinn konturieren das junge Gesicht. Eine goldene Rolex, ein schwerer Ring mit einem Saphir und eine Fliegerbrille von Ray Ban runden das Outfit ab. Sie, zierlicher Körper, ebenso in blütenweißem Kaftan, das weite Kopftuch wie von unsichtbarer Hand am Kinn geschlossen. Eine Ledermaske bedeckt Stirn, Nase und Mund. Mandelförmige Augen, die Wimpern stark geschminkt. Mit gesenktem Kopf steht sie einen Meter hinter ihrem »Scheich«. Ein Luis Vuiton-Ledertäschchen deutet zart an, dass Geld keine Rolle spielt.

Richard rückt auf, schiebt die olivgrünen Bundeswehrkisten und Koffer Schritt um Schritt an die Gepäckkontrolleure heran, die hinter einer Reihe aneinander gestellter Tische stehen und in den Koffern der Reisenden wühlen.

»Oh je! Die kennen jeden Trick! Nehmen sogar die Windeln aus der Verpackung und falten sie auseinander, öffnen die Klebverschlüsse um nachzusehen, ob dort eine Goldmünze steckt!«, sagt er zu Helen.

»Wir sind an der der Reihe!«, flüstert sie.

Richard schiebt die Kisten vor sich her. Schweißperlen stehen auf seiner Stirn.

‚Bloß nicht Helens Kiste! Die Halskette! Das Armband! Die Ohrringe!', denkt er und sagt:
»*Heavy!*«
Der Zöllner beugt sich über den Tisch, taxiert die verdreckten Kisten und zeigt auf die Koffer. Richard stemmt Helens und seine Hartschale auf die freigewordene Tischfläche. Katrin legt Brauni dazu. Richard erschrickt! Ihm schießt das Blut in den Kopf, dann wird ein er kreidebleich.
»Katrin, nicht doch …!«, flüstert er.
»*Sorry*«, sagt Helen und schiebt sich an Richard und Katrin vorbei. Sie strahlt den Zollbeamten aus blauen Augen an, cool zieht sie Brauni, der so groß wie ein Kleinkind ist, vom Tisch und drückt ihn Katrin in den Arm.
»Schön aufpassen!«
Richard wischt sich mit der flachen Hand den Schweiß von der Stirn. Er öffnet die Koffer und klappt die Deckel auf. Sand! Alles voller Sand! Feiner Wüstensand, der durch jede, auch die schmalste Ritze in die Koffer gekrochen ist.
»Schöne Bescherung!«, sagt Richard und zuckt mit den Schultern, als verstehe er nun überhaupt nichts mehr. Der Perser schnalzt mit der Zunge, drückt so seine Verachtung aus und mustert Richard mit einem Gesichtsausdruck, als hätte er es den lieben langen Tag mit Schwachsinnigen zu tun. Mit spitzen Fingern stochert der Zöllner in Socken, Shirts und Hosen herum. Hebt er ein Kleidungsstück an, rieselt der Wüstensand. Es reicht ihm! Angeekelt deutet er Richard an, die Koffer vom Tisch zu nehmen und weiterzuziehen.
Helen und Richards Blicke kreuzen sich, als sie schweigend vorm Check-In darauf warten, ihr Gepäck endlich aufgeben zu können. Katrin hält Brauni unterm Arm geklemmt. Sie hat keine Ahnung von der Operation ihres Kuscheltiers. Hat keinen blassen Schimmer davon, dass Helen dem Bären das Bauchfell aufgeschlitzt, die Holzwolle heraus gezupft und eine dicke Rolle 10.000-Rial-Scheine in Braunis Bauch eingenäht hat.

»Man weiß ja nie«, hatte Richard gesagt, der die Hoffnung nicht aufgeben wollte, »vielleicht muss ich noch mal her!«

Air France-Flug nach Hamburg

Über ein schmales Transportband, das vom Flugzeug bis in die Halle reicht, rollen Koffer, Bündel aus Lederschuhen und Plastiksandalen, Käfige mit Federvieh und Pressluftflaschen für Sporttaucher. Die Ausreisenden stehen in einer langen Schlange an der Gangway des Flugzeugs und hoffen auf ein Zeichen des Bordpersonals.

Der improvisierten Abwicklung zum Trotz hebt sich der A 320 pünktlich um 21 Uhr in die Lüfte.

In Dubai steigen Richard, Helen und Katrin in eine Boeing 727 der Air France um. Sie sitzen in der 1. Klasse. Rechts hinter ihm sitzt das Beduinenpärchen, das Helen schon in Bandar Abbas aufgefallen war! Die Fahrwerke der *727* sind noch nicht ganz eingeklappt, da zieht der »Scheich« schon das Tuch vom Kopf und steigt aus seinen Kaftan. Ein elegantes Oberhemd mit langen Ärmeln und eine stramm sitzende Edel-Jeans kommen zum Vorschein. Auch die junge Frau zögert nicht lange, faltet das Kopftuch zusammen, öffnet die Ledermaske, schlüpft aus den Kaftan, unter dem sie eine ärmellose Bluse und wie ihr Begleiter eine eng sitzende Jeans trägt, und zieht die Lippen rot nach. Sie verschränkt die Arme hinter dem Kopf, zeigt die makellos rasierten Achseln und räkelt sich in dem geräumigen Sessel. Eine orientalische Schönheit, von der ein exotischer Duft ausgeht, den Richard nicht einordnen kann. Ihr »Scheich« bestellt bei der Stewardess Champagner und sie küsst ihm die Wange.

»Das verstehe einer«, flüstert Richard, »diese doppelte Moral!«
Und Helen spekuliert:
»Air France? Paris? Hochzeitsreise?«
In Bahrain sammelt der Flieger eine Horde Rohrschweißer ein. Mit ausgedörrten Lebern, die bunten Arbeitskappen keck in den

Nacken geschoben, halten sie die Stewardessen auf Trab und vernichten die Biervorräte bis auf die letzte Flasche. Das Interieur des Air-France-Fliegers ist in den französischen Nationalfarben blau-weiß-rot gehalten. Allerdings haben die Ausstatter bei der Wahl der Leuchtmittel danebengegriffen! Anstelle von Warmtonlampen haben sie »Würg-Grün-Lampen« in die Fassungen gedreht, so dass die Stewardessen blass, wie von einem fremden Stern aussehen. Was die Schweißer vom Achterdeck nicht weiter stört, Hauptsache, es ist genug Alkoholisches da!

Es duftet nach frisch gebrühtem Kaffee. Aus der Pantry dringt Geflüster. Leise klirren Sektgläser gegeneinander, werden auf Tabletts gestellt, um sie den 1.Klasse-Gästen zu servieren.

Katrin hat Brauni ans Fenster gesetzt und sich gegen ihn gekuschelt. Sie schläft. Ihre Haare sind aus der Stirn nach hinten gekämmt und mit einer Haarklammer, einem roten Plastikschmetterling, am Hinterkopf fixiert. Träumt sie von ihrem Freund Jan? Den anderen Kindern im Camp?

Helen, in Jeans und weißer Bluse, deutet ein Lächeln an. Ihr Wunsch ist in Erfüllung gegangen.

Richard steckt das Tropenhemd zurück in den Hosenbund und fährt sich mit den Händen durch die widerspenstigen Haare. Was erwartet ihn in Hamburg? Wie sind die Kollegen drauf? Wie lange wird er brauchen, bis er den ersten Auftrag reingeholt hat?

»Bringen Sie uns zwei Glas Champagner!«, bittet er die Stewardess, die einen Moment später mit dem Tablett zurück ist. Neben den Gläsern liegt eine rote Rose. Richard freut sich über die Aufmerksamkeit, nimmt die Blume entgegen und legt sie Helen auf den Klapptisch. Sie stoßen an, prosten sich zu.

»Auf Hamburg!«

»Ich freu mich!«, antwortet Helen.

In Paris steigen sie noch einmal um. Ein Lufthansa-Airbus A320 bringt sie dann endlich nach Hamburg! Nach Hause!

Zweiter Teil

Juni 1986 – Februar 1987

C&A Mönckebergstraße

»Und? Passt sie?«
Es riecht nach Schweiß und Bohnerwachs. Spiegelwände suggerieren, schlank zu sein. Staubpartikel schweben im Licht der Deckenrasterleuchte. Der Wollvorhang, zu schmal, um die Umkleidekabine vom Verkaufsraum ganz abzuschirmen, mieft nach Ziegenfell. In der Ecke steht ein dreibeiniger Holzhocker. Auf ihm liegen – heillos durcheinander – Hosen mit Kniff, Jacketts und Oberhemden. Jeglicher Illusion beraubt, starrt Richard auf sein Spiegelbild und ringt mit dem Hosenknopf. Seine Haare stehen in alle Himmelsrichtungen. Eine Schweißperle löst sich von seiner Stirn, kullert los und wird von der Augenbraue aufgefangen. Er spürt nur einen Wunsch: Raus hier!
»Und wie ist es mit dieser?«
»Miss C&A« steckt die graue Hose, die über einem verchromten Bügel hängt, zu ihm in die Kabine. Sie mag Ende vierzig sein, trägt die blonden Haare schulterlang, in der Mitte gescheitelt. Der dunkle Hosenanzug lässt sie adrett aussehen, wie eine Stewardess. Um ihren Hals hängt an einem goldfarbenen Kettchen eine Lesehilfe. Die obersten Knöpfe der weißen Bluse stehen offen, was Richard dazu verleitet, einen kurzen Blick auf das sommersprossenübersäte Dekolleté zu werfen.
»Englische Schurwolle! Ganz was Feines!«
»Ich kann nicht mehr!«, stöhnt Richard.

Acht Wochen zuvor, am 17. April 1986, landeten Richard, Helen und Katrin in Hamburg. Sie verfrachteten ihre Kisten und Koffer in zwei Taxen und ließen sich an den Stadtrand kutschieren, wo sie vorübergehend bei Helens Mutter, einer liebenswerten siebzig Jahre alten Witwe, Unterkunft fanden.
Richard suchte EMU auf, unterschrieb die Änderung zum Ar-

beitsvertrag und schaute auf einen Sprung bei Felix Ritter, dem Leiter der Vertriebsabteilung, vorbei.

Schnell war ein zwei Jahre altes Reihenhaus in der Nähe des neuen Elbtunnels gefunden. Richard und Helen wurden mit den Verkäufern einig, die Bank gewährte einen akzeptablen Kredit und ein Notar gab dem Kaufvertrag Rechtsgültigkeit.

Der Einzug ist für das kommende Wochenende geplant und so allmählich drängt die Zeit, denn der 1. Juli rückt immer näher!
»Arbeitsklamotten« müssen her: Entweder ein Anzug oder ein Jackett mit dazu passender Bügelfaltenhose, vier oder fünf weiße Oberhemden mit steifem Kragen und drei hanseatisch gestreifte Krawatten.

»Die eine noch, junger Mann!«, ermutigt ihn »Miss C&A« und reicht eine weitere Hose zu Richard in die Umkleidekabine.

»Na gut! Das ist jetzt aber wirklich die letzte! Bitte keine mehr!« Die Auswahl ist getroffen! Richard tupft mit einem zerknüllten Papiertaschentuch den Schweiß von der Stirn und schlüpft in Jeans und Tropenhemd.

»OK, bitte packen Sie mir den Anzug, das Jackett, diese Hose und die drei Oberhemden ein!«

»Wie wäre es noch mit einer schicken Krawatte, junger Mann?«

Die Verkäuferin lässt nicht locker, knotet mit lässiger Leichtigkeit einen doppelten Windsor und steckt den diagonalgestreiften »Schocker« unter einen der Hemdkragen. »Schauen Sie mal, was halten Sie von dieser hier?«

»Gruselige Vorstellung! Vielleicht haben Sie eine dezentere?«

Und nachdem er sich wieder eingekriegt hat:

»Hatte ich total verdrängt. Na gut, es muss wohl sein.«

Auf dem Weg zur Kasse erfasst Richard eine innere Unruhe, die er so noch nicht kannte. Er kommt sich vor wie eine Schmetterlingspuppe, deren Puppendasein zu Ende geht, und würde am liebsten – fünftausend Kilometer von hier entfernt – die Baubürotür hinter sich abschließen und sich in aller Ruhe, in mönchischer Zurückgezogenheit, auf die bevorstehende Wendung seines Lebens vorbereiten. Die Metamorphose eines Fachbauleiters in einen Bürohengst ist ein wunderliches Geschehen, das ihn tief beeindruckt. Wie die Verwandlung einer Schmetterlingspuppe in einen bunten Falter eben! Während er seinen Einkauf bezahlt, steigt in ihm ein Gefühl hoch, als ließe ein Flugzeug vor dem Abflug seine Motoren warm laufen. Er ist jetzt startklar: Voller Tatendrang sieht er dem neuen Job im Vertrieb von EMU entgegen. Richard steckt sein Portemonnaie in die Jacke und nimmt die Einkaufstüten entgegen. Er marschiert auf die Rolltreppe zu, fährt ins Erdgeschoss und wendet sich schnurstracks dem Ausgang zu. Keinem der Kleiderständer gelingt es, ihn zum Anhalten zu bewegen. Er will nur noch eins, muss an die Luft, endlich raus hier!

Vor der Tür duftet es nach Bratwürsten. Gleich nebenan, bei Salzbrenner in der »Mö«, gönnt er sich zur Belohnung eine Thüringer. Er tunkt die Wurst in Senf und beißt rein. Die krosse Haut knackt.

Autos hupen. Stimmengewirr. Ein Kohlweißling flattert heran und setzt sich an den Rand der Tischplatte.

Am Bosselkamp

Hohe weißliche Schichtwolken schlucken das Sonnenlicht. In den Sprossenfenstern des zweigeschossigen Reihenhauses spiegeln sich Eichenblätter und Äste. Eine Berberitzenhecke grenzt das Grundstück vom Gehweg ab. An der Rückseite, hinter dem Lärmschutzwall, bremst eine Stadt-Bahn in den Othmarscher Bahnhof ein.

Routiniert bugsiert der stämmige Fahrer den 7,5-Tonner, auf dessen Seitenwänden die Aufschrift FAIR-PACK -Umzüge-Nah-Fern-Ort- prangt, rückwärts durch die von Eichen gesäumte Straße.

Zehn Minuten später schieben zwei Möbelpacker auf einem Rollbrett Umzugskartons heran. Zwei andere jonglieren den alten

Grundig, ein Relikt aus dem Röhrenzeitalter, durch die schmale Diele ins Wohnzimmer. Wiederum andere hieven Matratzen und Bettgestelle, Kleiderschranktüren und -wände über dreizehn Eichenstufen ins Obergeschoss und stellen die Sachen ins Schlafzimmer.

Richard, in Jeans und rotkariertem Baumwollhemd, die Ärmel entschlossen hochgekrempelt, steht neben dem Hauseingang und organisiert den Weitertransport der Pappkartons.

»Bücher?«, fragt einer der Transporteure.

»Den Karton bitte nach ganz oben, ins Giebelzimmer!«, sagt Richard und kratzt sich den Scheitel.

»Schallplatten?« – »In das Wohnzimmer, bitte!«

»Werkzeug?« – »Der kommt in den Keller!«

»Geschirr!« – »In die Küche!«

Dort agiert Helen:

»Bitte, stellen Sie den Karton da hin!«

Ihr Lächeln geht dem Möbelpacker unter die Haut. Für die Frau würde er ein Klavier allein ins Giebelzimmer wuchten!

Am frühen Nachmittag trudelt Hilfe ein. Günter Schulz kommt als Erster. Er wohnt nur ein paar Häuser weiter. Wie Popeye, der Seemann, schiebt er die Auffahrt zu den Häusern hoch. Sein schulterlanger Afro federt mit jedem Schritt. Richard hat ihn auf der Fachhochschule kennengelernt. Sie stehen sich nah, haben keine Geheimnisse voreinander und schwingen auf einer Wellenlänge. In seinem Kielwasser folgen die Rödel-Brüder, zwei passionierte Guinness-Trinker, die wegen ihres Aussehens von den Freunden Dubliners genannt werden. Fünf Minuten später schlendert Cisco herein, ein Zwerg mit Fledermausohren, der auch auf den Spitznamen Mister Spock hört. Hotte, den ein Holsten-Geschwür von der Größe eines Zehnliterfasses nach vorne zieht, und Alex, den Asthma plagt, haben sich in der S-Bahn getroffen und marschieren zusammen die Auffahrt hoch. Fehlt nur noch Erni, blind wie ein Maulwurf! Kontaktlinsen sorgen – Luxus pur und viel zu teuer, wie er findet – für Abhilfe. Allerdings haben sie einen Fehler: Sie lösen sich gern mal in Luft auf, nachdem sie sich zuvor unter dem Sofa verkrochen haben. Deshalb trägt Erni meist nur eine, quasi ein Monokel, um die andere zu schonen und in Reserve zu halten.

»Der Kleiderschrank ist zusammengeschraubt. Du kannst ihn einräumen!«, ruft Alex Helen zu, die am Küchentisch steht und mit einer Gabel Gurken- und Zwiebelwürfel, Mayonnaise und Eihälften unter Kartoffelscheiben hebt.

»Danke! Macht mal eine Pause, Jungs! Die Würstchen werden sonst kalt!«

Alex hustet die Wendeltreppe hoch und trommelt die illustre Gesellschaft zusammen. Kreuzschlitzschraubendreher und Kombizange werden aus der Hand gelegt. Plötzlich kommt den Dubliners die Luft trocken vor, als würden sie im Daimler-Benz-Überlandbus durch die Salzwüste von Kerman fahren.

»Ein Bier bitte!«, ruft der eine, »Ein Bier!«, wiederholt der andere wie ein Echo seines Bruders. So machen sie es immer, wenn sie gemeinsam auftreten.

Hotte drückt mit dem Daumen gegen den Verschluss der Beugelbuddel: Plop!

Sein Adamsapfel hüpft mit jedem Schluck auf und ab:

»Ahhh, das war schon mal gar nicht so übel!«

Dann steckt er die »Handgranate« in die Kiste und nimmt eine neue Bierflasche heraus. Helen kommt, aufgedreht wie ein Brummkreisel, ins Wohnzimmer. Sie lacht und sprüht beste Laune. Pappteller und Plastikbesteck werden weitergereicht, Kartoffelsalatschüssel und Würstchenteller auf den runden Couchtisch gestellt. Die Freunde langen zu. Sie schnattern durcheinander wie eine Gänseschar.

Günter: »Mensch, Richard, altes Haus, dass wir zwei einmal Nachbarn werden!«

Cisco: »Helen, ist Senf da?«

Die Dubliners: »Was machst du so?«/»Machst du so?«
Hotte: »Reich mal ein Bier rüber.«
Erni: »Hast du schon unterschrieben?«
Richard: »Ja, hab ich!«
Alex: »Ach ja, und wann fängst du wo an?«
Richard: »Jetzt, im Juli, bei EMU International im Vertrieb.«
Helen: »Wer möchte noch ein Würstchen?«
Und an Richard gewandt:
»Machst du mir einen Prosecco auf?«
Der Korken knallt aus der Flasche. Schaum perlt aus dem Flaschenhals. Richard schenkt ein. Helen leert das Glas in einem Zug.
»Na los, Richi, nun komm schon, schenk noch mal nach!«
Die Terrassentür steht weit offen und der Abendwind trägt den Geruch frischen Grasschnitts herein. Reifen singen über den Asphalt der A7. Ihr Gesang wird leiser und verschwindet in der West-Röhre des Elbtunnels. An der Wand lehnen Spiegel und Bilder, für die noch keine Haken eingeschlagen worden sind.
Helen sitzt mit angezogen Beinen auf ihrem Lieblingssofa, einem einst ramponierten Erbstück. Im »Schaukelstuhl«, einer Möbelpolsterei in Altona, wurde gezaubert und ein Hingucker daraus. Sie nimmt einen Schluck. Der Prosecco löst ihre Zunge.
»Stellt euch mal vor, Richi hat sich drei Schlipse gekauft!«
»Helen, bitte nicht!«
Das hätte er besser gelassen! Der Stress der vergangenen Tage und Wochen muss abgebaut werden! Und zwar jetzt! Helen schwingt sich von der Couch und verschwindet in der Diele. Die C&A-Tüten stehen in der Abstellkammer. Sie bückt sich und wühlt im Plastik.
»Da sind sie ja!«
Helen zieht den rotgrauen aus der Tüte hervor, wickelt ihn sich wie einen Schal um den Hals und galoppiert wie ein Zirkuspferd durch das Wohnzimmer.
»Tätärätä! Hey Jungs, guckt mal hier!«

»Von zwei Glas Prosecco! Sie verträgt wirklich nichts!«, flüstert Richard Günter zu, der sich in aller Gelassenheit eine Zigarette dreht.

Erni kneift das linke Auge zu. Die Dubliners greifen nach ihren Bierflaschen, Hotte prostet ihnen zu und Alex saugt an seinem Inhalator. Richard steht auf. Er findet, dass Helen ihre Freude darüber, endlich wieder in Hamburg zu sein, auch anders zum Ausdruck bringen könnte, zumal er sich selbst immer noch nicht vorstellen kann, Tag für Tag in Schlips und Kragen im Büro zu sitzen. Er greift nach seinem Pappteller. Sein Daumen steckt mitten im Senf und er merkt es nicht einmal.

»Ich mache es doch für uns, für dich, Helen!«, brummelt er.

Ein paar Biere und Sticheleien seitens Helens später keimt in ihm das Gefühl auf, dass sein Ruf als Abenteurer in Gefahr sei und er sich, als einziger Schlipsträger der Runde, rechtfertigen müsste:

»Was heißt denn hier angepasst? Von irgendwas muss der Ofen doch rauchen! Ja, und? Ich schlüpfe in eine Rolle! Ich verkleide mich! Hab damit kein Problem! EMU zahlt nicht schlecht! Und wenn es gut läuft, gibt es noch einen Bonus! Außerdem steht mir ein Dienstwagen zur Verfügung, den ich auch privat nutzen kann! Na ja, Schlips und Kragen! Stimmt schon, ist nicht so mein Ding! Aber es ist Arbeitskleidung! Als ich noch als Betriebselektriker unterwegs war, musste ich auch jeden Tag meinen Blaumann anziehen. Das gefiel mir auch nicht! Wo ist der Unterschied?«

Im Vertriebsbüro

Das in den Fünfzigerjahren errichtete Bürogebäude, in dem EMU International untergebracht ist, steht in der Caffamacherreihe. Die Lage wird von den Angestellten des Elektrounternehmens geschätzt. Ein Grund dafür ist die gute Erreichbarkeit mit öffentlichen Verkehrsmitteln, ein anderer die Hamburger City selbst. Mittags schwärmen die Kollegen gern aus, kaufen ein, kümmern sich um ihre Bankangelegenheiten, essen auf dem Rathausmarkt eine Currywurst oder schlendern an der nahe gelegenen Binnen-Alster entlang.

Während der Eingang des Gebäudes eine gewisse Noblesse ausstrahlt – Glasschwingtüren, Marmorböden, Marmorwände Messingschilder, auf denen zu lesen steht, welche Abteilung in welchem Stock zu finden ist – verliert das Treppenhaus, je höher der Besucher steigt, schnell an Glanz.

Den Aufzugskabinentüren würde ein frischer Farbanstrich gut tun! Ebenso dem Treppengeländer, von dem der weiße Lack im Bereich der Podeste abgeplatzt ist. Die Terrazzoböden und -stufen hingegen sind blitzeblank gefeudelt und riechen nach frischer Zitrone.

Richard drückt die Schulter gegen die Glastür, in der sich die Fassade des Springer-Verlagshauses spiegelt. Zugluft schiebt ihn in das Entree. Mechanisch, den Blick auf die Wanduhr über den Fahrstuhltüren gerichtet, tritt er die Sohlen seiner brandneuen »Budapester« auf der Gummimatte ab. Es ist 5 Minuten vor 9.

»Das wird knapp!«

Walter Uderich, der alleinige Gesellschafter der EMU, der Elektroanlagenbau Mueler & Uderich International GmbH, residiert im 5. Obergeschoss.

Richard reibt die Handflächen an den Hosenbeinen trocken und drückt auf den Knopf. Der Aufzug rumpelt heran. Im Schneckentempo geht es aufwärts, bis der Fahrkorb mit einem Ruck stoppt. Klagend öffnet sich die Stahlblechtür. Wortfetzen fliegen an Richards Ohren. Er hastet den Flur entlang und klopft mit den Fingerknöcheln gegen den Türrahmen zum Chefsekretariat.

»Hallo, Betti!«

Bettina Hansson taxiert Richard vom Scheitel bis zur Sohle.

»Gut siehst du aus!«

Der Blick ihrer wasserblauen Augen kehrt sich nach innen und Richard spürt, dass Betti an dasselbe denkt wie er. An »ihren« Frühling, bevor er in den Iran fuhr.
»Ist der Chef im Büro?«, fragt Richard.
»Komm schon, erzähl erst mal! Wie fühlt man sich denn so am ersten Arbeitstag in der Zentrale?«
Richard tippt auf seine Armbanduhr.
»Was soll ich sagen? In deiner Nähe auf jeden Fall prima!«
Bettinas Wangen glühen wie Weihnachtsäpfel. Sie schenkt ihm ihr schönstes Lächeln.
»OK, OK, ich melde dich an!«

»Schönen guten Morgen, Herr Uderich!«
Walter Uderich erhebt sich aus seinem Schreibtischsessel. Das wellige Haar ist von der glatten Stirn zurückgewichen. Weiße Locken kräuseln sich im Nacken und lassen ihn wie einen sizilianischen Mafioso aussehen. Zur hellen Hose trägt er einen blauen Blazer, an dem zwei Reihen Messingknöpfe blitzen. Passend dazu eine Krawatte, auf der sich gelbe und olivgrüne Karos über schwarze und weiße Querstreifen legen. Jeder im Betrieb weiß, dass der »Alte« einen charmanten Spleen hat: Er sammelt Krawatten! Abhängig von Stimmung und Wetterlage wählt er für jeden Tag eine andere aus.
Walter Uderich geht auf Richard zu, schüttelt ihm wohlwollend die Hand und rückt einen schwarzen Lederfreischwinger vom Tisch ab. An seinem Handgelenk baumelt eine Automatikuhr aus Glashütte, ein Geschenk seiner Ehefrau, die vor einigen Jahren bei einem Skiunfall ums Leben gekommen ist.
»Nehmen Sie Platz, Herr Gotha. Möchten Sie auch eine?«
Richard nickt.
»Ja, gern!«
Uderich schiebt den Aschenbecher in die Mitte der runden Glasplatte und bietet Richard eine NIL ohne Filter an.

In diesem Moment klopft es an der Tür und Felix Ritter, Leiter des Vertriebs von EMU International, tritt ein. Ritter hat ein verlebtes Gesicht, was durch dezente Bräune etwas kaschiert wird. Er trägt ein pastellrosa Hemd mit weißem Kragen und Manschetten, wirkt vital und lächelt gewinnend, vielleicht etwas zu selbstzufrieden. Richard erhebt sich und greift nach der entgegengestreckten Hand. Warm und fleischig fühlt sie sich an, wie ein Schweinepfötchen! Ohne extra aufgefordert werden zu müssen, setzt sich Ritter zu ihnen und zündet sich ebenfalls eine Zigarette an. Er steckt das EMU-Einwegfeuerzeug zurück in die Marlboro-Schachtel, legt beides auf die Glasplatte und mustert Richard ungeniert von der Seite. Als der es bemerkt, grinst Ritter bis an beide Ohren und zeigt sein nikotinvergilbtes Gebiss.

»Ich freue mich außerordentlich, dass Sie sich entschieden haben, im Vertrieb anzufangen!«, sagt Ritter, dessen blaue Augen Ruhe und Gelassenheit ausstrahlen und die so gar nicht zu seiner Art zu sprechen passen wollen. Einem Druckkessel gleich, der eine undichte Stelle hat, presst er die Sätze mit hastiger Stimme aus sich heraus.

»Tja, Herr Gotha, wie Sie wissen, gehört Herr Ritter bei uns zum Inventar!«, lächelt Walter Uderich vielsagend und inhaliert den würzigen Orienttabak tief in die Lungen. »Er ist jetzt Ihr Tutor! Von ihm können Sie noch einiges lernen! Wenn einer es raus hat, dann ist er es! Felix Ritter weiß genau, wann und wo der Vogel vorbeifliegt und vor allem, wie er abgeschossen wird!«

Je näher der erste Arbeitstag rückte, desto unruhiger wurde Richard. Er zermarterte sich den Kopf. Was kommt jetzt? Wie sind die Kollegen in der Zentrale drauf? Bin ich überhaupt für den Vertrieb geeignet? Die drei Monate seit seiner Rückkehr nach Hamburg sind wie im Fluge vergangen. Helen hat ihr Ziel erreicht und Katrin, die in die 1. Klasse der Schule Walderseestraße eingeschult worden ist, fiebert ihrem ersten Schultag entgegen. Sie denkt nicht an das Leben im Camp zurück und hat in unmittelbarer Nachbarschaft ihres neuen Zuhauses bereits Freundschaften geschlossen.

Heute Morgen, es war noch stockfinster draußen, wachte er um 3 Uhr auf. Er hatte Angst zu verschlafen. Und dann der Verkehr auf dem Weg zur Firma! In der Stresemannstraße zwischen Holsten-Bahnhof und Sternbrücke wollte und wollte es nicht vorwärtsgehen. Im Sekundentakt warf er einen Blick auf die Zeiger seiner Armbanduhr. Doch es klappte dennoch! Pünktlich war Richard am Ziel!

Das Gespräch beim Alten war ja noch in Ordnung. Danach folgte die Runde durchs Haus, die einfach nicht enden wollte. Ritter schob ihn durch jede Tür. Vom Personal- bis zum Konstruktionsbüro. Von der Serviceabteilung bis in die Spedition, die zusammen mit dem Lager im Keller des Gebäudes untergebracht ist. Nur Manfred Thaler, der kaufmännische Leiter und Prokurist der Firma, saß gerade in einer Vergabeverhandlung und war deshalb nicht in seinem Büro. Richard zitterten die Knie, sobald er wem auch immer gegenüberstand. Er hyperventilierte leicht und langsam gefror sein Lächeln zu Eis. Als er sich zum x-ten Male sagen hörte, dass er sein Bestes geben wolle und sich mit aller Kraft in den neuen Job einarbeiten werde, wurde ihm vom eigenen sinnleeren Gerede übel.

»Und hier ist unser Büro!«
Felix Ritter stößt die Tür auf und gewährt seinem Schützling den Vortritt. Richard geht um die Schreibtische herum, die zu einem Block zusammengeschoben sind, und sackt in seinen Drehstuhl.
»Puh!«
Auf der Schreibtischplatte liegen ein Sicherheitsschlüssel, ein Stapel Submissionsanzeiger, ein Ordner mit ‚Weisungen', ein Telefonapparat mit zweiter Hörmuschel, die an einem dünnen Kabel hängt, Notizblöcke DIN A4 kariert, Kugelschreiber und Bleistifte, ein Organigramm mit Namen und Rufnummern, ein Dreikant-

messstab, eine rote Schachtel mit Visitenkarten, eine elektrische Rechenmaschine und der Drehaschenbecher. Ein 17 Zoll-Monitor mit Tastatur rundet die Grundausstattung ab.

»MASKAL von IBM!«

Felix Ritter klopft auf seinen Bildschirm.

»Mas... was?«

»MASKAL! MASchinen -KALkulation!«

Richard kratzt sich am Kopf.

»Noch nie gehört!«

»Macht nichts! Ist lernbar! Alles keine Hexerei! Das ist das Instrument, auf dem wir täglich spielen werden! In der Kiste sind Kalkulations- und Textmodule hinterlegt.«

Felix Ritter umgeht die direkte Ansprache. Sagt weder Sie noch Du. Plötzlich geht ihm die Puste aus. Er zögert, blickt Richard treuherzig wie ein Dackelwelpe an, gibt sich einen Ruck und dreht 100 Kilo Lebendgewicht auf dem Bürostuhl zur Seite. Er bückt sich und kramt im abgewirtschafteten Sideboard herum. Routiniertes Schrauben, zartes Klirren und leises Gluckern unterbrechen die Stille. Streng aber eindeutig legt sich feines Cognacaroma über kalten Zigarettenrauch.

»Auch einen?«, fragt Ritter.

Richard verzieht den Mund zu einem Lächeln. Es ist gerade 11 Uhr.

»Später, vielleicht.«

»Guten Morgen, die Herren!«

Wie vom Intendanten geschickt, steht Manfred Thaler in der Tür.

»Und wie ist es mit dir?«

Manfred Thaler ignoriert Ritters Frage. Er ist um die 45 Jahre alt, misst einen Meter siebzig und wiegt 60 Kilo. Ein Mann mit einem arroganten Gesichtsausdruck und der schlanken Figur eines Jockeys.

»Du kennst Richard Gotha?«

Ritter und Thaler tauschen Blicke aus.

»Unsere neue Hoffnung im Vertrieb?«

Richard steht auf und drückt EMUs oberstem Kaufmann die Hand.

»Schön, dass Sie da sind! Wir haben schon sehnsüchtig auf Ihre Unterstützung gewartet!«

Manfred Thaler setzt sich auf die Kante des Besuchertischs, der gegen die Stirnseiten der Schreibtische gestellt ist, und mustert unverhohlen Richards Ausstattung.

»Schicke Krawatte! Hat Ihre Frau die ausgesucht?«

Richard schluckt trocken.

»Die erste, die ich mir gekauft habe, seitdem ich mein Studium beendet habe. Auf der Baustelle habe ich nie eine gebraucht. Im Iran schon gar nicht! Dort ist der Kulturstrick als westliches Symbol verpönt!«

Manfred Thaler schweigt und zaubert einen schwarzen Kamm aus der Innentasche seines Jacketts. Sorgfältig zieht er den kurzgeschnittenen Pony in die Stirn, um die Geheimratsecken zu verstecken. Richard holt tief Luft und erzählt aus der »alten Welt«. Wie gut es ihm gefallen hat da draußen und was er so zu tun hatte. Menschen, Kosten und Termine! Manfred Thaler hört nur mit halbem Ohr zu und wendet sich von Richard ab, als Felix Ritter ihn fragt:

»Kommst du gleich mit?«

Thaler tippt auf seine GUCCI.

»Du weißt doch, dass ich mittags keine mehr Zeit habe!«

Ritter und Thaler raunen sich vertriebsinterne Informationen zu, deren Bedeutung Richard noch nicht nachvollziehen kann.

»Ich muss jetzt!«

Mitten im Satz unterbricht Manfred Thaler das Getuschel und schickt sich an, das Vertriebsbüro zu verlassen.

»Guten Start! Viel Erfolg!«

»Er kann jetzt nicht mehr so oft wie früher mit mir auf einen Wein ins Hanseviertel gehen«, sagt Felix Ritter zu Richard, kaum dass Manfred Thaler das Büro verlassen hat.

»Wieso nicht?«
»Vor einem halben Jahr hat der Alte ihn zum Prokuristen gekürt. Mit Eintragung und allen Schikanen. Seitdem traut »Mummfred« sich nicht mehr. Von wegen Vorbildfunktion und so!«
Ritter greift nach der Flasche und schenkt sich noch einen Remy ein.
»Mummfred?«
Felix Ritter bleibt die Antwort schuldig. Sein Telefon ist zum Leben erwacht. Er nimmt den Hörer und presst ihn dicht ans Ohr. Mit der anderen Hand schüttelt er eine Marlboro aus der Schachtel. Tabakkrümel rieseln in die Tastatur. Ritter schert es nicht. Sein Gesicht färbt sich rot. Jetzt passt es perfekt zu seinem maßgeschneiderten Oberhemd, auf dessen Brusttasche ein verschnörkeltes Monogramm gestickt ist: FR.
Irgendwie krass! Das würde Richard sich nicht trauen! Rosa Hemd mit weißen Manschetten und Kragen! Hanseatischer Schick eben!
»…das können Sie mir wirklich glauben! Ich lüge nie!«
Richard hört höflich beiseite, versteht sowieso nicht, worum es in dem Gespräch geht. Ritter legt auf. Er leert das Cognacglas mit einem Zug.
»Hier nennen mich alle Felix! Komm, wir gehen! Du warst noch nie im neuen Hanseviertel?«

Alltag im Vertriebsbüro

»RAT Consulting!«, kommt die weibliche Stimme aus dem Hörer.
»Guten Morgen, Frau…« – den Namen, der französisch klang, hat Richard nicht verstanden – »mein Name ist Gotha!«
Und mit einem Lächeln in der Stimme:
»Richard Gotha! Von EMU! Elektroanlagenbau Mueler & Uderich International GmbH!«
»Ja, bitte?!«

»Im aktuellen Submissionsanzeiger habe ich gelesen, dass RAT Consulting mit der Ausschreibung der technischen Gebäudeausrüstung für das Bauvorhaben Logistik-Center Henstedt-Ulzburg beauftragt ist und dass man sich bei Ihnen um die Teilnahme am Wettbewerb bemühen kann.«
»Ja!?«
Richard räuspert sich:
»Wir interessieren uns für den Elektropart der Ausschreibung. Wer ist bei Ihnen im Hause für Elektrotechnik zuständig?«
»Moment mal, bitte...!«
Dicke Regentropfen zerbersten an den Fensterscheiben des Vertriebsbüros. Der Benjamini hinter dem Sideboard auf der Fensterbank wirft ein Blatt neben den Tellerrand. Kalter Zigarettenrauch haftet an Richards Jackett. Sein Kragen steht offen, die Seidenkrawatte hat ihren Glanz verloren, nachdem sie heute früh mit dem Staubsaugerrohr an der Tankstelle Ecke Grieg- und Behringstraße Bekanntschaft geschlossen hatte.

Seit zwei Wochen arbeitet er nun in der Zentrale. Tag für Tag blättert er den Submissionsanzeiger nach Veröffentlichungen durch, sucht im Hamburger Abendblatt nach Industrieprojekten, telefoniert mit beratenden Ingenieuren aus der Branche, vereinbart Termine mit technischen Leitern aus Industrie, Krankenhäusern und Fachabteilungen der Baubehörde. Ihm ist, als suche er die Nadel im Heuhaufen. Trotz aller Bemühungen ist er noch keinen Schritt vorangekommen! Es fällt ihm zunehmend schwerer, sich immer wieder aufs Neue selbst zu motivieren. Dass es Kraft kosten würde, an fremde Türen zu klopfen, hat er von vornherein gewusst! Dass es jedoch so anstrengend sein würde, Einlass zu erhalten, hätte er nicht erwartet! Und angepöbelt worden ist er auch schon:

»*Sieh mal an, ein Blauer!*« (Seines dunkelblauen Zweireihers wegen wurde er von dem technischen Leiter der Post in Neumünster behandelt wie ein Waschmittel-Vertreter). »*Von EMU*

International! Montage- und Serviceleistungen sind bei Ihnen auch zu haben und nicht nur Schaltanlagen! – Meinen Sie nicht, dass wir das selber können!?«

Als Richard später Felix Ritter von dem Choleriker erzählte, beruhigte ihn dieser und riet, den Wutausbruch des Kunden nicht zu schwer zu nehmen.

»So etwas kommt vor! Ein Einzelfall! Bei der Post wird dauernd umstrukturiert. Der hatte bestimmt Angst um seinen Arbeitsplatz! Am besten, du fährst da nicht wieder hin!«

»Das hättest du mir doch sagen können, als wir meinen Besuchsplan durchgesprochen haben!«

»Reg dich mal nicht auf! Schwamm drüber! Du verdienst hier gutes Geld, fährst ein schönes Auto! Dir steht ein großzügiges Spesenkonto zur Verfügung! Bei Gelegenheit erzähle ich dir, was Thaler und ich uns auf Kosten des Hauses schon alles gegönnt haben!«, grinst Felix Ritter. »Das Einzige, was du brauchst, ist Erfolg! Der kommt schon noch! Nicht ungeduldig werden! Wenn du Erfolg hast, wirst du von allen in Ruhe gelassen, kannst machen, was du willst!«

»Elektrotechnik? …Das macht bei uns Herr Raff!«

»Könnten Sie mich bitte mit ihm verbinden?!«

»Wie heißt nochmal Ihre Firma?«

Richard, dessen Hauptaufgabe das »Aufbohren« von Neukunden ist, wundert sich immer wieder, dass EMU in den Sekretariaten der einschlägigen Ingenieurbüros so wenig bekannt ist. Flächendeckende Basisakquisition war wohl nicht EMUs Stärke! Geduldig antwortet er:

»EMU. EMU International GmbH! Aus Hamburg!«

»EMU? Einen Moment bitte, ich stell Sie durch!« –

Es regnet nicht mehr. Wie aus einem überdimensionalen Laser schießen Sonnenstrahlen durch die aufbrechende Wolkendecke und bringen den Asphalt zum Dampfen. Richard beugt sich vor und trinkt einen Schluck von der braunen Brühe, die nach Einwurf

von 25 Pfennigen in der Teeküche aus dem Automaten rinnt. Felix Ritter hackt Zahlen in MASKAL ein. Leises Gluckern verrät, dass es 11 Uhr sein muss. Cognacduft schwängert das Vertriebsbüro. –
»Raff, ...Hallo? Christoph Raff!«

Akquisition

»Ich fahr jetzt los!«
Richard drückt den angerauchten Glimmstängel in den vollen Aschenbecher, nimmt die Lesebrille von der Nase und lässt das Gestell in der Brusttasche seines Hemdes verschwinden. Felix Ritter, der gerade sein MASKAL mit Preisen füttert, unterbricht das Klimpern.
»Dann muss ich heute ohne dich zum Weinstand?«
Grund genug, um sich zweifingerbreit Cognac einzuschenken, findet er, nippt am Glas und fährt fort, Position um Position in den Rechner einzugeben.
Richard stopft einen Schreibblock und Schaltanlagenkataloge in seine Collegemappe, eilt ins Treppenhaus und springt, zwei Stufen auf einmal nehmend, die Treppe hinunter.
Im Erdgeschoß angelangt, stößt er die Tür zum Innenhof auf. Sommerwind umströmt ihn. Tauben gurren.
Er steigt in seinen Mercedes. Die Tür des 190ers, der noch keine 300 Kilometer auf dem Tacho hat, rastet ins Schloss. Geräuschlos gleitet die Limousine durch den Torweg und fädelt sich in den Vormittagsverkehr ein. Vom Axel-Springer-Platz schallt die Sirene eines Polizeiwagens herüber.
Richard steuert am Alten Botanischen Garten vorbei, beneidet die Segler, die mit killenden Segeln eine rote Tonne umfahren, und biegt am Ende der Lombardsbrücke in die Straße An der Alster ein.
Stop and go! Der Wagen schleicht den Mundsburger Damm entlang. Richard öffnet die Seitenscheibe einen Spalt, Lärm und

Abgas dringen in die Kabine. Unvorhergesehen in Zeitnot geraten, trommelt er zusehends nervöser werdend auf das Lenkrad.

Seine Gedanken schweifen zu Ritter. Der erwartet einiges von ihm. Richard soll vier Ingenieurbüros am Tag besuchen! Das sagt sich so leicht. Oft liegen die Büros so weit von einander entfernt, dass er von einem zum anderen über zwei Stunden mit dem Auto braucht. Und dann soll er die Planer so lange bearbeiten, bis sie sich bereit erklären, EMUs Schaltanlagen als Produktvorgabe in ihre Ausschreibungen einzuarbeiten! ‚Wie stellt Ritter sich das eigentlich vor', grübelt er. Sein Eindruck ist, dass vor ihm immer schon andere da waren, die Planer bisher gut ohne EMU ausgekommen sind und nicht auf ihn und seine Schaltanlagenkataloge gewartet haben! Er fragt sich, was Ritter antreibt. Die Gier nach Geld? Frauen? Der Alkohol? Ist es Erfolgssucht? Geltungsbedürfnis? Sind es Thaler oder Walter Uderich, der Chef? Oder ist es seine Herkunft? – Das hat Richard bisher noch nicht ergründet.

Ritters Vater blieb im 2. Weltkrieg verschollen. Seine Mutter arbeitete in der Kantine einer Autoreifenfabrik. Ritter verehrt und bewundert sie dafür, dass sie ihn allein großgezogen hat. Schon mit 10 Jahren verdiente er sich durch Zeitungaustragen und Botengänge eigenes Geld. Den größten Teil davon gab er seiner Mutter, die sich dafür mit fürsorglicher Liebe bedankte. Nachdem er seine Lehre als Elektroinstallateur in einem Meisterbetrieb südlich der Elbe abgeschlossen und einige Gesellenjahre hinter sich gebracht hatte, besuchte er die Technikerschule. Das noch druckfrische Zeugnis in der Hand bewarb er sich bei EMU als Bauleiter. Er entpuppte sich schnell als geschickter Taktierer und wechselte in den Vertrieb des Unternehmens. Dort traf er auf Manfred Thaler. Der junge Kaufmann und der gewiefte Techniker schwangen auf einer Wellenlänge. Sie wuchsen zu einem erfolgreichen Gespann zusammen und holten für EMU lukrative Aufträge herein.

Ritter ist seit 25 Jahren verheiratet und wohnt mit seiner Frau Loni in einem kleinen Reihenbungalow südlich der Elbe. Loni, die in der Konditorei ihrer Eltern arbeitet, brachte eine Mitgift in die Ehe ein, von der die Anschaffung des Bungalows zu finanzieren war. Felix Ritter hatte Loni aus Liebe und wohl auch wegen des zu erwarteten Erbes geheiratet, denn die Konditorei mit dem Café war eine Goldgrube und hatte Lonis Eltern zu einigem Wohlstand verholfen. Und außerdem sah Loni gut aus! Doch im Laufe von 25 Ehejahren stellte sich sexuelle Müdigkeit ein. Gemeinsam mit Manfred Thaler geht Ritter im Hanseviertel auf Jagd und sucht Abwechslung. Wie Thaler steht er auf Frauen, deren besten Jahre vorbei sind und die zwischen zweitem Frühling und Herbstanfang stehen. Die seien am leichtesten zu haben, verriet er Richard. Ob Manfred Thaler und Felix Ritter echte Freunde sind, vermag Richard bisher nicht zu sagen. Er weiß nur, dass die beiden seit 25 Jahren zusammen arbeiten, den Frauen hinterher steigen und Unmengen Wein und Bier die Kehle runterrinnen lassen.

Ritter steht gern im Mittelpunkt. Er hat ein goldenes Pfötchen und holt noch immer die fettesten Aufträge rein. Heute steht auf seiner Visitenkarte »Leiter Vertrieb, Oberingenieur«. Für den »Orden« kann er sich nichts kaufen. Der Alte hat ihm den Titel verpasst. Ihm wäre sicherlich ein höheres Gehalt lieber gewesen!

Hinter dem Otto-Versand biegt Richard in die Steilshooper Allee ein. Nach zwei Kilometern hat er sein Ziel erreicht. Er parkt sein Auto direkt vor dem Gebäude von RAT Consulting, steigt aus und lässt die Tür ins Schloss fallen.

Wie vor jedem Erstbesuch stellt sich bei ihm eine Anspannung ein, die sich erst wieder legt, nachdem das Gespräch in Gang gebracht ist und er und der Besuchte eine erste Sympathie füreinander entwickelt haben.

Geschäftsanbahnung

»Guten Morgen, mein Name ist Gotha!«

Richard legt die Collegemappe mit den Werbedruckschriften auf den brusthohen Empfangstresen, der ihn von der kleinen Französin, die dahinter sitzt, trennt.

»Richard Gotha, von EMU International! Ich bin mit Christoph Raff verabredet!«

Der wasserstoffblonde Doppeltwen verliert das Interesse an den knallrot lackierten Fingernägeln, legt die Nagelfeile zur Seite, greift zum Telefonhörer und tippt dreimal auf die Tastatur.

»Mal sehen, ob er überhaupt da ist...«

Blondie haucht in die Sprechmuschel:

»Hallo, Christoph...!«

»Herr Raff kommt gleich! Bitte warten Sie einen Augenblick im Besprechungszimmer!«

Richard zieht fragend die Brauen hoch.

»Dort! Links! Neben dem Treppenaufgang!«

»Danke!« –

‚Jetzt eine Zigarette!'

Richard stößt die Tür zum Besprechungszimmer auf. Der Griff stupst gegen die Wand. Er betritt den Raum und betrachtet die Schwarzweißfotos, die neben der Pinnwand hängen. Sie zeigen das neue Gebäude der Techniker Krankenkasse an der Bramfelder Chaussee und die Portale der Nordseite des Neuen Elbtunnels, die nur einen Steinwurf entfernt vom roten Backsteinhaus der Gothas stehen. Auf dem Whiteboard neben der Tür an der Wand ist mit einem edding ein Lüftungsklappendetail skizziert worden. Um den Besprechungstisch stehen Freischwinger mit abgewetzten rehbraunen Ledersitzen. Auf dem Tisch ein Aschenbecher, zwei Thermoskannen, ein Sammelsurium von Bechern, Tassen und Untertellern, klumpiges Milchpulver in einem dunkelbraunen Glas und ein verbogener Teelöffel, der aus einem henkellosen Zuckertopf hervorguckt. Tristes Licht fällt in den Raum. Auf der staubigen Fensterbank verkümmert eine Fächerpalme. Ein Wasserspülgang rauscht durchs Haus und gurgelt der Kanalisation entgegen. Irgendwo klingelt ein Telefon.

Plötzlich steht Christoph Raff in der Tür. Er ist einen halben Kopf kleiner als Richard, hat die Figur eines Ringers, wirkt elastisch und durchtrainiert. Das dunkle Haar ist aus der Stirn gekämmt. Erwartungsvoll lächelt er Richard an, geht auf ihn zu, drückt ihm die Hand und deutet zum Besprechungstisch:

»Suchen Sie sich den besten Stuhl aus!«

Richard zieht einen zu sich heran und setzt sich an den Tisch.

»Möchten Sie einen Kaffee?«

»Ja, gern!«

Raff nimmt das Tablett mit dem Geschirr, verteilt Tassen und Unterteller, dreht den Deckel der Thermoskanne, aus der zischend Druck entweicht, schnuppert, schüttelt den Kopf und schenkt erst Richard und dann sich selbst von dem lauwarmen »Abwaschwasser« ein.

»Milch? Zucker?«

»Milch, bitte!«

»Wir haben nur…«

Raff schiebt das Glas mit dem klumpigen Pulver zu Richard rüber.

»Kein Problem!«

Sie mustern sich. Richard kämpft gegen die Anspannung an, für die es eigentlich keinen Grund gibt, da er Raff vom ersten Augenblick an sympathisch findet. Er löst den Blickkontakt und öffnet seine Collegemappe.

»Was verschafft mir die Ehre?«, fragt Raff.

Richard schiebt den Niederspannungsschaltanlagen-Katalog nebst Flyer über den Tisch.

»Wir haben uns um die Teilnahme am Wettbewerb für das Logistik-Center in Henstedt-Ulzburg beworben.«

Christoph Raff hebt die rechte Augenbraue.

»Liegt Ihnen unser Schreiben schon vor?«

»Ich bin mir nicht sicher!«
»Das wundert mich. Kennen Sie unsere Schaltanlagen?«
Raff winkt ab. Er lehnt sich zurück. Der Freischwinger ächzt und wippt unter der Gewichtsverlagerung.
»Wer kennt EMUs Schaltanlagen nicht?«
»Die schmalen Einschübe für die Messersicherungen finde ich perfekt!«, sagt Richard.
»Ja, ja…aber…«
Christoph Raff weiß besser als Richard um die Vor- und Nachteile von EMUs Schaltanlagen Bescheid: Na gut, die Einschübe findet er in Ordnung! Aber die Blechgehäuse! Wie Tresore im Keller der Zentralbank. Absolutes Mittelalter! Nein, echt Steinzeit! Der Wettbewerb baut längst platzsparender! Richard gehen die Argumente aus. Christoph Raff bohrt nicht weiter nach, beugt sich über den Tisch und hält Richard eine Packung Camel unter die Nase.
»Auch eine?«
Ein breiter Ehering kneift Raff ins Fleisch.
Richard bedient sich, zieht ein blaues EMU-Einwegfeuerzeug aus der Collegemappe hervor und schiebt es über den durch Kratzspuren verunstalteten Tisch.
»Wie groß ist das Volumen der Baumaßnahme eigentlich?«
»Die Kostenschätzung belief sich auf über 2 Millionen. Nur für Elektrotechnik!«
»Donnerwetter! Ein dicker Brocken!«, sagt Richard.
Raff tippt auf seine Armbanduhr.
»Tut mir leid! Wir müssen jetzt Schluss machen! Ich bin spät dran, muss zur Projektbesprechung nach Henstedt-Ulzburg!«

Am Montagmorgen berichtet Richard Felix Ritter von seinem Besuch bei RAT Consulting:
»2 Millionen?!«, vergewissert sich Ritter, einen persönlichen Bonus witternd.
Bevor Ritter sein Ansinnen vor Richard ausbreitet, verlangt er von ihm das Schweigeversprechen.

»Denkst du, dass dein neuer Freund uns helfen könnte, an den Auftrag heranzukommen? Ja? Was meinst du, ist er käuflich?«
Richard bleibt die Antwort schuldig. Ritters Unterstellung, dass Raff sein Freund sei, ärgert ihn.
»Wir könnten deinem Freund dafür, dass er uns den Auftrag zuschanzt, 20 Riesen zukommen lassen!«
»Raff ist nicht mein Freund!«, wehrt Richard ab. »Ich bin ihm am Freitag zum ersten Mal begegnet!«
Er zieht die Brauen zusammen, schnipst eine Zigarette aus der Packung und zündet sie an.
»Ist ja auch egal!«, Ritter setzt sein verschlagenes Grinsen auf. »Jetzt pass mal gut auf! Bei 2 Millionen wäre für uns auch was drin.«
Ohne weitere Umschweife legt Ritter die Karten offen auf den Tisch. Statt der 20.000 Mark, die für Raff gedacht sind, will er 50 Riesen herbeizaubern. Die Differenz von 30.000 würden sie teilen und in die eigenen Taschen stecken.
Richards Bedenken werden von Ritter mit Engelszungen aus dem Weg geräumt. Jetzt liegt es bei ihm, Christoph Raff dahin zu bringen, sich auf den krummen Deal einzulassen und EMU den Auftrag zuzuspielen. Er zieht das Telefon zu sich heran, wählt Raffs Nummer und verabredet sich mit ihm zu Mittwoch auf einen Plattfisch ins »Fischerhaus«.

Zwei Tage später im Altonaer »Fischerhaus« rutscht Richard auf dem Stuhl hin und her, als säße er in einem Haufen roter Waldameisen.
Endlich, zwanzig Minuten nach der verabredeten Zeit, rollt ein 75er Ford Taunus über die Gehwegüberfahrt. Richard atmet auf. Er hatte schon gezweifelt, ob Raff noch kommen würde.
Das Gespräch der beiden, das von Beginn an wieder von Sympathie und Offenheit geprägt ist, entwickelt sich zu Richards Vorteil: Er kann Raffs Skrupel beseitigen, sagt ihm absolutes Stillschweigen zu, und Raff, dem die 20.000 Mark gerade recht kommen,

weil er mit dem Geld seine Freundin Isolina für einige Wochen von Havanna nach Hamburg holen kann, lässt sich auf den Deal mit Richard ein.

Angebissen

»Er hat angebissen!«

»Wer hat was…?«

»Ich weiß eine Menge über ihn! Er fährt einen uralten Ford Taunus und hat eine Freundin in Havanna!«

»Von wem sprichst du, Richard?«

»Ich spreche von Raff! Christoph Raff von RAT Consulting! Das Logistik-Center in Henstedt-Ulzburg!«

Wie jeden Morgen beugt Felix Ritter sich über das Sideboard, das im rechten Winkel zu seinem Schreibtisch steht, und legt seine Collegemappe auf das Fensterbrett.

»Je kleiner die Mappe, desto näher am Vorstand!«, amüsiert ihn die eigene Bemerkung.

Den eigenen Vorteil im Sinn, reibt Ritter Daumen und Zeigefinger:

»Und was ist hiermit?«

»Wie du gesagt hast!«

»Zwanzig?«

»Hm…«

»Erzähl! Wie wars denn?«

»Im Großen und Ganzen ist es so gelaufen, wie du prophezeit hast!«

»Na, siehst du!«

Felix Ritter schiebt die Tür von dem Sideboard zur Seite.

»Willst du auch einen?«

»Ausnahmsweise, aber nur einen ganz kleinen!«

Goldgelb, wie Kommodenlack, fließt der Rémy Martin in die

Cognacschwenker. Aromen von Trauben, Vanille und Süßholz breiten sich aus und Richard nimmt sein Glas entgegen.

»Auf gutes Gelingen!«, prostet ihm Ritter zu.

»Wie geht es nun weiter, Felix?«

»Nicht so ungeduldig! Bleib bei RAT Consulting dicht am Ball. Eventuell hat Raff schon ein oder mehrere Gewerke – auch Lose genannt – ausgearbeitet und gibt dir vorab eine Kopie. Wir könnten uns in die Anfrage einlesen. Unterverteilungen, Kabel und Leitungen sind schnell kalkuliert. Die Kosten für Material und Montage sind im Rechner hinterlegt. Wir wären nicht so unter Zeitdruck, wie sonst immer! Den Notstromdiesel, die Transformatoren und die Schaltanlagen müssen wir später anfragen. Das können wir erst, nachdem wir die Anfrage offiziell von RAT Consulting erhalten haben.«

Richard lehnt sich im Drehsessel zurück.

»In Ordnung, ich frag ihn!«

Er nippt vom Cognac. Felix Ritter nestelt eine Marlboro aus der Packung hervor und reicht Richard die Schachtel rüber.

»Möchtest du auch eine?«

»Hm, danke!«

Tabakschwaden ziehen durchs Vertriebsbüro. In Gedanken versunken, sehen sie einander an. Richard registriert, mit welchem Selbstverständnis Ritter an die Sache rangeht, als wäre alles rechtens und hätte mit Vorteilsnahme nichts zu tun. Unvermittelt unterbricht Ritter das Schweigen:

»In der Regel bevorzugen Ingenieurbüros Ausschreibungen mit beschränktem Teilnehmerkreis. Sie wählen fünf oder mehr der Bewerber aus und schlagen ihren Auftraggebern deren Teilnahme am Wettbewerb vor.«

»Verstehe!«, sagt Richard. »Und wie geht es dann weiter?«

»OK, gehen wir davon aus, dass wir die Anfrage im Hause haben. Am wichtigsten ist, dass wir genau wissen müssen, was uns die Abwicklung des Auftrags später kosten wird. Das heißt, dass wir die Kosten für unser Angebot akribisch ermitteln müssen.

Dazu gehören auch die 50.000 Mark, die wir aufwenden, um an den Auftrag zu kommen. Den Betrag kalkulieren wir einfach als »Unvorhersehbare Kosten« mit ein. Um Kosten kommst du nicht herum! Die sind die Messlatte! Lege dich niemals mit deinem Angebotspreis darunter, um an einen Auftrag zu kommen! Keinem unserer Projektleiter ist es bisher gelungen, solch einen Auftrag so zu verbessern, dass er aus der Verlustzone in den grünen Bereich gekommen ist. Keinem!«

»Verstehe!«

»Gut! Jetzt zu EMU. EMU will auch leben! Also schlagen wir auf unsere auftragsbezogenen Kosten 20 Prozent auf, um die Gemeinkosten von zu decken!«

Richard rutscht auf seinem Stuhl hin und her.

»Das habe ich verstanden! Aber wie kommen wir denn nun an den Auftrag ran?«

»Moment, Richard! Geduld! Geduld! Das war noch nicht alles! Jetzt müssen wir noch den Gewinn ausweisen! 5 Prozent! Na ja, mindestens 3! Mehr ist in der Regel nicht drin. Sonst unterschreibt Mummfred uns das Angebot nicht und dem Alten kommen zum Jahresende dicke Tränen, wenn sein Laden für ihn vor Steuern nichts abgeworfen hat.«

»Und der Auftrag?«

Ritter grinst verschlagen und greift zur Cognac-Flasche.

»Danke, ich nicht mehr!«, wehrt Richard ab, dessen Ohren glühen.

»Es gibt da ein paar Tricks!«

Felix Ritter fuchtelt mit seinem Cognac-Glas in der Luft herum.

»Als erstes lassen wir die Anfrage zweimal durch den Kopierer laufen. Danach legen wir das uns zugesandte Exemplar zur Seite. Eine der Kopien wird zu unserem Arbeitsexemplar. Wir sortieren die Titel aus, die wir extern bei unseren Zulieferern anfragen müssen. Zum Beispiel den Notstromdiesel und die Transformatoren.«

»Ist klar!«

»In die andere Kopie trägst du, nachdem MASKAL kalkuliert und die Verkaufspreise ausgeworfen hat, handschriftlich die Zahlen ein!«

»Handschriftlich?«

»Ja, ist durchaus üblich. Nicht jede Firma hat ein komfortables Kalkulationsprogramm wie MASKAL. Drei von fünf Anbietern reichen ihre Offerte handschriftlich ausgefüllt ein. Hauptsache wir sind rechtzeitig mit dem Rechnerausdruck fertig, damit uns ausreichend Zeit für das Ausfüllen des Angebots bleibt.«

Ritter sucht auf dem Schreibtisch nach seiner Zigarettenschachtel und bedient sich.

»Das Wichtigste von allem ist, dass dein »Freund« sich an sein Versprechen hält!«

»Das wollen wir hoffen!«, antwortet Richard, um überhaupt etwas zu sagen.

»Nachdem die Angebote bei RAT Consulting eingegangen sind, muss er sich umgehend mit dir in Verbindung setzen und dir den Preisspiegel durchgeben! Falls es nötig ist, senken wir einige Preispositionen. Oder wir erhöhen den Projektnachlass um 1, falls es sein muss 2 Prozent, den wir bei Beauftragung sämtlicher Elektro-Gewerke gewähren würden. Er steht in unserem Schreiben zum Angebot auf der zweiten Seite. Dein »Freund« muss nur die nachgebesserten Blätter gegen die mit den verfehlten Preisen austauschen!«

»Und wenn die rechnerische Prüfung der Angebote ergibt, dass wir doch nicht die Günstigsten sind?«

»Nun wart erst einmal ab, Richard! Alles kann auch ich nicht voraussehen! Hauptsache dein »Freund« lässt dich nicht im Regen stehen!«

Felix Ritter wirft einen Blick auf seine Armbanduhr:

»Was, schon Mittag!?«

Sein Zigarettenstummel verschwindet zwischen den anderen im randvollen Aschenbecher. Er steht auf und zwängt sich in den dunkelblauen Blazer.

»Kommst du mit?«

»Na klar!«, antwortet Richard, obwohl er keine Lust verspürt, mit Felix Ritter, der in jeder Mittagspause zum Weinstand geht, ins Hanseviertel zu laufen.

Auf dem Weg fragt Richard seinen Tutor:

»Und das Geld, Felix? Wo kommen die 20.000 in bar her?«

»50.000!«

Felix Ritter visiert Richard über die Schulter an.

»Wir sind doch auch noch da! Keine Sorge! Das mach ich schon! Das Geld besorg ich! Aber, wie schon gesagt, erst muss der Auftrag her und unterschrieben vom Auftraggeber auf deinem Schreibtisch liegen!«

Anfrage

Am selben Tag, gegen 15 Uhr.

Büroroutine: Felix Ritter steht hinter dem Schreibtisch, telefoniert und sieht aus dem Fenster, den Hörer in der rechten Hand, in der linken die qualmende Zigarette und das Cognacglas.

Richard blättert im Submissionsanzeiger. In diesem Moment erscheint ein schwer atmender Mann im Türrahmen und setzt einen Pappkarton mit Büro-Ordnern ab.

»Bin ich hier richtig bei Richard Gotha?«

»Ja, das bin ich!«

»Für Sie!«, sagt der Mann und zeigt auf den Karton. »Mit schönen Grüßen von Herrn Raff. – Ich brauch noch eine Unterschrift.«

Richard erhebt sich und quittiert dem Boten den Empfang der Sendung, der sich mit einem »Danke« auf der Stelle umdreht und wieder verschwindet.

»Siehst du!«, sagt Richard, mit einer Spur Stolz in der Stimme. »Raff hat sein Versprechen gehalten. Das ist die Anfrage für das Logistik-Center!«

»Na, denn zeig mal her!«

Richard hebt den Karton auf den Besprechungstisch. »Und das, obwohl der Bieterkreis längst feststand und der Versand der Leistungsverzeichnisse an die Firmen bereits abgeschlossen war!«

»Das machen die Ingenieurbüros schon mal«, weiß Ritter, »informieren allerdings vorher den Bauherrn. Der hat in der Regel nichts dagegen, wenn noch ein Angebot hinzukommt, denn die eigentliche Arbeit, die Prüfung der Angebote, liegt beim Ingenieurbüro. Der Bauherr interessiert sich in erster Linie nur für den Preis. Er will die innovativste Technik zu den geringsten Kosten. Bei öffentlichen Anfragen geht so etwas nicht. Wenn der Bieterkreis feststeht, hast du keine Chance mehr, auf den fahrenden Zug aufzuspringen.«

Ritter macht sich über die Ordner her und sucht nach dem mit dem Leistungsverzeichnis, in das die Preise einzutragen sind.

»Viel Papier, total aufgebläht, unnötiger Formalismus, wie bei der Baubehörde!«, mault er, bis ihm die Gesichtszüge vollends entgleisen. »Hier! Das hab ich doch geahnt! Abgabetermin: 14. August, 12 Uhr! Nur drei Wochen Zeit für die Ausarbeitung!«

Ritter dreht sich zum Sideboard und ergreift das Cognacglas.

Das Angebot

Sie legten sich schwer ins Zeug, ermittelten bis spät in die Nacht Lohn- und Materialkosten für Schaltanlagen, Kabel und Leitungen, fragten Fremdleistungen an, wie Transformatoren und Notstromdiesel, kalkulierten Baustelleneinrichtung, Gerüste und Schwertransporte und wurden auf den Tag genau fertig.

Am 14. August vormittags unterzeichnen Felix Ritter und Manfred Thaler das rund zwei Millionen schwere Angebot rechtsverbindlich, nachdem Richard jedes einzelne Blatt mit »RG« paraphiert hat.

Richard heftet das Angebot, dass er handschriftlich ausgefüllt hat, in einen Büroordner, steckt ihn in einen Karton, klebt den Adressaufkleber drauf, auf dem Abgabedatum und -uhrzeit stehen, und macht sich auf den Weg. Derweil Ritter die Ordner, in denen es ausschließlich um allgemeine Bestimmungen der geplanten Baumaßnahme geht, sowie eine Angebotskopie im Aktenschrank verschwinden lässt.

Um 10 vor 12 Uhr legt Richard die Offerte bei RAT Consulting auf den Empfangstresen.

Christoph Raff hat ihm versprochen, dass er sich telefonisch melden wird, sobald alle Angebote eingegangen sind, um ihm die Preise der Wettbewerber durchzusagen.

Doch Raff meldet sich nicht. Richards Geduld wird auf eine harte Probe gestellt. Er wartet bis 18 Uhr. Dann hält er den Druck nicht mehr aus und greift zum Telefon.

Nach dem dritten Klingelzeichen nimmt Raff den Hörer ab und gesteht Richard, dass ihm in der Zwischenzeit arge Bedenken gekommen seien. Er flüstert ins Telefon, dass die Sache nach seiner Einschätzung keinen Sinn mehr habe, weil der Abstand zwischen EMU International und dem billigsten Bieter viel zu groß sei. Als Richard von ihm wissen will, warum er sich nicht bei ihm gemeldet hat, druckst Raff rum. Wenn sie bei ihrem »Geschäft« auffliegen würden, gab er Richard zu bedenken, wäre er dran und würde vielleicht sogar seinen Job verlieren. Richard fasst es nicht! Wie steht er jetzt vor Ritter und Thaler da?! Er appelliert an das gegebene Wort, bekniet Raff, die aufgetretenen Skrupel beiseite zu schieben und sich an die Absprache zu halten. Richard nimmt die zweite Hörmuschel und hält sie Ritter hin, der sie sich übers Ohr stülpt. Raff windet sich wie ein Wurm, der nicht auf den Angelhaken will, bis er Richards Bitten und Überredungskünsten nachgibt und die Angebotssumme des billigsten Mitbewerbers durch die Telefondrähte raunt.

Richard wird blass: EMU liegt sage und schreibe 125.000 DM

über dem günstigsten Anbieter! Der Schock ist ihm vom Gesicht abzulesen! Ritter reißt sich die Hörmuschel vom Ohr und wettert ungehalten los:

»Ein Riesenabstand! Die ganze Arbeit umsonst! Das glaub ich nicht! So viel Geld! Wo soll das herkommen?!«

Richard beißt die Zähne zusammen. Er will diesen Auftrag! Unbedingt! Der in ihm schlummernde Jagdinstinkt ist erwacht, setzt Adrenalin frei, das in seine Blutbahn strömt. Über seinen Rücken kriecht eine Gänsehaut.

Richard ignoriert Ritters Unmut und bittet Christoph Raff, in seinem Büro zu bleiben und auf seinen Telefonanruf zu warten. Ritter und er würden jetzt auf gar keinen Fall aufgeben. Sie benötigen etwas Zeit, vielleicht eine Stunde, um das Problem zu lösen. Raff mahnt zur Eile, verspricht jedoch, Richards Rückruf im Büro abzuwarten.

Ritter, der sich wieder beruhigt hat, ist in seinem Element. Er sucht in der Kopie ihres Angebots nach Positionen, um den Preis herunter zu massieren.

»Das kommt einem Erdrutsch gleich!«, brummt er. Und einen Augenblick später: »Ja, so könnte es gehen! Wir senken die Preise für die Transformatoren und den Notstromdiesel um insgesamt 30.000 Mark!«

»Das reicht aber nicht!«, wirft Richard ein.

»Einen Moment Geduld! An den einzelnen Preisen sollten wir nicht weiter drehen. Lass mich kurz rechnen. – Pass auf! Zusätzlich zur Preisreduzierung heben wir den Projektnachlass von 2 auf 4 Prozent an. Bingo! Und schon liegen wir mit 1.866.750 exakt 3.250 Mark unter dem Billigsten. Also, schreiben wir die zweite Seite unseres Anschreibens, die mit den Unterschriften, zum Angebot neu und machen aus der 2 eine 4. Raff muss das Blatt nur noch austauschen. Allerdings – und das wiederhole ich noch einmal! – solltest du dir sicher sein, dass dein »Freund« uns Los 1 und 2 – Elektro- und Fernmeldetechnik – in Auftrag gibt, sonst greift der gewährte Nachlass nicht zu unserem Vorteil!«

Richard sucht in der Original-Anfrage nach den beiden Leistungsverzeichnis-Seiten, die durch Christoph Raff ausgetauscht werden müssen. Er fertigt Fotokopien davon an und trägt die neuen – reduzierten – Einheitspreise mit dem Kugelschreiber ein. Fehlt nur noch die Seite des Schreibens mit dem Rabatt.

»Das ist kein Hexenwerk!«, meint Ritter, fingert routiniert über die Tastatur, wird fündig, zaubert aus einer 2 eine 4 und löst den Druck aus. »Jetzt brauchen wir nur noch Mummfreds Unterschrift. Ich ruf ihn zu Haus an!«

Richard holt tief Luft, eine steile Sorgenfalte teilt seine Stirn.

»Keine Angst, der kommt schon. Wir wollen den Auftrag!«, räumt Ritter Richards Bedenken aus dem Weg.

Mittlerweile ist es 20 Uhr 30. Richard ruft Christoph Raff an, der diesmal sofort in der Leitung ist:

»Es hat leider etwas länger gedauert. Tut mir leid. Ich fahre jetzt los; danke, dass du so lange gewartet hast!«

Eine halbe Stunde später, bei RAT im Besprechungszimmer.

»Drei Seiten!«

Ein Regenguss fegt über die Fensterscheibe. Richard wippt im Besucherstuhl. Chromschwingen stöhnen. Er unterbricht seine Schaukelei, beugt sich vor und schiebt Christoph Raff, der ihm am Tisch gegenübersitzt, die Blätter zu. Raff zieht die Augenbrauen hoch, erhebt sich, schließt die Bürotür und schaltet das zweite Lichtband zu. Die Leuchtstofflampen flackern auf. Er schüttelt sachte den Kopf und schiebt den Gedanken an Rita, seine Ehefrau, beiseite, die sich wie so oft fragen wird, wo er zu so später Stunde bleibt.

»Und!?«, fragt Raff, »schieß los!«

»Wir haben drei Änderungen vorgenommen!«, erklärt Richard, der vor zwei Monaten von derartigen Tricksereien überhaupt noch nichts ahnte. »Du musst diese Seiten im Leistungsverzeichnis austauschen!«

Raff nimmt die Blätter entgegen und hält sie sich dicht unter die Nase.

»Du hast hoffentlich denselben Kugelschreiber benutzt?«
»Selbstverständlich!«
Richard gibt sich professionell.
»Und, ist es das gleiche Papier?« Raff reibt eines der Blätter zwischen den Fingern.
»Klar doch! Wir fertigen generell von den Original-Anfragen Kopien an, in denen wir arbeiten. Das hat den großen Vorteil, dass wir, falls sich bei technischen Angaben ein Schreibfehler einschleicht, auf das Original zurückgreifen können, um eine Ersatzseite zu kopieren. Normal legen wir den Anfragen einen Rechnerausdruck mit unseren Preisen bei. Das erleichtert uns die Arbeit und wird in der Regel von den Kunden akzeptiert. In unserem Fall ist es allerdings schlauer, das Leistungsverzeichnis handschriftlich auszufüllen. Du siehst ja selbst, wie leicht sich ein paar Seiten austauschen lassen«, sprudeln die Worte aus Richard hervor, der, nachdem er durchgeatmet hat, hinzufügt, »wenn man sich, so wie wir, darüber einig ist.«
»So so, dann ist ja gut!«, hofft Raff und hebt die zweite Seite des Anschreibens zum Angebot hoch: »Und was ist das hier?«
»Seite 2 unseres Anschreibens zum Angebot! Die muss ebenfalls ausgetauscht werden! Lass mich erklären, was wir gemacht haben: Wir haben die Preise für Transformatoren und Notstromaggregat um insgesamt 30.000 Mark gesenkt, und, ohne Gemeinkosten aufzuschlagen, durchgeschoben. Da das noch nicht ausreichte, haben wir unseren Nachlass um 2 Prozent erhöht! Allerdings musst du dafür sorgen, dass wir Los 1 und 2 beauftragt bekommen, sonst greift der Rabatt nicht!«
»Verstehe! Und was ist insgesamt dabei herausgekommen? Ich meine, wo liegt ihr jetzt – unterm Strich!?«
Ihre Blicke verhaken sich.
»3.250 Mark unter dem Billigsten!«
»So eng beieinander? – Findest du nicht, dass das zu auffällig ist?«
»Noch niedriger wollte Ritter nicht rangehen! Wir haben nichts

zu verschenken! Mehr wäre nicht zu verantworten! Ende der Fahnenstange! Das gab er mir ganz klar mit auf den Weg!«

»Na gut, dann sehn wir mal«, spricht Raff mehr zu sich selbst.

Richard, der sichtlich erleichtert ist, dass Raff den Ball angenommen hat, mochte den stämmigen Mann von der ersten Begegnung an. Ihm gefällt, dass er sich weder aufdrängt noch in den Vordergrund spielt. Glücklicherweise kommen Christoph Raff die zwanzig Riesen äußerst gelegen. Denn jetzt kann er, ohne deswegen das eigene Konto strapazieren zu müssen, seine kubanische Freundin Isolina für einige Wochen von Havanna nach Hamburg holen.

»Sag mal, spielst du eigentlich Tennis?«, fragt Raff.

»Ja, allerdings mehr schlecht als recht!«, antwortet Richard, »Wir könnten es doch mal miteinander versuchen!«

Der Auftrag

»Nun klingel schon!« Richards Fingerkuppen prasseln gegen die Schreibtischplatte. Stakkato! Die Beine von sich gestreckt, die Schultern gegen das Rückenpolster gelehnt, das graue Siemens-Tastentelefon im Visier, wartet er sehnsüchtig auf den Anruf, der ihn von der Blockade in seinem Kopf erlösen soll.

»Nun klingel doch endlich!«

Richard winkelt die Knie an und zieht sich samt Drehsessel an den Schreibtisch heran. Der Farbmonitor schaltet auf Standby. Schlangenlinien schweben über den Bildschirmschoner, verschwinden am unteren Rand. Er greift zum Ablagekorb und kramt einen Stapel »Bauanzeiger« hervor, sortiert den Packen nach Erscheinungsdatum, fischt den aktuellsten heraus und legt ihn vor sich auf die vergilbte Schreibunterlage. Er hört nichts, starrt ins Leere, wie in Trance blättert er Seite für Seite um. Seine Gedanken kreisen um Ritter, das Angebot, Thaler und Raff.

Zwei Tage nach Abgabe des Angebots rief Raff Richard an und bat ihn um ein Treffen in seinem Büro, es gäbe ein Problem! Mehr war aus ihm nicht herauszuholen. Richards Magen rebellierte. Derartige Störfeuer behagten ihm nicht. Er ging an den Kleiderschrank, zog das Sakko vom Drahtbügel, schnappte sich seine Collegemappe und weg war er. Ritter blickte mit offenem Mund hinterher.

Dreißig Minuten später saß Richard im Besprechungszimmer von RAT Consulting. Christoph Raff hielt das Anschreiben des günstigsten Bieters hoch und tippte mit dem Kugelschreiber auf den letzten Absatz. Es täte ihm leid, aber in der damals gebotenen Eile hätte er übersehen, dass der Mitbewerber bei Beauftragung aller Elektro-Lose einen Nachlass von 20.000 Mark gewähren würde. Was bedeutete, dass der Konkurrent wieder vorn sei und mit einer Gesamtsumme von 1.850.000 um 16.750 Mark unter dem Angebot von EMU International läge!

Richards Puls hämmerte bis in die Schläfen.

Zum Glück hatte Raff eine Lösung parat! An den Zahlen des Leistungsverzeichnisses konnte nicht mehr gedreht werden. Die rechnerische Prüfung war abgeschlossen. Die Chance steckte im Anschreiben! EMU müsste den Projekt-Rabatt um ein weiteres Prozent anheben! Dann hätten sie die Nasenspitze wieder vorn!

Richard fuhr zurück ins Büro und überbrachte Felix Ritter die Hiobsbotschaft. Dem entglitt das joviale Lächeln, denn er sah seine attraktiven Nebeneinkünfte in Gefahr. Lauthals wetterte er gegen Christoph Raff:

»So ein Anfänger! Elender Dilettant!«

Wie immer beruhigte er sich bald wieder und hielt mit Manfred Thaler Rücksprache. Der erklärte sich einverstanden: 1 Prozent noch! Aber dann sei Schluss! Endgültig das Ende der Fahnenstange erreicht!

Richard stieg an diesem Nachmittag zum zweiten Mal in seinen Benz, um in Richtung Steilshoop davonzujagen. Raff wartete bereits im Besprechungszimmer auf ihn. Richard legte die Seite mit dem geänderten Rabatt auf den Besprechungstisch. Eile war geboten: Die Investoren des Logistik-Centers übten bereits Druck auf RAT Consulting aus. Die Vergabe des Elektromontageauftrags sollte endlich vom Tisch!

Richard schreckt zusammen. Er reißt den Hörer vom Telefon und presst ihn ans Ohr.
»Und, haben wir ihn?«, will Manfred Thaler wissen.
»Leider immer noch nicht!«, antwortet Richard.
»Dann müssen wir Gas geben!«, fordert Thaler.
»Ich hab getan, was ich konnte! Im Moment warte ich darauf, dass ich von Raff angerufen werde. Heute wird bei RAT entschieden, an wen der Elektro-Auftrag gehen soll. Der Investor drängt bereits, mit den Ausbauarbeiten zu beginnen.«
»Es ist immer das Gleiche«, nörgelt Manfred Thaler, » erst haben die Herren Auftraggeber viel Zeit, dann knallen sie uns den Terminplan auf den Tisch! Friss oder stirb, heißt es und es kann nicht schnell genug gehen!«
»Hm …!«
»Na denn…, hoffen wir, dass der Daumen nach oben zeigt! Viel Glück!«
»Danke, kann ich gebrauchen!«
Thaler legt auf. In Richards Gesicht spiegelt sich die Anspannung wider. Er atmet flach und schnell, fühlt die Fingerspitzen nicht mehr. Sein vegetatives Nervensystem setzt ihm zu.
‚Bloß das nicht!'
Er kennt das, hoffte, es wäre überstanden, käme nicht wieder. ‚Jetzt nimm dich zusammen, Junge. Ruhig! Ausatmen. Ruhe! Atme langsam aus. Hab keine Angst. Du bekommst das in den Griff.'
Richard dreht sich samt Bürostuhl um neunzig Grad, schiebt die Tür des Aktenschranks zur Seite, kramt ein Whiskey-Glas hervor, stellt es auf den Schreibtisch, dreht am Verschluss der halbleeren Mineralwasser-Flasche, füllt das Glas bis an den Rand und trinkt mit großen Schlucken.

Wieder klingelt das Telefon!
»Richard Gotha!?«
»Hier ist Christoph!«
Richard presst den Hörer ans Ohr. Raff nuschelt so leise, dass er kaum zu verstehen ist.
»Ich habe den Vergabebericht beim Kunden vorgelegt. Der Rohbau des Logistik-Centers in Henstedt-Ulzburg ist zu 80 Prozent fertiggestellt. Mit dem Innenausbau ist zu beginnen. Die Zeit drängt! Die Baustelle muss umgehend eingerichtet werden! Der Kunde setzt voraus, dass mit den Elektroarbeiten in einer Woche begonnen wird!«
Richard schließt die Augen. Schweißflecken breiten sich unter seinen Achseln aus. Raff fährt fort, spricht deutlicher und lauter:
»Ausschlaggebend war letztlich der interessante Preis! Bei unveränderter Qualität der Leistung, das versteht sich doch von selbst, oder?«
»Ja, ja! Das ist doch selbstverständlich!«
Richard würde Christoph Raff in diesem Moment so ziemlich alles versprechen.
»Ich habe vom Investor die Befugnis erteilt bekommen, die Elektroarbeiten zu vergeben!«
»Und? Wer...? Mensch, Christoph, nun sag schon!?«
»Für 1.847.100,- DM geht der Auftrag an EMU International!«

Nützliche Ausgaben

Das Hotel »Stadt-Altona« befindet sich auf halbem Weg zwischen dem Bahnhof Altona und St. Pauli, keine zehn Gehminuten vom Rotlichtviertel entfernt. Viele Male ist Richard in seinem Wagen durch die Louise-Schroeder-Straße gefahren, ohne dass ihm der düstere Fertigbetonteil-Klotz aufgefallen war. Bis er am Samstag vor einer Woche während einer Fahrradtour durch Altona das Hotel aus den 60ern in der zweiten Reihe der Straße entdeckte.

Beim Anblick der düsteren Fassade rieselte ihm ein kalter Schauer über den Rücken. Die Lage des Hotels! Eine Kulisse wie in einem »Stahlnetz«-Krimi! Genau der richtige Platz für ein Treffen mit Christoph Raff! Der perfekte Ort für die Geldübergabe! Weder die Investoren des Logistik-Centers noch Ritter, geschweige denn Thaler oder der Alte würden sich jemals hierher verirren.

18 Uhr 15. Die Sonne geht bereits unter. Dunkel heben sich die Umrisse des Hotels vor dem Abendhimmel ab. In einigen Zimmern des sechsgeschossigen Gebäudes brennt Licht. Vor dem Eingang zum Hotel verpesten die Abgase eines Taxis die Luft. Tauben gurren, rucken mit dem Kopf hin und her und picken auf dem Asphalt nach Essbarem. Der Taxifahrer hievt einen Schalenkoffer aus dem Kofferraum, stellt ihn auf den Gehweg und wünscht seinem weiblichen Fahrgast einen schönen Abend. Hackenschuhe stöckeln vorbei, hasten ausgetretene Marmorstufen empor, eilen an der Rezeption entlang auf den Aufzug zu.

Rechts vom Entree schließt ein Pavillon an. Ein Leuchtschild an der Dachkante des Flachbaus lädt zum Verweilen im »Grill zum Ratsherrn« ein.

Christoph Raff hat einen Vierertisch am Fenster gewählt. Von seinem Platz aus kann er beobachten, was gegenüber in der hell erleuchteten Lobby geschieht. Er heftet seinen Blick an die Fesseln der Frau, die auf den Lift wartet. Die Fahrstuhltür gleitet auf und die Frau verschwindet aus Raffs Blickfeld. Sein Tagtraum von einem erotischen Abenteuer löst sich in Nichts auf. Er sieht auf seine Armbanduhr und legt die Stirn in Falten: 18 Uhr 30! Richard war noch nie zu spät.

Genau in diesem Moment biegt Richard an der Endo-Klinik in die Louise-Schroeder-Straße ein und drosselt das Tempo. Er will auf gar keinen Fall die Hotel-Zufahrt verpassen. Durch die rechte Seitenscheibe entdeckt er das Grill-Restaurant und tritt die Bremse. Der 190er holpert über das Kopfsteinpflaster, das zum Hotel führt, und parkt gegenüber dem Restaurant am Kantstein.

Richard steigt aus, eilt auf den Hoteleingang zu, nimmt zwei Stufen auf einmal und stößt die Glastür zur Lobby auf. Der Empfangstresen ist unbesetzt. Er geht daran vorbei, bleibt am Übergang zum Grill-Restaurant stehen und reckt suchend den Hals in die Höhe.

»Na, pünktlich wie immer!?«, ertönt Raffs Stimme hinter seinem Rücken.

Richard fährt zusammen.

»Mann, hast du mich erschreckt! Wo kommst du denn her?«

»Die Blase! – Ich war mal für kleine Jungs!«

»Wartest du schon lange?«

»Lange genug, um die Speisekarte auswendig zu können!«

Christoph Raff lacht, entblößt das Zahnfleisch über den Schneidezähnen.

»Ich hatte mir den Tisch dort am Fenster ausgesucht.«

Richard schaut sich um, geht an den Tisch und zieht einen gepolsterten Stuhlsessel hervor.

»Nicht schön, aber bequem«, umschreibt Christoph Raff das Ambiente des Restaurants.

Der Ober schleicht auf Kreppsohlen heran.

»Bitte sehr!«

Er klappt in Kunstleder gebundene Speisekarten auf und legt sie vor den beiden auf den Tisch. Sie studieren die Liste der angebotenen Gerichte, entscheiden sich für Rumpsteak mit Bohnen und Bratkartoffeln, dazu Ratsherrn-Pils vom Fass.

Richard zieht die Unterlippe zwischen die Zähne. Er fummelt einen weißen Briefumschlag aus dem Jackett hervor und schiebt ihn über den Tisch. Raff scheint ein wenig verlegen, streicht über die Tischdecke, nimmt das Kuvert an sich und lässt es in seinem Sakko verschwinden.

»Glaub mir«, sagt er zu Richard, »ich mache das nicht jeden Tag!«

Der Ober kommt zu ihnen an den Tisch. Er stellt die Gläser auf die Bierdeckel und dreht die abgebildeten Ratsherrn nach gutem Brauch und Sitte in Blickrichtung der beiden Biertrinker.

»Zum Wohl, die Herren!«

Sie prosten sich zu, trinken und stellen die Biergläser zurück.

»Danke!«, sagt Richard zu Christoph Raff. »Ich brauchte dringend einen Erfolg. Ohne deine Hilfe wäre ich niemals an den Auftrag herangekommen!«

Christoph Raff lehnt sich zurück und verschränkt die Arme vor der Brust. Er hebt eine Augenbraue und sagt:

»Als du mir dein Angebot machtest, wusste ich nicht so recht, was ich davon halten sollte. Doch dann dachte ich mir: Warum immer nur die Bosse!?«

»Ich musste mich überwinden! Aber irgendwie hatte ich das Gefühl, dass du mitziehen würdest«, antwortet Richard.

Sie schweigen. Richard sieht nach dem Kellner. Der spürt den fragenden Blick auf seinen Schultern, lässt die Augen von der Blondine, die hinterm Tresen Bier aus dem Hahn zapft, und verschwindet durch die Pendeltür, die in die Küche führt. Es dauert nur einen Augenblick und er steht mit den Speisen am Tisch der beiden und sagt:

»So, die Herren! Zweimal Rumpsteak mit Bratkartoffeln! Noch ein Bierchen?«

Es schmeckt ihnen und sie essen mit Appetit. Nachdem der Ober den Tisch abgeräumt und ihnen zwei Kaffee serviert hat, öffnet Raff den Briefumschlag. Er sieht sich um. Niemand im Lokal beobachtet ihn. Er nimmt einige Scheine heraus und faltet sie unter dem Tisch zusammen. Den Umschlag steckt er zurück in die Innentasche seines Jacketts.

»Da, nimm!«, sagt er und streckt Richard die Faust entgegen.

»Was ist denn jetzt los?«, fragt Richard irritiert.

»Für dich!«, beharrt Raff darauf, sein Geschenk loszuwerden.

»Was soll das? Ohne dich hätte ich uralt ausgesehen! Allein durch deine Hilfe war ich erfolgreich und bin als Sieger aus dem Stechen hervorgegangen!«, protestiert Richard.

»Für Erfolg kannst du dir nichts kaufen!«, kontert Raff. »Komm, nimm schon! Ich fühl mich dann besser! Dann reiten wir gewissermaßen auf einem Pferd!«

»Du weißt doch, dass du dich hundertprozentig auf mich verlassen kannst, oder?«, flüstert Richard.

»Jetzt nimm endlich!«, fordert Christoph Raff.

Richard schießt das Blut in die Wangen. Er ringt um Fassung. Wenn Raff wüsste, dass Ritter ihn – aus purem Eigennutz und reiner Geldgier – zu seinem Werkzeug gemacht hat! Richards Brustkorb hebt und senkt sich. Einen Moment lang glaubt er, der Bösewicht in einem Kriminalfilm zu sein. Seine Gedanken rotieren, die gute Seite in ihm steht auf verlorenem Posten. Er greift nach dem Geld! 2.000 Mark wechseln den Besitzer und verschwinden in seiner Hosentasche.

»Heute zahl ich die Zeche!«

Christoph Raff winkt nach dem Kellner.

»Das brauchst du nun wirklich nicht! Ich hab ein großzügiges Spesenkonto! Lass doch EMU zahlen!«

»Heut zahl ich!«, beharrt Raff.

Zehn Minuten später schreiten sie die Marmorstufen hinunter.

»Komm gut nach Hause!«, verabschiedet sich Christoph Raff.

»Danke! Für alles!«, antwortet Richard und erwidert den festen Händedruck.

Dann dreht er sich um, wechselt auf die andere Straßenseite, steigt in seinen Mercedes, öffnet das Seitenfenster und nickt Raff noch einmal zu:

»Tschüss, wir sehen uns!«

»Lass uns endlich mal Tennis spielen!«

»Ich ruf dich an!«, verspricht Richard, stellt den Automatikhebel auf Drive und rollt los.

Die Überraschung

Richard geht ein Licht auf. Er war davon ausgegangen, dass nur Ritter und er von dem Deal wussten. Dass Thaler mit von der Partie sein sollte, ist neu für ihn und schmeckt ihm gar nicht.

»Wenn ich geahnt hätte, dass Thaler mit dabei ist, dann...!«

»Stopp mal, an Thaler kommen wir nicht vorbei! Er bekommt seinen Teil, und das ist gut. So sitzen wir drei in einem Boot. Was glaubst du, wo die Mäuse herkommen?«

»Keine Ahnung!«, Richard zuckt mit den Schultern. »Gibt es bei EMU eine schwarze Kasse?«

»Nein, Thaler geht zum Alten und macht das Geld locker! Mummfred konnte schon immer gut mit Walter Uderich! Vater-Sohn-Verhältnis, verstehst du?«

Richard ist, als schwinge in Ritters Stimme eine Portion Eifersucht mit.

»Offen gestanden, nachdem du zu mir sagtest, dass du dich darum kümmern wirst, habe ich mir keine großen Gedanken mehr darüber gemacht!«

»OK, ich hätte es dir auch gleich erzählen können. Thaler und ich kennen uns seit über zwanzig Jahren. Wir gehen ausgetretene Pfade. Ich pflege die Kontakte nach außen, habe Freunde in den Ingenieurbüros, eine Handvoll Haudegen, die ich wie Thaler schon jahrelang kenne. Mit deren Hilfe erziele ich 80 Prozent meines Auftragseingangs. Der Rest findet sich mit einem bisschen Glück dann irgendwie von allein. Wenn wir einen Coup landen können, geht Manfred zum Alten, schildert ihm die Lage und lässt durchblicken, dass wir die Möglichkeit haben, an den Auftrag heranzukommen, wenn wir einen Päckchen Geldscheine – nenn es meinetwegen Schmiergeld – in die Hand nehmen würden. Manchmal kommt es vor, dass unser Kontaktmann mit einem kleineren Betrag als sonst üblich zufrieden ist, dann zwacken wir einen Teil des Geldes für uns ab und teilen es. Jetzt sind wir zu dritt, also teilen wir durch drei!«

»Aber ist das nicht...?«
Ritter unterbricht:
»Für dieses Jahr wurden 35 Millionen budgetiert! Die müssen wir erst einmal reinholen! Ohne die läuft der Laden hier nicht, wir würden in die roten Zahlen rutschen! Das will doch keiner, oder?«
»Ist schon klar!«
»Eben, und das heißt: Druck! Powern! EMU beschäftigt über zweihundert Leute! Auf unseren Schultern lastet eine hohe Verantwortung! Siehst du den Punkt? Und Walter Uderich sitzt warm und trocken in seinem schicken Büro. OK, ja, er lässt uns in Ruhe arbeiten, mischt sich nicht in unser Tagesgeschäft ein. Aber am Ende des Jahres will er Gewinne sehen! Hast du ungefähr eine Ahnung davon, wie viel er sich nach Abzug der Steuern in die Tasche steckt? 2 Millionen! Stell dir mal vor, 2 Millionen! Und das Jahr für Jahr! Durch meine, unsere Arbeit!«
»Hm, ganz ordentlich...!«
»Ganz ordentlich?!«
Felix Ritter prustet, beugt sich nach der Cognacflasche in seinem Sideboard und zieht sie hervor. Automatisch sieht Richard auf die Wanduhr, die über der Bürotür hängt: Punkt 11 Uhr! Der richtige Moment für den obligatorischen Vormittagsschluck.
»Irgendwann kamen wir auf den Gedanken...!«, fährt Ritter fort, »verstehst du? Wir holen das Geld rein, wir machen die Geschäfte, wir riskieren unseren Hals, indem wir Leute bestechen! Wir stehen mit einem Bein im Gefängnis, und was haben wir von alledem? Nichts! Also, sag mir, warum sollen wir leer ausgehen?«
»Weiß Uderich davon, dass ihr...?«
»Ich weiß es nicht, ehrlich! Blöd ist er ja nicht, der alte Fuchs, ist mit allen Wassern gewaschen! Falls ja, dann duldet er es. Das Thema ist tabu! Hauptsache, sein Geschäft läuft und wirft am Jahresende genug für ihn ab!«
»2 Millionen!«

Richard schüttelt den Kopf.

Seit fünfundzwanzig Jahren sitzt Felix Ritter in dem zwanzig Quadratmeter großen Raum, den sie sich jetzt teilen. Hockt zwischen trist-grauen Schrankwänden, vergilbten Monitoren und Fensterscheiben, durch die am heißesten Sommertag kein Sonnenstrahl in den Raum fällt.

Zigarettenrauch hängt wie eine Nebelbank über den Schreibtischen. Eine Stubenfliege, die es in dem ungelüfteten Raum nicht mehr erträgt, legt sich rücklings auf die Fensterbank neben den Blumentopf mit der verdorrten Fächerpalme, um dort zu sterben.

»Ist denn immer alles gutgegangen?«, will Richard wissen.

»Ja!«, Ritter strahlt sein Siegerlächeln und tupft sich Eau de Parfum hinters Ohr. »Mach dir man keine Sorgen.«

Der holzig-aromatische Duft reizt Richards Nasenschleimhäute so stark, dass er niesen muss.

»Gesundheit!«, Manfred Thaler steht in der Tür.

Richard sieht auf: »Danke!«

»Hallo, Manfred!«, grüßt Ritter.

»Ich hab wenig Zeit!«, antwortet Thaler.

Richard wird mit dem Egomanen aus der Chefetage nicht warm. EMUs kaufmännischer Leiter und Prokurist hat etwas Unnahbares, strahlt die Herzlichkeit eines Eisbergs aus. Richard ahnt, worauf die Antipathie beruht: Es liegt an Thalers Oberflächlichkeit, seinem fehlenden Einfühlungsvermögen und übersteigerten Selbstwertgefühl, seinen diktatorischen Tendenzen. Und dann Thalers taxierender Blick. Ständig glotzt er Frauen hinterher, zieht sie mit den Augen förmlich aus.

»Dann wollen wir mal!«, meldet sich Ritter.

Er geht an den Kleiderschrank und holt aus der Innentasche seines Blazers zwei weiße Briefumschläge hervor. Der erste geht an Thaler. Der lässt ihn blitzschnell in seinem Sakko verschwinden. Den zweiten Briefumschlag erhält Richard. Felix Ritter setzt sein charmantestes Lächeln auf und reicht den Umschlag über den Schreibtisch. Richard nimmt das Geld. 10.000 Mark! So viel Bargeld hat noch nie zwischen seinen Fingern geknistert!

»Ich wollte euch nur fragen«, sagt Manfred Thaler, »ob ihr Lust habt, am Donnerstag mit mir in den »Weinkeller« zu gehen?«

»Was ist mit dir, Richard?«, fragt Ritter. »Bist du dabei? Oder hast du keinen Grund zu feiern?«

»Doch, doch, gern. Ich geb einen aus!«

Gegen 18 Uhr begibt Richard sich auf den Heimweg. Er beschließt, Helen vorerst nichts von dem Geld zu erzählen. Felix Ritter hat ihn davor gewarnt, größere Anschaffungen mit dem Geld zu tätigen. Bloß kein Auto davon kaufen oder so und bloß nicht auf irgendein Konto, womöglich noch auf das eigene Girokonto, einzahlen. Das würde auffallen. Er könnte davon mit Helen zum Boxen gehen, schlug Ritter vor, sich Karten am Ring leisten oder nach Verona in die Freilichtoper fahren und in einem schicken Hotel wohnen.

Richard ist erleichtert, dass sein erster Vertriebserfolg schnell und ziemlich reibungslos zustande gekommen ist, obwohl ihm die zehn Riesen, die in der Innentasche seines Jacketts darauf warten ausgegeben zu werden, nicht geheuer sind.

Der Pakt

Am Tag darauf, am Mittag bei »Spar« am Schlemmerstand im Hanseviertel, gesellt sich Thaler zu Richards Überraschung zu ihnen an den Bistrotisch. Er zeigt seine »edle« Seite, spendiert Krabbencocktail und Weißwein, den Richard heute entgegen seiner sonstigen Gewohnheit nicht ablehnt, denn sein Gefühl sagt ihm, dass die beiden etwas von ihm wollen. Felix Ritter redet munter drauf los, betont, wie sehr er sich über Richards ersten Auftragseingang freut.

»Wir drei passen doch gut zusammen, oder?«, sagt er. »Wenn

es so weiterläuft, könnten wir dies Jahr noch ein paar Scheine abzweigen.«

Thaler äußert sich zu Ritters euphorischem Wortschwall nicht. Er nimmt die leeren Gläser, geht zu Anne-Liese an den Tresen, zieht sie mit lüsternen Blicken aus und lässt zum zweiten Mal innerhalb zwanzig Minuten nachschenken. Richards Ohren glimmen bereits.

»Wo lasst ihr den Wein bloß, ich kann schon nach zwei Glas nicht mit mehr dem Auto nach Hause fahren!«, staunt Richard.

»Keine Sorge, das gibt sich bis zum Feierabend wieder«, sagt Thaler, der wie Ritter einschlägige Erfahrung auf diesem Gebiet gesammelt hat. Ritter hebt das Weinglas. Sein Blick verfängt sich mit dem von Thaler, dann fixieren sie beide Richard.

»Niemand außer uns, die hier am Tisch stehen, darf von den Geschäften erfahren«, predigt Ritter. »Alles was wir ernten, teilen wir ehrlich durch drei. Sollte einer nicht dichthalten, reitet er sich selber mit rein. Und so blöd wird keiner von uns sein – oder?!«

»Lass uns das Sie weglassen«, schlägt Thaler Richard vor und prostet ihm zu.

»Der Pakt ist damit besiegelt!«, fügt Ritter hinzu.

Im Weinkeller

18 Uhr. Nur noch vereinzelt platschen Regentropfen auf das Pflaster. Eine frische Brise weht durch die Häuserschlucht, in der sich Schaufenster an Schaufenster reiht. Die prächtigen Auslagen spiegeln sich auf den nassen Gehwegplatten. Eine Möwe gleitet krächzend im Tiefflug über hastende Passanten hinweg und vom nahen Gänsemarkt dröhnt der Abendverkehr herüber.

Richard steht im Tabakladen an der Kasse. Lottoschein und Wechselgeld verschwinden in seinem Portemonnaie. Er dreht sich um und verlässt den Shop. Vor der Tür schlägt er den Kragen seines Sakkos hoch und bezwingt das Frösteln. Ritter wartet auf der gegenüberliegenden Straßenseite auf ihn. Er klappt den Regenschirm zusammen, hebt ihn in die Höhe und winkt Richard damit zu. Ritter ist in seinem Revier! Zwischen Große Bleichen und Gänsemarkt, Hanseviertel und Hamburger Hof kennt er jede Kneipe, jeden Weinstand und jedes Feinschmeckerlokal.

»Und, du warst wirklich noch nie im »Weinkeller?««

»Noch nie!«, antwortet Richard.

Felix Ritter lächelt:

»Na, denn mal los! Ich geh voran!«

Er steigt drei Stufen nach unten und zieht am Griff der Holztür. Eine Druckwelle aus Disco-Sound, alkoholgeschwängerter Tropenhitze und Zigarettenrauch wälzt sich ihnen aus dem Souterrain entgegen.

»Dahinten, bei Ingo, der runde Tisch ist noch frei!«, sagt Ritter. Sie bewegen sich auf die zehn Quadratmeter große Tanzfläche zu, die sich im hinteren Teil des Weinkellers an den Barbereich anschließt.

Narbenübersäte Eichentische, U-förmige Sitzbänke, blankgewetzte Samtpolster, Kristall-Aschenbecher, wachstropfenüberwucherte Weinflaschen, Kerzenlicht, Weinlaub aus Draht und Papier stehen für das urige Ambiente im angesagten Kellerlokal in der Gerhofstraße.

Ritter klemmt sich hinter den Tisch. Ingo, der DJ, nickt ihm zu:

»Hallo, Felix! Lange nicht gesehen!«

»Das ist Richard! Ist neu bei uns im Vertrieb! Er gibt einen aus! Feiert hier heute seinen Einstand!«

»Hallo, Ingo!?«, grüßt Richard.

Der DJ ist Ende zwanzig, 1,85 m groß und mag Jungs lieber als Mädels. Er versteckt seinen aufgedunsenen Leib, indem er das karierte Baumwollhemd über der Jeans trägt. An den fleischigen Ohrläppchen baumeln goldene Kreolen und um den Hals trägt er eine eng anliegende Holzperlenkette. Ingo zupft seine schneeweiße Wollmütze, von der er den Pudel abgetrennt hat, über den Augenbrauen zurecht und johlt ins Mikrofon:

»Geht es euch gut?« – drei Sekunden Pause – »Dann habe ich genau das Richtige für euch!«

DJ Ingo legt eine Scheibe auf den Plattenteller und lässt die Nadel sachte in die Rille tauchen.

Hands up baby hands up
give me your heart
give me give me your heart
give me give me...

»Was darf ich euch bringen?«

Barmann und Kellnerin bilden ein eingespieltes Team. Kaum bestellt, steht frisch gezapftes Kö-Pi auf dem Tisch.

»Na denn...!«

»Prost!«

»Haben wir nicht ein schönes Leben?«, findet Ritter.

»Hm...ja, wieso?«, hakt Richard nach.

»Wir haben alles, was wir brauchen!«

»Ja?«

»Wir haben Erfolg, Geld, Frauen!«

»Frauen?«

Die Serviererin hat ihre leergetrunkenen Biergläser entdeckt und wieselt heran. Blonder Bob, knapp sitzende Jeans, weiße Bluse, strammer Busen, routiniert-geschäftiges Lächeln.

»Möchtet ihr noch eins?«

»Aber ja doch, gern!«, flötet Ritter, und Richard zugewandt: »Wir passen doch gut zusammen! Und zusammen könnten wir einiges erreichen!«

Die Blonde rauscht wieder heran und stellt das Bier vor ihnen auf den Tisch.

»Prösterchen!«

Schwupp, ist sie wieder weg, bedient am Nebentisch den nächsten Gast.

»Weißt du, Richard, ich habe meine Stammkunden, fahre nicht mehr so gern raus. Das ist nichts mehr für mich! Die Ingenieure in den Büros sind meist viel jünger als ich. Mehr so dein Jahrgang!«

Ritter trinkt von seinem Pils, stellt das Glas zurück auf den Bierdeckel und winkt einer brünetten Endvierzigerin zu, die Mühe hat, ihre Locken mit einer Spange am Hinterkopf zu bändigen.

»Hallo, Waltraud!«, und zu Richard im Flüsterton, »wär die nichts für dich?«

Da Richard nicht gleich auf Felix Ritters Frage einsteigt, fährt dieser mit der Entwicklung seiner Idee fort:

»Du bist doch ein cleveres Kerlchen! Suchst den Erfolg, so wie ich! Du bohrst unsere Kunden draußen auf! Ich bleib im Büro und mach den Papierkram – Kalkulieren und so – mach die Politik. Zusammen könnten wir richtig Kohle machen!«

Eine Handvoll Nachtschwärmer drängt in das Lokal. Unter ihnen schiebt Manfred Thaler Betti Hansson vor sich her.

Angel face I love your smile...

Felix Ritter flüster Richard ins Ohr:

»Der hat was mit ihr!«

»Mit Betti...?«

»Der hat sie sogar im Brautkleid in die Büsche gezogen...!«

»An ihrem Hochzeitstag...?«

»Der schreckt vor nichts zurück!«

»Aber Betti, auf ihrer Hochzeit...?«

Richard versteht gar nichts mehr. Betti, ausgerechnet mit dem! Das hätte er nicht von ihr gedacht!

‚Irgendwie pervers', findet er.

»Eine Flasche Mumm und vier Gläser«, ruft Manfred Thaler der Bedienung im Vorbeigehen zu, »wir sitzen dahinten am Runden!«

Der Sekt fließt. Ingo hängt sich rein, kurbelt Lebensfreude und Umsatz an. Die Tanzfläche vibriert unter dem Stampfen der herumhüpfenden Paare, die im Rhythmus des Discosounds die Hände bis an die Schultern in die Luft heben.

...Hands up baby hands up...

Waltraud, die aus der Distanz Gefallen an Richard gefunden hat, und Angela, ihre Freundin, kommen an den Tisch der EMUaner. Die Vier rücken enger zusammen. Waltraud setzt sich neben Richard, der ihren warmen Schenkel durch Rock und Hosenbein spürt. Die Serviererin trägt die nächste Flasche Mumm heran und stellt für Waltraud und Angela zwei neue Gläser dazu. Die Männer sprühen Charme, die Frauen klimpern mit den Wimpern, gebärden sich kokett. Sie prosten sich zu. Und Ingo haut rein!

...What can I do to get closer to you...

Richard nimmt Waltrauds Arm, deren betörender Duft nach Opium von Yves Sant Laurent seinen Verstand isoliert und die Lenden erreicht hat.

»Tanzen wir, Waltraud?«

...Let me be your Romeo...

Richard singt mit. Seine Zunge ist schwer, stößt vorn an die Zähne an, kann den Ton nicht halten. Waltraud will, strahlt beste Laune aus.

»Der passt doch gut zu uns, oder?!«, raunt Ritter Thaler zu, kaum dass Richard in Begleitung von Waltraud vom Tisch verschwunden ist.

»Solange er Erfolg hat! Sonst wird er entsorgt!«, antwortet Manfred Thaler mit klirrender Stimme, in der Eifersucht auf Richards Bombenerfolg und Ritters Sympathie mitschwingt.

Thaler, der »Gockel« mit dem 360-Grad-Hals, strotzt vor Arroganz und Selbstherrlichkeit. Er streicht sich den Walross-Schnauzer über den Lippen glatt und lacht Betti ins Gesicht. Unermüdlich dreht er den Kopf hin und her, dass ihm ja kein Rock entgeht, über den er herziehen kann.

»Guck mal die! Was hat die denn für Schuhe an!« oder »Guck mal die! Die Dicke! Also ehrlich, mit der könnte ich nicht!«

Ein Uhr in der Früh. Das Lokal ist proppenvoll. Ingo hat die Show im Griff. Wein und Bier sprudeln. Waltraud will an die Luft. Richard bahnt einen Weg durch die Tanzenden und zieht sie an der Hand hinter sich her. Vor dem Lokal, aus dem ein wahrer Jungbrunnen geworden ist, rauchen sie eine. Waltraud, die sich als dreiundfünfzigjährig entpuppt, sind ihre Jahre nicht anzusehen! Richard schäkert rum, legt schon mal die Hand auf ihre Hüfte.

»Fährst du mich bald nach Hause?«

Richard nickt, kann Waltrauds schwere Brüste nur ahnen. Ihre vollen, roten Lippen sind vielversprechend. Ein versilberter Schmetterling am Revers ihrer Jacke rundet das walle-walle Outfit ab.

...stop that game and waste your time...
...for all your dreams are matching mine...

dröhnt ihnen die Musik entgegen, als sie zurück in den »Weinkeller« gehen.

»Lass uns noch ein Wasser oder einen Cappuccino trinken! Außerdem will ich heute die Zeche zahlen! Wir feiern meinen ersten großen Erfolg! Ich habe für EMU International einen fetten Auftrag reingeholt!«

Angela, Betti und die Kollegen bleiben bei Wein oder Bier. Richard bestellt noch eine Runde für alle und bittet »Blondie« um die Rechnung.

»Willst du schon gehen?«, staunt Ritter. »Es fängt doch gerade erst an, gemütlich zu werden!«

»Bleib doch noch ein bisschen, Richi!«, bettelt Betti Hansson.

»Waltraud möchte los!«, lamentiert Thaler, zieht sie ungeniert mit den Augen aus.

»Ich bring sie eben rum«, sagt Richard.

»Na, sag ich doch, passt zu uns!«, flüstert Ritter Manfred Thaler ins Ohr, der das Gesicht verzieht.

Richard und Waltraud trinken aus. Dann verabschieden sie sich von den anderen. Ingo mobilisiert seine Reserven, holt das Letzte aus sich heraus:

Follow me Follow me
why don't you follow me…

Auf dem Weg in die Caffamacherreihe, wo Richards Auto auf dem Hinterhof von EMU steht, fragt er:
»Wo soll es denn eigentlich hingehen, Waltraud?«
»Nach Othmarschen. Ich wohne in der Gottorpstraße.«
Richards Testosteron-Spiegel sackt schlagartig gegen Null.
»Und, welche Hausnummer?«
»Nummer 24, ich lots dich schon hin!«
Ernüchtert klärt er Waltraud auf:
»In der Gottorpstraße, das ist echt ein Ding! Ich wohne oben am Bosselkamp. Dass wir uns noch nie begegnet sind! Ich nehm dich gern mit, Waltraud, aber bitte versteh mich nicht falsch, aus uns beiden, daraus wird heute Nacht nichts!«

…kiss me and say
Hands up baby Hands up
give me your heart
give me give me your heart…give me give me…

In Verzug

»Na, das fängt ja gut an!«
»Was ist…?«
»Mann, war der aufgebracht! So kenn ich ihn gar nicht!«
»Wer denn…?«
»Na, wer wohl? Christoph Raff!«
»Hat dein neuer Freund Probleme?«
»Ja, hat er! Und zwar mit uns! Denn es ist unser Problem! Es tut sich nichts auf der Baustelle! Seit vier Wochen haben wir den Auftrag im Haus und draußen tut sich nichts! Wir sollten sofort

nach der Beauftragung mit der Montage beginnen! Nicht mal ein Bürocontainer von uns steht vor Ort!«

»Hast du schon mit Klaus Frost gesprochen? Der leitet doch deinen Auftrag!«

»Wann denn? Ich hab eben erst den Telefonhörer aufgelegt.« »Und überhaupt, warum ruft dein Freund nicht direkt bei Frost an?«

»Ich hab von Anfang an vermutet, dass Klaus Frost mit einem Projekt dieser Größenordnung nicht klar kommt. Er hat keine Ahnung! Null Erfahrung! Wo soll er die denn auch her haben, so kurz nach dem Examen? Ihr hättet ihm den Auftrag nicht geben sollen. Ich war von Anfang an dagegen!«, empört sich Richard.

»Du kennst doch unsere Personalsituation! Totaler Engpass! Arbeit bis unters Kinn! Gute Projektleiter findet man nicht auf der Straße!«

»Verdammt, ich hab Raff mein Wort gegeben! Er hat sich darauf verlassen!«

»Außerdem hat Frost sich um den Auftrag gerissen!«

»Ja, ja, ich weiß, Manfred Thaler mit seinen Phrasen! ...*wenn man bei EMU vorankommen will...sich der Herausforderung stellen...zeigen, was man kann!...*, hat ihm gar keine Chance gelassen!«

»Frost ist karrieregeil! Soll er doch zeigen, was er drauf hat!«

Ein Schauer fegt über die Fensterscheiben. Richard erhebt sich vom Stuhl, starrt in den Regenguss und schließt den Kippflügel. Kaum hat er das Fenster verriegelt, legt sich der Mief wieder über das Vertriebsbüro.

»Nicht mal lüften kann man die stickige Bude«, grollt Richard leise vor sich hin.

Er hebt seine Lesebrille von der Nase und klemmt sie auf die Stirn, reibt die Anspannung aus den Augen und denkt an den Tag zurück, an dem er Frost zum ersten Mal gegenüberstand.

Klaus Frost war gerade 26 Jahre alt und Vater geworden. Er ist 1,90 m groß, wiegt knochige 75 kg und weiß nicht so recht, wo er seine langen Arme lassen soll. Das pechschwarze Haar, das er mit Gel zu einer Tolle formt, sein schüchternes Lächeln, die schwarze Brille, hinter der sich dunkle Brauen verstecken, erinnerten Richard irgendwie an Buddy Holly. Frost ist ein »Überflieger«. Mit einem Schnitt von 1,3 war er der Beste in seinem Semester. Den Kontakt zu EMU, seinem Lehrbetrieb, hatte er nie abreißen lassen. Während der Ferien arbeitete er im Konstruktionsbüro an der CAD – rechnerunterstützte Konstruktion – oder schrieb Kabellisten. Sein Fleiß zahlte sich aus! Er bekam seine Chance! Der Alte holte ihn nach dem Staatsexamen als Projektleiter in den Betrieb. Klaus Frost träumt von einer steilen Karriere. Am liebsten wäre er jetzt schon der Leiter der Projektabwicklung!

»Mensch, Felix! Du kennst ihn besser als ich! Ehrgeiz hat er ja, fleißig ist er, aber hat er auch ausreichend Stehvermögen, um ein mit spitzer Feder kalkuliertes Projekt erfolgreich zu Ende zu führen? Es ist doch bekannt, dass er dazu neigt, sich selbst zu überschätzen!«

»Du weißt doch, wie es geht, hast im Iran Kraftwerke gebaut«, lallt Ritter, dessen Aussprache immer undeutlicher wird, was kein Wunder ist nach dem 11 Uhr-Cognac, den zwei Gläsern Wein im Hanseviertel und dem Glas Chardonnay, das er nachmittags im Büro getrunken hat. »Du könntest ihm bei der Auftragsabwicklung helfen, zum Beispiel einen Terminplan erstellen, Einkaufsverhandlungen führen und Subleistungen vergeben! Das kannst du doch, oder?«

»Hör ich richtig?«, Richard lockert die Krawatte, »was soll das denn? Ich bin im Vertrieb, bin für Auftragseingang und nicht für Auftragsabwicklung zuständig! Ich hab genug mit meinen Vorgaben zu tun und damit, mir einen Kundenkreis aufzubauen!«

»Reg dich ab! War doch nur so eine Idee von mir!«

»Oh Mann! Wir stehen vielleicht auf dünnem Eis! Und wenn Frost das Logistik-Center an die Wand fährt? Was dann?«

Rote Zahlen

Richard tritt aus dem Büro in den Flur und nickt den beiden technischen Zeichnerinnen aus der Konstruktionsabteilung zu, die kichernd und untergehakt an ihm vorbeilaufen. Er geht den Korridor entlang, verschwindet im Treppenhaus und steigt in den vierten Stock.

Manfred Thaler hat ihn wegen der Probleme mit dem Henstedt-Ulzburg-Projekt zu sich ins Büro gerufen, obgleich er Thaler bereits zum wiederholten Male auseinandergesetzt hatte, mit welch spitzer Feder Felix Ritter und er das Logistik-Center kalkulieren mussten, um an den Auftrag ranzukommen. Und dass er, vor allem wegen der von Thaler geforderten Gewinnspanne von 5 Prozent, vorgeschlagen hatte, einen gewiefteren Projektleiter als den jungen und wenig erfahrenen Klaus Frost mit der Auftragsabwicklung zu beauftragen. Und jetzt will Thaler von all dem nichts gewusst haben!

Richard bleibt im Türrahmen des Chefsekretariats stehen. Er atmet flach und schnell. Seine Hände fangen an zu kribbeln.

»Keine Panik!«, sagt Betti. »Du kannst ruhig durchgehen!«

»Na, denn...!«

Die Antwort bleibt ihm im Hals stecken. In seinem Kopf spult zum x-ten Mal folgender Film ab:

Am vergangenen Montag – Ritter hatte sich einen Tag Urlaub genommen – tauchte Frost im Vertriebsbüro auf. Vollkommen in seine Bestandteile zerlegt, flehte er Richard um Hilfe an. Er wüsste überhaupt nicht mehr, wo er stehe, sagte er, wüsste nicht mehr, wo oben oder unten sei. Das Ganze sei doch ohne jede Chance! Seine Batterie sei leer, ausgebrannt, er sei am Anschlag, fühle sich total überfordert! Klaus Frost beschwor Richard, ihm zu helfen! Er könne wirklich nicht mehr, esse nicht mehr, schlafe nicht mehr! Seine Frau mache sich Sorgen um ihn. Das Kind schreie nachts in einer Tour! Er bekomme die Probleme einfach nicht in den

Griff! Im Gegenteil, es würden immer mehr! Zulieferer wollten nicht mit sich verhandeln lassen, beharrten auf ihren Preisen, würden wegen der anstehenden Tarifrunde unter Umständen noch teurer, wenn er nicht bald Entscheidungen träfe. Er könne nichts dafür, die Kosten galoppierten ihm davon. Und, was am allerschlimmsten sei, Manfred Thaler habe ihm mit Rausschmiss gedroht, falls er das Projekt nicht in den Griff bekäme und in den Sand setzen sollte.

Dicke Luft schlägt Richard entgegen, als er die Tür zu Thalers Büro öffnet. Der thront kerzengrade hinter seinem Schreibtisch aus französischem Nussbaum. Demonstrativ schüttelt er den Ärmel des maßgeschneiderten Sakkos vom Handgelenk und wirft einen Blick auf die neue Cartier-Uhr, deren kugelförmige Krone, ein Spinell-Cabochon aus blauem Saphir, im Licht der Schreibtischlampe funkelt. Das Telefon klingelt. Thaler nimmt das Gespräch entgegen und blafft mit schneidiger Stimme in die Sprechmuschel:

»Jetzt nicht, Betti! Ich will nicht gestört werden!«

Er klopft mit dem Kugelschreiber auf die Projektkontrollblätter, die er auf der ledernen Schreibunterlage ausgebreitet hat.

»Komm rein, Richard, und nimm dir einen Stuhl! Klaus Frost wartet schon auf dich!«

Richard rückt den ledergepolsterten Freischwinger an der Tür zurecht, setzt sich und wippt, um seiner Anspannung Herr zu werden, unbewusst mit den Chromschwingen. Frost, den Kopf zwischen die Schultern gezogen, hat seinen Einlauf schon bekommen. Jetzt ist Richard an der Reihe!

»80.000!«, bellt Thaler.

»Was…?«

»80.000 Deutsche Mark in den Sand gesetzt! Voll im Keller! Voll in der Verlustzone, dein Auftrag!«

»Das kann doch nicht angehen!«, Richard glaubt nicht richtig gehört zu haben.

»Doch, achtzig! Feuerrote Zahlen! Euretwegen sitzt der Alte mir im Genick! Solch einen schlechten Auftrag, sagte er mir, hat es bei EMU noch nie gegeben!«

»Mir kommt es so vor, dass Ritter und du wissentlich unter Deckung kalkuliert habt!«, schimpft er auf Richard ein.

»Aber wir haben doch – Ritter, du und ich – die Kalkulation durchgesprochen, bevor wir..., äh, bevor wir...das Angebot bei RAT abgegeben haben!«

Richard hat gerade noch die Kurve gekriegt. Beinahe wäre es aus ihm herausgeplatzt. Ihre Gaunereien und das zweimalige Nachbessern des Angebotspreises sollte er in Anwesenheit von Klaus Frost lieber nicht erwähnen!

»Papperlapapp! Jeder bei uns weiß es! Wie lautet die Regel? Hol niemals einen Auftrag mit Unterdeckung ins Haus! Wenn ihr wüsstet, wie Uderich mich hergenommen und durch die Mangel gedreht hat, dann...!«

»Wir hatten doch einen Gewinn, unter Berücksichtigung sämtlicher Kosten, ausgewiesen!«, bringt Richard zu seiner Rechtfertigung an. »Wo ist der hin?«

»Wo der hin ist? Die Kosten haben ihn gefressen! Ihr habt euch haushoch verkalkuliert, die Kosten falsch bewertet, zu gering angesetzt!«

»Ich habe Ritter und dich davor gewarnt, ihm«, Richard deutet eine Handbewegung in Frosts Richtung an, »den Auftrag zur Abwicklung zu geben.«

»Lehn dich bloß nicht zu weit aus dem Fenster!«, warnt Thaler. »Ihr habt euch verkalkuliert, sonst wäre das Projekt jetzt nicht im Minus!«

»80.000!« Richard klingt verzweifelt. »Ich versteh das einfach nicht!«

Manfred Thaler schaut auf seine brandneue Armbanduhr.

»Ich habe jetzt keine Zeit mehr!«

»Was machen wir denn nun?«, fragt Klaus Frost, der auf eine

Lösung hoffte und das Projekt loswerden wollte, ratlos mit leiser Stimme.

»Rückt enger zusammen! Hängt euch rein! Ich will schwarze Zahlen sehen!«

Thaler erhebt sich, öffnet den Garderobenschrank und zieht einen zweireihigen marineblauen Wintermantel hervor.

»Wenn ihr das Projekt noch tiefer in die Grütze fahrt, dann...« – das »...fliegt ihr raus!« verkneift er sich.

Heimweg

Passanten hasten bei Rot über den Zebrastreifen, um sich im Eingang des Springerhauses in Sicherheit zu bringen, bevor die nächste Regenbö durch die Straße peitscht.

Richards Wagen kriecht durch den Torweg vom Hof und fädelt sich in den vorbeifließenden Verkehr ein. Der BMW-Fahrer hinter ihm glaubt sich von ihm geschnitten und drückt die Hupe. Richard macht sich klein. Er presst seine Hände so fest um das Lederlenkrad, dass die Knöchel weiß hervorstehen. Gewissensbisse setzen ihm zu. Sein Verstand sagt ihm, dass er sich niemals auf Felix Ritter und dessen Gaunereien hätte einlassen dürfen! Es wäre klüger gewesen, die Finger ganz von dem Geld lassen! Außerdem ist sein Selbstwertgefühl ramponiert: Er fühlt sich neben Ritter und Thaler wie das dritte Rad am Wagen. Was bringt es ihm, sich an Felix Ritter messen oder sogar besser als der sein zu wollen!? Ritter verhält sich ihm gegenüber scheinheilig, tut so, als wären sie Freunde. Aber Freundschaft ist für Richard etwas ganz anderes! Da geht es nicht um Geld und Frauen oder wo das nächste Glas Wein herkommt! Ritters Heucheleien kann er von Mal zu Mal weniger ertragen!

Und dann Manfred Thaler! Der Egomane aus der Chefetage, der alles noch schwieriger macht! Wie hat der sich heute gebärdet! Hat Frost und ihm mit Rausschmiss gedroht! Behauptet einfach, nie von ihm davor gewarnt worden zu sein, Frost das Logistik-Center in Henstedt-Ulzburg zu übertragen und abwickeln zu lassen! Thalers Anteil an dem ergaunerten Geld baumelt an seinem Handgelenk! Doch woher das Geld für die Cartier stammt, daran will er sich heute nicht mehr erinnern! Und Richard ist sich sicher, dass Ritter nicht zu ihm stehen wird, wenn es wirklich einmal darauf ankommen sollte. Dieser Feigling versteckt sich hinter seiner Falschheit und sieht aus der Ferne zu, wie Thaler ihn in den Abgrund stößt!

Und Klaus Frost, der arme Wicht, sieht kein Land mehr! Der hängt am seidenen Faden und schlottert vor Angst, dass er seinen Arbeitsplatz bei EMU International GmbH verliert!

Richard hat Helen bisher außen vor gelassen, ihr nichts von dem Geld, dem Sumpf erzählt, in dem er bis zum Hals steckt. Er muss da wieder rauskommen, wieder festen Boden unter die Füße kriegen! Er muss mit jemandem reden, sich Luft verschaffen! Soll er Günter alles erzählen? Kann Günter ihm vielleicht einen Tipp geben oder helfen? Er schiebt die quälenden Gedanken in seinem Kopf beiseite und konzentriert sich auf den Straßenverkehr.

Es hat aufgehört zu regnen. Das Licht der Straßenlaternen spiegelt sich auf dem nassen Asphalt. Richard nähert sich der Autobahnzufahrt Othmarschen. Wer nach Kiel oder Flensburg will, hat die Möglichkeit, hier in die A7 einzubiegen. Der 190er schleicht im Abendverkehr über die Behringstraße. Nur noch zwei Kilometer und er hat sein Zuhause erreicht. Hinter der Brücke, die über die Autobahn führt, biegt er rechts ein, um am Ende der Noerstraße noch einmal rechts abzubiegen. Vereinzelt brennt in den Wohnstuben der alten Villen Licht.

Endlich fallen die Scheinwerfer auf das dichte Gestrüpp, hinter dem sich die moosbewachsene Lärmschutzwand aus Beton versteckt. Die Reihenhäuser aus rotem Backstein passen nicht in die elitäre Wohngegend. Richard und seine Familie eigentlich auch nicht!

Er parkt sein Auto am Bordstein der schmalen Straße, die parallel zur Autobahn verläuft, und steigt aus. An der Ecke nutzt ein

Dobermann die Dunkelheit. Mit stierem Blick presst er einen Kringel aus sich raus. Frauchen hält die Leine straff und blickt unbeteiligt in Richards Richtung, als ginge sie die Notdurft ihres Lieblings nichts an.

»Eklig, muss das denn sein?!«, murmelt Richard.

Er geht den gepflasterten Weg hoch, der zu den Häusern führt. Eicheln zerplatzen unter seinen Schuhen. LKW-Reifen singen auf der nahen Autobahn vorbei, werden immer leiser und verschwinden im Elbtunnel.

Der Regenguss reichte nicht aus, um die von Auspuffgasen geschwängerte Luft zu reinigen.

Richard öffnet die schwere Mahagonitür mit einem Sicherheitsschlüssel und tritt in die Diele.

Katrin poltert die Wendeltreppe herunter:

»Hallo, Papi!«

Er legt die schwarze Collegemappe, die zu groß ist, um »nah am Vorstand zu sein«, wie Ritter gern zu sagen pflegt, auf den Schuhschrank, der an der Wand gegenüber der Treppe steht, beugt sich zu Katrin und begrüßt sie mit einem Nasi-Nasi.

»Na, meine Süße, alles gut?«

Und an Helen gewandt, die aus der Küche in den Flur kommt: »Hi, Schatz!«

»Du bist heute aber spät dran!? Hast gar nicht angerufen, wie sonst!«

Richard hängt sein Jackett an die Garderobe. Sie geben sich einen Kuss auf die Wangen.

»Wohl wahr! Ich bring eben meine Mappe nach oben und ruf mal kurz bei Günter an.«

»Bei Günter?«

»Ich hätte Lust, ihn auf ein Bier zu treffen!«

»Ach ja? Das ist aber schade!?«

Helens Augen funkeln vielversprechend und Richard sieht einen stimmungsvollen Abend auf sich zukommen.

»Na ja, muss ja nicht heute sein! Mal hören, was er sagt, wann es ihm passen würde.«

Die Eichenholzstufen federn unter jedem seiner Schritte nach oben.

Die Tür zu seinem Arbeitszimmer steht offen. Wie immer geht er zuerst zum Leucht-Globus und knipst ihn an. Dann setzt er sich an den Schreibtisch, schaltet die Bügellampe ein, lehnt sich im Drehsessel zurück, schließt die Augen und legt die Hände in den Schoß. In seinem Kopf geistert ein Lied-Text umher:

‚*Manchmal hätt ich Lust, ein Segelboot zu klaun und einfach abzuhaun...*‘

Günters Telefonnummer weiß er auswendig. Er nimmt den Hörer vom Apparat, drückt ihn gegen das Ohr und tippt die sechsstellige Zahl in die Tasten ein.

»Bei Oskar«

»Erinnerst du dich noch an den kleinen Affen im Vogelkäfig?«
»Na klar!«
»Eine Hand hatte er über dem Kopf ins Gitter gekrallt...«
– Richard ahmt das spindeldürre Äffchen nach, fuchtelt, auf der Suche nach einem Gitterstab, in der Luft herum –
»...und der andere Arm baumelte leblos an ihm runter.«
Günters rechter Arm schlackert beim Gehen gegen sein Becken.
»Er hatte nur noch einen Zahn«, fällt Richard ein.
»Genau! Der winzige, schrumpelige Mund stand einen Spalt offen...«, erinnert Günter sich genau.
»...und der linke Eckzahn guckte heraus!«, fügt Richard hinzu.
»Jedes Mal, wenn wir auf ein Bier bei Oskar und Irmi waren, wunderte ich mich, dass das arme Viech noch am Leben ist.«
»Wie mag der sich gefühlt haben?«, sinnt Günter nach.
»Auf jeden Fall besser als ich!«, antwortet Richard.

Obwohl Günter sich wundert über Richards Bemerkung, fragt er nicht nach.

Die Kneipe »Bei Oskar« befindet sich in Mottenburg, wie der Stadtteil Ottensen, der westlich an den Altonaer Bahnhof angrenzt, von den Einheimischen genannt wird. Der HVV-Bus hält an der Großen Brunnenstraße. Die Freunde steigen aus. Endlich hat es aufgehört zu regnen! Haarscharf, ohne Licht, saust ein Radfahrer an ihnen vorbei. Wind und Feuchtigkeit beißen sich durch ihre Kleider, Laubblätter, Zeitungsschnipsel und aufgeweichte Zigarettenkippen säumen den Weg und zwischen den Gehwegplatten schaut Moos hervor.

Sie bleiben vor dem Eingang der Kneipe stehen und halten nach dem Vogelkäfig Ausschau: Das Fenster neben der Eingangstür ist leer. Nur Penny, das betagte Boxerweibchen der Wirtsleute, hat wie immer den Kopf unter die Gardine gesteckt und liegt mit schlabbrigen Lefzen auf dem Fensterbrett. Richard betritt die von unzähligen Sohlen ausgetretene Stufe, die in die Kneipe führt. Das Terrazzopodest, in das eine schwarzweißrote Windrose als Mosaik eingearbeitet worden ist, ist zweimal über die ganze Breite gerissen. Die Ritzen sind von Oskar notdürftig mit Zement ausgebessert worden. Richard zieht die rot gestrichene Eichenholztür auf, stemmt sich mit dem Rücken dagegen und lässt Günter zuerst in den Schankraum eintreten. Warme Luft strömt ihnen entgegen. Tabakqualm und Geruch von abgestandenem Bier zieht ihnen in die Nase.

Oskar, Namensgeber, Wirt und bester Kunde seiner Kneipe zugleich, fuhr einige Jahre zur See, bevor er mit seiner Holden das bei Rentnern und Studenten gleichermaßen beliebte Bierlokal von der Elbschloss-Brauerei pachtete. Er sitzt vorm Tresen, hat seinen Pegel intus, dreht den Kopf zur Tür und brummelt in den gestutzten Vollbart:

»'n Abend ihr zwei! Irmi ist hinten! Brutzelt 'ne Currywurst! Ist gleich bei euch! Spielt ihr 'ne Runde Klapperjass mit mir?«

»Später vielleicht!«, antwortet Günter. »Du bescheißt doch nur!«

Der Kicker im hinteren Raum ist besetzt. Weder nach rechts oder links schauend, die Hälse wie Geier über das Spielfeld gekrümmt, stoßen, drehen und zerren die Dubliners an den Chromstangen mit den Holzfiguren, von denen die Lackierung abgeplatzt ist. Die weiße Holzkugel jagt mit einem Affenzahn hin und her. Jeder Treffer ins gegnerische Tor wird von den Brüdern frenetisch gefeiert.

Wie eh und je mit kurzer Lederschürze um die Hüften, kommt Irmi zu Richard und Günter an den Tisch.

»Dich hab ich ja lange nicht gesehen, Richard!«, sagt sie, streicht über das speckglänzende Leder und vergewissert sich, ob unter dem Schurz die schwarze Börse mit dem Wechselgeld noch am richtigen Platz sitzt.

»Was kann ich für euch tun?«

In diesem Moment haben die Dubliners die beiden entdeckt und grölen ein lautes »Hallo Günter! Mensch, Richard!«/»Mensch Richard!«, durch den Schankraum . – Der eine wiederholt wie gewöhnlich die Worte des anderen.

Der erste Schluck geht runter wie Öl. Richard stellt sein Glas ab, greift nach einem Bierdeckel und dreht ihn zwischen den Fingern. Günter, der ahnt, dass Richard irgendwo der Schuh drückt, fragt:

»Und, alter Junge, was macht der Job?«

»Na ja, ich bin mir nicht sicher, ob Vertrieb das Richtige für mich ist!«

»Wieso?«

»Ich hab dir ja von meinem ersten Erfolg erzählt! Mit einem Auftragsvolumen von 2 Millionen war das ein Riesending! Spitz kalkuliert, konnten wir den Vogel abschießen! Doch die Freude darüber war nur kurz! Kaum war der Auftrag im Haus, ging es mit dem Ärger los! Personalengpass! Die Projektleiter bei EMU voll ausgelastet! Arbeit bis hier!«

Richard fährt mit der Hand unter der Kinnspitze entlang.

»Nur noch Klaus Frost hatte Kapazität frei. Ein Anfänger! Ich hab davor gewarnt, ihm den Auftrag zu geben! Er ist noch zu unerfahren, hab ich zu Felix Ritter und Manfred Thaler gesagt. Doch die Ignoranten hatten Petersilie in den Ohren. Frost will doch, traut sich das zu!, sagte Thaler. Soll er mal zeigen, was in ihm steckt! Der will die Karriereleiter hoch, also lass ihn doch, gab Ritter seinen Senf dazu! Ist doch eine gute Übung! Daran kann er gemessen werden! Na, und so weiter und so weiter. Reines Gelaber! Nichts als Parolen! Wie gesagt, ich hab davor gewarnt, Frost den Auftrag zur Bearbeitung zu geben!«

Richard legt den Bierdeckel zurück auf den Tisch, greift sein Glas und leert es in einem Zug.

»Bringst du uns noch zwei Bier, Irmi!?«, bestellt Günter.

»Ja, und dann? Wo steckt das Problem?«

»Es ist so gekommen, wie ich prophezeit habe! Klaus Frost hat das Projekt nicht im Griff! Unsere Auftraggeber drohen jetzt schon mit Schadensersatzforderungen, beschweren sich laufend, dass es auf der Baustelle nicht vorangeht! Stell dir vor, Frost ist mittlerweile über zehn Wochen im Verzug!«

»Es gibt solche Projekte, die schwer anlaufen! Sowas kommt doch vor, oder?«

»Ja, aber es kommt noch dicker! Feuerrote Zahlen! Frost hat die Kosten nicht im Griff! Er ist mit 80.000 Mark im Minus! Stell dir das einmal vor! Das sind zwei Jahresgehälter! Draußen passiert nichts! Und ich, ich stecke bis zum Hals mit im Schlamassel! Thaler wirft mir vor, dass ich wissentlich falsch kalkuliert habe, um an den Auftrag zu kommen. Er hat Frost und mir mit Rausschmiss gedroht! Dabei habe ich genau das getan, was Ritter mir vorgeschlagen hat. Jeden einzelnen Schritt habe ich mit ihm abgestimmt, die kleinste Kleinigkeit offen auf den Tisch gelegt! Auf jeden Fall wusste Ritter über alles Bescheid. Und Thaler hat immerhin unsere Kalkulation abgesegnet und das Angebot unterschrieben!«

»Lass noch mal die Luft aus den Gläsern, Irmi«, bittet Günter. Er schüttelt den Kopf, nimmt das Päckchen mit dem schwarzen Tabak aus der Brusttasche des karierten Baumwollhemds, klappt es auf, zieht das Zigarettenpapier hervor, zupft ein Blatt aus dem Briefchen heraus und dreht sich in aller Ruhe eine.

»Willst du auch?«, fragt er Richard und schiebt das Päckchen über den Tisch.

»Außerdem mokiert Thaler sich darüber, dass ich mit meinem Bestelleingang hinterherhinke. 5 Millionen soll ich machen! Das Jahr ist so gut wie zu Ende und ich habe erst 2!«

Richard greift sein Glas.

»Weißt du, Günter, ich fühle mich wie der Hamster, der sich im Laufrad abrackert und nicht von der Stelle kommt!«

Er trinkt einen Schluck von seinem Bier und stellt das Glas zurück. Sie schweigen.

»Allein, wie wir an den Auftrag gekommen sind, das ist schon ein Abenteuer für sich!«

Weiter kommt Richard an diesem Abend nicht.

Sie werden von dem Gejohle der Dubliners unterbrochen:

»Nun kommt schon! Kickert 'ne Runde mit uns! Wer verliert, zahlt die nächste! Irmi, bring schon mal vier Bier!«/»Nun kommt schon! Irmi, bring mal vier Bier!«

»Wie heißt das, ihr Rüpel?«, scherzt Irmi.

Das Geschäft mit den Studenten und Rentnern brummt. Irmi gewährt Kredit, wenn das Portemonnaie am Monatsende leer ist. Bezahlt wird später, aber immer! Das ist in der Mottenburger-Kneipe Ehrensache.

»Nun mal los!«/»Mal los!«, dröhnen die Dubliners vom Kicker rüber.

Günter schaut Richard fragend an.

»Na gut, warum nicht?!«, willigt Richard ein.

Die Freunde stehen auf und gehen an den Fußballtisch.

Nach drei verlorenen Runden – mittlerweile ist es 23 Uhr – verlassen Richard und Günter das Lokal. Sie wechseln auf die andere Straßenseite und kehren Ecke Große Brunnen Straße und Eulenstraße bei »Vogel« ein. Wie immer um diese Nachtzeit ist die Kneipe gerammelt voll. Die Tür steht offen. Dennoch dringt keine Frischluft in das Lokal. Im vorderen Gastraum erstreckt sich über die Wand ein Regal, in dem hinter Glas an die vierhundert Bierflaschen aus aller Welt stehen. Heiner, der Kneipier, soll sie alle gelenzt haben.

Die Freunde drängeln sich zum Tresen durch. An einem der Stehtische wird eine Lücke frei. Der bunte Vogel aus Papier, der über dem Türbalken zum hinteren Raum hängt, hat sein einst exotisches Gefieder gegen nikotingelbe Federn getauscht. Es riecht unaufdringlich aber deutlich nach schwarzem Afghan. Die Gäste sind von der gleichen Couleur wie »Bei Oskar«: Studenten, Rentner und Lebenskünstler. Die Kneipe ist angesagt, auch wenn der Wirt im »Vogel« keinen Kredit gibt.

Der Abend entwickelt sich langsam. Sie sind gut drauf, wie in alten Zeiten.

Zweieinhalb Stunden später schaukeln die zwei Weggefährten wie Hein Seemann bei Windstärke 9 Richtung Altonaer Bahnhof.

Bei »Dunkelmann«, am Platz bei der Friedenseiche, gönnen sie sich ein letztes Bier, bevor Willi, der Wirt, ein Taxi für sie kommen lässt.

Zwanzig Minuten später kippen sie vor Richards Reihenhaus aus der Droschke.

»Lass das!«

Günters Stimme dringt am frühen Morgen in Richards Ohr.

»Was soll das?!«

Eingehüllt in Wolldecken liegen sie im Wohnzimmer auf dem Perserteppich, einem schönen alten Stück aus der Gegend südlich von Kohrassan.

»Nimm endlich deine Finger da weg!«, droht Günter.

Richards Augenlider sind wie aus Blei gegossen.

»Jetzt ist Schluss!«
Günter wirkt sehr ungehalten.
Richard öffnet die Augen. Sein Kopf schmerzt.
Er kann es nicht glauben: Vor seiner Nase liegen zwei rabenschwarze Füße! Die kräftigen Zehen zeigen Richtung Zimmerdecke. Es dauert einen langen Moment, bis sein Verstand die Konfrontation verarbeitet hat. Mit Mühe richtet er sich auf. Ihm gegenüber reibt sich Günter Schlaf aus den Augen und gähnt mit offenem Mund, so dass Richard seine Plomben zählen kann.
»Ich glaub, ich spinne!«, zürnt Günter.
»Das kann doch nicht wahr sein!?«
Zwischen den beiden liegt ein barfüßiger schwarzer Mann!!
»Wo kommt der denn her?«, wundert sich Richard.
»Er fummelt die ganze Zeit an mir herum!«, antwortet Günter, völlig irritiert.
»Wie bist du denn hier reingekommen?«, fährt Richard den Fremden an.
»Mitgekommen!«, kauderwelschen zwei beneidenswert weiße Zahnreihen.
Die krausen Haare des Afrikaners stehen von seinem runden Schädel ab. Irgendwie riecht er nach Flieder. Sein drei Tage alter Bart sprießt wie eine Ansammlung spärlich stehender Mitesser aus seinem Kinn. Um den Hals und am Armgelenk trägt er Holzperlenketten. In den Ohrläppchen stecken Silberkreolen vom Durchmesser eines Fünfzigpfennigstücks.
»OK! Jetzt aber raus hier!«, befiehlt Richard, fasst den Knaben am Ärmel seines indigoblauen Oberhemds, zieht ihn fort und schiebt ihn in den Hausflur.
»Gib ihm bloß seine Socken und Turnschuhe mit!«, ruft Günter den beiden hinterher.
Richard bugsiert den Überraschungsgast durch die Haustür in den frühen Morgen und drückt ihm Schuhe und Socken in die Hand.

»Mensch, jetzt zieh endlich Leine!«, zischt Richard. »Wenn meine Frau dich sieht!«
Der Afrikaner rollt die Augen und fuchtelt wild gestikulierend vor Richards Nase herum.
»Ich will mein Geld, krieg noch acht Mark fürs Taxi!«
»Oh Mann, auch das noch!«, stöhnt Richard und fängt an zu kapieren.
Er dreht sich auf der Stelle um, tappt auf nackten Sohlen an die Flurgarderobe und findet nach kurzem Suchen in seinem Sakko einen zerknüllten Zwanziger. Richard schleicht zurück zur Tür und drückt dem Taxifahrer seinen Lohn in die Hand.
Als dieser fort ist, lässt Richard den vergangenen Abend noch einmal Revue passieren. Er erinnert sich nicht daran, ob und was er Günter in der letzten Nacht erzählt hat. Hatte Günter Verständnis für seine Situation gehabt? Hatte er eine Lösung parat? Oder steht er nach wie vor allein mit seinen Zweifeln und dem beschädigten Selbstwertgefühl da?

Vertriebsroutine

Zehn Tage später. Montagmorgen um neun. Richard sitzt an seinem Schreibtisch, schlägt das Hamburger Abendblatt auf und blättert die Seiten um. Beim Wirtschaftsteil angekommen, schiebt er das Blatt von sich, rutscht tiefer in den Drehsessel und starrt auf das Fettgedruckte. Die Überschriften lösen sich vor seinen Augen wie eine Luftspiegelung in Nichts auf. Der Himmel, die Stadt, die Büromöblierung, Richards Gemüt. Alles wirkt grau an diesem trübfeuchten Dezembermorgen: Grau in Grau!
Die Weihnachtsfeier rückt immer näher und das Geschäftsjahr geht zu Ende. Weit hinter den Vorgaben zurückgeblieben, fehlen Richard 2½ Millionen an Auftragseingang! Die Nötigung, die die Pforte zum Erfolg öffnen soll: »Wenn Sie mir helfen, dann kann ich für Sie auch etwas tun!«, ist nicht so einfach über die

Lippen zu bringen, wie Felix Ritter es ihm vorgegaukelt hat. Weltunternehmen stehen im Wettbewerb mit dem mittelständischen Elektroinstallations-Betrieb EMU. Der Kampf um die Marktanteile ist hart und die Konkurrenz schläft nicht!

Richards Gewissen und die aufkeimende Unzufriedenheit, die sich in ihm immer mehr ausbreitet, plagen ihn. Im Traum sieht er sich schon im Gefängnis sitzen. Er will hier weg, raus aus Hamburg, weg von EMU! Er ist für den Job im Vertrieb nicht gemacht! Seit einiger Zeit kauft er sich jeden Samstag die Frankfurter Allgemeine und studiert unter der Rubrik Führungskräfte die Arbeitsangebote in Übersee.

Felix Ritter ahnt nicht, was in Richard vorgeht. Er hat seinen 11-Uhr-Cognac bereits intus und bereitet sich mit dem zweiten auf die Mittagspause im Hanseviertel vor. Nebenher zieht er über die kleine Dralle aus der Spedition her, die mit dem kurzen Rock und den roten Hackenschuhen, mit der sie alle schon mal...! Richard hat kein Interesse an der frivolen Geschichte und hört einfach weg. Es gibt Tage, an denen Ritters Geschwafel nicht zu ertragen ist!

Gestern hatte er wieder mal einen Auftrag an Land gezogen. Stammkundengeschäft!

»Der kam ganz von alleine rein!«, prahlte er.

Gönnerhaft legte er seine Hand auf Richards Schulter, als er ihm sagte, dass für ihn auch eine Kleinigkeit drin sei. Er solle sich mal überraschen lassen! Abgemacht sei abgemacht! Seit dem Pakt am Weinstand säßen sie doch jetzt in einem Boot! In diesem Moment kroch Eifersucht in Richard hoch. Er neidete Ritter den Erfolg, hasste ihn wegen seines »goldenen Pfötchens«.

Während er sich Tag für Tag abstrampelt, fliegen Ritter die dicken Tauben zu! Einfach so! Zumindest sieht es so aus. Das schlimmste an diesem Job ist, die Menge an Misserfolgen zu ertragen, sich trotz erlittener Niederlagen immer wieder aufs Neue selbst zu motivieren!

Richard schiebt die Zeitung zur Seite und sieht stattdessen Bau- und Submissionsanzeiger durch. In den Druckschriften ist absolut nichts Weltbewegendes zu entdecken. Nichts, wo es sich lohnen würde, um einen Termin zu bitten oder gar eine Bewerbung zur Teilnahme an einem Wettbewerb zu schreiben! Richard zieht den Ascher zu sich heran und zündet sich eine Zigarette an. Er fängt sich und nimmt sich vor, sich trotz seiner Vorbehalte nicht unterkriegen zu lassen! Was ein Felix Ritter schafft, das kann er schon lange! Meint er jedenfalls im Moment.

Er sieht die Tagespost von gestern durch. Gerade einmal drei Briefe! Eine Bitte um Fristverlängerung des Vergabetermins von Elektroarbeiten im Allgemeinen Krankenhaus Altona. Ein Schreiben von Christoph Raff von RAT Consulting, in dem mit Schadensersatzforderung gedroht wird. Richard fertigt für sich eine Fotokopie an und leitet das Original an den Leiter des Projekts, Klaus Frost, weiter. Eine Absage mit der Bitte, beim nächsten Wettbewerb wieder teilzunehmen! Kein Highlight, nur Müll!

Er drückt den Kippen in den Aschenbecher und kramt aus dem Ablagekorb eine Liste hervor, in der er seine offenen Angebote führt. Die Kunden sind in A, B oder C eingeteilt. Ein C-Kunde kann gleich vergessen werden! Das Angebot hätte er sich sparen können! Keine Chance, an den Auftrag heranzukommen! Laut Ritters langjähriger Erfahrung gehören die öffentlichen Ausschreibungen dazu. Meist ist der Teilnehmerkreis so groß – oft bis zu zwanzig Wettbewerber –, dass kaum eine Möglichkeit besteht, den Bieterkreis unter einen Hut zu bringen und eine Preisabsprache zu treffen. Ein B-Kunde ist immerhin ein glattes Fifty-fifty! Bei A-Projekten hingegen liegt die Erfolgsaussicht, den Auftrag zu erhalten, bei 90 Prozent und höher. Leider hat Richard nicht ein einziges A-Projekt in seiner Liste vermerkt.

Also bleibt ihm nur die Ochsentour! Und das heißt: Die Ärmel hochkrempeln, ran an den Telefonhörer und versuchen, die B-Angebote in Richtung A zu biegen, was in der Regel fast aussichtslos und hoch frustrierend ist.

Richard verbannt Ritter samt grauer Wolken aus seinem Hirn, zündet sich die nächste Zigarette an, greift zum Telefonhörer, ruft sich in Erinnerung, dass er mit seiner Stimme lächeln soll, und drückt eine B-Telefonnummer in die abgewetzten Tasten seines Telefons. Am anderen Ende der Leitung wird der Hörer abgenommen.

Richard sagt den verhassten Satz, den er bereits hundert Mal gesagt hat:

»Guten Tag, mein Name ist Gotha, Richard Gotha von EMU International, ich würde gern Herrn…sprechen…«, oder »könnten Sie mich bitte mit Frau…verbinden?!«

(Was eher selten vorkommt).

Weihnachtsfeier

Innerhalb von zwei Tagen verwandelte sich die Werkshalle in eine Festhalle. Die Elektromechaniker falteten die Schaltpläne zusammen, legten Zangen und Schraubendreher zurück in ihre Werkzeugwagen und wuchteten die Schaltschränke von den Holzböcken. Mit einem Gabelstapler verlagerten sie die Blechgehäuse an die Stirnwand der Halle, um sie dort in einer Doppelreihe aufzustellen. Die Werkbänke, die unter den Fenstern an der Nordwand stehen, sind hinter Spanischen Wänden verschwunden. Horst Brunks Dekorateure hefteten Plakate an die Sichtschutzwände, von denen das Motto ihres Partyservice-Betriebs prangt:

»*Unmögliches erledigen wir sofort, Wunder könnten etwas länger dauern!*«

Tischplatten und Stühle wurden herangeschleppt und zu drei langen Reihen zusammengestellt. Im Handumdrehen waren die Tafeln mit Leinentischtüchern, Gabentellern – beladen mit Marzipankugeln, Lebkuchen und Spekulatius –, Besteck und Geschirr eingedeckt.

Heute ist es nun so weit: Goldschimmerndes Kerzenlicht und Tannenzweige, die nach Weihnachten duften.

Sonnenschirme, die die kaltweiße Hallenbeleuchtung von den Festtischen fernhalten. Über allem liegt Stimmengewirr. Hier und dort ein helles Lachen. Der Barmann zapft Glas um Glas Holsten Pilsener aus dem Hahn. Serviermädchen eilen mit vollen Tabletts zwischen Tresen und Gästen hin und her. Aus zwei schwarzen Boxen, die wie Starenkästen auf mannshohen Eisenrohren stehen, plätschert ein Weihnachtslied hervor:
»*Oh du fröhliche,*
Oh du selige,
Gnadenbringende Weihnachtszeit...«
Das Vertriebsteam von EMU sitzt – nebst Gefährtinnen – am Kopfende des Tisches, der dem Weihnachtsbaum am nächsten steht. Die Tanne ragt bis unter das Hallendach. Goldene Glaskugeln, Lametta, musizierende Holzengel und Weihnachtskringel baumeln herunter. Eine Reihe elektrischer Kerzen taucht den Christbaum in festlichen Glanz. Um ihn herum türmen sich Weihnachtspäckchen.

Nils Hansson, der beim Fernsehen eine Karriere als Moderator anstrebt, hat sich bereit erklärt, nach dem Essen den Weihnachtsmann zu spielen. Er soll die Päckchen mit ledergebundenen Kalendern, Schnaps- oder Sektflaschen, Kugelschreibersets, Pralinen und sonstigen Streu- und Werbeartikeln an die Kollegen und deren Angehörige verteilen.

Richard nippt am Chardonnay. Der Wein – trocken, knackig und frisch – schmeckt ihm. Unter dem Tisch sucht er nach Helens Hand. Sie erwidert seinen Druck. Den Gothas gegenüber sitzt Felix Ritter mit Frau Loni. Neben Loni sitzt Nils Hansson, der sich noch nicht verkleidet hat. Neben ihm Betti. Rechts von Helen zieht sich Caroline, Manfred Thalers Begleitung, die Lippen nach. Neben ihr thront der Prokurist selbst. Und an der Stirnseite residiert Walter Uderich, Chef und Alleingesellschafter der Elektroanlagenbau Mueler und Uderich International GmbH.

18 Uhr: Walter Uderich erhebt sich von seinem Stuhl und klopft mit dem Dessertlöffel gegen ein leeres Weinglas.

»Ruhe, jetzt seid mal ruhig, der Alte will was sagen!«, lallt eine Männerstimme schon recht früh am Abend. Einige der Gäste verdrehen die Augen. Uderich heißt seine Angestellten und deren Partnerinnen und Partner herzlich willkommen. Er bedankt sich für die erbrachten Leistungen des vergangenen Jahres und spricht davon, dass auch in Zukunft die Arbeitsplätze gesichert sein werden.

»Obwohl«, schränkt er ein, »ein jeder weiß, dass zu Beginn des Jahres die Uhren wieder auf Null gestellt sind!«

Dann wünscht der Alte einen schönen Abend, geruhsame Weihnachten im Kreise der Familie, einen guten Rutsch ins Neue Jahr und erlöst die unruhiger werdende Meute mit den Worten:

»Das Buffet ist eröffnet!«

Das Buffet ist topp! Allererste Wahl! Richards Hosenbund spannt. Er bekommt keinen Bissen mehr runter, legt sein Besteck auf den Tellerrand und löst Gürtel und Hosenknopf. Aus den Augenwinkeln beobachtet er das Gehabe der Frauen seiner Kollegen:

Loni Ritter, von Natur aus rothaarig, trägt einen Bop. Die Kurzhaarfrisur lässt sie jünger erscheinen. Die karottenroten Brauen sind sichelförmig gezupft. Loni Ritter scheint verrückt nach Schmuck zu sein! Zur lackschwarzen Rado trägt sie das opulente Armband, das ihr Felix in Venedig gekauft hat, um sein schlechtes Gewissen wegen der Affäre zu beruhigen, die ihn in Atem hält. Loni stützt den Ellenbogen auf die Tischkante und lehnt den Kopf gegen die Hand. Kann sie einem von Thalers Witzen folgen, wiehert sie los wie ein Pferd. Mit einer Herbstaster verglichen, ist sie eine durchaus attraktive Frau, deren Blütenblätter erste braune Spitzen zeigen.

Caroline hingegen ist um einige Jahre jünger als Loni. Sie ist gertenschlank, fast dürr. Ihr winziger Busen verschwindet in den Falten der weißen Baumwollbluse. Caroline ist bestens versorgt: Ihr Ehegatte arbeitet als Berater und sitzt bei den Ölmultis in Nordost-Afrika fest im Sattel. Er ist fünfundzwanzig Jahre älter als sie und selten zu Hause. Sexuell tobt sie sich bei Manfred Thaler aus.

Loni und Caroline kennen sich schon über Jahre. Ohne Pause quatschen die beiden aufeinander ein. Helen kann mit dem Gerede nichts anfangen. Sie lächelt, als unterdrücke sie einen Wadenkrampf. Bettina Hanssons Wangen leuchten wie zwei Liebesäpfel in der Auslage des Zuckerbäckers. Nils Hansson ist in der Herrentoilette verschwunden, um sich zu verkleiden. Er schlüpft in das rote Kostüm, hängt den Bart aus Watte vor sein Gesicht, stellt sich die auf Zehenspitzen und schaut in den Spiegel über dem Handwaschbecken. Zufrieden mit seinem Outfit, verlässt er das Klo als Weihnachtsmann.

»Steht ihm gut!«, lästert Manfred Thaler.

Felix Ritter nimmt den Ball an und gibt seinen Senf dazu. Bettina weicht Richards suchendem Blick aus. Jetzt ist sie an der Reihe! Der Weihnachtsmann hat seine Angetraute zu sich gerufen und lockt mit einer Flasche Sekt ein Gedicht aus ihr heraus.

»*Lieber guter Weihnachtsmann*«, sagt Betti auf, »*sieh mich nicht so böse an, stecke deine Rute ein, ich will auch immer artig ein!*«

Die EMUaner applaudieren. Ihre Betti! Schließlich hat Bettina im Betrieb gelernt!

»Betti, Betti!?«

Richard schüttelt den Kopf. Er versteht es nicht. Warum bloß mit Thaler!? Diesem gefühlskalten Sack! Sie ist doch stolz auf ihren Nils! Findet es toll, dass er beim Fernsehen ist, dass er bereits die ersten Sprosse auf der Leiter nach oben erklommen hat!

Nils Hansson hat seinen Job als Weihnachtsmann getan. Die Musik ist schwungvoller geworden. Die ersten Paare tanzen Disco-Fox auf der freien Fläche zwischen Weihnachtsbaum und Buffet.

Um 21 Uhr ist das Buffet leergefegt. Serviererinnen räumen Platten und Behälter vom Tisch. Zwei Kellner klappen die Tische zusammen und lehnen die Platten neben dem Rolltor an die Wand.

Je lauter die Musik aus den Boxen dröhnt, desto enger wird es auf der Tanzfläche. Volle Pulle! EMU amüsiert sich!

Zeit für Kuschel-Rock! Balsam für Seele und Ohr! Die Damen aus den Büros kommen den Herren aus der Technik näher. Wer bis jetzt keinen abbekommen hat, findet auch keinen mehr! Die nächsten zwei Stunden vergehen wie im Flug. Die Reihen lichten sich. Klaus Frost versagen beinahe die Knie, als er und seine Frau Monika gegen 23 Uhr Walter Uderich und dem Vertriebsteam »Auf Wiedersehen« sagen.

»Nicht mal richtig feiern kann er«, raunt Thaler Ritter zu.

Am Tisch nahe beim Tannenbaum ist das Betriebsfest nicht spurlos vorüber gegangen: Angetrunkene Sekt-, Wein- und Biergläser, halbleere Schampus- und Rotweinflaschen, randvolle Aschenbecher, abgebrannte Kerzenstummel, derangierte Tischdekoration, leergeputzte Gabenteller, Lebkuchen- und Kekskrümel, zerknüllte Servietten und ein Rotweinfleck, der an Bettinas Platz die Tischdecke durchtränkt hat, erinnern an einen zünftigen Abend. In der Montagehalle riecht es wie in einem ungelüfteten Bahnhofsrestaurant. Endlich drosselt jemand den Discosound. Die Serviermädchen räumen die Tische ab, verfrachten das schmutzige Geschirr in Container und rollen sie nach draußen. Mit jedem EMUaner, der sich vom Alten verabschiedet, ebbt die Stimmung mehr ab. Das Fest neigt sich dem Ende zu!

Walter Uderich, seit fünf Jahren Witwer, findet, dass es noch zu früh ist, um nach Hause zu gehen, aber nicht zu spät, um noch in Hittfeld die Kugel rollen zu lassen. Er würde »einen schmeißen« und jedem von ihnen zwei »Scheine« in die Hand drücken. Als Richard das hört, sträuben sich ihm die Nackenhaare. Nichts hasst er mehr, als um Geld zu spielen. Prompt hat er das Bild seines Vaters vor Augen, der den letzten Groschen auf der Trabrennbahn in den Sand setzte. Nie war genug Geld im Elternhaus! Helen, die seine Aversion deutlich spürt, nennt ihn einen Spielverderber und Langweiler. Sie flüstert ihm ins Ohr, dass es doch nicht sein Geld sei, wenn Uderich jedem von ihnen 200 Mark spendierte.

Ritter und Konsorten gucken schon. Richard gibt klein bei, er will Helen den Abend nicht verderben! Bettina Hansson besorgt drei Taxen.

Zwanzig Minuten später und nach kurzer Diskussion, wer zu wem ins Taxi steigt, setzt sich die Kolonne in Bewegung.

Mit 160 Sachen geht es über die Elbbrücken Richtung Casino Seevetal. Der Fahrer, der die Gothas und Ritter transportiert, dreht am Blaupunkt-Radio:

»... *freue, freue dich, oh Christenheit*«!

Im Spielcasino

Ritter erteilt während der Fahrt Roulette-Unterricht. Helen hört ihm interessiert und gespannt zu. Sie war noch nie in einem Spielcasino.

Im Flüsterton murmelt sie die Bezeichnungen der Setzungen nach: »*Plein*, eine Zahl! *Cheval*, zwei nebeneinander liegende Zahlen! *Carré*, vier nebeneinander liegende Zahlen!«

Richard spürt Helens Begeisterung. Seine Neugier hält sich in Grenzen. Er nimmt sich fest vor, nur auf einfache Chancen zu setzen.

Vor ihnen taucht ein Hinweisschild auf.

»Gleich sind wir am Casino!«, erklärt Ritter.

Es fängt an zu nieseln. Der Fahrer schaltet die Wischer ein. An der Stelle, wo die Hittfelder Landstraße in die Kirchstraße mündet, nimmt er den Fuß vom Gas, beugt sich über das Lenkrad, drückt die Nase gegen die Windschutzscheibe und späht die Auffahrt aus, die vor dem Landhotel zum Casino führt. Dann biegt er ein. Die Scheinwerferkegel tasten über das Fachwerk, strahlen für einen Augenblick durch die Sprossenfenster in die Gästezimmer. Das Taxi rumpelt durch die Schlaglöcher des Grandplatzes. Mit jaulendem Keilriemen bleibt der Diesel vor dem Eingang der Spielbank stehen. Am Ziel angelangt, schaltet der Chauffeur das Taxameter aus und Felix Ritter drückt ihm 30 Mark in die Hand.

»Der Rest ist für Sie!«, sagt er.

Ritter, Helen und Richard steigen aus. Sie werfen die Türen ins Schloss, hasten mit gesenkten Köpfen durch den Nieselregen und gesellen sich zu Manfred Thaler und den anderen, die bereits im Entree des Spielcasinos warten.

»Verteil mal!«, ordnet Walter Uderich an, der Spielgeld besorgt hat. Er drückt Betti das Stoffsäckchen mit den Jetons in die Hand.

Der Weg in den Saal führt an der Bar vorbei. Caroline zeigt auf zwei freie Barhocker und zieht Loni am Handgelenk. Die beiden Frauen klettern auf die Ledersessel und zeigen ihre Nylons. Die anderen stellen sich zu ihnen an die Bar. Betti Hansson schüttet die Jetons auf den Tresen und türmt neun Stapel von je 200 Mark auf. Mummfred spendiert den Frauen Sekt. Die Männer bevorzugen Bier vom Fass. Sie tratschen über Nichtigkeiten, heben die Gläser, haken die Ellenbogen ineinander, nehmen einen Schluck und küssen sich die Wangen. Von jetzt an duzen sich alle. Mit einer Ausnahme: Walter Uderich! Der alte Fuchs hütet sich, die Grenze zu überschreiten, und weicht den Verbrüderungsversuchen aus.

Sie gehen in den Spielsaal hinüber. Der cremefarbene Wollteppich schluckt ihre Schritte. An einem der Spieltische sind Stühle frei. Der Tisch ist so geformt, dass die Croupiers am Roulettekessel sitzen und die Setzfläche aus einem Winkel von fünfundvierzig Grad optimal bedienen können. Sie begrüßen die späten Gäste mit einem Lächeln. In ihren Anzügen und den Oberhemden mit den schwarzen Fliegen könnten sie ebenso gut Streicher des Staatsorchesters oder Angestellte eines Beerdigungsunternehmers sein.

Außer Nils Hansson, der Betti den Stuhl zurechtrückt, finden alle am Tisch Platz. Kaum sind die Stühle durch sie belegt, tut sich was! Von den anderen Tischen schlendern Spieler heran, bilden hinter den Sitzenden eine Traube, zocken mit und hoffen auf eine Glückssträhne.

»*Faites vos jeux!* Bitte das Spiel zu machen!«

»Die ersten Vier!«

Helen schiebt ihren Einsatz, ein 20-Mark-Stück, über das blaue Filztableau.

Der Drehcroupier wiederholt Helens Annonce:

»Die ersten Vier! *Carré* für die Dame!«

Er lehnt sich über den Tisch, zieht mit dem Rechen das Jeton zu sich heran und platziert es an die Stelle, wo *Zero*, die rote 3 und *manque* – Zahlen von 1 bis 18 – zusammenstoßen.

»Bitte das Spiel zu machen!«, wiederholt der Croupier, der am Kopfende des Tisches sitzt.

Die Spieler schieben ihm Jetons entgegen. Der Kopfcroupier nimmt die Annoncen auf und setzt die Chips auf Kolonnen, Dutzende und Farben aus. Das Tableau füllt sich. Stücke von 2 bis 500 Mark liegen auf dem Tisch. Wobei die Fünfziger und das eine Fünfhunderter-Stück auf 1-fache Chance ausgelegt sind. Die kleineren Stücke hingegen liegen auf mehrfachen Chancen wie *Plein, Cheval* oder *Carré*.

Das Örtchen Hittfeld liegt nur wenige Fahrminuten vom Maschener Kreuz entfernt. Hier, südlich der Elbe, nah am Stadtrand von Hamburg, treffen die Europastraßen 45 und 22 aufeinander. Das ehemalige Bauerndorf hat sich in einen Vorort der Hansestadt gewandelt, dem anzusehen ist, dass die Spielbank ordentlich Steuergelder in die Gemeindekasse pumpt. Strohgedeckte Häuser, um die Jahrhundertwende errichtete Villen, saubere Straßen und gefegte Gehwege. Das Casino selbst, ein phantasieloser Flachbau aus rotem Backstein, schließt an ein Landhaus an, in dem ein Hotel untergebracht ist. Es liegt wie ein Karton in der Landschaft und verschandelt die Gegend. Ebenso der Parkplatz der Spielbank, der nicht in das gepflegte Örtchen passen will. Ein Teppich aus Pfützen und Schlaglöchern, der längst asphaltiert werden müsste.

Auf dem Kaff ruht Friedhofsstille. Die Luft ist sauber, riecht im wahrsten Sinne des Wortes nach Nichts.

Im Gegensatz zum abschreckenden Erscheinungsbild des Gebäudes strahlt das Innere des Casinos Luxus aus. Die quadratischen Deckenleuchten, die ihr Licht wie funkelnde Diamanten in den Saal abgeben, die hell gestrichenen Wände, die Edelholztische, der königsblaue Filz der Tableaus, all das wirkt kostbar und zugleich beruhigend auf die Psyche der Spieler. Ein Geräuschpegel füllt das Spielcasino wie Reiseverkehr die Bahnhofshalle. Beginnt an einem der Tische das Spiel, weicht das muntere Geschnatter der aufkommenden Spannung.

»*Rien ne va plus!* Nichts geht mehr!«

Der Drehcroupier unterbindet das weitere Setzen der Spieler. Er nimmt die Elfenbeinkugel in die Finger und wirft sie gegen die Drehrichtung der Roulettescheibe in den Kessel ein. Die Kugel kreist einige Male, verliert an Geschwindigkeit, kickt gegen einen Rhombus, der sie nach unten lenkt, und fällt in ein Zahlenfach.

»Die 2! *Noir! Pair!*«, sagt der Drehcroupier.

Er lächelt Helen zu:

»7-fach für die Dame!«, und schiebt ihr mit dem Rechen Jetons im Wert von 160 Mark rüber.

Der Kopfcroupier zahlt den Spielern, die richtig gelegt haben, Kolonnen, Dutzende, Gerade und Farben aus. Die Stücke, die auf dem Tableau verbleiben, werden runtergekehrt. Sie gehen an die Bank.

Mit ein paar Bier hat Richard die düsteren Gedanken aus seinem Kopf verbannt, trotzdem empfindet er keinen Spaß am Spiel. Sein Startkapital ist um die Hälfte geschmolzen. Es ist ihm egal: Es ist ja nicht sein Geld, sondern das von Uderich!

Ritter steht bei plus/minus. Beim Alten und den anderen sieht es nicht besser aus als bei Richard. Nur Helen ist bei der Sache! Sie hat einen guten Lauf! Ihr Einsatz hat sich bereits verdreifacht! Mit Interesse beobachtet Felix Ritter, der neben Helen am Spieltisch sitzt, mit welcher Leidenschaft sie Roulette spielt. Sie ist konzentriert und platziert entschlossen ihre Einsätze. Ab und zu berührt er Helens Knie mit dem seinen oder legt die Hand auf ihren Oberschenkel. Helen rechnet es zunächst seiner Begeisterung für das Roulette zu. Doch dann erhitzen Ritters Berührungen sie! Ist es sein forderndes Drängen? Sie spürt ihren Puls bis in die Schläfen. Helen und Felix Ritter kommen sich an diesem Abend näher, ohne dass Richard oder die anderen es bemerken.

Gegen 3 Uhr morgens hat sich die Truppe aufgelöst. Betti und Nils Hansson haben ein Taxi kommen lassen und sind nach Hause gefahren. Loni und Carolin schlürfen Sekt an der Bar. Thaler steht mit dem Alten abseits: Strategiegespräch?! Bei Richard läuft gar nichts mehr! Das Geld ist weg, er möchte gehen! Helen dagegen scheint das Glück für sich gepachtet zu haben. Sie hat die letzten Spiele gewonnen. Vor ihr liegen Chips im Wert von 600 Mark.

»Das letzte Spiel! Danach ist Schluss für heute!«, flüstert Felix Ritter ihr ins Ohr, der seine Jetons auf 400 aufstocken konnte.

Die Lider halb geschlossen, blickt sie aus den Augenwinkeln zum Croupier. Dann schiebt sie sechs Stücke à 50 zur Seite.

»Steck die mal ein, Richi! Dafür kaufe ich mir die Schuhe!«

»*Faites vos jeux!*«, fordert der Drehcroupier die Spieler auf, ihr Spiel zu machen.

»*Transversale Plein!* Auf die 13 bitte!«, sagt Helen.

Mit beiden Händen schiebt sie die Chips über das Tableau. Der Drehcroupier zieht die Stücke mit dem Rechen zu sich heran, zählt nach und wiederholt Helens Annonce:

»*Transversale Plein!* 300, auf 13, 14, 15 für die Dame!«

Er kreuzt den Blick mit dem Casinoangestellten, der hinter dem Kessel in erhöhter Position am Spieltisch sitzt und das Spielgeschehen von oben wie ein Schiedsrichter auf dem Tennisplatz beobachtet.

Der Croupier am Kopf des Tableaus, der Kopfcroupier, hilft dem Drehcroupier bei der Arbeit. Er bedient die Spieler am Kopf des Tisches und setzt die Stücke auf Kolonnen, Dutzende und Farben aus.

»*Rien ne va plus!*«

Der Drehcroupier setzt den Kessel in Bewegung. Diesmal gegen den Uhrzeigersinn. Er wirft die Elfenbeinkugel gegen die Drehrichtung des Roulettes in den Kessel ein. Am Tisch herrscht Grabesstille! Der Moment der Anspannung beginnt. Die Spieler lassen die Kugel nicht aus den Augen, die einige Male im Kreise dreht, an Geschwindigkeit verliert, eine Raute trifft, nach oben hüpft, abwärts schießt, wieder hochspringt, um endlich in ein Zahlenfach zu fallen.

Wie aus einem Munde stöhnen die Spieler auf:

»Die 14!«

»Yippie!«

Das war Helen! Sie springt auf, ballt die Faust, hat Mühe, ihre Erregung im Zaum zu halten! Ritter zieht sie am Handgelenk zurück in den Sessel.

Richard traut seinen Augen nicht. Die Croupiers schütten die Gewinne aus. Helen ist der Star des Abends! Sie schwelgt im Neid der anderen Spieler: 3.600 Mark! Dazu die Jetons, die in Richards Jackentasche stecken. Helen sucht zwei Stücke je 50 aus ihrem Gewinn raus und schiebt sie in die Mitte des Tableaus.

»Für die Angestellten!«

Ritter ist vergessen! Das Dankeschön der Croupiers hört sie nicht mehr!

»Komm, Richi! Wir holen uns unser Weihnachtsgeld ab!«

Der Kassenschalter funkelt wie ein Spielautomat, der eine goldene Serie ausspuckt. Helen schüttet die gewonnenen Jetons in die Schale unter dem Panzerglas. Der Angestellte zieht die Chips zu sich rüber, zählt nach, greift unter den Tisch und zahlt Helen 3.800 Deutsche Mark aus. Helen nimmt die Geldscheine entgegen, schnuppert daran und klopft mit dem Stapel in die hohle Hand:

»Ich habe ein gutes Gespür, oder?!«

Richard sieht Helen an, als hätte sich der Absatz ihres Schuhs durch seinen Fuß gebohrt:

»Du hattest Glück, Helen!«

»Ristorante Mamma Mia«

»*Buon giorno! Ricardo!* Ich freue mich!«
»Grüß dich, Dario!«
»Du warst lange nicht hier?!«
»Und du? Wo warst du? Auf Urlaub?«
»Nein, nein, nur Sonne tanken! Im Solarium!«
Dario lacht. Die schwarzbraunen Augen leuchten. Er begrüßt Richard mit einer Liebenswürdigkeit, die von Herzen kommt. Seine Blicke hasten auf der Suche nach freien Stühlen, leeren Tellern, Bier- oder Weingläsern von Tisch zu Tisch.
»Zwei Personen, Rico? Ich habe… nur noch Platz an der Küche…!«
»Kein Problem, Dario! Den nehmen wir!«
»*Prego,* mein Freund!«
Dario trägt zur Bluejeans ein frisch gebügeltes Oberhemd, auf dem sich rosa Streifen über hellblaue Karos gelegt haben. Der Kragen steht offen, Brusthaar und ein Goldkettchen schauen hervor. Die Ärmel sind bis an die Ellenbogen hochgekrempelt. Sein Haar ist mit Pomade aus der Stirn nach hinten gekämmt.

Dario komplimentiert Richard und Christoph Raff an den freien Tisch. Von ihren Plätzen aus können sie in die Küche hineinsehen.

Er zündet die Kerze an, die im Hals der Chiantiflasche steckt. »Ich bin gleich wieder da!«, sagt er, schlängelt sich zwischen Tischen und Stühlen hindurch, schneidet Brotscheiben vom Laib, trägt Pizzen und Spaghetti aus, nimmt Bares oder Kreditkarten entgegen und gibt Wechselgeld raus.

Vor dem Restaurant, in der kopfsteingepflasterten Parkbucht, stehen seit Tagen ein rostbefallener Opel Manta und ein 3er BMW. Pfennigabsätze klackern den Bürgersteig entlang. Ein Schnellbus rauscht vorbei und verwirbelt die klare Winterluft.

Durch die Schaufenster, in denen Topfpflanzen stehen, sind schmiedeeiserne Leuchter zu sehen. Der vorherige Pächter »Wienerwald« hatte sie hängen gelassen. Aus den Glaskugeln, die mit einem feinen Netz durchzogen sind, strahlt goldenes Licht in den Raum.

Mittags brummt es im »Mamma Mia«, dem von außen nicht anzusehen ist, welch exzellente Köche die Speisen im Innern richten.

Hinter der Eingangstür hat der Pizzabäcker seinen Platz. Blechnäpfe mit Salami, Schinken und Käse stehen auf der Fensterbank. Aus dem offenen Steinofen duftet es nach Tomatensoße und Thymian. Die Ober rufen dem Barmann ihre Bestellungen zu:

»*Bello*, träumst du von Italien?! Wo bleibt der Grappa? ...der Cappuccino? ...der Orangensaft?«

Bella Italia! Mitten in Hamburg-Altona!

Richard und Christoph Raff sitzen an Richards Lieblingstisch an der Speiseausgabe. Hier laufen die Fäden der Pizzeria zusammen. Hier steht die Kasse des Speiselokals. Ein Stapel Teller wartet darauf, beladen zu werden. In zwei Schubladen liegen blitzsaubere Bestecke und weiße Servietten bereit. Hier wird gesalzen, gepfeffert, hausgebackenes Brot geschnitten und in geflochtene Körbe gelegt. An der Pinnwand über dem Telefonapparat stecken Visitenkarten mit Rufnummern von Taxi-Unternehmen und Zulieferbetrieben.

Klingelt das Telefon, hebt sofort einer der Kellner den Hörer ab, nimmt Reservierungen entgegen und trägt sie in den Kalender ein.

In der Küche dampft und zischt es. Rumpsteak wird in Cognac flambiert, Pasta in Butter oder Öl geschwenkt, Tomaten und Gemüse gewaschen, Blattsalate und Kräuter geschleudert.

»Erzähl doch mal! Hat es deiner *Chica* in Hamburg gefallen?«
»Und wie! Am liebsten wäre Isolina in Hamburg geblieben!«
»Aha?! Lass hören!«
»Sie ist so anders, verstehst du? Wenn du einmal Schokolade genascht hast...!«

Seit ihrem Deal im August vergangenen Jahres treffen sich Richard und Christoph Raff gelegentlich zum Tennisspiel. Sie schätzen die Gesellschaft des anderen und es ist Usus, dass sie nach dem Tennis in die Kneipe »Vogel« oder auf eine Pizza ins »Mamma Mia« gehen.

Beim Bier tratschen sie über gemeinsame Bekannte aus der Branche, ziehen über Chefs und Auftraggeber her, sprechen über Bauvorhaben, die sich im Entwicklungsstadium befinden, reden eben darüber, was in Hamburg und Umgebung in ihrem Geschäftsfeld so läuft.

Als Raff auf das schlecht laufende Projekt in Henstedt-Ulzburg zu sprechen kommt, stochert Richard beschämt mit der Gabel in den Meeresfrüchten. Er verspricht alles zu tun, um Abhilfe zu schaffen. Zu seinem Glück ist Raff erfahren und abgeklärt genug, um die Hoffnung nicht aufzugeben, dass auch dieses Projekt mal fertig wird. Und die Kosten hat er aus seiner Sicht fest im Griff! Wovon Frost, wie Richard weiß, ein Lied singen kann!

Auch das Private kommt nicht zu kurz. Christoph weiht Richard in seinen Traum ein: Kuba! Isolina! Ihre Glut hat ihm den Verstand versengt!

»Hat Rita sich nicht gewundert, wenn du abends auf Achse warst?«

Raff ignoriert Richards Frage und geht nicht auf Rita ein. Stattdessen antwortet er:

»Isolina weiß, dass ich verheiratet bin. Wir haben uns meist tagsüber getroffen.«

»Und im Büro? Deine Kollegen?«

»Wenn es sich nicht umgehen ließ, war ich bei den Meetings dabei. Ansonsten habe ich Baustellenbesuche vorgetäuscht und mich als abwesend ausgetragen. Hauptsache, die Chose läuft!«

Raff trinkt von seinem Chianti.

»Ist sie jetzt wieder in Havanna bei ihrer Familie?«, fragt Richard und schneidet sich eine Ecke von seiner Pizza Mamma Mia ab.

»Ja, ich will bei Gelegenheit hin!«
»Und Rita?«
»Nur für eine Woche! Ich bin eben auf Dienstreise!«
»Ein kostspieliges Hobby, deine Kubanerin!«
»Ich krieg das schon irgendwie hin!«
Richard spitzt die Ohren. War das eine Anspielung auf ein neues Projekt? Ist ein Geschäft in Sicht? Nach der Pleite in Henstedt-Ulzburg traut er sich kaum zu fragen und tut es dennoch! Doch Raff hat nur kleine Sachen am Laufen! Keine Volumina! Uninteressant!
»Im Moment herrscht Flaute!«, bedauert er.
»Aber mein Chef bemüht sich um einen Job auf Gran Canaria.«
»Gran Canaria?«
»Genaues weiß ich nicht. Ich glaube, es geht hauptsächlich um Controlling oder Bauleitung.«
Richard versteckt die Enttäuschung hinter einem Lächeln und sieht auf die Uhr. Es wird Zeit! Er winkt Dario herbei und bittet um die Rechnung.
Vor dem Eingang verabschiedet er sich von Christoph Raff, seinem bisher einzigen Geschäftsfreund. Hält dessen Hand länger als gewöhnlich.
»Ich brauche dringend einen Erfolg! Wenn du irgendetwas…!«
»Ist doch klar, Richard! Immer! Doch im Moment…! Leider…!«
Ein getigerter Straßenkater schleicht kläglich miauend an den beiden vorbei.

Unerwarteter Anruf

Der Wind weht aus Süden und das schöne Wetter schlägt um. Eine graue Wolkenbank breitet sich über der Elbe aus. Erste Schneeflocken tanzen vor der Windschutzscheibe des Opel Kadett auf und ab. Helen schaltet die Scheibenwischer ein und biegt in die Noerstraße.

Wie hatte Richard sich gestern Abend aufgeregt, nur weil sie ihm vorschlug, noch mal ins Spielcasino zu gehen! Das käme nicht in Frage, wetterte er, nicht mit dem schwer verdienten Geld! Sie sollten es besser auf die Seite legen, um so schnell wie möglich die Hypotheken für das Haus vom Hals zu haben! Dabei wollte sie nur ihren Gewinn einsetzen, den sie nach der Weihnachtsfeier im Casino in die Tasche gesteckt hatte. Immerhin lägen noch mehr als 3000 Mark im Wand-Safe oben im Schlafzimmer. Die wollte sie verdoppeln oder verdreifachen.

»Ich halte nichts vom Glücksspiel!«, sagte Richard. »Glaub es mir: Glück kannst du nicht kaufen!«

Zwar hatte er sich wieder beruhigt und doch hing der Haussegen schief, wie so oft in letzter Zeit, und ausgerechnet heute – sie hätten sich abends bei einem Glas Bordeaux aussöhnen können – ist er für zwei Tage nach Süddeutschland gereist, um dort an einem Verkaufsseminar über gebäudetechnische Anlagen teilzunehmen. Helen kann ihre Unzufriedenheit über Richard kaum zügeln. Sie ärgert sich immer häufiger darüber, dass er keine Lust hat, mit ihr ins Theater oder wenigstens mal ins Kino zu gehen. Meistens schläft er – die Tagesschau ist noch nicht zu Ende – auf dem Sofa vor dem alten Fernseher ein. Das ist nicht gerade ihr Traum von einer glücklichen Ehe! Solche und ähnliche Gedanken schwirren durch Helens Kopf.

Vier Wochen sind seit der Weihnachtsfeier vergangen und die Festtage sind vorüber. Alltag ist in das kleine Reihenhaus am Bosselkamp eingekehrt. Wie an jedem Donnerstag um diese Zeit – es ist 16 Uhr – hat Helen Katrin zum Ballettunterricht gebracht. Jetzt hat sie Zeit für sich, denn Katrin will nach dem Tanzen zu einer Freundin, deren Mutter die beiden Eleven um 18 Uhr vom Ballettstudio abholen wird.

Zu Hause angekommen, stellt Helen ihr Auto am Bordstein ab. Ein Windstoß fegt durch die kahlen Äste der Eichen. Schneeflocken setzen sich auf ihr Haar und ihre Schultern. Das Reifengeräusch vorbeifahrender Lastwagen nimmt sie nicht mehr wahr. Flinken Schrittes läuft sie die Auffahrt zu den Häusern hoch. An der Haustür wirft sie einen Blick in den Briefkasten.

»Nichts! Nicht mal eine Rechnung!«, murmelt sie.

Der düstere Himmel legt sich auf ihr Gemüt. Helen hängt ihren Mantel an die Garderobe, verschwindet in der Küche, versorgt die Kaffeemaschine mit Filterpapier und Kaffee, schüttet zwei Becher Wasser in den Behälter und dreht den Anschaltknopf. Kaffeearoma breitet sich aus.

Sie geht nach oben ins Schlafzimmer. Über dem Ehebett, das mit dem Kopfende unter der Dachschräge steht, liegt ein blauer Überwurf, auf dem goldene Elefanten von West nach Ost marschieren. Auf den kleinen Nachtschränken ist kaum ausreichend Platz für Lampe, Bücher und Magazine und durch die mattierten Glastüren des Kleiderschranks sind schemenhaft Richards Bürohemden und Helens Blusen und Jacken zu sehen.

Helen entkleidet sich. Sie betrachtet sich im Spiegel neben der Zimmertür, zieht den flachen Bauch ein, so dass er sich nach innen wölbt, streicht mit den Händen über den Po und taxiert ihre Brüste, die, wie sie findet, seit Katrins Geburt etwas an Form eingebüßt haben und ein wenig üppiger geworden sind. Barfuß geht sie über den schmalen Flur ins Bad und steigt unter die Dusche. Sie genießt den Wasserguss, der ihr über Kopf und Körper rauscht und sie aufwärmt. Danach frottiert sie sich ab, föhnt die Haare und besprüht sich mit Richards Lieblingsduft Mitzouko von Guerlain.

Im Schlafzimmer schlüpft sie in den Jogginganzug, den sie meistens zu Hause trägt. Der Duft des Kaffees ist in der Zwischenzeit bis unters Dach gezogen. Helen geht hinunter und schenkt sich einen Becher ein. Sie klemmt sich das neue Stern-Magazin unter den Arm, nimmt den Becher und steigt wieder hinauf bis ins Dachstudio. Ihre Gemütslage hat sich nach dem Duschen gebessert.

Das Dachstudio ist ihr Lieblingsraum. Teppiche aus Persien, Laternen aus Tunesien, ein silberner Samowar, Sitzkissen aus feinem Ziegenleder erinnern an die im Orient verbrachte Zeit. Aus dem Fenster, das über die ganze Giebelwand geht, ist bei schönem Wetter der Sonnenuntergang zu sehen. Helen hockt im Schneidersitz auf der bordeauxroten Matratze. Sie schnuppert am Becher, nippt vom Milchkaffee und sucht in der Illustrierten nach dem Kreuzworträtsel.

In diesem Augenblick klingelt das Telefon!

»Helen Gotha!?«

»Hallo, Helen, hier ist Felix Ritter! Ich störe doch nicht?«

»Felix? Ich dachte Richard wäre am…«

»Ist er nicht in Kassel?«

»Doch doch, bis morgen! Du müsstest es eigentlich am besten wissen, oder?«

Helen stellt den Kaffeebecher neben sich, lässt sich rücklings auf die Matratze fallen und schaut an die Decke.

»Was verschafft mir die Ehre?«

Was Besseres als die abgedroschene Phrase fällt ihr nicht ein.

»Ich bin noch im Büro«, sagt Felix Ritter, »bin heute sozusagen Strohwitwer!«

Helen lässt ihn zappeln.

»Loni ist in Schleswig, besucht eine Freundin. Sie bleibt über Nacht!«

»Und um mir das zu erzählen, rufst du mich an?«

»Ich denke oft an die Weihnachtsfeier, nach der wir im Casino waren. Du warst so fasziniert vom Roulette, so routiniert und gelassen, als wenn du schon oft am Spieltisch gesessen hättest.«

Helen lächelt das kleine überhebliche Lächeln, wie Gewinner es tun. Sie zieht die Augenbrauen hoch, rollt sich auf den Bauch und stützt sich mit den Ellenbogen auf.

»Ich hatte Glück! Außerdem hat es Spaß gemacht! Leider ist Richard nicht so interessiert! Ich wär gern schon mal wieder zum Spielen gegangen!«

»Deshalb rufe ich an! Richard ist in Kassel, Loni bei ihrer besten Freundin in Schleswig, wir könnten uns doch…!«

»Das kommt nicht in Frage! Auf gar keinen Fall! Was soll ich Richard…? Ich kann Katrin nicht allein im Haus lassen!«

Sie trommelt mit den Fingern auf die Matratze, die Helens Anspannung für sich behält und keinen Laut von sich gibt.

Am anderen Ende der Telefonleitung zündet Felix Ritter sich eine Zigarette an. So schnell gibt der mit allen Wassern getaufte Verkäufer nicht auf!

»Na komm, ich spüre durchs Telefon, dass du Lust auf ein Spiel hast! Es bleibt unter uns, ehrlich, bleibt unser kleines Geheimnis! Wir machen uns heute einen schönen Abend, müssen niemandem davon erzählen! Gib dir einen Ruck!«

Elbtunnel

Helen zögert, will sich auf Ritters Werben auf gar keinen Fall einlassen. Sie erinnert sich daran, wie seine Hand unter dem Spieltisch ihren Oberschenkel berührte. Und dass sie auf die Hand wartete, die nach jedem Spiel, das sie gewann, wieder und wieder zu ihr herüber wanderte und deren Berührung sie irgendwie anmachte.

Sie sträubt sich, gibt als Entschuldigung vor, dass sie nicht ausreichend Bargeld im Hause habe.

»Das kann nicht das Problem sein«, balzt er ins Telefon, er könnte ihr aushelfen, bei ihrem Händchen für das Roulette! Damit hat er sie. Helen sagt zu. Und Ritter erklärt ihr den kürzesten Weg durch den Elbtunnel rüber nach Seevetal.

Helens Pulsschlag beschleunigt sich. Sie ringt sich zu einer Notlüge durch, ruft die Mutter von Katrins Freundin an und fragt, ob Katrin über Nacht dort bleiben kann. Im Elbe-Kino läuft »Vom Winde verweht«. Ausgerechnet nur noch heute! Und sie würde so gern hingehen! Dummerweise sei Richard heute auf einer Schulung in Kassel! Und der Film hat Überlänge, fängt spät, erst um 20 Uhr 30 an!

Katrin springt in die Luft, als sie von dem Arrangement hört. Aber nur, nutzt sie die Gelegenheit, wenn sie morgen nach der letzten Schulstunde zu McDonald's gehen würden, und die Freundin müsse mit!

»Das geht doch, oder Mama?«, fragt sie.

Helen packt Wechselkleidung und Schlafutensilien in einen Turnbeutel, greift sich den Schulranzen und bringt die Sachen der Kleinen zur Freundin. Brauni, Katrins Kuschelbär, muss zu Hause bleiben.

Danach fährt sie zurück in den Bosselkamp, um sich zu schminken und umzuziehen.

Sie schlüpft in das ärmellose Cocktailkleid, das apart ihre Kurven betont. Der Ausschnitt liegt, wie bei einem T-Shirt, eng am Hals an. Das kleine Schwarze steht in makellosem Kontrast zu ihren blonden Strähnen, den hellblauen Augen und dem rot geschminkten Mund, der sie so sexy erscheinen lässt. Dazu trägt sie die schwarzen Pumps, die sie sich vom Roulette-Gewinn gekauft hat und die sie um acht Zentimeter größer machen. Die goldenen fünfmarkstückgroßen Kreolen und das Armband sind Erinnerungsstücke aus Persien, die Richard ihr von den verbliebenen Rials kurz vor dem Umzug nach Hamburg geschenkt hat. Im Handtäschchen stecken fünf Hunderter und freuen sich auf Nachwuchs. Ihre Nase kribbelt. Sie deutet das als gutes Zeichen und ist fest überzeugt, dass sie heute das Spielcasino mit einem hübschen Gewinn verlassen wird.

Sie steigt die Treppe hinunter, nimmt den Kamelhaarmantel von der Garderobe, zieht ihn über die Schultern und verriegelt die Tür hinter sich.

Der Nachtwind greift nach ihrem Haar. Sie schüttelt das Frösteln ab, stellt den Mantelkragen hoch und stöckelt auf ihren Wagen zu, der am Bordstein auf sie wartet. Das weißkalte Licht der Straßenlaternen spiegelt sich auf dem nassen Asphalt. Sie steigt ein, unterdrückt einen Seufzer, beugt sich über den Beifahrersitz und kramt in der Türablage nach dem Stadtplan. Helen faltet die Karte auseinander, hält sie dicht unter die Leselampe neben dem Rückspiegel, steckt die Nase hinein und sucht die Autobahn-Ausfahrt Hittfeld, die sich in nächster Nähe des Spielcasinos befinden soll.

Sie breitet den Stadtplan auf dem Beifahrersitz aus, startet den Wagen und fährt los. An der Autobahnzufahrt Hamburg-Othmarschen reiht sie sich in den Nachtverkehr ein. Der Elbtunnel schluckt das »Windei« wie eine Riesenboa und würgt es in sich hinein.

Helen stellt Lüfter und Heizung aus. Trotzdem dringen Abgase in die Fahrerkabine. Ventilatoren-Geräusche kommen näher. Von besserer Luft keine Spur! Sie atmet so flach wie möglich. Immer tiefer geht es in den Schlund der Schlange hinein.

Natürlich denkt Helen in diesem Moment an Richard und sie hat durchaus Gewissensbisse, sich heimlich und hinter seinem Rücken mit Felix Ritter zu treffen. Richard würde ausrasten, wenn er das wüsste! Doch sie schiebt ihre Skrupel zur Seite: Wenn Richard auch immer auf Achse ist! Oft erst nach 23 Uhr nach Hause kommt?! Irgendwie verspürt sie keine Lust, als »Grüne Witwe« zu versauern. Sie will was erleben und die Spielbank hat es ihr angetan! Roulette, das hat irgendwie was!

Nach drei Kilometern taucht das Ende der Elbtunnelröhre auf. Fünf Minuten später, am Autobahnkreuz Maschen, fädelt sie sich Richtung Bremen ein.

Der Parkplatz

Um diese Zeit – die Zeiger der Quarzuhr im Armaturenbrett stehen auf 22 Uhr 30 – ist der Straßenverkehr auf der Hittfelder Landstraße so gut wie eingeschlafen. Für einen Moment erhellen die milchigen Scheinwerferkegel das kleine Birkenwäldchen, das von der Landstraße in zwei Hälften geteilt wird.

Kurz hinter dem Ortseingang taucht ein weißes Hinweisschild auf. Helen drosselt das Tempo und fährt Richtung Casino. Mit geringer Geschwindigkeit nähert sie sich »Hotel Krowinkel«.

Auf dem Parkplatz hüpft der Wagen durch die Schlaglöcher auf eine freie Lücke zu. Helen zieht die Handbremse an. Der Motor verstummt, die Scheinwerfer verlöschen.

Sie winkt Ritter, der schon an der Treppe zum Casino wartet, durch die Windschutzscheibe zu, dreht den Rückspiegel in Position, zieht die Lippen nach und reibt einen Tropfen Mitsouko hinter jedes Ohrläppchen. Felix Ritter löst sich vom Gebäude und geht auf den Opel zu. Er öffnet die Wagentür. Helens Duft flattert ihm entgegen und pumpt Blut in seine Leisten.

»Schön, dass du da bist!«

»Ich hätte nicht kommen dürfen!«

Helen reicht Ritter die Hand. Er zieht sie an sich und küsst ihre Wangen. Im diffusen Licht der Parkplatzleuchten mustert sie ihn verstohlen aus den Augenwinkeln. Der Nachtfrost hat sein alkoholgerötetes Gesicht geglättet. Ritter strahlt eine Mischung aus Marlboro-Mann und Weinbrand aus. Sein beiger Mantel steht offen. Zum blauen Blazer trägt er ein hellblaues Hemd mit weißem Kragen und weißen Manschetten. Eine Seidenkrawatte, auf der sich schmale weiße Streifen an breite blaue drängen, rundet sein Outfit ab. Helen vergleicht ihn mit Richard, der schlanker ist als er, und fragt sich, ob Richard eines Tages auch so verlebt aussehen wird und ob Richard bereits im Bett liegt oder mit den anderen Seminarteilnehmern ein Bier an der Hotelbar trinkt. Sie löst ihre Gedanken von ihm, streicht den Pony aus dem Gesicht und denkt an den Abend der Weihnachtsfeier, an dem sie den beachtlichen Gewinn einstreichen konnte.

»Lass uns reingehen!«

Er legt wie selbstverständlich den Arm um ihre Hüfte, während sie die Stufen zum Eingang hochsteigen. Ein Angestellter der Spielbank öffnet ihnen die Tür. Er nimmt ihnen die Mäntel ab und bringt sie zur Garderobe. Sie betreten den fensterlosen

Spielsaal. Stimmengewirr und Betriebsamkeit schlägt ihnen entgegen.
Erwartungsvolle Spannung kriecht Helen den Rücken hinauf.

In der Spielbank

Anfangs hatte sie einen guten Lauf. Die Türme aus Jetons wuchsen nur so in die Höhe. Doch dann wendete sich das Blatt. Helen verlor Spiel um Spiel, bis der Filz vor ihr öd und leer war wie eine frischgemähte Wiese.
Ritter hingegen hatte das Glück auf seiner Seite!
Jetzt sitzt er auf einem Polster von 2000 Mark! Seine Gelassenheit, sein Instinkt, sein Taktieren, wenn es gilt, das richtige Spiel zu machen, imponieren Helen. Widerstrebend bittet sie ihn um Kredit. Einmal will sie es noch wagen! Jovial kommt Ritter ihr entgegen und schiebt einen Stapel Jetons über den Tisch.
»500, Felix? Das ist zu viel!«
Magisch angezogen von dem verchromten Drehkreuz, tasten Helens Blicke über den Spieltisch. Der Kessel aus lackiertem Edelholz, die Drehscheibe mit den 37 Fächern, die polierte Elfenbeinkugel, das Boudin mit der Jeton-Ausstattung, das Tableau, auf dem die Setzmöglichkeiten aufgedruckt sind, all das übt eine unbezwingbare Faszination auf sie aus. Man müsste Hellsehen können, wünscht sich Helen, bei der Vielzahl der verschiedenen Setzmöglichkeiten!
Die Spannung am Spieltisch ist spürbar. Alle Augen richten sich auf die sirrende Kugel, die durch den Kessel rotiert, bis ein Rhombus oder eine Raute den Lauf unterbricht: *Zero!*
Wieder nichts! Helen hat nur noch Jetons im Wert von 100 Mark! Die Mundwinkel nach unten gezogen, die Arme unter der Brust verschränkt, starrt sie die Croupiers an, als wären sie daran schuld, dass das Glück sie verlassen hat.
»Machen Sie Ihr Spiel!«

Helen reckt den Hals, sucht das Tableau nach einer Antwort auf ihre Frage ab. Die Lippen aufeinander gepresst, trommelt sie mit den Fingern auf den Spieltisch.

Der Croupier am Kopfende wiederholt die Aufforderung seines Kollegen am Kessel:

»Bitte das Spiel zu machen!«

Helen stützt die Ellenbogen auf den Tisch. Sie sieht ihn an. Der lächelt abgeklärt, hält ihrem trotzigen Blick stand.

»Was mach ich jetzt, Felix?«

»Horch in dich rein!«

Sie setzt die verbliebenen 100 auf *Rouge*. Rot fällt! Helen lässt die Jetons auf Rot liegen. Rot fällt wieder.

‚Jetzt auf *Noir!*', flüstert ihre innere Stimme. 400 liegen auf Schwarz! Und ...Schwarz fällt!

»Hier, Felix, hast du deine Chips wieder! Danke dafür, dass du sie mir geliehen hast!«

Sie schiebt die Stücke zu ihm rüber. Entschlossenheit liegt in ihrem Blick.

»*Plein* bitte! Die Null, die 4, 8, 18 auf die 25!«

Der Croupier wiederholt Helens Einsatz und setzt die Jetons à 50 Mark auf die angesagten Felder. Auch Felix Ritter macht das Spiel. Die anderen Zocker ziehen nach. Noch einmal schaut der Croupier am Kopf des Spieltisches fragend in die Runde. Dann nickt er seinem Kollegen am Kessel auffordernd zu.

»*Rien ne va plus!* Nichts geht mehr!«

Es herrscht absolute Still am Tisch. Wieder einmal ist der Moment der größten Anspannung gekommen. Die Kugel kreist einige Male, kickt gegen eine Raute und fällt in ein Zahlenfach:

»*Zero!*«

Helen schreit auf, fällt Ritter um den Hals und küsst ihn auf die Wange. Die anderen Spieler stöhnen. Schon wieder die Null! So schnell hintereinander!

»Ich hab es gewusst!«

»Und wenn du verloren hättest?«

»Hab ich aber nicht! Ich hab es gewusst!«

Die Croupiers harken die Jetons vom Tableau und zahlen Helen ihren Gewinn aus.

»35-fach! Für die Dame in Schwarz!«

Der Angestellte, der Helen auszahlt, lächelt ihr zu. Jetzt wird sich zeigen, wie hoch sein Trinkgeld ausfällt. Helen ist mehr als großzügig. Sie lässt zwei Stücke à 50 auf dem Filz liegen.

»Für die Angestellten!«, sagt sie, nicht ohne Stolz auf den fetten Gewinn, der immerhin – das Trinkgeld mal außer Acht gelassen – 1.350 Mark beträgt!

»Wenn das nichts ist!«, sagt Ritter. »Komm, lass uns Schluss machen! Ich spendier ein Glas Sekt!«, und fügt noch seinen Standard-Lieblings-Satz hinzu:

»Die Bäume wachsen nicht in den Himmel!«

Sie fühlen sich wie Sieger, verabschieden sich von den Croupiers, gehen zum Kassenschalter und tauschen die Jetons gegen Bargeld ein.

Während des Spiels hatte sie Richard völlig vergessen. Jetzt keimt ihr schlechtes Gewissen wieder auf. Sie gehen an die Bar. Helen klettert auf den letzten freien Barhocker. Ritter winkt der Bedienung zu und bestellt Sekt. Er drängt sich so dicht an den Barhocker ran, dass sie sein schwellendes Glied an ihrem Oberschenkel spürt.

Rastplatz Stillhorn

Das unter Nachtschwärmern als »Liebesnest« bekannte Motel liegt direkt an der Autobahn 1 in Hamburg-Stillhorn. Mehrere aneinandergereihte Häuser warten auf durchreisende Gäste. An der Ostseite des Gebäudekomplexes schließen Wiesen und Ackerland an. Doppelglasfenster trotzen dem Geräusch vorbeirasender Kraftfahrzeuge. Die Flure strahlen im Chic der 60er, Decken und Wände sind weiß gestrichen, Steinböden und -stufen

glänzen im Schein der Deckeneinbauleuchten. Gerahmte Drucke von »Nighthawks« und »Lighthouse Hill« von Edward Hopper betonen die Tristesse in den Korridoren.
    Aus dem Restaurant dringt Stimmengewirr. Ein Geruchsmix aus gebrühtem Kaffee und gebratenen Eiern mit Speck legt sich über Meister Proper und Sagrotan.

Restalkohol dunstet aus Sekt- und Biergläsern, die zwischen geleerten Minibarfläschchen auf der Frisierkommode stehen, und verdirbt das Raumklima. Der winzige Aschenbecher quillt über. An einigen der Zigarettenfilter befinden sich Spuren von Lippenstift. Über der Stuhllehne hängt ein schwarzer BH mit traumhaft schöner Zierspitze. Vom Seidenslip fehlt jede Spur.
    Kinder johlen über den Flur. Ein Hoover mischt sich unter das Krakeele und saugt sich den Beutel voll.
    Helen stört der Lärm nicht. Nicht eine ihrer dichtgewachsenen Wimpern zuckt, als eines der Kinder gegen die Zimmertür fällt. Das Federbett rutscht auf den Boden. Sie liegt nackt da. Eine schöne Frau von 36 Jahren auf derangiertem Laken.
    In diesem Moment schrillt das Telefon! Ihre Hand tastet nach dem Hörer:
»Oh, mein Gott…!«
Ihre Mundhöhle ist trocken wie eine Wüste.
»Ja…?«
»Guten Morgen!«
»Felix, du…? …Einen Moment mal!«
Helen legt den Hörer neben das Telefon auf den Nachttisch und setzt sich auf.
»Oh, mein Kopf…!«
Sie erhebt sich, öffnet die Minibar und kramt die einzige Flasche Selters hervor, hebelt den Kronkorken von der Öffnung, führt die Flasche an die Lippen und leert sie mit gierigen Schlucken. Sie geht zum Bett zurück, setzt sich auf die Kante und greift zum Telefonhörer.

»Ja…?«
»Ich sollte dich um zehn wecken«, raunt Felix Ritter in ihr Ohr.
Helen starrt ins Leere. Allmählich verflüchtigt sich der Nebel, der wie Watte über ihrem Erinnerungsvermögen lag.
»Wie konnte ich nur so unglaublich dumm sein…!«, denkt und sagt sie.
Ein Übelkeitsschub droht sie zu überwältigen, während Erinnerungsfetzen durch ihr Gehirn taumeln:

Es war 2 Uhr morgens. Sie kehrten der Casino-Bar den Rücken und gingen, Arm in Arm aneinandergeschmiegt, an der Garderobe vorbei zum Parkplatz. Das »Und ihre Mäntel?« der Garderobiere quittierte Helen mit einem Kichern. Euphorisiert von Gewinn und Sekt, ließ sie sich von Ritters Komplimenten betören. Ritter, dem der Alkoholgenuss nicht anzumerken war, kramte in seiner Jackentasche nach den Garderobenmarken. Er löste ihre Mäntel aus und bestand darauf, ihren Wagen zu steuern. Kurz entschlossen ging er noch einmal zu seinem Daimler, um seine Ledermappe und einen im Laternenlicht mattsilbern scheinenden Gegenstand aus dem Kofferraum zu holen. Dann klemmte er sich hinter das Lenkrad von Helens Wagen.
»Automatikgetriebe?«, witzelte er, als er den Hebel auf Drive stellte, »dann fährt er ja von alleine!«
Helen legte den Kopf gegen die Seitenscheibe. Kälte drang an ihre Stirn.

Bis zum Motel brauchten sie 15 Minuten. Helen hielt sich an der Rezeption im Hintergrund. Ritter, der hier nicht zum ersten Mal abgestiegen war, zahlte das Zimmer bar im Voraus. Der Nachtportier war jede Art von Gästen gewöhnt. Er reichte ihm den Schlüssel. 33 stand auf dem Plastikschild, das am Schlüsselring hing. Dann wanderte noch eine Flasche Sekt und eine Packung Filterzigaretten über den Tresen. Ritter drehte sich zu Helen um und sagte:

»Wenn uns der Schampus nicht reicht, haben wir ja noch die Minibar.«

Zimmer 33 bedeutete Souterrain. Helens Pumps klackten über den Steinboden. An der Treppe nach unten knickte sie mit dem Fuß um. Ritter fing sie auf – ganz die alte Schule, der Gentleman!

Im Zimmer angekommen, suchte Helen nach Sektgläsern. Ernüchterung stellte sich bei ihr ein.

»Nicht gerade gemütlich!«, sagte sie zu Ritter und hielt ihm die Sektgläser unter die Nase.

»Aber sauber!«, antwortete er, ließ den Korken knallen und schenkte ein.

Helen wollte erobert werden und Felix Ritter hielt sich an die Spielregeln. Er schaltete das Radio ein und zog sie behutsam vom Bett, auf dem sie, ihr Glas in der Hand, mit aufreizend übereinandergeschlagenen Beinen saß. Sie tanzten ein paar Schritte nach der Barmusik, die aus dem Lautsprecher plärrte, bis er sich langsam von ihr löste und sie mit ihrem Gesicht vor den fenstergroßen Spiegel drehte.

»Schau dich an, wie sexy du aussiehst!«, sagte er.

»So, findest du...?«

Ihre Stimme klang rau. Ritter zog den Reißverschluss des schwarzen Kleides nach unten und streifte es ihr von den Schultern. Helen schloss die Augen. Ein erregender Schauer rieselte ihr über den Rücken.

Ritter schob das Kleid ganz nach unten, küsste jeden ihrer Wirbel, bis er am Slip angelangt war.

»Nicht, Felix...!«

Sie drehte sich um, zog ihn zu sich hoch und bot ihm ihre rosigen Lippen an, die diesen sehnsüchtigen »zu Hause liegt alles brach«-Ausdruck angenommen hatten. Er küsste sie gierig und tastete sich zum Verschluss ihres BHs vor, löste die Haken und legte ihn über die Stuhllehne. Helen zerrte an den Knöpfen seines

Oberhemds. Er half nach, streifte es von den Schultern, öffnete seinen Ledergürtel und den Hosenbund.

»Jetzt komm, ich will…!«, sagte sie.

Helen warf sämtliche Hemmungen über Bord. Sie brannte wie Feuer, nahm und gab.

Nach dem Sex war sie so ausgepowert, dass sie sich auf die Seite drehte, »Weck mich bitte um zehn!« zu Ritter sagte und im nächsten Moment eingeschlafen war.

Ritter setzte sich auf den Stuhl, fischte eine Zigarette aus der zerdrückten Schachtel, zündete sie an und saß da, als fehlte ihm noch etwas. Er öffnete die Minibar und förderte zwei Fläschchen mit Gin und Whiskey zutage. Wenn Helen jetzt sein triumphierendes Grinsen gesehen hätte, würde sie sich nie auf ein Abenteuer mit ihm eingelassen haben! Er ging zum Kleiderschrank und fummelte eine faltbare Sofortbild-Kamera aus der Manteltasche: Eine Trophäe musste her!

Es war 9 Uhr, als Ritter hochschreckte. Er setzte sich auf und fuhr sich mit den Händen durchs Haar. Dann stand er und zog sich an. Besonders rücksichtsvoll brauchte er nicht zu sein, denn Helen war durch nichts zu erschüttern. Sie schlief wie ein Stein.

Die Fotos waren gemacht. Thaler würde staunen! Als wäre das nicht Beweis genug, steckte er ihren schwarzen Slip in seine Hosentasche. Ritter schlüpfte in seinen Mantel, ging zur Rezeption und ließ ein Taxi kommen, das ihn zu seinem Auto am Casino brachte, mit dem er nach Hause fuhr. Von dort rief er Bettina Hansson im Büro an und bat darum, Manfred Thaler auszurichten, dass er heute Vormittag wegen eines Termins nicht kommen würde. Nachdem er das erledigt hatte, rief er Helen im Motel an.

»10 Uhr schon?« – die Hand in ihrem Magen greift zu – »du, ich muss jetzt… oh… mein Gott!«

Helen lässt den Hörer auf die Gabel sinken, fasst sich an den Hals, würgt die brodelnde Galle zurück und wankt ins Bad. Der

Klodeckel steht offen. Sie fällt vor der Schüssel auf die Knie. Gelbgrün schießt Saures aus ihr heraus. Helen ringt nach Luft. Sie duscht heiß und kalt, bis ihre Lebensgeister zurückkehren. So erfrischt legt sie ihre Kleidungstücke aufs Bett, um sich anzuziehen.

»Wo ist mein Slip?«

Es ist niemand im Raum, der die Frage beantworten könnte.

»Felix vielleicht? Was soll der Scheiß?«

Helen fasst sich mit beiden Händen an den Bauch und holt tief Luft. Der Übelkeitsschub zieht vorüber.

Wenige Minuten später, angetrieben von dem Klicken ihrer eigenen Pfennigabsätze, hastet Helen über den Flur. An der Rezeption angelangt, legt sie den Schlüssel auf den Tresen. Ein unverschämt munterer junger Mann lächelt sie an, nimmt den Schlüssel in die Hand, identifiziert: 33, wirft einen Blick in das leere Fach links neben sich und sagt:

»Alles bezahlt! Einen schönen Tag noch, die Dame!«

Keine Kontakte

Im Laufe der Nacht schiebt ein Hochdruckausläufer die eisige Kälte bis an den Alpenrand. Gleich Puderzucker legt sich die gefrorene Nässe über Dächer, Straßen und Gehwege. Richard steht hinter seinem Schreibtisch. Er linst durch die Fensterscheibe. Der Zeiger des Thermometers steht auf null Grad.

»So ein Mistwetter!«

Ritter kommentiert Richards Bemerkung nicht. Steckt sich stattdessen die nächste Zigarette an.

»Willst du auch eine?«

Richard schüttelt den Kopf. Er setzt sich auf den Drehstuhl, rückt an den Schreibtisch heran, blättert im allgemeinen Teil des Leistungsverzeichnisses und sortiert einige Seiten raus, um später darin Eintragungen vorzunehmen: Die Baubehörde nimmt es mit dem Formalismus sehr genau! Es wäre fatal, wenn EMU wegen eines Formfehlers von der Wertung ausgeschlossen würde!

Die vergangenen drei Wochen sind wie im Fluge an Richard vorbeigerauscht. Er schaute weder auf die Uhr, noch war er mittags mit Ritter im Hanseviertel. Richard klotzte ran, schob Überstunden, kalkulierte Transformatoren und Schaltanlagen, holte Angebote von Subunternehmern ein und tippte Massen und Einheitspreise in MASKAL ein. Somit war er eine Woche vor dem Abgabetermin mit dem Angebot für ein öffentliches Projekt fertig, mit dem er sich intensiv beschäftigt hatte, und es blieb ausreichend Zeit für die »Politik«, wie Ritter immer zu sagen pflegte. Zeit genug, um den Preis auszuloten, der EMU ans Ziel führen sollte.

Richard setzt seine Hoffnung auf Ritters Erfahrung. Mit ihm will er »Pfeil und Bogen spannen und den Vogel abschießen«.
»1,5 Millionen Mark! Ein fetter Brocken! Würde mir gut zu Gesicht stehen«, sagt Richard, der einen Akquisitionserfolg herbeisehnt.
Ritter zieht die Augenbrauen zusammen. Eine Unmutsfalte teilt seine fleischige Stirn in zwei Hälften.
»Träum weiter, Richard! Der Schuss geht sowieso nach hinten los!«
Richard sieht, wie Ritter sich bückt und im Sideboard nach Flasche und Cognacglas kramt.

Ritter wäre es am liebsten gewesen, wenn er die Finger von der öffentlichen Ausschreibung gelassen und sich um neue Kontakte bei Ingenieurbüros gekümmert hätte. Doch Richard bestand darauf, das Angebot zu rechnen, weil er dringend einen Erfolg brauchte und keine anderen Anfragen auf seinem Tisch lagen. Also krempelte er gegen jeden Widerstand die Ärmel hoch und machte sich über die Ausschreibung her, in der es um Elektrokomponenten für die Erweiterung der Kläranlagen auf dem Köhlbrand ging.

»Die Fremdleistungen konnte ich äußerst günstig einkaufen!«, trumpft Richard auf.

»Das können die anderen auch!«, antwortet Ritter und nippt an seinem 11-Uhr-Cognac, der bewirkt, dass die Falte auf seiner Stirn einer entspannten Röte weicht.

»Ich habe mit spitzer Feder kalkuliert!«, argumentiert Richard.

»Das macht der Wettbewerb auch!«

»In das Anschreiben habe ich einen Nachlass eingebaut. Und zwar so, dass wir 5 Prozent Rabatt gewähren, wenn wir den Auftrag für alle Lose erhalten. So machst du es doch auch immer!«

»Nachlass geben können die andern auch!«

Ritter nippt am Glas und zündet sich die nächste Zigarette an.

»Du wirst sehen, Richard, öffentliche Anfragen machen keinen Sinn!«

Richards Stimme kippt, als wäre er im Stimmbruch:

»Du weißt doch, wie es um meinen Bestelleingang steht! Es muss uns gelingen, aus dieser Anfrage einen Auftrag zu generieren!«

»Ja doch! Bei aller Freundschaft, Richard, ich kann nicht zaubern! An den Kosten kommst du nicht vorbei! Also, mach dir besser keine falschen Hoffnungen. Deine Chancen liegen bei 1:10 oder wahrscheinlich noch schlechter! Je nachdem, wie viele Angebote bei der Baubehörde eingehen werden! Du hättest deine Zeit nutzen und Ingenieurbüros abklappern sollen, um dort neue Geschäftsbeziehungen anzubahnen!«

Wieder kommen Richard grundsätzliche Zweifel an seinem Tun. Immer mehr kommt er zu der Überzeugung, ungeeignet für diesen Job zu sein, fühlt sich bei EMU im Vertrieb fehl am Platz! Zumal Felix Ritter ihm zugetragen hat, dass Manfred Thaler hinter seinem Rücken Presse gegen ihn macht und überall im Haus rumerzählt wird, welchen Mist er gebaut und wie fürchterlich er sich bei dem Angebot fürs Logistikcenter in Henstedt-Ulzburg verkalkuliert hat. Und weiter, dass Klaus Frost die Kosten davongaloppiert sind, mittlerweile stehen bereits 150.000 Mark Unterdeckung auf dessen Uhr!

Frost ist inzwischen mit seinen Nerven völlig am Ende, weiß weder ein noch aus. Hätte Frost sich bloß dagegen gewehrt, als Ritter und Thaler ihm das Projekt aufs Auge drückten!

Außerdem redet man im Haus darüber, dass der Alte zu Thaler gesagt hätte, dass »der Gotha« so nicht länger tragbar und unter Beobachtung gestellt worden sei.

Noch nie hatte Richard sich Gedanken über einen Arbeitsplatzverlust gemacht. Doch jetzt beschleicht ihn zunehmend das ungute Gefühl, dass er seine gut bezahlte Anstellung verlieren könnte. Plötzlich spuken die Hypotheken für das Reihenhaus und die Raten für Helens Auto in seinem Kopf herum. Er würde seine iranischen Goldmünzen dafür hergeben, wenn er auf seine Baustelle bei Mashhad zurückkehren könnte. Es hilft nichts! Der Auftrag muss her! Dann sähe die Sache schon besser aus!

»Hättest du einen Moment Zeit für uns?«

Ritter horcht ins Telefon, legt den Hörer auf die Gabel, nuckelt den Rest aus dem Cognacglas und lässt es im Sideboard verschwinden.

»Kommt er?«

»Fünf Minuten!«

Richard lässt den angehaltenen Atem entweichen:

»…puh…!!!«

Eine nicht zu unterdrückende Anspannung hat sich bei ihm eingestellt, wie immer, wenn ein Angebot in der Phase vor der Fertigstellung steht. In diesem Moment wird die Tür aufgestoßen!

»Guten Morgen, die Herren!«

»Morgen, Manfred!«, antworten Richard und Ritter wie aus einem Munde.

»Wir brauchen mal deine Unterschrift«, beginnt Ritter und sieht Thaler mit einem Blick an, der alles über das C-Projekt sagt.

»Welche Chancen haben wir?«, lässt sich Thaler, der längst ahnt, dass keine Aussicht auf Erfolg besteht, auf das Spiel ein.

Richard erhebt sich von seinem Schreibtischstuhl und breitet die Unterlagen vor Thaler auf dem Besprechungstisch aus.

»Und, haben wir Kontakte?«

Richards Puls zieht an. Seine Hände kribbeln, als hätte er in einen Ameisenhaufen gegriffen.

Ritter leistet Richard Schützenhilfe und betont:

»Der Deckungsbeitrag liegt über 20 Prozent!«

»Was aber nichts heißt!«, kann Thaler sich nicht verkneifen.

Er zückt den Kugelschreiber aus der Innentasche seines maßgeschneiderten Zweireihers und unterschreibt:

»Na, auf alle Fälle drück ich dir die Daumen!«, zwinkert er Richard zu und fügt, triefend vor Ironie, an Ritter gewandt hinzu:

»Dann gehen wir ja bald mal wieder auf ein Glas in den »Weinkeller«.«

Richard beobachtet, dass Ritter sich bei Thalers Bemerkung zum Fenster dreht, den Zigarettenrauch tief inhaliert, um ihn dann gegen die Scheibe zu pusten.

Nora

»Ich komm nicht mit!«

»Was ist los mit dir?«

Richard weicht Ritters Blick aus.

»Behördengang!«

Der wahre Grund für Richards Absage ist, dass er heute für dieses tägliche Ritual absolut keine Lust verspürt:

Bei Johs. Schmidt am Schlemmerstand pflegt Ritter ein Glas Blanc de Blancs in sich hineinzukippen. Dann hetzen sie durch die Passagen in den Hamburger Hof. Dort, im Untergeschoss im Wein-Bistro, stockt Ritter den Pegel um zwei Glas Pinot Grigio auf, während Richard an einem Selters nippt. Und das jeden Tag! Es ödet ihn einfach an!

Richard blickt auf die Armbanduhr. Es ist 12 Uhr! Er erhebt sich vom Schreibtischstuhl, öffnet den Garderobenschrank, zerrt den marineblauen Lodenmantel hervor, streift ihn über und sagt zu Ritter:

»Na denn, bis später!«

Im dritten Stock des EMU-Bürogebäudes, wo der Vertrieb auf die Buchhaltung trifft, hat das Treppenhaus an hanseatischem Glanz verloren. Der graue Farbanstrich der Aufzugstüren ist zerkratzt, der PVC-Handlauf des Treppengeländers vergilbt.

Den Kopf gesenkt, steigt Richard die Stufen hinunter. Stimmen hallen durchs Treppenhaus. Die Sirene eines Notarztwagens dringt in sein Ohr. Wie schon des Öfteren in letzter Zeit, wenn sein angeknackstes Selbstwertgefühl und die Zweifel darüber, ob er im Vertrieb überhaupt am richtigen Platz ist, ihn quälen, wenn sein Herz sticht und ihm davonzurasen scheint, beschleicht ihn eine sonderbare Vorstellung, die ihm jedes Mal wieder Angst einjagt: Er sieht sich, wie er nach einem Herzanfall von zwei Sanitätern auf einer Trage mit heruntergelassener Hose aus der Toilette getragen wird.

Richard durchquert die marmorgetäfelte Eingangshalle. Mit beiden Händen stößt er die Schwingtür auf. Es schneit. Der kalte Wind springt ihn an wie ein Bullterrier. Er stellt den Kragen hoch, zögert einen Moment und stapft Richtung Stadthausbrücke. Die Schneeschicht schluckt das Geräusch seiner Schritte. Wenige Minuten später ist er am Ziel. Bevor er die Hamburger Sparkasse an der Stadthausbrücke betritt, studiert er die Börseninformationen. Die Aktien von General Electrics sind erfreulich gestiegen. Er sollte seine verkaufen und den Gewinn einstreichen! – Den nach vorn gebeugten Kleinaktionär, dessen Umrisse er im Schaufenster der Sparkasse sieht, mag er nicht! Er sieht einen Fremden, der seine Krawatten hasst und sie trotzdem trägt, der mit den Wölfen heult, obwohl er nicht zum Rudel gehört, der zusieht, wie sein

Bauch Monat um Monat mächtiger wird und auf das letzte Loch seiner Gürtelschnalle zuwächst.

»Richard!?«

In diesem schweren Moment des Selbstmitleids kreuzt Nora Olsen seinen Weg! Er dreht sich um:

»Mensch, Nora!!«

»Was machst du denn hier!?«

Ihm fällt sofort auf, dass sie den dunklen, abgestorbenen Schneidezahn hat überkronen lassen, den sie immer mit dem Zeigefinger abdeckte, wenn sie lachte. Die roten Haare, die in Wellen über ihre Schultern fallen, hatten es ihm schon damals angetan. Sie leuchten wie Ahornblätter in der Herbstsonne. Noras Lippenstift hat die gleiche Farbe wie die lachsfarbene Bluse, die sie unter dem hellen Wollmantel trägt. Mit ihrer fraulichen Figur, den schlanken Händen, den spitz zugefeilten rosa lackierten Fingernägeln, dem sinnlichen Ausdruck in den smaragdgrünen Augen zieht sie die Blicke der Männer auf sich.

»Nora Olsen!«, sagt Richard, »geschiedene Frau Gotha! Gut siehst du aus!«

Sein Selbstmitleid ist wie weggeblasen. Beinahe vergisst er zu atmen. Dreizehn Jahre sind vergangen, seitdem Nora und er im Altonaer Rathaus vor dem Standesbeamten standen.

»Und du? Was machst du hier?«, fragt sie.

Die beiden mustern einander. Nora lässt die Zähne blitzen.

»Bist du etwas voller geworden...?«

»Stattlicher vielleicht!?«, lacht er.

Richards Daumen zeigt über die Schulter zur Sparkassentür.

»Hast du es sehr eilig? Bitte, warte einen Moment. Ich muss kurz rein, Geld holen!«

Seine Gedanken bleiben bei Nora, als er die Glastür zur Sparkasse aufstößt. Der Nora Olsen, die bereits vollständig aus seinem Leben verschwunden war! Sie war seine erste große Liebe! Er konnte selbst dann nicht von ihr lassen, als sie längst geschieden waren. Auch dann nicht, als Nora von ihrem Scheich – Musa kam aus den Arabischen Emiraten – im fünften Monat schwanger war. Die Ehe mit Nora aber war von vornherein zum Scheitern verurteilt. Während er davon träumte, in Afrika oder Brasilien Hochspannungsleitungen durch Steppen und Wälder zu ziehen, war Nora häuslich eingestellt, hatte Angst vor der Fremde und vorm Fliegen.

Richard wartet geduldig und in diskretem Abstand vor dem Kassenschalter. Endlich ist er an der Reihe. Hinter grünem Panzerglas sitzt eine Dame mit ondulierten, blonden Haaren. Ihr »Bitteschön!« klingt blechern und monoton. Richard legt seine Geldbörse auf den schwarzen Marmortresen, zieht Sparkassen- und Personalausweis heraus, legt beides in das enge Schubfach aus Edelstahl, das von der Kassiererin mit einem Ratschen nach innen gezogen wird.

»200, bitte! Einen Fünfziger, fünf Zehner und fünf Zwanziger! Und die Auszüge, bitte!«

»Die bekommen Sie am Kundenschalter, Herr Gotha!«, hallt die metallische Stimme aus der schusssicheren Glaskabine. Die Geldscheine rascheln beim Nachzählen. Richard wechselt zum Kundenschalter, um dort nach seinen Kontoauszügen zu fragen. Im Gehen sieht er die Auszüge durch: Helen hat kurz hintereinander zweimal 500 Mark abgehoben, stellt er fest, runzelt die Stirn, kann sich nicht erklären, wofür das war. Er steckt die Kontoauszüge in die Manteltasche und zieht die Glastür auf. Schneeflocken tanzen heran, setzen sich auf Haar und Schultern, um sofort nach der Landung aufgesogen zu werden.

Der Mittagsverkehr quält sich durch die Innenstadt, Reifen drehen auf glattem Asphalt durch, ein entnervter Autofahrer malträtiert die Hupe seiner Rostlaube ohrenbetäubend. Nora steht, die Hände tief die Manteltaschen vergraben, unter dem Vordach der Sparkasse. Richard legt den Arm um ihre Hüfte und sie schmiegt sich an ihn.

»Mir ist kalt!«

»Lass uns auf einen Kaffee ins »Mövenpick« gehen!«
»Um 10 vor 2 muss ich spätestens wieder im Büro sein!«
»Na, dann los!«

Im Gleichschritt – wie früher lachen sie darüber – marschieren sie Richtung Hanse-Viertel. Sie überqueren die Fahrbahn Ecke Bleichenbrücke und Heuberg. Ein Taxifahrer, der sie zu spät gesehen hat, tritt voll in die Bremsen. Er kurbelt das Fenster der Droschke runter und schnauzt die beiden an, ob sie keine Augen im Kopf hätten?! Sie kichern darüber wie Teenager.

»Wie alt ist eigentlich…?«

Richard weiß nicht, ob Nora einen Jungen oder ein Mädchen zur Welt gebracht hat.

»Du meinst Sven-Musa. Er wird 12!«

»Sven?«

Richard schießt das Blut ins Gesicht. Den Namen Sven hatten sie sich damals überlegt, falls Nora und er einen Sohn haben sollten.

»Keine Sorge! Er ist von Musa!«

Im »Mövenpick«-Café

»Und wie kamst du auf Sven-Musa?«

Richard mustert Nora von der Seite. Sie bleiben stehen. Nora heftet ihren Blick an seine Augen:

»Wir wünschten uns auch mal einen Sohn!«

»Ich weiß!«

Sie gehen stumm weiter, die Arme jeweils um die Hüfte des anderen gelegt. Nora bricht das Schweigen:

»Bist du immer noch auf Musa eifersüchtig?«

»Du erinnerst dich, wir wohnten immerhin zu dritt unter einem Dach?! Und er war letztlich der Grund, warum ich auszog!«

»Heiraten wollte ich ihn irgendwann nicht mehr, wegen seines Glaubens und so!«

»Hat dein Scheich dich sitzen lassen, ja?«

»Mir wurde langsam klar, dass es ihm in erster Linie um die Aufenthaltsgenehmigung für Deutschland ging!«

»Na ja, ist lange her! Jugendsünden!«, sagt Richard und zieht für einen kleinen Moment Noras Hüfte näher an seine heran.

»Schwamm drüber!«

»Und du, was treibst du so?«

Um die Mittagszeit pulsiert es in Hamburgs City. Mit weit sichtbaren Goldbuchstaben lockt das Hanse-Viertel seine Besucher an. Über dem Schriftzug hängt noch immer die Weihnachtsdekoration.

Angestellte, Börsenmakler, Stadtbummler und Touristen tauchen in die Glitzerwelt der Passagen ein. Der Shop neben dem Eingang zur Passage, in dem von Tageszeitungen und Magazinen bis zum Weinbrand alles zu haben ist, lockt mit Angeboten: *SALE!*

Richard fasst mit dem Daumen unter die Knopfleiste und schüttelt die Schneeflocken vom Mantel. In der Passage reiht sich ein Luxusgeschäft ans andere. Schuhe aus Italien, Oberhemden mit den dazu passenden Krawatten, französische Dessous und Golfschläger warten auf potentielle Kunden, die willig sind, tief in ihr Portemonnaie zu greifen. Vorbei an den prächtigen Schaufenstern gehen sie bis zur Rotunde, deren ellipsenförmige Kuppel, eine Konstruktion aus Glas und Stahl, das Café überspannt. Sie steigen die rote Backsteintreppe nach unten.

Auf halber Höhe bleiben sie auf dem Podest stehen und halten nach einem freien Tisch Ausschau, der um diese Tageszeit nicht einfach zu finden ist.

Es duftet nach gebackenem Pizzateig und frisch gebrühtem Kaffee. Stühle scharren. Geschirr klappert. Beste Laune und Lust am Leben schwappt ihnen in Wellen entgegen.

»Da! Dort wird gerade einer frei!«, ruft Nora.

Sie eilen an den Tisch, bestellen Kaffee und Baguettes, die mit Schinken und Käse belegt sind, tauschen Erinnerungen aus, sprechen über die Umstände, in denen sie jetzt leben. Richard schwärmt von seiner Baustelle im Iran, erzählt vom Stromausfall, vom brennenden Couchtisch, deutet an, dass es ihm schwer fiel, das Land zu verlassen, Helen jedoch darauf bestanden hatte, Katrin in Hamburg einzuschulen. Nora liest ihm die Lust am Abenteuer von den Augen ab. Erzählt, dass sie im Modezentrum in Hamburg-Schnelsen vorübergehend die Kantine gepachtet hatte. Dass aber zuviel Arbeit in dem Geschäft gesteckt hatte und für Sven-Musa kaum Zeit übrig geblieben war.

»Und ein Freund, hast du einen Freund?«

»Das geht dich gar nichts an!«

Noras smaragdgrüne Augen funkeln wie ein Bergsee in der Mittagssonne.

‚Sie hat sich verändert', denkt Richard, ‚ist selbstbewusster geworden, gestanden und offener.'

»Ich arbeite seit einem halben Jahr in der Zentrale«, erzählt er, »bin bei EMU International im Vertrieb. Hier gleich um die Ecke.«

»Bei EMU? Du bist mir nie aufgefallen!«

»Nie aufgefallen?«

»EMU baut und installiert doch Schalt- und Elektroanlagen?«

»Ja ja, wieso? Woher weißt du das?«

»Nachdem ich den Job als Kantinenpächterin im Modezentrum an den Nagel gehängt hatte, wusste ich zuerst nicht, was ich machen sollte. Irgendwo als Serviererin oder wieder ins Büro, bei irgendeinem Anwalt? Eine Freundin von mir hatte gehört, dass die Baubehörde Personal suchte. Ich überlegte nicht lange, ging der Sache nach und bewarb mich als Bürokraft an der Stadthausbrücke.«

»Und wieso nie aufgefallen?«

»Ich arbeite in der Eröffnungsstelle! Als Rechtsanwaltsgehilfin brachte ich beste Voraussetzungen für die Stelle mit!«

Es dauert, bis der Groschen fällt. Wohl auch deshalb, weil Felix Ritter nichts von »Öffentlichen« hält!

»In der Submissionsstelle des Bauamts?«

Das Pausenbrot

Felix Ritter beißt in den Rest seines Pausenbrots, das er wie jeden Mittag auf dem Weg zum Weinstand im Gehen runterschlingt. Er knüllt das Butterbrotpapier zusammen und wirft es an der Rotunde in den Papierkorb, der neben dem gläsernen Lift am Geländer hängt. Ein Käsekrümel ist ihm in die Luftröhre geraten. Sein Gesicht läuft blaurot an. Er sucht an der Balustrade Halt und schnappt nach Luft wie ein Ertrinkender. Zwei Passanten bleiben bei ihm stehen, fragen, ob sie den Notarzt rufen sollen. Ritter winkt ab, dreht den Kopf mit weitaufgerissenem Mund zur Seite, lehnt sich über das rostfreie V2A-Stahl-Geländer, röchelt pfeifend in das Souterrain und hustet sich hinter vorgehaltener Hand frei. Für den Bruchteil einer Sekunde kreuzt sich sein Blick mit dem von Richard, der neugierig geworden nach oben schaut, um zu sehen, welches Drama sich möglicherweise an der Balustrade abspielt.

‚Sieh mal einer an!‘, schießt es Felix Ritter, der seine Contenance wiedergefunden hat, durch den Kopf.

‚Da schlürft unser Richard einen Prosecco! Und wer ist denn der Rotschopf, der ihm da gegenübersitzt? Wie die ihm mit den Wimpern Luft zufächelt, als leide er unter Atemnot! Ich glaub es nicht! Und zu mir sagt er: Behördengang! Wie die seine Hände hält! Das verliebte Gehabe! Als wenn sie ihn zu sich über den Tisch ziehen will! Solch einen Behördengang würde ich auch ins Café führen! Wenn wir mittags losziehen, nuckelt er immer nur an einem Glas Mineralwasser! Alter Schwede!‘

Ritter streckt den Daumen nach oben und nickt Richard zu.

‚Bin mal gespannt, was Thaler dazu sagt!‘

Abschiedskuss

Richard ist von Noras Offenheit angetan. Ohne die Dinge zu beschönigen, erzählt sie ihm, wie es ihr in den Jahren nach ihrer Scheidung ergangen war:

»Scheich« Musa hatte sich über Nacht aus dem Staub gemacht. Sie saß mit ihrem Sohn, der noch nicht aus den Windeln raus war, allein zu Haus. Zu der Zeit jobbte sie noch in der Werbeagentur. Leo, ein hochaufgeschossener Kollege, hatte schon länger ein Auge auf sie geworfen. Er wollte Nora unbedingt heiraten und brachte eine zwölfjährige Tochter mit in die Ehe ein. Mit ihm, dem ewigen Stubenhocker, langweilte sie sich zu Tode. Um aus diesem Dilemma rauszukommen, gab es nur einen Ausweg: Scheidung!

Nora mietete eine Dreizimmerwohnung am Rande Hamburgs, sorgte für eine Tagesmutter, die Sven-Musa nach der Schule unter ihre Obhut nahm, und fuhr vier bis fünf Mal die Woche in die Innenstadt, um bei »Daniel Wischer« in der Fischbratküche Gerichte zu servieren. Da ihr der Arbeitsweg auf Dauer zu lang war, ergriff sie die gebotene Chance und pachtete mit einer Freundin zusammen die Kantine im Modezentrum an der Autobahnzufahrt in Schnelsen. Dort blieb sie, bis ihr die Arbeit über den Kopf wuchs. Sie warf den Job hin, meldete sich arbeitslos und bewarb sich schließlich um die Stelle bei der Baubehörde in Hamburg.

Dass Nora in der Eröffnungsstelle des Bauamtes beschäftigt ist, weckt Richards Aufmerksamkeit. Er fragt sie aus, will Details über ihre Arbeit wissen, ist neugierig, ob die Angebote jedes Mal gelocht werden, ob jede Seite des Anschreibens mit einem Stempel versehen wird, überlegt, wie Nora ihm nützlich sein könnte. Er bittet sie um ihre Rufnummer, die sie ihm bereitwillig gibt. Richard zieht seinen Stift aus dem Sakko, dreht die Mine heraus und ritzt die Zahlen in den zur Hälfte durchgeweichten Bierdeckel, der vor ihm auf dem Bistrotisch liegt. Ihre private und die der Eröffnungsstelle!

In diesem Moment rumort es am Geländer über ihm. Richard sieht hoch. Ein Blitz durchzuckt ihn. Er ist sich ziemlich sicher, dass Felix Ritter ihn erkannt hat! Gerade deshalb, weil dessen rechter Daumen, trotz des akuten Atemmangels, steil und anerkennend in Richtung Glaskuppel zeigt.

‚Ausgerechnet Ritter! So ein Mist!'

Richard schüttelt die Armbanduhr aus seinem Revers hervor: »20 vor 2, Nora!?«

»Oh schon, ich muss los!«

Richard bezahlt die Rechnung. Er überlässt der Bedienung ein ordentliches Trinkgeld und begleitet Nora bis an die Straßenecke Stadthausbrücke. Sie drängen sich unter das Vordach der Sparkasse. Die beleuchteten, in Rot gestalteten Werbeträger der Bank verleihen Noras Haar einen verführerischen Glanz. Zwischen ihnen knistert es. Richard riecht ihr Parfum. Er kennt den Duft: CHANEL N° 5.

»Ruf mich an!«, sagt Nora und fügt hinzu: »Wenn es mal passt!«

Ihr Kuss brennt ihm noch eine kleine Ewigkeit auf den Lippen.

Morgenluft

Ganz Hamburg liegt unter einer dicht-grauen Wolkenschicht. Schneeflocken tanzen auf und ab, werden von den Fenstern des Vertriebsbüros angezogen. Die Deckenbeleuchtung ist ausgeschaltet. Felix Ritters Monitor flimmert.

Richard schließt entgegen der Gewohnheit die Bürotür. Ritter sieht kurz auf, saugt am Zigarettenfilter und gibt wie gewöhnlich Positionen in MASKAL ein. Richard schüttelt die Wassertropfen von seinem Mantel und hängt ihn in den Garderobenschrank. Er geht zu seinem Fenster und stellt es auf Kipp. Spannung breitet sich aus. Straßenlärm und Außenluft dringen ein, legen sich über das Klappern von Ritters Tastatur.

»Das war Nora!«, tritt Richard die Flucht nach vorn an.

»Nora? Ich hab die schon mal irgendwo gesehen! Wart mal? Ich glaub, in der Submissionsstelle der Baubehörde. Genau! Ist gut ein Jahr her. Ich hatte für unser »Kaffeekränzchen« ein Schutzangebot zusammengestrickt!«

»Kaffeekränzchen?«, fragt Richard.

»Das hat Tradition. Einmal im Monat trifft sich der Alte mit seinen Spezis aus der Branche, um über die Marktsituation zu sprechen und den Kuchen zu verteilen. Schließlich wollen ja alle leben. Das nur nebenbei. Wir lagen damals mit unserem Preis 10 Prozent über dem Anbieter aus unserem Kränzchen, dem der Auftrag zugespielt werden sollte. – Und du? Ich mein, woher kennst du sie?«

»Du wirst es nicht glauben! Ich war mit ihr verheiratet! Wir sind uns heute zufällig an der Ecke bei der Sparkasse über den Weg gelaufen. Stell dir das vor!«

Ritter hatte genug gesehen, bekam wieder Luft und ging in den Hamburger Hof. Am Weinstand trank er zwei Gläser, fasste einen Entschluss, schlug den Mantelkragen hoch, verabschiedete sich von Waltraut, der er nebenher die Liebe suchenden Augen verdreht hatte, und schlitterte über Jungfernstieg und Gänsemarkt Richtung Caffamacherreihe.

Ritter nahm den Aufzug, fuhr direkt in den vierten Stock und ging zu Thaler ins Büro. Thaler war von Ritters Beobachtung angetan. Noch mehr Gefallen fand er an Ritters Idee: Hatte Gotha nicht, eigenwillig und gegen ihren eindringlichen Rat, eine öffentliche Anfrage ausgearbeitet? Normalerweise ein chancenloses Unterfangen. Aber jetzt sah die Sache plötzlich ganz anders aus! Jetzt könnte Gotha zeigen, dass er seine teure Zeit nicht umsonst vergeudet hatte!

Die »Verkäufer« schnupperten Morgenluft! »Gotha soll seine Jugendliebe vor seinen Karren spannen! Die kommt doch nach der Öffnung der Offerten an die Angebote ran! Das wäre eine Möglichkeit! Man könnte doch...!«

Thaler zog einen schwarzen Plastikkamm aus der Schublade seines Schreibtischs, kämmte den dichten Schnauzer über die Lippen, strahlte Felix Ritter siegesgewohnt an, wobei sein linkes Auge ein wenig nach außen stand. Bester Laune zog er eine Flasche Hennessy aus dem Aktenschrank, stellte zwei Cognacschwenker auf die Schreibtischplatte und schenkte ein. Sie prosteten sich zu.

»Na denn, mach was draus! Gotha ist ein teurer Mann! Sind wir das Sozialamt? Kann sich ruhig mal reinhängen, die alte Flasche! Bekommt doch jeden Monat seine Kohle! Oder etwa nicht?«

»Genau!«

Ritter lallte etwas, hatte offensichtlich den Pegel überschritten.

»Das ist seine letzte Chance!«, gab Thaler Ritter mit auf den Weg, der sich anschickte, das Büro zu verlassen. »Klappt es diesmal wieder nicht, wird er entsorgt! Sag ihm das ruhig!«

So war die Lage, als Richard nach der Pause das Büro betrat.

»Was meinst du? Würde sie dir helfen, an den Auftrag heranzukommen?«

Richard horcht auf. Jetzt ist klar, dass Ritter Nora und ihn beobachtet hat! Er ahnt, dass auch Thaler inzwischen von dem Treffen weiß, vielleicht sogar das ganze Haus.

»Ich habe auch schon daran gedacht!«, gibt er vorsichtig zu.

»Du musst versuchen, sie um den Finger zu wickeln!«

»Ich weiß nicht! Kenne sie doch gar nicht mehr richtig! Wir haben uns schon vor dreizehn Jahren aus den Augen verloren!«

Richard winkt ab, als Felix Ritter ihm die offene Marlboro-Schachtel entgegenhält.

»Wir sind doch Freunde...?«

‚Unter Freundschaft versteh ich was anderes!', denkt Richard.

Ritter nimmt für sich selbst eine Zigarette aus der Box und zündet sie an. Richard hasst es, wenn Ritter den Rauch in seine Richtung bläst.

»Ich mag es dir eigentlich gar nicht sagen, aber unter Freunden…«, wiederholt Ritter.

»Nun erzähl schon!«

»Ich war vorhin bei Mummfred…«

Ritter unterbricht, wartet die Wirkung seiner Worte ab.

‚Also doch, ich hab es geahnt!', denkt Richard.

»Thaler ist nicht gut auf dich zu sprechen. Der Alte übrigens auch nicht! Du stehst schon seit längerer Zeit unter Beobachtung!«

Richards Magen rebelliert, als Ritter endlich den Knüppel aus den Sack lässt:

»Es ist deine letzte Chance! Wenn du diesen Auftrag nicht holst, setzt Thaler dich ohne mit der Wimper zu zucken auf die Straße!«

Ein Stromstoß schießt durch Richards Körper und die Halsschlagadern entlang in sein Gehirn.

»Dieses miese Schwein!«, platzt es aus ihm heraus, »aber die Hand aufhalten, das kann er!«

Richard springt auf! Tigert zwischen Tür und Schreibtischstuhl hin und her.

»Jetzt setz dich wieder hin! Noch ist nichts verloren!«

Richards Drehstuhl wimmert, als er sich, laut »Verdammte Scheiße!« rufend, fallen lässt.

»Wie soll das gehen? Ich hab getan, was ich konnte! Nächsten Montag ist Submission!«

»Immerhin! Eine Woche Zeit, um deine Frau zu treffen und sie auf deine Seite zu ziehen!«

»Verdammt! Wir sind seit ewigen Zeiten geschieden!«

»Entschuldigung! Nebenbei geht es auch um deinen Arbeitsplatz!«

Die Finessen, die Ritter ihm nun vorschlägt, kennt er inzwischen auswendig:

»Lade sie ein! Geht schön essen! Trinkt in einer Bar einen Cocktail oder ein Glas Wein! Ist sie alleinerziehend? Glaub mir, dann ist das Konto am 20. des Monats leergefegt! Biete ihr Geld an. Hast du die Offerte handschriftlich ausgefüllt, dann ist das schon mal die halbe Miete! Traust du ihr zu, dass sie dir dein Angebot am Abend nach der Öffnung und Verlesung noch einmal für eine halbe Stunde in die Hand drückt? Ja? Dann nimm ein paar Änderungen an wertwichtigen Positionen vor. Du könntest die Positionen nachbessern, die du vorher unvollständig ausgefüllt hast. Verstehst du? Wenn sie sich das nicht traut, bitte sie, ein paar Seiten für dich auszutauschen. Das geht allerdings nicht, wenn während der Verlesung die Angebote gelocht werden. Blättert sie die Angebote im Zuge der Eröffnung durch? Frag sie! Seiten zu entfernen, die du vorher doppelt eingeheftet und mit voneinander abweichenden Preisen versehen hast, ist für sie bestimmt am einfachsten. Stößt sie während der Eröffnung auf eines deiner »doppelten Lottchen«, muss sie es eben übersehen! Geh nicht zu hoch ran, wenn du ihr Geld versprichst. Vielleicht können wir uns eine Scheibe vom Kuchen abschneiden! Ich kümmere mich dann schon!«

»Das ist starker Tobak, eine verdammt linke Nummer!«

»Du machst das schon! Ich hab sie doch gesehen! Die brennt lichterloh, frisst dir aus der Hand, wenn du es richtig anstellst!«

Richard schluckt und kapituliert: Was bleibt ihm sonst übrig? Er steckt bis zum Hals drin. Die Zeit drängt! Er wirft seine Skrupel über Bord und wird pragmatisch: Ja, er muss Nora für seine Sache gewinnen!

Richard geht zum Garderobenschrank, zieht den Bierdeckel mit Noras Rufnummern aus dem Mantel und deponiert ihn in der Schreibtischschublade.

»Zur Traube«

Die Tüte mit den Veilchenpastillen knistert, was ein sicheres Zeichen für Ritters baldigen Aufbruch ist. Es grenzt an ein Wunder, dass Ritter, seitdem Richard und er bei EMU im Vertrieb zusammenarbeiten, noch nie in eine Verkehrskontrolle geraten ist, geschweige denn aufgefordert wurde, ins »Röhrchen« zu blasen.

Was hatte Ritter heut Nachmittag rumgetönt: Vom feinen Leben, das sie hätten, kommen und gehen zu können, wann man wollte, über ein fettes Spesenkonto zu verfügen, ein ordentliches Gehalt zu beziehen, einen flotten Dienstwagen auch zur privaten Nutzung fahren zu dürfen. Allerdings unter der einen Bedingung: Erfolg! Erfolg sei eben der Schlüssel, sozusagen ihre Daseinsberechtigung! Aufträge spazierten nicht von allein durch die Tür. Da sei harte Arbeit nötig! Da müsse man rangehen, kämpfen, sich reinhängen, schneller und cleverer als der Wettbewerb sein! Jede Chance nutzen, die sich einem böte! – Immer derselbe Katechismus, den Ritter herunterbetete!

Ja doch: Jede Chance! Auch wenn die Chance Nora Olsen heißt!

Richard ist allein im Büro. Er öffnet die Schreibtischschublade und holt den Bierdeckel mit Noras Telefonnummern heraus. Um seine Hieroglyphen entziffern zu können, hält den Deckel schräg unter den Schein der Schreibtischlampe und tippt ihre Geschäftsnummer ins Telefon ein. Sein Herz rast.

Nachdem das Rufzeichen zum dritten Mal ertönt ist, erlöst Noras »Olsen?« ihn von seiner Qual.

»Bleibt es bei heute Abend?«, fragt er.

Es ist 5 nach 7. Im Schneckentempo gleiten die Scheinwerfer durch die Winternacht. Vor »Blume Altona« biegt die weiße Limousine rechts ab, holpert auf der Suche nach einem Parkplatz das Kopfsteinpflaster entlang. Schleicht an um die Jahrhundertwende errichteten Häusern vorbei, deren Fassaden Sehnsucht nach einem Anstrich haben.

Richard öffnet das Seitenfenster. Der Mief »der großen weiten Welt« entweicht aus dem Wageninneren. Vor dem Altonaer Museum wird er fündig. Rückwärts parkt er in die Lücke ein, nimmt Portemonnaie und Brille aus der Ledermappe, bevor er diese im Kofferraum verstaut. Die Zentralverriegelung rastet ein. Er ist, gegen seine Gewohnheit, zehn Minuten zu spät und hastet über die Gehwegplatten.

Seine Gedanken eilen voraus, sind schon bei Nora. Wie wird sie auf sein unmoralisches Angebot reagieren!? Was wird sie von ihm denken? Er grübelt, legt sich Worte im Kopf zurecht, um sie im nächsten Augenblick zu verwerfen.

Über dem Eingang zu Emil Peters' Weinstube »Zur Traube« hängt eine Rebe aus beleuchteten Glaskugeln. Ihr heller Schein taucht die grün angestrichene Jugendstilfassade in stimmungsvolles Licht. Richard steigt die Stufen empor, zieht an der mit Schnitzereien verzierten Holztür und schiebt den Vorhang, der dick und verfilzt vor seiner Nase hängt, beiseite. Eine Welle aus hundertjährigem Kneipenmuff schlägt ihm aus dem dunkelgetäfelten Gastraum entgegen. Kaffeehausmusik legt sich über Kerzenschein, Weingläser klirren und nur das Läuten des Telefons stört die Idylle im Weinlokal.

Richard entdeckt Nora an einem der ovalen Holztische. Sie trägt eine hellblaue Bluse, deren obere Knöpfe offen stehen. Dazu eine cremefarbige, elegant wirkende Hose. Ihr feuerrotes Haar wirkt dunkler als vor zwei Tagen. ‚Wie Kirschbaumblätter im Herbst', denkt Richard, der inzwischen zu allem entschlossen ist. Dennoch bereitet Noras Blick ihm Unbehagen.

»Immer in Schlips und Kragen! So kenn ich dich gar nicht!«

‚Wenn du wüsstest, wie sehr ich meinen Aufzug hasse!', denkt Richard und setzt sich neben Nora auf die gepolsterte Holzbank.

»Komme direkt aus dem Büro! Schön, dass du dir Zeit nehmen konntest!«

Richard haucht Nora einen Kuss auf die Wange. Sie funkelt ihn dafür aus smaragdgrünen Augen an.

Die Kellnerin kommt an den Tisch und betet die Empfehlungen

des Hauses runter. Sie wählen einen Pfälzer Müller-Thurgau und bestellen eine Käseplatte dazu.

»Wir zwei in der »Traube«! Bei Weißwein und Käse! So schnell hab ich mit deinem Anruf nicht gerechnet; allein deshalb nicht, weil du verheiratet bist!«

Sie lachen und flirten. Noras Nähe, ihre unverblümte Art, über ihre Träume – sei es ein neues Auto oder eine Urlaubsreise nach Gran Canaria – zu sprechen, überrascht und beeindruckt ihn.

»Was versprichst du dir eigentlich von unserem Treffen?«, fragt Nora plötzlich. »Ist es nur der alten Zeiten wegen?«

Richard zupft an seinem Ohrläppchen.

»Das auch, aber …«

Er spricht den Satz nicht zu Ende, trinkt einen Schluck vom Weißen, dreht die Zigarettenschachtel zwischen den Fingern hin und her. Kneift er jetzt, hat er die Chance vertan und den Kampf verloren!

»Es ist so kompliziert! Ich weiß nicht, wie ich anfangen soll!«

»Na, wenn das kein Anfang ist!«

»Ich hab momentan ein großes Problem in der Firma! Weißt du, bei uns ist es so wie überall: Wenn du Erfolg hast, dann schwimmst du oben auf der Fettblase. Aber gelingt es dir nicht, eine Sache so hinzubiegen, dass sie sich zu deinem Vorteil entwickelt, dann bist du raus aus der Nummer! – Ich war noch kein Vierteljahr bei EMU, da zog ich einen dicken Fisch an Land. Große Freude überall, stürmische Feier und so! Leider ging danach alles schief. Das Projekt sackte in die roten Zahlen und es blieb bei dem einen Bestelleineingang, obwohl ich mir die Hacken ablief und die Finger blutig kalkulierte!«

Richard sucht Noras Blick, die auf die Tischplatte schaut und mit farblos lackierten Nägeln ein Herz ertastet, dass einst ein verliebter Weintrinker für seine Angebetete in das Holz geritzt hat.

»Hinter meinem Rücken wird bereits gelästert«, fährt Richard fort, »dass ich nicht der geeignete Mann für diesen Job bin.«

Er sieht Richtung Tresen, hebt sein leeres Glas und formt mit tonlosen Lippen eine Zwei. Die Kellnerin nickt ihm ein »Habe verstanden« zu, kommt mit der Flasche an den Tisch und schenkt ihnen nach.

»Als wir uns über den Weg liefen und ich erfuhr, dass du bei der Baubehörde in der Eröffnungsstelle arbeitest, da kam mir die Idee. Ich hoffte, dass du mir helfen würdest!«

»Wie das?«

Nora zieht die Augenbrauen hoch. Richard rückt näher an sie heran, streicht ihr Haar über die Schulter und küsst ihren Hals an der Stelle, wo sie es am liebsten hat. Nora durchläuft ein vertrauter Schauer.

»Du könntest mir helfen, an den Elektro-Auftrag für die Erweiterung des Klärwerks am Köhlbrand heranzukommen!«

Richard spürt mit jeder Faser seines Körpers, wie es in Nora arbeitet. Wie sie sich fragt, ob das der einzige Grund für dieses Treffen sei. Unwillkürlich geht sie zu Richard auf Abstand und lehnt sich an die mit rotem Samt bezogene Rückbank.

»Ich hab nur noch die eine Chance!«

Noch immer sucht Nora nach der richtigen Antwort.

»Wie soll das denn gehen?«

»Ich hab mir Folgendes vorgestellt...!«

Richard zieht Noras Hand zu sich heran. Er öffnet Felix Ritters Trickkiste und weiht sie in die möglichen Manipulationen des Angebots ein. Als Richard irgendwann mitten im Satz stockt, fragt sie ihn:

»Und dann?«

»Dann kommst du ins Spiel.«

Noras Schlafzimmer

Emil Peters' studentische Hilfskraft lässt die schwere Holztür ins Schließblech krachen, dreht den Sicherheitsschlüssel um und schlurft, umgeben von einer Wolke aus Moschus und kaltem Tabakrauch, in weißen, mit Kaninchenkunstfell verzierten Moon-Boots Richtung Altonaer Bahnhof davon.

Richard und Nora stehen am Bordstein. Er öffnet die Tür des Taxis, dessen Sechszylinder röchelt und die Nachtruhe stört.

»Ich glaub einfach nicht, dass du ein Versager bist!«

Nora hebt ihre Hand und streicht Richard das Haar aus der Stirn.

»Lass man gut sein, Süße! Ich muss sehen, wie ich meinen Kopf aus der Schlinge ziehe! Hab ich dir mit meinem Selbstmitleid den Abend verdorben?«

Er legt die Arme um Nora, die sich auf die Zehenspitzen stellt. Ihre Lippen sind einen Spalt geöffnet, als sie Richards Mund berühren. Er bewegt sich nicht, spürt ihren Kuss bis in sein Innerstes.

»Bringst du mich nach Hause?«, haucht Nora ihm ins Ohr.

Er schiebt den Ärmel hoch und sieht auf die Uhr. Schon 1 Uhr durch! Helen sitzt bestimmt noch vor dem Fernseher, sieht eine späte Schnulze und wartet auf ihn! Und morgen beim Frühstück wird sie ihm die Leviten lesen und unbequeme Fragen stellen!

»Und Sven-Musa?«

»Der schläft bei einem Freund!«

Einen Moment lang kommen ihm Gewissensbisse. Er hat sich zu weit aus dem Fenster gelehnt und falsche Hoffnungen bei Nora geweckt! Spätestens morgen früh wird die Ernüchterung sie eingeholt haben. Nora wird gekränkt sein! Und er, das weiß er jetzt schon, wird wie ein begossener Pudel dasitzen, sich seines unrühmlichen Taktierens wegen schämen und sein Tun bereuen! Aber dann verbannt Richard sein Gewissen in den hintersten Winkel seines Denkapparats und steigt zu Nora in das Taxi.

Es kostete ihn Überwindung, als er am Montagnachmittag Nora im Büro anrief. Vor allem wegen Felix Ritter, der ihm am Schreibtisch gegenübersaß und schwer beschäftigt tat. Mit dem Anruf war die erste Hürde genommen! Nora freute sich auf ein Treffen mit ihm! Der Abend lief wie geplant und gut an. Bis zu dem Augenblick, an dem Richard sein Anliegen vorbrachte! Er hasste sich in diesem Moment, als er sie um ihre Hilfe bat und ihr schließlich Geld dafür versprach!

Nora rückte augenblicklich von ihm ab. Die 20.000 Mark, die er ihr bot, ignorierte sie! Richard sah das blanke Entsetzen in ihren Augen. Er war kurz davor, aufs Klo zu rennen, mit den Fäusten die Griffe über dem Spuckbecken zu packen und sich zu übergeben. Dass Nora nicht aufstand, ihn ohrfeigte und ihm die Freundschaft aufkündigte, wunderte ihn. Vielmehr verdrängte sie das kriminelle Angebot, wollte es gar nicht gehört haben, gab dem Pfälzer Weißen einen Teil Schuld an seinem Fauxpas und fand allmählich zu ihrer Gelassenheit zurück.

Um Mitternacht waren sie die einzigen Gäste im Weinlokal. Die Bedienung fing an, Stühle zu rücken und mit den Polstern auf die Tischplatten zu stellen. Richard winkte die Kellnerin heran, zahlte die Zeche und bat sie, eine Taxe zu bestellen.

»Komm!« flüstert Nora, nimmt Richards Hand und zieht ihn ins Schlafzimmer.

Es ist klein. Über dem französischen Bett, das in der Ecke des Raums steht, hängt eine Edgar Degas-Kopie: »Vor dem Spiegel«. Das Bett ist aufgeschlagen, hübsche Kissen und romantisch gedimmtes Licht. Auf dem zierlichen Frisiertisch neben dem Fenster sorglos durcheinander Haarbürsten und Kosmetikutensilien. Über allem flattert Noras Parfum und aus dem Recorder, der in der Küche auf dem Fensterbrett steht, schwebt *Never Give Up!* herüber.

Es ist kalt im Schlafzimmer. Sie ziehen sich, jeder für sich, aus und kriechen unter das Federbett. Kuscheln eng aneinander, küssen sich, zuerst zaghaft, dann immer verlangender.

»Bin ich dir fremd?«, fragt er.

»Nein!«, haucht sie, nimmt seine Hand und führt sie zu ihrer Scham, als müsste sie ihm den Weg zeigen.

»Und ich?«

»Überhaupt nicht!«

»Bitte, halt mich fest«, flüstert sie mit geschlossenen Augen, als er tief in sie eindringt.

Er gibt sich ganz dem süßen Gefühl hin, liegt einen Moment still, bevor er sich vorsichtig in ihr bewegt. Sie wölbt sich ihm fordernd entgegen. Ihre Blicke treffen sich, tauchen tief in die Seele des anderen ein. Sie rollt ihn auf die Seite, hebt sich, ohne sich von ihm zu lösen, über ihn. Richtet sich gerade auf, streift die Haare nach hinten, beißt sich auf die Unterlippe und dirigiert ihr eigenes Tempo. Presst ihren Venushügel gegen sein Schambein. Mal hinhaltend langsam, mal übermütig schnell im Rhythmus.

Nora schließt die Augen, beugt sich nach vorn, stützt ihre Hände auf Richards Brust. Sie stöhnt heiser, erst leise, dann immer lauter, bewegt sich schneller, treibt ihren glühenden Körper an.

Dann schreit sie auf, hat den Höhepunkt erreicht. Brust und Hals laufen rot an. Richard kostet den Moment ihrer Befreiung aus, löst seine Anspannung und kommt.

Sie sinkt auf ihm zusammen und Richard fühlt den Puls in seinen Schläfen schlagen. Eine Welle des Wohlbehagens schwappt durch seinen Körper. Sie schmiegt sich an ihn, küsst ihn am Hals und auf der Brust, haucht in sein Ohr, dass es schön mit ihm gewesen sei…, so schön wie…

Richard legt den Arm um sie und schaut an die Decke. Und so liegen sie eine ganze Weile.

Ohne es zu wollen, kreisen Richards Gedanken um Helen, den Köhlbrand und die Offerte, die er mit Noras Hilfe zum Auftrag führen will.

»Ich muss gehen!«, flüstert er. »Überlegst du dir meinen Vorschlag noch mal?«

Ernüchterung und Zorn steigen in ihr auf. Ihre Augen füllen sich mit Tränen, hinterlassen eine feuchte Stelle auf seiner Brust.

Submission

»Richard!? Wo warst du gestern!? Ich hab am Weinstand auf dich gewartet!«

»Morgen, Felix!«

»Na ja, ich kann mir schon denken, was los war! Du warst bei deiner Kleinen! Ihr habt euch gleich nach der Submission getroffen, oder?«

Aus dem Handgelenk wirft Richard seine Collegemappe auf den Besprechungstisch. Der Reißverschluss der Außentasche klackt beleidigt auf die Kunststoffplatte. Dann zieht er den Mantel aus, drapiert ihn über einen Bügel und hängt ihn in den Kleiderschrank.

»Wie war es gestern? Lagen wir vorn?«

»Nein!«

»Nun sag schon! An welcher Stelle waren wir?«

»An dritter!«

»Gar nicht so schlecht! Du hast doch den Kugelschreiber genommen, mit dem du das Leistungsverzeichnis ausgefüllt hast, oder? Mach bloß keinen Fehler, Junge!«

Ritter zeigt ein verschlagenes Grinsen, fingert einen Stängel aus der Schachtel und steckt ihn an. Er runzelt die Stirn, da Richards Verhalten ihn irritiert.

»Was ist los mit dir, Richard? Warum guckst du so?«

Richards Kopf schmerzt, als klemme er zwischen den Backen eines Schraubstocks, denn er war gestern nicht bei »seiner Kleinen«! Er hatte nach der Submission einfach keine Lust auf Ritters Getöne und sich deshalb in den Außendienst verkrümelt. Er rief Raff an und verabredete sich mit ihm auf eine Scholle ins »Fischerhaus«. Christoph Raff half ihm dabei, die Zeit zu überbrücken und ihm seine Anspannung zu nehmen. Gegen 16 Uhr verabschiedeten sie sich voneinander. Richard fuhr in den Valentinskamp. In den »Altbierstuben« wartete er auf Nora, mit der er dort verabredet war. Er hatte alles auf eine Karte gesetzt, sein Angebot trotz Noras Weigerung, ihm bei seiner Betrügerei zu helfen, manipuliert und wollte nun noch einmal versuchen, sie umstimmen. Er blieb bis 20 Uhr 30. Doch Nora kam nicht!

Die Submission war auf 11 Uhr angesetzt. Zehn Minuten vor der Zeit betrat Richard den gelben Sandsteinbau, in dem die Baubehörde untergebracht ist. Vier Stufen und ein schmucklos beleuchteter Flur trennten ihn von dem Paternoster. Er hüpfte auf die Plattform einer Fahrkabine, und unbeeindruckt von den 85 Kilo rumpelte der Paternoster nach oben. An der Eröffnungsstelle angekommen, warf er den braunen DIN A4-Umschlag mit dem Angebot in den Briefkasten, der sich neben der Eingangstür befand. Ein paar Kollegen vom Wettbewerb warteten bereits. Man begrüßte sich, gab sich cool, sah auf die Uhr, bis die Tür endlich aufgestoßen wurde. Die Meute drängte in den Raum. Jeder wollte so nah wie möglich an der Balustrade sitzen, die die gegeneinander gestellten Schreibtische der Baubehördenangestellten von den Ausschreibungsteilnehmern trennte. Nora begrüßte die Vertreter der anbietenden Firmen, stellte ihren Chef, den Leiter der Submissionsstelle, der die Angebote öffnen würde, und sich als Protokollführerin vor. Sie würdigte Richard keines Blickes. Um 11 Uhr 05 wurde das erste Packet geöffnet. Nora machte zu jedem Angebot Notizen: Name der anbietenden Firma! Unterschrift und Stempel vorhanden! Angebotspreis, brutto! Anschreiben mit oder ohne Nachlass! Die anwesenden Vertriebsmitarbeiter notierten mit. Vor allem die Angebotspreise der Wettbewerber, Projektnachlässe oder eventuelle technisch gleichwertige Alternativen, die zu einem Preisvorteil führen könnten. Nora erledigte ihren Job gewandt mit einem geschäftigen Lächeln auf den Lippen.

Mehr beunruhigt als verärgert suchte Richard nach dem misslungenen Rendezvous eine Telefonzelle auf und rief bei ihr zu Hause an. Sven-Musa war in der Leitung. Richard hörte Nora im Hintergrund flüstern. Sie bat ihren Sohn, in sein Zimmer zu gehen. Dann war sie am Hörer. Nora wirkte sachlich und kurz angebunden, wollte mit der ganzen Angelegenheit nichts zu tun haben. Es sei gegen ihre Natur! Die ganze Sache sei kriminell und betrügerisch! Da würde sie nie mitmachen, und – bei aller Freundschaft – nicht mal für ihn! Und dass er ihr Geld dafür geboten hatte! Er sollte sie eigentlich besser kennen! Nora schwieg einen Moment, bevor sie mit schon versöhnlichem Klang in der Stimme fortfuhr und sagte, dass es wirklich, davon mal abgesehen, ein sehr schöner Abend für sie gewesen sei, der sie oft an ihn denken lasse.

Für Richard brach der Himmel ein! Er hatte hoch gepokert, alles gesetzt und die Runde verloren!

Jetzt steht er da, mit nichts in der Hand, und muss vor Ritter und – was ihn noch mehr drückt – später vor Thaler, der noch nicht im Raum ist, die Hosen runterlassen.

»Vor einer Woche war noch alles klar!«

»War?«

»Wir wollten uns gestern Abend nach der Submission in den »Altbierstuben« treffen.«

»Und?«

»Wie besprochen habe ich die wertwichtigen Positionen getürkt und zu einem Hundertstel der handelsüblichen Verkaufspreise angeboten.«

»Das weiß ich selbst! Ich war ja dabei! Von mir hattest du die Positionen, die du türken solltest!«

»Ich war mir hundertprozentig sicher, dass Nora mitziehen würde!«, schwindelte Richard.

»Sie sollte unser Angebot in einer Einkaufstüte bei sich haben. Das hatten wir an dem Abend, an dem ich bei ihr zu Hause war, lang und breit durchgekaut!« – was auch nicht der Wahrheit entsprach.

»Und, hatte sie die Tüte bei sich?«

»Dann, so war es abgesprochen, sollte sie auf die Toilette gehen!«

»Und? War sie?«

Richard ignoriert Ritters Bemerkung.

»Ich hätte mir die Plastiktüte geschnappt und die Zahlen so nachgebessert, dass wir circa 3.000 Mark unter dem Nächstbilligen gelegen hätten.«

»Und, hast du?«

»Wir hätten die Nase vorn gehabt!«

»Hätte? Hätten? Was denn nun? Haben wir die Nase vorn?«

»Sie hat mich sitzen lassen!«

»Was!? Ich hör wohl nicht richtig!?«

»Bis halb neun habe ich auf sie gewartet. Nora ist nicht gekommen! Sie hat mich sitzenlassen!«

Ritters Kopf hat die Farbe einer reifen Tomate angenommen. Richard sieht ihm an, wie schwer ihm die Entscheidung fällt, zuerst zum Glas oder zur Zigarette zu greifen. Ritter sieht auf die Uhr, die über der Bürotür an der Wand hängt. Es ist 10 Uhr durch. Er entscheidet sich für das Cognacglas. Eine Stunde vor der Zeit!

Samt Bürostuhl dreht Ritter sich um neunzig Grad. Die Sohlen seiner Business-Slipper schlurfen über das Linoleum. Routiniert holt er Flasche und Cognacschwenker hervor.

»Nora sagte mir gestern Abend am Telefon, dass das Bauamt unser Angebot wegen einiger nicht auskömmlicher Preise von der Wertung ausgeschlossen hat!«

»Wie kann man nur…«, das »so blöd sein!« spült Ritter mit einem Schluck Cognac runter.

Die Enttäuschung darüber, dass der Deal vergeigt ist, ist ihm vom Gesicht abzulesen.

Am Schlemmerstand

»Gehst du mit?«, fragt Felix Ritter Richard aus Gewohnheit.

Er legt den Nagelschneider in die Schreibtischschublade und betrachtet den verstümmelten Finger, den er als Zehnjähriger –

eines Nachts von Neugier getrieben – zwischen Rahmen und Tür des Zimmers steckte, in dem seine Mutter Francesco, dem italienischen Gastarbeiter und Untermieter, zu Willen war.

Das »Nein, heut nicht!« liegt Richard schon auf der Zunge. Aber ihm fehlt die Traute, es auszusprechen. Zumal Ritters Gesichtszüge wegen des entgangenen »Zusatzgehaltes« immer noch von Gewitterwolken verhangen sind.

Also gehen sie. Ritter schlingt sein Pausenbrot wie immer im Gehen runter. Hetzt, Richard im Kielwasser, am »Renaissance«-Hotel vorbei den Heuberg hinunter. An der Ecke biegen sie in die Große Bleichen ein und verschwinden im Toreingang des Hanseviertels. Tauschen Schneeluft und Straßenlärm gegen Passagenmief und Stimmengewirr.

Bei Johs. Schmidts Schlemmerstand angekommen, fragt Ritter: »Und du? Wie immer, ein Glas Wasser?«

Richard nickt. Ritter geht an den Tresen, macht Anne-Liese, der Bedienung, ein Zeichen.

»Wie immer?« Anne-Liese zeigt ihre spitzen Eckzähne, die Ritter an eine Raubkatze denken lassen und antörnen. Er legt sich ins Zeug und lächelt sein »Eines-Tages-krieg-ich-dich-Lächeln«. Anne-Liese – rotes Halstuch, blauweißgestreifter Hamburger Kittel, die weißen Knöpfe über dem Busen zum Bersten gespannt, Bluejeans, die im Badewannenwasser zu einer zweiten Haut geschrumpft sind, stumpfes Haar zu einer Hochfrisur toupiert – bringt ihnen die Getränke an den Tisch.

»Prost, ihr Süßen!«

Ritter leert sein Glas zur Hälfte, starrt, die Ellenbogen auf den pizzatellergroßen Bistro-Stehtisch aus rotem Marmor gestützt, in sein Weinglas. Die Stimmung ist unter dem Gefrierpunkt.

»Ich kann es nicht glauben! Du warst so dicht dran! Warum bloß hat »deine Frau« nicht mitgespielt? Sie hält bestimmt woanders die Hand auf! Ich krieg das schon raus!«

»Jetzt gehst du zu weit! Bleib mal schön auf dem Teppich! In deinem verkorksten Hirn ist kein Platz mehr für Leute wie sie!

Du kannst dir gar nicht mehr vorstellen, dass es Menschen gibt, die nicht für Geld zu haben sind! Du denkst, jeder hat seinen Preis!«

Richard schweigt. Sein Puls pocht in den Schläfen. Felix Ritter zündet sich eine Zigarette an und pafft graue Schwaden in die Passage. Er macht sich so seine Gedanken:

‚Eigentlich kann ich ihn gut leiden! Netter Kerl! Und seine Frau erst mal! Da hängt er im Büro rum, bringt nichts zustande und lässt sie zu Hause brach liegen. Das war vielleicht eine Nacht! Bloß nicht daran denken! Schade, aber er passt nicht zu uns! Ist nicht clever genug! Schafft es nicht mal bei der Rothaarigen, mit der er verheiratet war! Findet weder einen wunden Punkt noch sonst eine Schwäche heraus. Für 10.000 müsste die doch locker dabei sein! Das hättest du hinbekommen müssen, Richard! Pfeife! – Oh! Wie spät ist es eigentlich? Muss um halb zwei bei Thaler sein!'

»Ich geh rüber!«, sagt Ritter und schiebt das leere Weinglas von sich.

»Wie das? Ist doch noch nicht mal eins!«

»Ich weiß! Kann heut nicht länger! Terminsache!«

Felix Ritter hackt die Worte aus sich heraus, wie er sonst Zahlen in MASKAL eingibt. Er zieht sein Portemonnaie aus dem Mantel, klappt es auf, zieht ein Fünfmarkstück hervor und legt es vor Richard auf die Marmorplatte.

»Bezahlst du nachher für mich mit!?«

»Mach ich. – Augenblick mal. Du hast was verloren!«

Ritter ist vor Richard am Foto, verdeckt die entblößte Frau, die mit gespreizten Beinen auf einem zerknüllten Laken liegt, mit der Handfläche, rafft das Bild vom Boden auf und steckt es in die Hosentasche.

»Kenn ich die?«, fragt Richard, dem es eine tausendstel Sekunde vergönnt war, einen Blick auf das Foto zu werfen.

»Glaub ich nicht!«, antwortet Ritter, zieht seine Unterlippe zwischen die Zähne und kaut darauf herum. Er fühlt sich unentdeckt. Richard hätte ihn sonst nicht so vage gefragt.

»Erzähl ich dir ein anderes Mal! Ich muss los!«, sagt Ritter und geht.

Richard trinkt aus, zahlt und geht zum Rathausmarkt.

Rathausmarkt

»Scharf?«

Richard nickt der Imbiss-Wirtin zu. Er atmet flach ein und nicht genug aus, pumpt seine Lungen voll Luft und spürt die Hände nicht mehr. Die Knie zittern. Der Puls rast davon! Jeder Herzschlag dröhnt in seinen Ohren! Wie mehrmals in letzter Zeit fallen ihn Herzrhythmusstörungen an! Ihm ist, als hätte sein Ich den Körper verlassen, als stehe es neben ihm.

Er hält sich am Ausgabetresen fest, zwingt sich zur Ruhe und reguliert seine Atmung. Bläst mit zugespitzten Lippen wie ein Klarinettist die angestaute Luft aus seinen Lungen.

Die Imbiss-Wirtin macht sich unterdessen an die Arbeit. Sie kehrt ihm den Rücken zu, greift mit der Zange zum Bratblech, auf dem sich knusprig-braune Würste im Pflanzenfett suhlen, nimmt eine Currywurst herunter und steckt sie senkrecht in das Aufnahmerohr des elektrischen Wurstschneiders. Dank seiner Atemtechnik bekommt Richard das Herzrasen in den Griff. Es wundert ihn, dass niemand seine Ängste bemerkt.

‚Ich muss endlich zum Arzt!', denkt er. ‚Gleich morgen früh!'

Die Wurst rattert durch das Rohr. Zentimeterdicke Scheiben fallen in ein Schälchen aus Edelstahl. Die Wirtin kippt die Stücke in eine Pappschale. Eines fällt daneben. Richard, der wieder obenauf ist, reklamiert den Verlust.

»Dafür gibt es Brot umsonst!«, kontert die Frau und ertränkt die Wurststücke in Currysoße.

Sie stellt die Schale auf eine Serviette, steckt einen Zweizack aus Holz in ein Wurststückchen, legt eine Scheibe Baguette dazu und schiebt den Imbiss über den Edelmetall-Tresen.

»Zweiachtzig!«

Richard zählt das Geld auf den Zahlteller, der zum Genuss von eisgekühlter Coca-Cola rät, nimmt die Schale und geht an einen der Stehtische. Ihm gegenüber steht eine Frau. Die Frau weicht seinem Blick aus, tunkt ihre Thüringer in Senf, schlingt das Wurstende hinunter und geht grußlos. Richard gerät ins Grübeln, sucht nach einem Ausweg aus der Misere, in der er steckt. Seine Gedanken kreisen um Ritter, um Nora und die Herzrhythmusstörungen, die ihm damals, nachdem er sein Diplom in der Tasche und als junger Ingenieur bei den Elektrizitätswerken angefangen hatte, zu schaffen machten. Von denen er annahm, dass er sie im Griff hätte, denn im Iran hatte er weniger Probleme damit.

‚Am schlimmsten ist, dass es meine eigene Schuld! ist', denkt er. ‚Hier bin ich nicht mehr ich selbst! Warum versuche ich, wie Ritter zu sein? Was soll der Quatsch? Das hier ist nicht meine Welt! Ich passe da nicht hinein. Vormittags geht es ja noch mit ihm, da gibt er Zahlen in den Computer ein. Aber nachmittags, wenn er seinen Pegel intus hat, ist er einfach nicht zu ertragen. Das Gequatschte über Geld und wie man sich eine Scheibe von dem Kuchen abschneidet! Ständig lässt er sich über Frauen aus und macht sich interessant damit, wer wen wo flachgelegt hat! Schleppt eindeutige Polaroid-Fotos mit sich herum! Wohl nur, um Thaler zu zeigen, welch ein toller Stecher er ist! Tennis spielt er schon lange nicht mehr. Weiß aber, wann unser Bobbele am Rothenbaum aufschlägt und wo die teuersten Plätze am Tenniscourt sind. Mann, Ritter, mich interessiert das nicht! Und du merkst es nicht! Irgendwie schizophren, das alles hier! Ich grase die Gegend ab, um Kunden »aufzubohren«. Und wenn ich eine interessante Ausschreibung anschleppe und kalkulieren will, dann ernte ich spöttische Blicke von ihm und Thaler, muss mir ihre Fragen und bissige Bemerkungen gefallen lassen:

Thaler: »Hast du den Bieterkreis rund?«
Ritter: »Nein? Dann macht das keinen Sinn!«
Thaler: »Welche Kontakte haben wir?«

Ritter: »Keine? Nur über den Preis?«
Thaler: »Wie soll das gehen?«
Ritter: »Mit spitzer Feder rechnen?«
Thaler: »Du Träumer, du bist einer von acht, oder zehn!«
Ritter: »Sag es, wie willst du an den Auftrag herankommen?« –
Wenn ich das wüsste!

Mann oh Mann, und dann läuft mir Nora über den Weg und wird zu meiner letzten Chance!

»Sonst wird er entsorgt!«, soll Thaler, der Arsch, gesagt haben. Und ich Idiot lasse mich von Ritter vor den Karren spannen! Und warum? Weil ich Angst um meinen Scheiß-Arbeitsplatz habe! Und steig mit Nora ins Bett! Wecke Hoffnungen bei ihr, die ich nicht erfüllen kann. Und Nora mag mich immer noch! Mehr als ich verdient habe! Die zeigt Stärke, lässt sich nicht von mir in den Sumpf ziehen, um bei dem dreckigen Deal dabei zu sein! Wie stehe ich vor Nora da? Ich weiß, euch interessiert das nicht! Ihr seht in mir sowieso nur den Schlappschwanz, der euch den Coup vermasselt hat!

An Klaus Frost, den armen Wicht, mag ich überhaupt nicht denken. Wissentlich habt ihr ihm das zu eng kalkulierte Projekt aufgehalst! Ich hatte recht: Er ist der Aufgabe nicht gewachsen! Mein erster Bestelleingang bei EMU! Auf den ich so stolz war! Frenetisch im Weinkeller gefeiert! Was ist aus dem Auftrag geworden? Das Projekt ist voll im Eimer! Feuerrote Zahlen, wohin die Augen schauen!‘

Die Kälte ist in Richards Beine gekrochen, hat ihn ganz erfasst. Er ahnt, dass er mit Gegnern auf dem Spielfeld steht, denen er nicht gewachsen ist. Der Schlamassel, in dem er steckt, tritt immer deutlicher hervor. Er zittert, legt den Holzpiker in die vom Ketchup durchgeweichte Pappschale, wirft den Abfall in den blauen Plastiksack, der neben der Imbissbude in einem Drahtkorb steckt, schlägt den Mantelkragen hoch, nickt der Wirtin ein »Tschüs« zu und macht sich auf den Weg ins Büro.

Absage

Ein Tag nach der Herzattacke auf dem Rathausmarkt. Wie durch Watte gedämpft grummelt der Verkehrslärm gegen die Doppelfenster. Zigaretten- und Cognacduft flüchten aus dem Vertriebsbüro durch die offene Tür in den Korridor.

Ritter steht hinterm Schreibtisch und sieht auf die Straße. Er ist in seinem Element. Wieder einmal gilt es, einen Bieterkreis unter einen Hut zu bekommen. Eine blaue Wolke umhüllt ihn. Gesicht und Ohren sind rot angelaufen. Ritter scheint, gleich einer Dampfmaschine, deren rostige Nieten dem immensen Druck nicht mehr standhalten, jeden Moment zerbersten zu wollen.

»Sie können mir trauen!«, presst er ins Telefon. »Ich bin immer ehrlich zu meinen Geschäftspartnern!«

Er fuchtelt wild mit der Zigarette in der Luft herum, so dass die Asche vom Stummel aufs Sideboard vorm Fenster fällt. Richard mustert Ritter und denkt sich sein Teil, da auf dessen Standardspruch garantiert jedes Mal eine Lüge folgt. Was in diesem Fall bedeutet, dass Ritter mächtig am Rad dreht, um an das Schaltanlagenpaket für den Büroneubau der Angestellten-Krankenkasse heranzukommen. Mit all seinen rhetorischen Möglichkeiten bearbeitet er einen Mitbewerber, um ihn ins gemeinsame Boot zu ziehen. Und zwar in der Form, dass jeder von ihnen ein Stück vom Kuchen abbekommt, er sich jedoch das größte, das mit den dicksten Rosinen, einverleiben kann.

Ritter nickt Richard zu und sagt mehr zu sich selbst: »Geht doch!«

Er legt den Telefonhörer in die Halterung, reibt die Tabakkrümel, die an seinen Fingerkuppen haften geblieben sind, in den Hosenbund, nippt am Cognacglas und greift erneut zum Hörer. Der nächste »Geschäftsfreund« aus dem »Kaffeekränzchen« soll bearbeitet werden.

Richard legt den Submissionsanzeiger wieder zurück in den

Posteingangskorb, schaltet den Monitor ein und zieht die Tastatur zu sich heran.

Sein Telefon klingelt, er schrickt zusammen, nimmt den Hörer und hält ihn ans Ohr.

»Gotha, Richard Gotha, von…«

»Der Auftrag ist weg, oder?«

Die Stimme am anderen Ende der Leitung gehört Manfred Thaler. Jetzt ahnt Richard, warum Ritter gestern früher in die Firma zurückgegangen war. Er vermutete es schon eine ganze Weile: Felix Ritter steht nicht mehr auf seiner Seite! Von wegen Freunde! Jetzt liegt es klar auf der Hand, dass Ritter ihn hat fallen lassen.

Plötzlich rast Richards Herz wieder, seine Hände kribbeln. Er spürt, wie eine eiskalte Hand nach seinem Herz greift.

»Oder?…na ja, war ja nicht anders zu erwarten!«

Thaler legt auf, bevor Richard ein Wort über die Lippen bringt.

»Was ist denn in den gefahren?«, wundert er sich.

Ritter ignoriert Richards Bemerkung. Nippt stattdessen erneut am Cognacglas, drückt den Telefonhörer ans Ohr, dreht sich mit dem Stuhl, starrt durch das Fenster und verspricht seinem Gesprächspartner mit Engelszungen das Blaue vom Himmel, wenn dieser, ohne weitere Bedingungen zu stellen, seinen unlauteren Vorschlägen folgen würde.

Wieder klingelt Richards Telefon! Er holt tief Luft. Bettina Hansson ist dran. Sie raunt:

»Du sollst nach oben kommen!«

»Was soll das denn jetzt? Das hätte er mir eben doch selbst sagen können!«

Richards Magen rebelliert. Das bedeutet nichts Gutes, weiß er. Er stößt hinter vorgehaltener Hand sauer auf. Es kostet ihn Überwindung, die Säure aus dem Mund wieder zurück in den Magen zu zwingen.

»Ich soll hochkommen!«

Mit dem unschuldigen Blick einer Straßendirne legt Felix Ritter eine Hand über die Sprechmuschel und fragt:
»Zu Mummfred?«

Treppenhaus

Richard erhebt sich, nimmt sein moosgrünes Tweed-Sakko aus dem Schrank und zieht es sich im Gehen über. Ritters Interesse an ihm verebbt, er macht wieder auf beschäftigt und wendet sich seinem Telefongesprächspartner zu.

Oberhalb der feudalen Empfangshalle beherrschen Grautöne das Treppenhaus. Lichtgrau gestrichene Wände. Hellgrau gespritzte Fahrstuhltüren. Weiß lackierte Eisengeländer mit mausgrauen PVC-Handläufen. Richard zieht sich in Zeitlupe in den vierten Stock empor. Der Handlauf klebt an seinen feuchten Fingern. Über ihm bremst eine Fahrstuhlkabine. Die Segmenttür öffnet sich. Stimmen hallen durchs Treppenhaus. Pfennigabsätze stöckeln über den Flur. Er fragt sich, wie viele Kollegen, seitdem Thaler Prokura hat, den Gang in sein Büro antreten mussten, um von ihm abgeschossen, oder, wie er in seiner menschenverachtenden Arroganz zu sagen pflegt, »entsorgt« zu werden.

Richard überlegt, ob er es auf eine Konfrontation ankommen lassen soll. Ob es Sinn macht, Thaler damit zu drohen, die Korruption aufzudecken. Er verwirft den Gedanken wieder. Sie haben sich Stillschweigen geschworen! Felix Ritters Idee, ihn, den neuen Vertriebsmann, in die Machenschaften einzuweihen und einen Pakt zu schließen, funktioniert! Wer wird sich schon selbst verraten und freiwillig ins Gefängnis bringen?

»So blöde wirst du doch nicht sein!« Ritters Worte haben sich in sein Gehirn eingebrannt!

Richard bleibt auf dem Absatz stehen, zieht ein Taschentuch aus der Hose und reibt damit seine Handflächen trocken. Und dann auch noch Frost! Gestern Nachmittag – Ritter hatte sich in den

Außendienst verabschiedet – stand Frost plötzlich in der Tür! Sein Projekt sei total abgeschmiert, beklagte er sich bei ihm bitterlich, trotz seiner Tipps. Die allein hätten ihm auch nicht mehr helfen können. Der Auftrag steht nach seiner letzten Hochrechnung mit 300.000 Mark in der Kreide! In Richards Kopf klingelten die Alarmglocken!

Thaler hat Frost mit Entlassung gedroht! Seitdem bangt dieser um seine Existenz! Und seine Ehe steht sowieso auf der Kippe, weil er sich zu Hause kaum noch sehen lässt! Seine Frau will unbedingt noch ein Kind! Liegt ihm dauernd damit in den Ohren! Beim Arzt waren sie auch schon. An ihr soll es nicht liegen! Wovon soll er die Raten für das neue Haus in Rosengarten bezahlen?! Warum hat er sich das Projekt bloß aufs Auge drücken zu lassen?!

‚300.000 Deutsche Mark Unterdeckung! Das sind sage und schreibe 15 Prozent der Auftragssumme! Dafür könnte EMU beinahe ein Jahr lang zehn Elektromonteure beschäftigen! Dieser gewaltige Verlust muss erst wieder einmal ausgeglichen werden,‘ grübelt Richard, als er das Vorzimmer von Thaler betritt und »Hallo, Betti!« sagt.

Entsorgt

»Geh ruhig rein! Er wartet schon!«

Bettina Hanssons Wangen sind gerötet. Kein Wunder, denn sie hat ihre Mittagspause am Glühweinstand an der Fähranlegestelle Jungfernstieg verbracht. Ihre blauen Augen halten Richards offenem Blick nur kurz stand. Sie beugt sich über die Tastatur ihres Personal Computers und doktert an einer internen Stellenausschreibung rum, die sie auf Thalers Anweisung hin an das gewünschte Mitarbeiterprofil anpassen soll.

Richard betritt das von Designerhand eingerichtete Büro. Er bleibt mitten im Raum zwischen Nussbaumschreibtisch und Besprechungstisch stehen. Nicht ein einziger Fingerabdruck verschandelt die runde Glasplatte. Der Silberaschenbecher glänzt kostbar im indirekten Licht.

»Nimm dir ruhig einen Stuhl!«, sagt Thaler.

Richard zieht einen Freischwinger aus Chrom und Rindsleder unter dem Besuchertisch hervor und schiebt ihn mit beiden Händen an den Nussbaumtisch heran. Die Schreibplatte ist leer. Kein einziges Blatt Papier. Richard geht ein Licht auf. Jetzt kapiert er, was sich hinter dem Begriff »papierloses Büro« verbirgt: Die Arbeit erledigen die anderen!

Manfred Thaler thront in seinem Ledersessel. Er trägt einen blauen, einreihigen Blazer. Dazu eine graue Flanellhose. Der Kragenknopf seines maßgeschneiderten Hemds steht offen. Die Krawatte wirkt teuer, designed by Hugo Boss. Zwischen den manikürten Fingern dreht er das Montblanc Meisterstück. Zynischerweise trägt er heute die ergaunerte Cartier-Uhr, die mindestens sechs seiner Monatslöhne gekostet hat. Ein Siegertyp, der keinen Zweifel daran aufkommen lässt.

Richard hingegen wirkt verloren. Er sitzt auf der falschen Seite des gewaltigen Nussbaumschreibtischs, schwitzt und kämpft gegen aufkommendes Herzrasen an.

»Hm..., wie fange ich am besten an«, beginnt Thaler, »hm, ... ich bin vom Alten, ...äh, von Herrn Uderich angewiesen worden, den Personalstand an die aktuelle Auftragssituation des Unternehmens anzupassen! Konsequent durch sämtliche Abteilungen um 10 Prozent!«

»Davon habe ich noch gar nichts gehört! Das hätte sich doch zum Betriebsrat rumgesprochen!«, zweifelt Richard Thalers Worte an.

»Da ihr im Vertrieb nur zu zweit seid, Ritter und du... und... Felix, du verstehst schon, aus sozialverträglichen Umständen, das heißt, ...äh, ich meine, wegen seines Alters und der Jahre seiner Betriebszugehörigkeit bleibt mir gar nichts anderes übrig, als dir einen fairen Aufhebungsvertrag anzubieten!«

»Fair? Einen Aufhebungsvertrag? Weißt du, was das für mich

bedeutet?« Richard verliert die Beherrschung. »Du schmeißt mich raus! Ihr habt mich hängen lassen, weil ihr immer nur Aufträge wolltet, die für euch was abwerfen. Das nennst du fair?!«

Thaler kontert eiskalt:

»Ich habe klare Anweisungen erhalten!«

»Anweisungen?! Ich denke, ohne uns, ohne den Vertrieb geht es nicht! Wir sind doch die Größten, die Dynamos im Betrieb! Aber hier herrscht die Korruption!«

»Mir bleibt keine andere Wahl!«

»Keine andere Wahl?«, Richard rauscht das Blut in den Ohren. »Wir sitzen in einem Boot! Hast du das vergessen?«

»Ich versteh nicht?!«

»Ritter, du und ich, wir haben am Weinstand einen Pakt besiegelt!«

»Ich kann dir nicht ganz folgen. Wovon sprichst du eigentlich?«

»Was bist nur für ein Ignorant!« faucht Richard.

»Wie ich bereits sagte, die Personalabteilung hat für dich den Auflösungsvertrag vorbereitet. Lies ihn dir in Ruhe durch. Und, falls du mit deinem Zeugnis nicht einverstanden bist…«

Thaler reibt die Hände ineinander, greift zum Telefonhörer, wählt eine interne Nummer und sagt:

»Bringst du mir einen Tee, Bettina?!«

Der Schlag in den Magen saß! Als wäre Richard nicht mehr im Büro! Manfred Thaler legt den Hörer zurück auf die Gabel und erläutert: »Selbstverständlich werden die Kündigungsfristen eingehalten! Und den Dienstwagen kannst du bis zum Ende des Vertrages behalten! Musst nur das Benzingeld selber tragen!«

Richard sieht in zwei gletscherkalte Augen, in denen pure Schadenfreude glänzt.

»Ach, noch was!«, ergänzt er, »sobald der Aufhebungsvertrag von dir gegengezeichnet ist, bist du von der Arbeit freigestellt!«

»Warum, Manfred? Ich hab getan, was ich konnte. Hab mich mit meinem Job identifiziert! Überstunden geschoben! Nie auf die Uhr gesehen! Frau und Tochter vernachlässigt. Habe mich auf eure Machenschaften eingelassen! Eine Zeitlang sogar geglaubt, dass das so in Ordnung ginge und seine Berechtigung hätte! Warum sollen nur die Großen absahnen und sich das Geld in die Taschen stecken? Das Geld, das wir durch unseren Einsatz, unserer Hände Arbeit erwirtschaftet haben? Erinnerst du dich noch? – Warum wirfst du ausgerechnet mich raus?«

»Ich tue nur das, was mir aufgetragen wurde!«

»Du hättest dich für mich einsetzen können!«

In Thaler brechen alte Wunden auf. Sein Gesichtsausdruck drückt die Eifersucht aus, die er erstmalig im »Weinkeller« spürte. Als Ritter den Neuen wegen des Auftrags, den er an Land gezogen hatte, über den grünen Klee lobte. Betrunken wie Ritter war, sah er in seinem Schützling den kommenden Mann bei EMU. Ein Konkurrent! Das ging ihm zu weit!

»Für dich einsetzen? Was glaubst du denn? Dass wir hier bei der Seelsorge sind?«

Bettina Hansson klopft an die Tür. Auf Thalers »Herein!« bringt sie ihm den Tee. Er pfeift auf Diskretion, hebt seine Stimme: »Du leidest unter permanentem Misserfolg!«, bricht es aus ihm heraus.

»Im Gegensatz zu dir hat Felix Ritter wenigstens Erfolg!«

Triumph blitzt aus seinen Pupillen, als Bettina die Tasse mit dem Pfefferminzteebeutel auf den Schreibtisch schiebt und mit niedergeschlagenen Augenwimpern »Noch drei Minuten ziehen lassen!« sagt.

»Seine Bestelleingänge bringen wenigstens Geld in die Kasse ein!«, tönt Thaler, und, nachdem Bettina die Tür wieder von außen hinter sich geschlossen hat, »du kriegst ja nicht einmal deine Freundin rum, dir zu helfen!«

»Nun ist aber gut! Das ist zu viel«, droht Richard.

Zwischen den beiden entwickelt sich ein Wortwechsel, der darin gipfelt, dass Thaler seine Boshaftigkeit nicht mehr im Zaum halten kann. Er konfrontiert Richard damit, dass ihm zu Ohren gekommen sei, dass Ritter mit Helen im Spielcasino in Seevetal war. Und zwar an dem Abend, an dem der Alte versucht hat, per Schulung aus Richard einen richtigen Vertriebsmann zu machen. Aber es kommt noch dicker! Thaler sagt, dass er sich wundern würde, wenn die beiden kein Verhältnis miteinander hätten. Richard spürt, wie das Blut aus seinem Kopf in die Knie sackt. Er hat nicht erwartet, dass sich sein Seitensprung mit Nora Olsen so schnell rächen würde!

Gedemütigt

»Das Polaroid-Foto!«

Im Zeitraffer spult die Mittagspause vom letzten Dienstag vor Richards innerem Monitor ab. Auf dem schwarzweißen Foto war Helen zu sehen! Bei Richard knallt die Sicherung durch! Er springt auf! Der Freischwinger hüpft vom Boden. Er dreht sich auf der Stelle um und flüchtet durch die Seitentür, die sich nur von innen öffnen lässt, aus Manfred Thalers Büro in den Korridor. Bettina Hansson sieht entgeistert zu, als er am Sekretariat vorbeirast, im Treppenhaus verschwindet und die Treppen hinunterspringt.

Entlassen und gedemütigt, brodelt es in ihm wie in einem Vulkan. Er will Ritter an den Kragen! Würde ihn am liebsten erwürgen! Ihm mindestens die Faust in die blasierte Fresse schlagen!

Im dritten Obergeschoß angekommen, bleibt Richard vor dem Vertriebsbüro stehen. Er steckt das Oberhemd zurück in den Hosenbund, holt tief Luft und reißt die Tür auf. Der Raum ist leer! Felix Ritter ist ins Wochenende gefahren.

»Warum? Warum ausgerechnet mit diesem Arschloch?«, fragt er sich, setzt sich hinter seinen Schreibtisch und starrt ins Leere. Es dauert eine ganze Weile, bis sich sein Puls wieder beruhigt hat.

Gegen seine Gewohnheit fährt er nicht nach Hause, sondern kehrt »Bei Oskar« ein. Nachmittags ist dort noch nicht viel los.

Er begrüßt Irmi, die Wirtin, mit einem »Hallo!«, bestellt sich ein Bier und verdrückt sich in eine Ecke.

Köhlbrandbrücke

Aus südwestlicher Richtung zieht ein Randtief heran, dessen Kern über Schottland liegt. Etwa um 22 Uhr erreicht die vorauseilende Warmfront den Hafen Hamburgs. Der Wind frischt merklich auf.

Peter Paulsen geht um seinen Sattelschlepper herum und prüft Sitz und Verplombung des Kühlcontainers, der eben von einem Carrier auf dem Anhänger abgesetzt worden ist. Paulsen will keine Zeit verlieren. Von Hamburg nach Berlin braucht er fünf Stunden. Dort erwartet ihn ein Großhändler, der die Ladung aus Obst und Gemüse kommissioniert und frühmorgens an den Einzelhandel weiterverteilt.

Mit einem Schlag setzt der Regen ein. Paulsen erklimmt die Fahrerkabine des Sattelzugs und startet den Dieselmotor.

Zwölf Zylinder pressen pechschwarze Wolken aus den Auspuffrohren. Er schaltet das Abblendlicht an, legt den ersten Gang ein und rollt über den Waltershofer Damm Richtung Köhlbrandbrücke.

Zur selben Zeit, als der Carrier Paulsen den Container auf den Hänger hebt, wartet eine weiße Limousine vor dem Autobahnzubringer Bahrenfeld. Dicke Tropfen prasseln in die Pfützen, die sich in den Spurrinnen des Osdorfer Wegs gesammelt haben. Die Ampel färbt den nassen Asphalt blutrot.

Das Signal schaltet auf Grün. Die Limousine biegt in die Zufahrt zur A 7 ein, taucht in den Verkehr ein und verschwindet im Portal des Elbtunnels.

Nach drei Kilometern in der mangelhaft beleuchteten Röhre trommelt der Regen erneut auf das Wagenblech. Kurze Zeit später

– auf der Überholspur treibt ein Porsche gerade einen 740-Volvo-Kombi vor sich her – verlässt die Limousine die Autobahn und fährt in die Finkenwerder Straße.

Nach fünfhundert Metern leuchten ihre Bremslichter auf. Sie macht eine Spitzkehre und schwenkt auf den Zubringer zur Köhlbrandbrücke. Ihre Scheinwerferkegel strahlen eine Reihe rotweißer Baken an, die zwei Fahrspuren zu einer vereinigen. Mit 80 Sachen rumpeln die Reifen über die Dehnungsfugen – innerhalb der Baustelle sind nur 30 km/h erlaubt!

Grauweiße Schwaden steigen aus dem Schornstein der nahe gelegenen Müllverbrennungsanlage, hüllen die Brückenrampe in bizarre Nebel.

Vor dem Nachthimmel wird eine Kette aus Kofferleuchten sichtbar, die die Hauptbrücke gelbrot anstrahlen und die Konturen der Konstruktion erahnen lassen. Schwarz und bedrohlich tauchen im Blickfeld des Fahrers die zwei Pylone auf, an denen die Brücke aufgehängt ist; die Stahlseile dick wie Oberarme. Tief unten trennen sich die Süder- und die Norderelbe.

Mitten auf der Brücke, an der höchsten Stelle über dem Köhlbrand, nimmt der Fahrer den Fuß vom Gas. Wieder flackern die Bremslichter auf und die Limousine hält am äußersten Spannseil auf der Ostseite.

Der Mann zittert am ganzen Leib. Er zieht die Handbremse. Es ratscht metallisch. Die Wischer schlagen hin und her. Dann schaltet er das Licht aus. Wie ein Blinder tastet er nach dem Hebel an der Innenverkleidung der Fahrertür:

Die Tür fliegt auf! Sturmböen reißen an ihm! Mit den steifen Bewegungen einer Marionette klettert er aus dem Wagen. Regen klatscht in sein Gesicht. Er reißt die Brille von seiner Nase, wirft sie fort und wischt sich mit dem Unterarm über die Augen. Hemd und Hose kleben an ihm. Die Krawatte hängt um seinen Hals wie ein Galgenstrick. Das Scheinwerferpaar, das immer näher kommt, sieht er nicht! Der Dauerhupton des Lasters geht im Sturm unter!

Er stolpert um das Heck der Limousine herum, zehn Schritte. Greift nach dem Handlauf der Barriere, die ihn vom Geländer trennt. Steigt auf den Sockel der Leitplanke und wuchtet den Körper auf die andere Seite des Hindernisses!

»Oh verdammt«, schreit Paulsen, »der will springen! – Nein!!! Mensch, Junge, lass das!!«

Jetzt stellt sich der Mann an das Brückengeländer, stemmt sich daran hoch und wälzt sich über die Brüstung!

Paulsen tritt mit aller Kraft auf die Bremse! Der Sattelzug schlingert, kommt keinen Meter hinter der Limousine zum Stehen…
…während der Mann fällt…und dreiundfünfzig Meter tief in den Köhlbrand stürzt!

Buschfeuer

Dass »Bei Oskar« Richards Stammkneipe geworden ist, liegt daran, dass Günter sich während ihrer Studienzeit mit Erni eine Wohnung in Altona teilte, die fußläufig nur fünf Minuten von der Kneipe entfernt lag.
 Es war 20 Uhr durch, als Richard Irmi um ein neues Glas Bier und das Telefon bat. Er wählte Günters Rufnummer und hatte Glück! Günter war zu Hause! Und da heute Freitag war, löste sich Günter vom Sofa, stieg in den HVV-Bus und kam auf ein Bier nach Mottenburg.

Richard schätzt Günter, dessen soziale Sichtweise, die Ruhe, die er ausstrahlt, und vor allem, dass er zuhören kann. Denn den braucht Richard heute, einen guten Zuhörer!
 Richard beschönigt nichts. Er beginnt damit, dass Thaler ihn nötigte, einen Aufhebungsvertrag zu unterzeichnen, angeblich

wegen anhaltender Erfolglosigkeit. Was einem glatten Rausschmiss gleichkam! Dass sie darüber stritten, der Streit zwischen ihnen eskalierte, unter der Gürtellinie weitergeführt wurde und darin gipfelte, dass Thaler behauptete, ihm sei zu Ohren gekommen, dass Helen mehrmals mit Felix Ritter im Spielcasino war, und dass Thaler ihm gegenüber angedeutet habe, dass die beiden etwas miteinander hätten.

Über das fragwürdige Polaroid-Foto schweigt Richard sich aus. Das ginge ihm zu weit! Selbst wenn Helen die Frau auf dem Foto gewesen wäre, was noch nicht hundertprozentig sicher war, würde er seine Helen niemals vor Günter oder sonst wem bloßstellen! Niemals!

Günter betrachtet den Rauch, der aus der Selbstgedrehten zur Decke kräuselt, und schweigt. Richard versteht dessen Schweigen als eine Aufforderung fortzufahren:

Nora Olsen, ja, die Nora! sei ihm an der Stadthausbrücke über den Weg gelaufen. Er hätte den Fehler gemacht und sich mit ihr eingelassen. Eigentlich nur, um sie rumzukriegen, um an den Auftrag für die Erweiterung des Klärwerks am Köhlbrand heranzukommen. Nora hätte sich verändert, war irgendwie anders als früher. Kurz gesagt, er hatte sich in sie verliebt!

»Mann oh Mann!«, mehr war Günter vorerst nicht zu entlocken.

– Doch das war längst nicht alles! Echte Sorgen bereitet ihm Klaus Frost! Als der neulich im Vertriebsbüro war und Hilfe suchte, war er in einem so desolaten Zustand wie nie zuvor. Frost war total am Ende! Thaler hatte ihn richtig zur Sau gemacht! Und das nicht zum ersten Mal! Wenn der ihn rausschmeißen würde, dann könne er sich den Strick nehmen. Frost liefen die Tränen über das Gesicht. –

»Mann oh Mann, du steckst ganz schön in der Scheiße, mein Lieber! Was soll ich dazu sagen? Komm zu dir! Helen und du, ihr müsst miteinander reden! Du liebst sie doch, oder?! Tja, und Nora? Ein Strohfeuer?! Ich weiß nicht! Wie ernst ist es dir mit ihr?

Mensch!, Richard, denk doch mal an Katrin! Die Arme würde zwischen Helen und dir hin und her gerissen werden! Von den Kosten einer Trennung mal ganz abgesehen!«

Plötzlich muss Günter niesen. Fünfmal kurz hintereinander! Richard vermutet eine Bierallergie. Sie entspannen sich, lachen vorsichtig. Bloß das nicht, keine Bierallergie! Das wäre fatal! Günter zieht ein Taschentuch aus der Jeans hervor, bläst hinein, faltet es nach Gebrauch zusammen und sagt:

»Hm…!? Irgendwie eine ganz komplizierte Geschichte. Findet zu euch, das wäre vielleicht am einfachsten und ganz sicher am besten!«

Günter zupft an seinem Kinnbart.

»Und, …äh, Frost, euer Projektleiter?! Das ist noch schwieriger! Thaler ist brutal und spielt seine Macht voll aus! Was könnte Frost denn noch machen, um wieder auf die Füße zu kommen? Da weiß ich auch nicht! Und was dich angeht, vielleicht kannst du gegen den Vorwurf der Erfolglosigkeit gerichtlich vorgehen...?!«

Sie bestellen noch ein Bier.

Peter Paulsen ist schockiert! Sein Puls rast. Er stößt die Tür mit dem Fuß auf, klettert aus der Kabine und läuft auf den Passat zu, der mit offener Fahrertür und laufendem Motor auf der Brücke steht. Der Wagen ist leer. Paulsen hastet zur Leitplanke, klettert rüber und lehnt sich über das Geländer. Nichts! Er kann absolut nichts erkennen. Wie ein schwarzes Loch liegt der Köhlbrand unter ihm.

»Oh mein Gott! Verdammt!«, entfährt es ihm.

Er kraxelt zurück auf die Fahrbahn und geht auf seinen LKW zu. Mittlerweile hat sich eine Schlange aus Neugierigen gebildet.

»Polizei! Ich muss die Polizei rufen!«, ruft Paulsen denen zu, die nicht in ihren Autos sitzengeblieben sind. Er erklimmt die Kabine seines Sattelzugs. Dass seine Kleider vom Regen durchnässt sind, spürt er nicht. Auf dem Beifahrersitz liegt ein Funktelefon. Er nimmt es zur Hand und wählt die 110.

Nach diesem Telefonat klingelt er seinen Großhändler in Berlin aus dem Bett, um ihm von dem Vorgang und seiner verspäteten Ankunft zu unterrichten. Der nimmt das Unglück emotionslos hin. Die Köhlbrandbrücke ist weit weg! Sorgen macht ihm nur der eigene Umsatz, den er flöten gehen sieht. Paulsen legt das Funktelefon beiseite und zündet sich eine Zigarette an. Kalter Schweiß bedeckt seine Stirn. Er steckt die Zigarette zwischen die Lippen, verschränkt die Arme vor der Brust und pustet den Rauch gegen die Windschutzscheibe.

Minuten später schallt von der Brückenrampe ein Martinshorn herüber. Erst verhalten, dann lauter und lauter werdend, die Ohren quälend, gefolgt von einem zweiten und dritten, einer ganzen Armada von Sirenen und Blaulichtsignalen.

Über die Zulassungsnummer wird der Halter des Passats ermittelt:
Elektroanlagenbau MUELER & UDERICH International GmbH!
Wie ein Buschfeuer verbreitet sich die Neuigkeit durch die Nacht. Der Polizeibeamte, der Walter Uderich weckt, macht solch eine telefonische Benachrichtigung nicht zum ersten Mal.
»Sind Sie sicher?«, ist Uderichs Reaktion.
Das Call-Girl auf dem Bettlaken neben ihm kam gern zu Uderich. Walter ist ein großzügiger Mensch, sucht Trost, will jemanden zum Reden, sich an Dessous berauschen und vom Duft junger Haut benebeln lassen.
»Walter? Was ist denn?«, will Marie wissen.
Uderich wählt bereits Manfred Thalers Nummer.

Manfred Thaler fährt der Schreck in die Glieder. Besonders in das eine, dass Caroline, deren Mann mal wieder in Dubai die Kohle ranschafft, gerade mit Liebe aufgerichtet hat.
»So ein Idiot!«, entfährt es ihm, »ich rufe sofort Ritter an!«
Ritter befindet sich im Tiefschlaf, als das Telefon auf dem Nachttisch klingelt. Nachdem die tragische Neuigkeit den Weg durch

den Restalkohol zu seinem Verstand gefunden hat, schlägt sie bei ihm wie eine Bombe ein.

»Du musst Gotha informieren! Der muss es ebenfalls wissen!«, flüstert Thaler ins Telefon. Das »Warum denn ich?«, das Ritter in die Sprechmuschel presst, bleibt in der Leitung stecken, denn EMUs Prokurist Manfred Thaler hat bereits aufgelegt.

»Das ist die letzte Runde!«, sagt Irmi, nimmt die leeren Gläser zu sich aufs Tablett, rückt die Bierdeckel an den rechten Platz und stellt die frisch gezapften »Tulpen« mit Altonas perfektester Schaumkrone zu ihnen auf den Tisch.

Nach zwei Zigarettenlängen geht Richard an den Tresen und zahlt die Zeche. Günter drückt ihm 20 Mark in die Hand. So haben sie es immer gehalten! Jeder zahlt für seinen Teil!

»Rufst du uns ein Taxi, Irmi?«, fragt Richard.

Kurz danach steckt der Kutscher die Nase durch den Türspalt: »Taxi!?«

Sie verabschieden sich von der Wirtin. Günter zieht an der Kneipentür. Penny, die Boxerhündin der Wirtsleute, liegt wie gewöhnlich auf der Fensterbank, schiebt den Kopf unter die Gardine und sieht ihnen nach. Günter setzt sich in den Fond, während Richard vorn in den Daimler steigt und den Fahrer anweist:

»Bitte in den Bosselkamp!«

Das Taxameter wird eingeschaltet und los geht die Fahrt.

Hinter der Autobahnanschlussstelle Hamburg-Othmarschen – der Wagen biegt gerade von der Waldersee- in die Noerstraße ein – meldet sich Günter von der Rückbank:

»Sie können mich hier raus lassen! Was...?«

»Lass stecken!«, sagt Richard, »sind nur Siebenfünfzig auf der Uhr! Die zahle ich!«

Günter verabschiedet sich mit: »Ruf an, wenn du...?!«

»OK. Mach ich, danke..., gute Nacht!«

»Am Ende der Straße rechts rum und dann sind wir auch gleich da!«, informiert Richard den Taxifahrer.

Wieder keimt Wut in ihm auf! Wut gegen Thaler, gegen Ritter, der lügt, sobald er den Mund aufmacht, und sich für keine Schweinerei zu schade ist, gegen Helen, die sich ausgerechnet mit diesem Widerling auf ein Verhältnis eingelassen hat! Und letztendlich gegen sich selbst, der sich korrumpieren ließ und der selber korrumpiert hat! Er könnte schreien vor Wut!

Richard wischt sich eine Träne aus dem Augenwinkel. An der Kurve, wo die Lärmschutzwand parallel zum Bosselkamp verläuft, tagsüber den Verkehrslärm der A7 schluckt, nachts um 2 Uhr hingegen nur wenig zu tun hat, hält das Taxi an. Der Fahrer sieht Richard an und fragt:

»Hier?«

»Ja, danke!«, er drückt dem Kutscher einen Zehnmarkschein in die Hand, »stimmt so!«

Vom roten Backstein und den braun lackierten Fensterrahmen ist bei der Dunkelheit nicht viel zu sehen. Das Fahrgeräusch eines Frühaufstehers zieht auf der Autobahn vorüber, nimmt ab und verschwindet im Elbtunnel.

Richard trottet die Auffahrt hoch. In der Diele brennt Licht. ‚Um diese Zeit?', denkt er irritiert, sperrt die Haustür auf, stellt die Collegemappe im Flur gegen die Wand, streift sich die Schuhe von den Füßen, hängt Mantel und Jackett in die Garderobe und fragt flüsternd durch die halb offen stehende Wohnzimmertür:

»Helen!?«

Seine Frau sitzt mit angezogenen Beinen auf dem roten Sofa. Sie hat ihr Schlaf-Shirt an. Zwischen den Händen knüllt sie ein Taschentuch. Richard geht um den Couchtisch herum und knipst die Stehlampe an. Die Aggressionen, die wegen der erlittenen Frustrationen in ihm gären, haben ihn nach dem Alkoholkonsum blind gemacht. Er fährt Helen an:

»Warum bist du nicht im Bett?«

Helen starrt durch ihn hindurch.

»Seit wann interessiert dich, um welche Uhrzeit ich von der Arbeit nach Hause komme?«

Plötzlich kriecht Angst in ihm hoch.

»Ist was mit Katrin?!«

Er setzt sich neben sie.

»Nun sag schon, was ist passiert?«

Sie bewegt die Lippen. Ihre Stimme verweigert sich.

»Ganz langsam! Was ist los?«

Helen räuspert sich in die vorgehaltene Hand, bevor sie das unglückselige Ereignis der Nacht verkündet:

»Stell dir vor, Klaus Frost ist von der Köhlbrandbrücke gesprungen!«

Dritter Teil

Februar 1987 – Juli 1987

Ratlos

Richard legt den Notizzettel auf den Küchentisch, reibt sich den Schlaf aus den Augen und sieht auf die Uhr: Es ist elf! Seine Miene spiegelt die harte Nacht wider, die hinter ihm liegt. OK! Katrin und Helen sind bei Oma. – Auch gut! Sie würden ja doch nur aneinander vorbeischleichen und kein Wort miteinander wechseln. Und Katrin hätte gerochen, dass irgendetwas faul ist, wäre wie ein Gummiball zwischen ihnen hin und her gesprungen, um zu vermitteln.

Er setzt sich an den Tisch, presst seine Schultern gegen die Stuhllehne, schließt die Augen und stößt einen Seufzer aus. Schwarz und düster taucht die Köhlbrandbrücke aus dem Regen auf! Drängt sich mit Brutalität vor sein inneres Auge! Das Bild schlägt ihm auf den Magen. Er muss an die Luft!

Richard steigt die Treppe hoch, geht an den Kleiderschrank, wählt Bluejeans und einen Rollkragenpullover aus. Wieder in der Diele, hakt er seinen Fellmantel von der Flurgarderobe, greift nach den Schlüsseln, die auf dem Schuhschrank liegen, lässt die Haustür hinter sich ins Schloss fallen und stiefelt los, um seinen Wagen zu holen, der um die Ecke »Bei Oskar« am Straßenrand steht.

Ecke Paul-Ehrlich- und Behringstraße steigt er in den 187er, löst einen Fahrschein und fährt Richtung Altona.

Während der kurzen Busfahrt kreisen seine Gedanken um die Ereignisse des gestrigen Tages:

‚Ich hätte Thaler davon abzuhalten müssen, Klaus Frost ins offene Messer rennen zu lassen! Verdammt…, wie konnte der nur von der Brücke springen?! Oh Gott, …ich mag überhaupt nicht daran denken…grauenvoll…!'

Richard stiert aus dem Fenster, der Omnibus legt sich in die Kurve und fährt in den Hohenzollernring. Schattenhaft gleitet die Kreuzkirche vorbei.

An der Haltestelle Große Brunnenstraße steigt Richard aus. Samstagsroutine spult auf Altonas Straßen ab. Radfahrer behängen ihre Lenker mit Einkaufstüten. Mütter schieben Kinderkarren vor sich her. Väter stehen mit ihren Sprösslingen beim Bäcker um Brot und Kuchen an.

Auf dem Weg zum Auto denkt Richard über das Gespräch mit Günter nach, das er gestern Abend beim Bier mit ihm geführt hatte:

‚Günter ist OK! Hat sich den ganzen Mist geduldig angehört. Wie konnte ich mich nur auf die Betrügereien einlassen! Ich muss mit Helen über alles reden. Wir sollten offen sein, einen Strich ziehen und gemeinsam einen Neuanfang suchen! Oder gibt es zwischen uns nichts mehr zu kitten?'

Richard möchte wieder auf Baustellen arbeiten. Zurück, in sein altes Leben! Doch damit kann er Helen nicht kommen! Sie wird aus Hamburg nicht wegwollen! Ihn überfällt Traurigkeit. Am Auto angelangt, steigt er ein und steuert ratlos durch die schmalen Straßen Altonas. Die Elbe zieht ihn an wie ein Magnet.

»Altonaer Balkon«

Nicht der leichteste Hauch. Spiegelglatt fließt der Strom dahin. Klar zeichnen sich die Umrisse der Köhlbrandbrücke vor dem blassblauen Himmel ab. Ein Lotsenboot stemmt sich auf die Bugwelle, die es, strotzend vor Kraft, vor sich herschiebt. Es dampft elbabwärts einem Übersee-Frachter entgegen, um vor Teufelsbrück den Elb- gegen den Hafenlotsen auszutauschen. Ausflügler lehnen am Geländer des »Altonaer Balkons« – einem beliebten Aussichtspunkt am Elbhang –, stoßen bizarre Atemwölkchen aus und erfreuen sich am Blick über die Elbe. Ein Kläffer jagt einem zerfetzten Tennisball hinterher, den ein pausbäckiger Mann über die Liegewiese geworfen hat. Hin und wieder durchbricht Möwengeschrei die Idylle.

Richard fährt seinen Wagen in die eben frei gewordene Parklücke auf der Südseite des Altonaer Rathauses, steigt aus und schlüpft, bevor die Kälte zuschnappen kann, in seinen Fellmantel. Er hastet über den Zebrastreifen, geht am Bürogebäude von Taucher Harmsdorf vorbei und überquert die Kaistraße auf der schmalen Fußgängerbrücke, die zum »Altonaer Balkon« führt. Trotz des Mantels schüttelt es ihn. Am Geländer angekommen, sucht sein Blick die Stelle der Köhlbrandbrücke, von der Klaus Frost möglicherweise gesprungen sein könnte. Richard schließt die Augen, hebt die Hände vors Gesicht und massiert mit den Fingerkuppen Schläfen und Stirn. Er schluchzt auf. Tränen laufen über sein gerötetes Gesicht.

»Verdammte Scheiße!«, brüllt er aus sich heraus, reißt an dem Geländer, dass seine Fingerknöchel weiß hervorstehen. Es ist ihm egal, was die Mutter neben ihm denkt, die ihr Jüngstes auf dem Arm hält, damit es besser sehen kann.

Klaus Frosts Freitod erdrückt ihn. Er hat dessen Schrei nach Hilfe nicht wirklich ernst genommen, obwohl er von Anfang an befürchtete, dass Frost an dem Projekt in Henstedt-Ulzburg scheitern würde. Andererseits hat er nicht geglaubt, dass Frost so dünnhäutig sei!

Und dann geht auch noch Richards Ehe den Bach runter! Was kann er tun? Die Ehe mit Helen kitten oder mit Nora Olsen einen Neuanfang wagen und in das alte, »bessere« Leben zurückkehren? Und bei wem bliebe dann Katrin?

Er wischt sich die Tränen aus dem Gesicht, wendet der Elbe den Rücken zu und trottet zurück zum Altonaer Rathaus.

So sieht kein Sieger aus!

Richard versucht, das Schreckliche der vergangenen Nacht zu begreifen: Wie sehr muss Frost unter Druck gestanden haben, dass der Freitod seine einzige Lösung war! Das konnte nicht allein an dem vergeigten Auftrag gelegen haben. Nur deshalb bringt sich niemand um! Da müssen noch andere Gründe eine Rolle gespielt haben! Richard sucht nach einer Erklärung, die ihn entlasten könnte, muss sich aber eingestehen, dass er Frost im Regen stehen gelassen hat.

Wieder am Parkplatz hinter dem Standesamt angekommen, steigt er in sein Auto, schnieft ins Taschentuch und fährt nach Hause zurück.

Aussprache

Nach dem Frühstück verabschiedete sich Helen von ihrer Mutter. Katrin blieb bei Oma, die der Kleinen versprochen hatte, Käsesuppe mit Hackfleisch zu kochen. Die beiden vertreiben sich inzwischen die Zeit und spielen »Mensch ärgere dich nicht«.
Jetzt sitzt Helen mit angezogenen Beinen auf dem roten Sofa. Sie schaut sich eine Videoaufzeichnung von Dienstagabend an: Dallas! Auf dem Röhren-Bildschirm liegen sich J. R. Ewing und die alkoholsüchtige Sue Ellen, der er einfach nicht treu sein kann, in den Haaren.
Richard, der eben erst aufgestanden ist, steckt noch im blau-weiß gestreiften Schlafanzug. Barfuß betritt er das Wohnzimmer.
»Kannst du nicht mal den Fernseher…?!«
Helen schürzt die Lippen, drückt per Fernbedienung Fernseh- und Videogerät aus. Sie zieht die Beine noch weiter an und verlagert ihre Sitzposition in den Schneidersitz.
»Ich weiß nicht, womit ich anfangen soll!«, sucht Richard das Gespräch.
Helen bleibt stumm.
»Stürzt sich von der Köhlbrandbrücke! Unvorstellbar! Ich fühle mich mitverantwortlich an seinem Tod! Ich hab gewusst, dass er labil ist. Und trotzdem, es kann nicht sein, dass es nur wegen der Arbeit war. Man kennt ja die Kollegen kaum, arbeitet so nebeneinander her, wirklich…mein Gott…ich weiß auch nicht!«

»Tragisch! Und seine Frau! Haben sie Kinder?«
Die Frage bleibt unbeantwortet. Helens Blick wandert über die Glasplatte des Couchtisches, in der sich die kahlen Äste der Eiche aus dem Vorgarten spiegeln.
Richard unterbricht das betretene Schweigen:
»Und dann noch meine und unsere eigenen Probleme.«
Helen sieht auf.
Wieder räuspert Richard sich und fährt fort:
»Irgendwie stecke ich bis zum Hals im Dreck! Um an Aufträge heranzukommen, hab ich geschmiert! Verstehst du!? Ich hab Leute bestochen! Nach dem Motto: ‚Wenn du mir hilfst, an den Auftrag heranzukommen, dann stopf ich dir als Gegenleistung einen Batzen Geld in die Tasche!'«
Richard löst den Blickkontakt zu Helen.
»‚Trau dich was!' Ich hab Ritters Stimme jede Nacht in meinen Ohren! ‚Du wirst sehen, alles hat seinen Preis!'«
»Ritter?«
Helen lehnt sich ins Rückenpolster und kreuzt die Arme vor der Brust.
»Ja, Ritter, dieser miese Lump!« In Richards Stimme schwingt ein giftiger Unterton mit.
»Hast du dir mal Gedanken darüber gemacht, wovon der seine Ferienwohnung auf Sylt und den Reihenbungalow südlich der Elbe bezahlt hat?«
»Weiß ich doch nicht! Loni hat doch Geld, oder vielleicht hat er geerbt?«
»Und, das kannst du mir glauben, Ritters Wohnungen sind bezahlt! Nichts mit Finanzierung und so! Hast du eine Ahnung, was eine Rolex oder maßgeschneiderte Oberhemden kosten? Was es kostet, sich an zwanzig Tagen im Monat mittags zwei bis drei Glas Wein reinzuziehen?! Ein normales Ingenieurgehalt reicht da nicht aus! Wo kommt das Geld her? Woher? Dass hatte ich mich oft gefragt, bis er eines Tages die Karten auf den Tisch legte!«

Richard greift nach der Zigarettenschachtel, die auf dem Glastisch liegt und steckt sich eine an.

»Ritter und Thaler zocken EMU ab! Das geht zum Beispiel so: Du versprichst einem »Freund«, der in irgendeinem Ingenieurbüro sitzt und verantwortlich für die Projektvergabe ist, 20.000 Mark! Dafür muss er dir den Auftrag zuspielen! Im Büro lässt du durchblicken, dass eine Chance besteht, an den Auftrag heranzukommen. Allerdings sei unter 50.000 Mark kaum was zu machen! Verstehst du?«

»Nein..., nicht so ganz.«

Richard drückt den Filter in den Aschenbecher.

»Wenn du einen willigen »Freund« gefunden hast, lotet Ritter die Geldbeträge aus, die ins Spiel kommen sollen! Er hat ein Gespür dafür, was geht! Thaler macht dann dem Alten klar, wie tief in die Kasse gegriffen werden muss. Liegt der Auftrag unterschrieben bei uns im Hause vor, sorgen Ritter und Thaler dafür, dass die eben erwähnten 50.000 Mark bei uns im Büro auf dem Tisch landen. 20.000 stecken wir in einen neutralen Umschlag. Das ist das Schmiergeld und geht an unseren Kontaktmann! Die verbleibenden 30.000 teilt Ritter unter uns auf. Jeder von uns, also Thaler, Ritter und ich, erhält 10.000 Mark! Das Ganze ist Ritters Idee. Er und Thaler bereichern sich auf diese Weise seit Jahren. Ob der Alte davon weiß und das duldet, dass wir uns einen Teil in die eigene Tasche stecken, kann ich nicht sagen. – Als ich in der Zentrale auftauchte, war ich zuerst ein Störenfried im System. Also blieb ihnen nichts anderes übrig, als mich in ihre Gaunereien einzuweihen und mir die Chose schmackhaft zu machen. Und ich!? Ich Idiot habe mich darauf eingelassen! Ritter steuert mich und weiß natürlich über jeden meiner Schritte Bescheid!«

Richard zündet sich die nächste Zigarette an.

»Tja, so läuft das! Ich habe bisher nur einen Auftrag an Land ziehen können! – Aber Ritter schwimmt im Erfolg!«

Bei jedem »Ritter« vibriert Wut in Richards Stimme!

»Zieht ein Projekt nach dem anderen an Land. Und manchmal beteiligen sie mich, damit ich die Klappe halte, verstehst du?«
Die Zigarette glimmt zwischen seinen Fingern. Er bläst den Rauch über den Couchtisch, ist froh, dass das endlich raus ist!
»Oben im Kleiderschrank, unter meinen Socken, liegt ein brauner Umschlag mit 25.000 Mark! Mein Schweigegeld! Du bist mit einem Kriminellen verheiratet!«
Richard wippt mit den Knien. Helen setzt zum Reden an.
»Wart noch mal kurz!«, kommt Richard ihr zuvor. »Das dicke Ende kommt noch! Ich bin Freitag rausgeflogen! Thaler hat mich »entsorgt«! Einfach so! Zack!«
Richard schnippt mit Daumen und Zeigefinger.
»Wegen permanenter Erfolglosigkeit, sagt er! Stell dir das mal vor! Ich war im Kraftwerksbau! Hatte über hundert Elektriker unter mir! Habe den Auftrag für EMU um 10 Prozent – das waren gut 3 bis 4 Millionen – verbessert! Und jetzt liegt in der Personalabteilung ein Aufhebungsvertrag für mich! Ich muss nur noch unterschreiben!«
Richard drückt die Kippe in den Aschenbecher.
»Ich weiß!«, rutscht es Helen raus und sie hält vor Schreck die Hand vor den Mund.
»Was weißt du? Dass ich rausgeflogen bin!? Von wem? Von Ritter, dem Schwein!? Wie tief bist du gesunken, dass du ausgerechnet mit dem versoffenen...«
Helen fällt Richard ins Wort:
»Das reicht! Vergiss nicht, mit wem du sprichst!«
Zornesröte verdunkelt ihr Gesicht. Ihr Blick krallt sich wütend in seinen.
»Und außerdem, wie führst du dich hier auf! Wer gibt dir das Recht, mich so anzuschreien!? Bist du total bescheuert!? Meinst du, ich weiß nicht, dass du mit dieser...rothaarigen... Hexe... rumgemacht hast?!«
Helen springt auf! Die Tür knallt ins Schloss und Richard sitzt allein im Wohnzimmer!

Später, am Nachmittag: Sie sitzen wieder im Wohnzimmer.

»Ritter und Thaler haben mich unter Druck gesetzt! Das sei die Chance, haben sie gesagt! Sie würden alles tun, um ans Ziel zu kommen. Der Erfolg stehe für sie an erster Stelle, rechtfertige die Mittel! Ritter ließ nicht locker und setzte noch einen oben drauf, nach der Devise: ‚Die steht doch immer noch auf dich! Die wickelst du locker um den Finger!'«

»Das ist noch lange kein Grund, um mit ihr ins Bett zu gehen!«

»Und, was ist mit dir? Du fährst hinter meinem Rücken nach Hittfeld, um mit Ritter ins Spielcasino zu gehen! Ich fass es nicht! Und hinterher lässt du dich auch noch von ihm flachlegen! Was hat er an sich, dass du…ausgerechnet mit dem…?«

»Du jammerst mir den gehörnten Ehemann vor!«

Ja, es sei passiert, sie sei schwach geworden, gesteht Helen ein. Und beschwipst war sie auch. Sie vertrage nicht viel, das wisse er doch! Und außerdem hatte sie keine Ahnung von den Machenschaften, in die Ritter ihn verwickelt hat, beteuert sie.

»Und das Polaroid-Foto von dir? – Dieses…perverse Schwein!«

An sowas erinnert sie sich nicht! Ja, vielleicht hat es mal geblitzt! Das könnte schon sein! Sie dachte, es käme vom Alkohol.

»Es war nur das eine Mal«, beteuert Helen, »und du warst auch nicht besser!«

Dann gehen ihnen die Worte aus. Wie so oft an diesem Tag. Nach einer Weile fährt Richard fort:

»Es stimmt, dass ich so erfolgreich sein wollte wie Ritter. Ehrgeizig wie ich nun mal bin – du kennst mich ja! – habe ich mich auf seine korrupten Methoden eingelassen. Stell dir mal vor, was es für Überwindung kostet, jemandem, den du gerade eben erst kennengelernt hast, Geld dafür zu bieten, dass er dir den Auftrag zuschiebt. Genau das wurde von mir erwartet. Und ich? Ich bildete mir ein, das sei das Salz in der Suppe! So ein Schwachsinn! Es ist nichts anderes als Betrug! Und wenn ich eine Ausschreibung anschleppte, fand Ritter sie ungeeignet, weil ich den gewünschten Kontakt, der sich womöglich bestechen ließ, nicht mitbrachte. Wie sollte ich so meine Sollvorgaben erfüllen?«

Richard drückt den Zigarettenstummel zwischen die anderen.

»Aber am widerlichsten ist ihre menschenverachtende Art. Wie sie ständig Frauen hinterherglotzen und über sie herziehen, Wein in sich hineinschütten und dauernd über Geld und wie man es ranschafft quatschen. Frauen, Saufen und Kohle! Jeden Tag! Es steht mir bis hier!«

Richard legt die Hand unter sein Kinn.

»All das bin ich nicht! Ich habe kein Interesse daran, Frauen nachzusteigen, die in einem Alter sind, das mich an meine Tante Miranda erinnert. Und Geld hat mich nie sonderlich interessiert!«

Autotüren klappen. Einen Augenblick danach klingelt es an der Haustür Sturm! Helen erhebt sich vom Sofa. Im Gehen sagt sie:

»Das werden Oma und Katrin sein!«

»Ich bin nicht dafür geschaffen, von Tür zu Tür zu laufen, um Klinken zu putzen«, ruft Richard hinterher. »Wenn ich nur wüsste, wie es jetzt weitergehen soll. Beinahe bin ich froh darüber, dass Thaler mir die Entscheidung abgenommen und mich vor die Tür gesetzt hat. Am liebsten möchte ich wieder raus! Nur weg von hier!«

Im Fahrstuhl

Am Montagmorgen, zehn Tage nach dem schrecklichen Unglück, schließt Richard die Haustür und fährt ins Büro.

Seitdem Thaler ihn kaltgestellt hat, weichen die Kollegen ihm aus, als würde er Unglück bringen. Hinter seinem Rücken reden sie über den Loser, so vermutet er jedenfalls. Ritter, der sonst fast ohne Unterbrechung auf Richard einredete, ist einsilbig geworden, nachdem es beinahe zu einer Prügelei zwischen ihnen gekommen war. Selbst EMUs Betriebsrat, der Thaler aus der Hand frisst und ihn bedingungslos stützt, kehrt auf dem Absatz um, wenn Richard ihm im Treppenhaus über den Weg läuft.

Es ist klar: So geht es nicht weiter, er muss endlich etwas tun. Noch liegt der Auflösungsvertrag, in den er bis jetzt keinen Blick geworfen hat, in der Personalabteilung.

8 Uhr: Die Fahrstuhltür gleitet auf. Ein Luftstrom hinterlässt trotz Schal und Wintermantel eine Gänsehaut auf Richards Schultern. Er betritt die Aufzugskabine.

»Hallo, Betti!?«

Bettina Hanssons Blick schwankt zwischen Erwischt-worden-sein und abklingender Erregung. Ihre rosige Haut riecht nach Karamel und Zimt, gemischt mit einer Spur Sünde.

»Hallo, Richard!«

Und bevor er fragen kann, antwortet sie:

»Ich war im Archiv! Bei mir im Büro quellen die Regale über!«

»Nehmt ihr mich mit!?«

Richard ignoriert Thalers Frage, der zu ihnen in den Fahrstuhl steigt. Bettina weicht Richards Blick aus und sieht auf den Boden. Bei Richard klingelt es: Er ist sich sicher, dass sie mit Thaler im Aktenkeller und er ihr an der Wäsche war!

»Drückst du mal auf den Fünften, Betti! Hallo, Richard!«, sagt Manfred Thaler und holt, als wäre er allein im Fahrstuhlkorb, einen verbogenen Plastikkamm nebst Taschenspiegel aus seinem Jackett hervor. Betti beachtet ihn nicht. Ihr Blick haftet auf dem Linoleum und studiert die feuchten Schuhabdrücke und Richard überhört Thalers Gruß. Der Fahrstuhl ruckt an. Manfred Thaler betrachtet sich im Spiegel, benetzt die vollen Lippen und kämmt den Walrossschnauzer nach unten.

1.OG: Wartung und Service.

Niemand, der rein oder raus will. Der Fahrstuhl rauscht an der Etage vorbei. Thaler streicht selbstgefällig über seine Seidenkrawatte.

2.OG: Abwicklung und Konstruktion.
Der Fahrkorb bremst mit einem Pfeifen ab. Ein Klingelzeichen ertönt. Die Doppelsegmenttüren öffnen sich.
»Lässt du mich bitte raus!«
»Wo gehts denn hin, Betti?«, fragt Thaler.
‚Blödmann!', denkt Richard.
Bettina ignoriert die Frage, setzt eine Unschuldsmiene auf und sagt:
»Tschüss, Richard!«
»Tschüss, Betti, machs gut!«
Die Fahrstuhltüren schließen sich hinter ihr. Thaler dreht den Kopf hin und her. Dann taxiert er Richard vom Kopf bis zu den Schuhsohlen und fragt:
»Warst du schon in der Personalabteilung?«
»Nein, warum!?«
Wut und Frustration steigen in Richard auf. Er ringt mit sich, ob er Thaler drohen soll, dass er alles publik machen wird! Dass er das korrupte Spiel auffliegen lassen könnte, wenn Thaler an dem Aufhebungsvertrag festhält! Egal, was dabei rauskommt! Dann hängt er eben mit drin! Mitgegangen, mitgefangen! Doch dann verwirft den Gedanken. Es hat keinen Sinn, Thaler würde sowieso alles abstreiten!
»Du solltest unterschreiben«, sagt Thaler, »das erspart uns eine Menge Ärger. Bei einem Rechtsstreit kommt sowieso nicht mehr dabei heraus! Glaub mir, eher weniger!«
3.OG: Angebotswesen und Vertrieb.
Der Aufzug hält an. Ein Klingelzeichen ertönt. Die Türen gleiten auf. Ihre Blicke kreuzen sich:
»Wie kann ein Mensch nur so verlogen sein!?«
Richard steigt aus, die Segmenttüren des Fahrstuhls schließen sich.
»Es liegt nicht an mir!«, ruft Thaler Richard hinterher, fährt am 4.OG: Kaufmännische und Personalabteilung vorbei, bis in

die Chefetage im 5.OG: Anmeldung und Sekretariat – Besprechungszimmer.

Währenddessen öffnet Richard die Tür zum Vertriebsbüro. Der ewige Mief aus Cognac, abgestandener Luft und kaltem Zigarettenqualm schlägt ihm entgegen. Schlagartig beginnt sein Herz zu rasen, die Hände fühlen sich taub an. Richard dreht sich auf der Stelle um und verlässt das Bürogebäude über das Treppenhaus.

Am Baumwall

Mit enervierendem Scheppern rollt die U3 in den U-Bahnhof Baumwall ein. Bremsen ziehen an, Eisenräder schrillen und der Zug steht. Wagontüren öffnen sich. Hafenarbeiter in Steppjacken und Jeans, die Elbsegler tief ins Gesicht gezogen, hasten die Steintreppe runter und schieben am Imbiss vorbei, den Richard als Kind jeden Donnerstag mit seiner Mutter aufsuchte. Donnerstags war Zahltag im Hafen und Richards Mutter war nicht die einzige Frau, die mit ihrem Spross an der Hand in den Schlangen vor den Schaltern des Lohnbüros der HHLA anstand, um sich den Wochenlohn ihres Ehemanns aushändigen zu lassen. Die Tüte mit dem Geld tief in der Handtasche vergraben, leistete sie sich im Imbiss eine Tasse Kaffee und paffte eine Peter Stuyvesant dazu. Für Richard war eine Knackwurst drin. Und allein die war den Ausflug an die Elbe wert!

Doch an weit zurückliegende Kindheitstage denkt Richard im Augenblick nicht. Seine Gedanken kreisen ausschließlich um das nackte Überleben! Er steht auf dem Elbpromenadenweg und tastet nach seinem Puls. Hände und Unterarme fühlen sich taub an, wie abgestorben! Er hechelt mit offenem Mund Sauerstoff in seine Lungen, ohne richtig auszuatmen. Sein Lodenmantel und das Tweed-Jackett, das er darunter trägt, stehen offen. Der Wind reicht nicht, um ihn abzukühlen. Todesangst überfällt ihn! Er lockert die Krawatte, zerrt sie vom Hals und stopft sie in die Manteltasche. Wie getrieben läuft er hin und her, bleibt stehen und hält sich am eisigen Geländer fest, das ihn vom Hafenbecken trennt. An den Pontons dümpeln Barkassen. Spaziergänger flanieren an Richard vorbei.

‚Sieht denn niemand, wie schlecht es mir geht?!', schreit eine Stimme in ihm!

Mit Brutalität überfällt Richard eine Herzattacke. Er befürchtet, jeden Moment tot umfallen zu können.

»Was wird, wenn ich jetzt sterbe? Mensch, Günter, beeil dich! Ich kann nicht mehr!«

Nachdem Richard vor der Bürotür kehrtgemacht hatte, fuhr er in den Außendienst. Doch wen sollte er noch besuchen? Es machte keinen Sinn mehr und in Gedanken hatte er sich von dem verhassten Job längst verabschiedet. Seine Existenz und die seiner Familie bereiteten ihm jetzt Sorgen! Er brauchte einen neuen Arbeitsplatz! Oder zumindest die Aussicht auf einen. Dann würde er den Auflösungsvertrag sofort unterzeichnen. Vielleicht sollte er den Vertrag wenigstens einmal einsehen, überlegte er, als er in seinen Wagen stieg. Es führte sowieso kein Weg mehr zurück, das war ihm nach der Begegnung mit Thaler im Fahrstuhl endgültig klar geworden!

Kurzentschlossen fuhr Richard an die Landungsbrücken. Am Hafentor bog er in den Parkstreifen ein, der unterhalb des stählernen Viadukts der U-Bahn bis zum Baumwall führt. Richards Herz raste ohne vorherige Ankündigung los! Er hörte es außerhalb seines Brustkorbs schlagen! Bum-Bum-Bum! So schlimm war es noch nie! Todesangst packte ihn! Er hielt Ausschau nach einer Telefonzelle, versuchte erst vergeblich, Helen zu erreichen, und rief dann Günter an und bat ihn um Hilfe. Günter zögerte nicht einen Augenblick:

»Warte am U-Bahnhof Baumwall auf mich!«, sagte er, legte die technische Beschreibung über Tiefseekabel zur Seite, stieg in seinen 75er VW-Passat und fuhr so schnell der Verkehr es zuließ an den Baumwall.

Günter entdeckt Richard, der neben dem U-Bahn-Schild mit dem Rücken am Geländer lehnt, auf dem Promenadenweg.
»Was ist los mit dir, mein Alter?«
»Oh Mann, das wüsst ich selber gern! Gottseidank, dass du endlich da bist! Ich hab solche Angst!«
»Angst? Wovor?«
»Ich fühle meine Arme nicht mehr!«
Günter knöpft Richards Jackett und Mantel zu.
»Du bist ja total ausgekühlt!«
Er legt den Arm um Richards Schulter, blickt sich um, sucht fieberhaft nach einer Lösung. Richard, dem die Todesangst ins Gesicht geschrieben steht, benötigt dringend Hilfe! Ist das ein Herzinfarkt? Ein Arzt muss her! Schnell!
»Mein Herz schlägt wie verrückt! Dröhnt in meinen Ohren! Klopft nicht hier«, Richard deutet auf seine Brust, »sondern hier, außerhalb meines Körpers, direkt neben mir!«
»Ganz ruhig, mein Alter! Ich bringe dich nach Altona, in die Notaufnahme!«

Notaufnahme

»Welch ein grauer Tag«, murmelt Günter Schulz, der sich um den Freund sorgt, der teilnahmslos auf dem Beifahrersitz sitzt und in jeder Linkskurve mit dem Kopf gegen das Seitenfenster kippt. In solch einem erbärmlichen Zustand hat er ihn noch nie gesehen.
Grau der Asphalt, der unter dem Chassis davonfliegt. Grau der Himmel, aus dem Schneegriesel fällt. Und Richard, aschgrau im Gesicht, wie das Pförtnerhäuschen am AK-Altona, an dem sie gerade vorbeifahren.

Sie sind am Ziel: Zentrale Notaufnahme! Im überheizten Wartezimmer ist kein Stuhl mehr frei!

Ein Halbwüchsiger mit eingeschlagener Nase füttert den Cola-Automaten mit Fünfzigpfennigstücken. Ein Bauhandwerker mit einer klaffenden Wunde am Schädel wartet darauf, genäht zu werden. Eine kleine Frau mit ausgekugeltem Arm, eingehüllt in eine Alkoholfahne, fragt die Aufnahme-Schwester, warum ausgerechnet sie so lange auf den Arzt warten muss.

Nach einer halben Stunde sind die Freunde an der Reihe. Die Formalitäten sind rasch erledigt. Eine Schwester führt Richard und Günter in den Behandlungsraum und zeigt auf eine freie Liege.

Der südländisch aussehende Arzt, der den grünen Vorhang zur Seite schiebt, stellt sich als Enrico Bretone vor. Er bittet Richard, den Oberkörper frei zu machen, und hört sich dessen Story an. Dann misst er den Blutdruck, horcht Herz und Lunge ab, untersucht Hals, Nase und Ohren, drückt hier und da auf Richards Unterleib und stellt »ohne organischen Befund« fest. Er spritzt Richard ein Beruhigungsmittel und drückt ihm ein Röhrchen Valium in die Hand.

»Morgens und abends je eine«, verordnet Doktor Bretone. »Mit reichlich Wasser einnehmen! Ein Besuch beim Neurologen wäre sinnvoll. Ihre vegetativen Herzrhythmusstörungen könnten die Panikattacke ausgelöst haben. Gehen Sie zu ihrem Hausarzt, der wird Ihnen eine Überweisung an den Facharzt ausstellen!«

Doktor Bretone verabschiedet sich. Günter zieht einen Stuhl heran und setzt sich neben die Liege. Er wirft sich im Stillen vor, Richards Situation in ihrer Tragweite verkannt zu haben. Er hätte an dem Abend bei »Oskar«, an dem Richard von der häuslichen und beruflichen Misere erzählte, gründlicher auf die Probleme des Freundes eingehen müssen.

»Ich muss leider los!«, sagt Günter. »Die Arbeit wird nicht von allein fertig. Keine Panik, wird schon wieder!«

Er legt Richard die Hand auf den Unterarm.

»Rufst du bitte Helen an!?«

»Sobald ich im Büro bin. Und melde dich, wenn du zu Hause bist!«

Drei Stunden nach der Untersuchung durch Doktor Bretone darf Richard das Krankenhaus verlassen. Seine Atemzüge klingen ruhig und gleichmäßig. Das Herz schlägt regelmäßig und die Beine gehorchen ihm wieder. In der Manteltasche klappert das Röhrchen mit dem Beruhigungsmittel.

Vom Krankenhaus bis zum Bosselkamp sind es zu Fuß keine zehn Minuten. Die Glastür gleitet vor ihm auf. Richard geht los. Ein Notarztwagen biegt mit eingeschaltetem Blaulicht in die Zufahrt ein. Am Wegrand, zwischen kahlen Büschen und Sträuchern, liegen ein zerknüllter Pappbecher und zerfetztes Blumenpapier. Ecke Paul-Ehrlich- und Behringstraße kommt Helen ihm entgegen.

Die feuchte Luft kündigt Neuschnee an.

Angstzustände

Richard wickelt sich ein Saunatuch um die Hüften, füllt das Waschbecken mit heißem Wasser, schäumt Wangen und Kinn ein und rasiert sich. Anschließend steigt er unter die Dusche. Während das Wasser über Kopf und Rücken läuft, bringt Helen Katrin, die um 8 Uhr in der Schule sein muss, zur Tür.

»Sei bitte vorsichtig, mein Schatz, wenn du über die Straße gehst!«

»Aber Mama!«

Die Haustür fällt ins Schloss und Helen geht in die Küche. Richard, in Schlips und Kragen, steht am Spülbecken und schenkt sich ein Glas Wasser ein.

»Was nimmst du da?«

»Valium!«

»Hast du noch diese«, Helen zögert, »...Angstzustände?«

»Glaub mir, ich war echt von der Rolle! Mir war so…, wie soll ich es beschreiben!? Mein Herz war nicht mehr hier drin«, Richard tippt mit der Hand auf die Brust. »Es schlug neben mir! Hier, …außerhalb meines Körpers! – Bin noch immer wie von Watte umhüllt! Denke, das liegt an den Tabletten!«

Richard fühlt sich wie nach einer Pfeife Shit! Haschisch pur! Wie in Ernis Wohnung, als er glaubte, vom Horrortrip nicht mehr zurückzukommen. Die Haut war ihm von den Händen gefallen, so high war er an dem Abend. Nora Olsens Augen schossen wie zwei verchromte Teleskope auf ihn zu. Und zu allem Überfluss schlug noch ein Komet in seinen Kopf ein und drehte schneller und immer schneller werdende Feuerkreise durch seinen Körper! Es dauerte Stunden, bis er auf die Erde zurückfand und mit den Beinen wieder im wahren Leben stand!

»Am meisten Sorgen macht mir, dass ich meinen Job verloren habe!«

»Du bekommst doch eine Abfindung! Kannst dir in Ruhe etwas Neues suchen!«

»Die Hälfte davon kassiert der Staat!«

»Wird schon eine Weile reichen!«

»Das Geld löst sich schneller in Luft auf, als du dir denkst«, antwortet Richard. »Den Banken ist es doch völlig egal, wie es um dich steht. Die buchen einfach ab! Ohne Erbarmen! Jeden Monat 3.000 Mark!«

»Siehst du die Lage nicht zu schwarz?«

»Wir können uns das Haus abschminken!«

»Du wirst einen neuen Job finden!«

»Ich hasse diese Art von Arbeit!«

Über Helens Gesicht zieht ein Schatten. Sie schaut Richard mit diesem Blick an, der zwischen Verletzt-worden-sein und Unverständnis liegt.

»Ich will nicht aus Hamburg weg, Katrin hat sich gerade eingelebt. Meine Mutter wird alt, sie braucht mich mehr.«

»Was soll ich hier denn machen!?«, fragt Richard. »Erwartest du, dass ich in einem Ingenieurbüro sitze, Steckdosen und Schalter zähle, die von einer alkoholkranken Zeichnerin mit zittriger Hand in den Bauplan eingetragen wurden!? Das hatte ich schon, bevor wir in den Iran gingen!«

Er sieht auf die Armbanduhr.

»Viertel nach acht! Ich muss los! Eigentlich Quatsch, im Büro will sowieso keiner mehr was von mir!«

Richard geht in der Flur und nimmt seinen Lodenmantel von der Garderobe. Er geht noch einmal zurück in die Küche, wo Helen sich gerade eine Zigarette anzündet.

»Ich passe nicht in den Vertrieb! Jedem hinten reinkriechen, Klinken putzen gehen, verstehst du!? Mir ständig vormachen, welch toller Hecht ich bin! Nein, ich will das machen, was ich am besten kann! Ich möchte dabei sein, wenn etwas entsteht, ein Kraftwerk zum Beispiel, in dem elektrischer Strom erzeugt wird oder so! Den Dynamo drehen lassen, das macht für mich Sinn!«

Richard unterbricht den Wortschwall, holt kurz Luft und fügt mit Entschlossenheit in der Stimme hinzu:

»Wir werden uns auf ein anderes Leben einstellen müssen!«

»Heißt das, dass du allein…?«

»Ach Helen, ich weiß es auch nicht! Ich blicke überhaupt nicht mehr durch! Was, denkst du, soll ich machen!? Wo du so sehr an Hamburg hängst!?«

Er dreht sich zum Flur, nimmt die Mappe vom Schuhschrank und geht.

Flaute

Auf dem Weg zum Auto überlegt Richard, ob er zu Christoph Raff fahren soll, um mit ihm ein Vieraugengespräch zu führen. Er könnte Raff die Karten offen auf den Tisch legen. Raff ist umtriebig. Ein Hansdampf in allen Gassen! Schießt irgendwo in

Hamburg ein neues Projekt aus der Erde, fällt ein Kollege aus der Zunft die Karriereleiter runter oder rauf: Raff weiß als erster davon. Unter Umständen kennt er ein Ingenieurbüro oder einen Betrieb, die einen gestandenen Elektroingenieur mit Auslandserfahrung suchen.

Richard steigt in sein Auto und fährt zu RAT Consulting. Er hat Glück, Christoph Raff ist im Büro.

»Ein bisschen Geduld, gleich ist er für Sie da«, flötet die blonde Französin hinter dem Empfangstresen und zeigt mit lackierten Krallen auf das Besprechungszimmer. »Bitte warten Sie dort!«

Der spartanisch eingerichtete Raum lädt nicht zum Verweilen ein. Richard schaltet die Hälfte der Deckenleuchten an, zieht einen der Freischwinger unter dem Tisch hervor, setzt sich und kompensiert seine Anspannung, indem er mit der Lehne wippt.

Vom Treppenflur wehen Wortfetzen herüber. Die Französin am Empfang lacht heiser.

Richards Gedanken schwirren um Helen, Christoph Raff und den Aufhebungsvertrag: Wenn Raff einen Job für ihn hätte, könnte er Thaler bluten lassen! Er könnte versuchen, seine Abfindung in die Höhe zu treiben. Wenn sie das Geld zum Leben nicht benötigten, könnten sie ihre Hypothek davon tilgen.

Richard erhebt sich. An der Stirnwand des Raumes hängen DIN A3-große Schwarzweißfotos von einer Großbaustelle in Oman. Kirchturmhohe Kräne überragen riesige Stahlskelette, in die zu einem späteren Zeitpunkt die Dampfkessel für das in Bau befindliche Kraftwerk eingehängt werden. Richard kreuzt die Arme vor der Brust.

»Ich muss hier weg! Mit oder ohne Helen!«

»Was grummelst du?«, Christoph Raff steht in der Tür. Ihn ziert ein Dreitagebart.

Er reicht Richard die Hand. Fragend hebt Raff eine Augenbraue:

»Was verschafft mir die Ehre?«

Richard erwidert den Händedruck, hält Raffs Hand länger als sonst üblich.

»Du weißt ja, es ist eigentlich nicht meine Art, unangemeldet aufzutauchen, aber...«

»Du siehst müde aus! Muss ich mir Sorgen um dich machen?« Christoph Raff macht eine Geste in Richtung Richards Stuhl. Sie setzen sich. Unbewusst fängt Richard wieder zu wippen an.

»Danke, dass du Zeit für mich hast. Ich will es kurz machen! Seit einigen Wochen wird bei EMU saniert! Und ich bin eines der Opfer geworden!«

»Du? Und was heißt das?«

Richard beugt sich über den Tisch, hält Raff die Schachtel mit den Zigaretten hin. Der winkt ab.

Richard zündet sich eine an und fährt fort:

»Stell dir vor, Thaler hat mir einen Auflösungsvertrag auf den Tisch geknallt!«

»Das ist ein Ding!«

Richard stützt die Hände auf die Tischkante und lehnt sich im Stuhl zurück. Raff ändert seine Meinung:

»Jetzt rauche ich doch eine, darf ich?«

Richard schiebt die Schachtel mit den Streichhölzern über den Tisch.

»Tja, ich bin schon auf Jobsuche! Schöner Mist, oder!? Es nützt nichts, ein neuer Arbeitsplatz muss her! Je schneller, desto besser! Du hast nicht zufällig was gehört?«

»Das wird nicht so leicht werden! Im Moment herrscht überall Flaute!«

Richard hört auf, mit dem Stuhl zu wippen. Er beugt sich nach vorn.

»Hast du wenigstens ein Projekt für mich? Ein fettes Ding, wie das Warenverteilungslager in Henstedt-Ulzburg!? So 2 bis 3 Millionen schwer? So ein Brocken könnte mich rausreißen.«

Raff wiegt verneinend den Kopf:

»Hab ich nicht! Leider!«

Richard bricht das eingetretene Schweigen.

»Ich glaube, dass Thaler eifersüchtig auf mich ist. Er hat mich von dem Zeitpunkt an auf dem Kieker, an dem Ritter im Rausch nicht an sich halten konnte und laut hinausposaunte, was für ein toller Kerl ich doch sei und wie gut ich zu ihnen beiden passen würde. Das war vor sechs Monaten, im »Weinkeller«, nachdem du uns den Auftrag fürs Logistikcenter zuspieltest. Thaler teilt nicht gern! Seinen Busenfreund schon gar nicht! Und mit mir erst recht nicht! Er ist hochzufrieden damit, dass er mich jetzt los wird!«

»Und Ritter? Ich dachte, der mag dich!? Hast du in ihm keinen Fürsprecher?«

»Der zieht den Schwanz ein, der Opportunist! Hat mich fallen gelassen wie eine heiße Kartoffel!«

Zornesröte schießt Richard, der um seine Haltung ringt, ins Gesicht.

»Es ist besser, ich streich bei EMU die Segel und versuch an anderer Stelle mein Glück!«, sagt er, nachdem er wieder Kontrolle über seine Gefühle hat.

Von Helens Seitensprung und seiner heftigen Panikattacke erzählt er nichts. Dass Nora ihm über den Weg gelaufen war, kann er allerdings nicht für sich behalten. Ohne auf delikate Details und sein eigentliches Anliegen an Nora einzugehen, berichtet er von dem Wiedersehen mit ihr. Ein Funkeln in seinen Augen hält Raff davon ab, weiter nachzubohren. Er sieht auch so klar! Und da sie gerade beim schönsten aller Themen, den Frauen, sind, fragt Richard Raff nach seiner kubanischen Freundin:

»Wie geht es eigentlich Isolina?«

»Isolina?«

Christoph Raffs Ohren bekommen Besuch, so breit grinst er bei Richards Frage.

»Fliegst du im Urlaub nach Havanna?«

»Nein, Isolina kommt wieder nach Hamburg.«

»Ist das nicht viel Geld, so ein Ticket? Ach, ich versteh schon!«

»Ja doch, ich übernehme ihre Kosten!«

»Und, hat sie Verwandte in Hamburg? Bei dir kann sie ja nicht wohnen, oder!?«

Raff verzieht sein Gesicht zu einer Grimasse.

»Witzbold! Natürlich zahl ich das Hotel!«

»Verbrenn dir bloß nicht die Finger!«, meint Richard.

»Sie ist so anders, …verstehst du, …so eine Frau ist mir noch nie über den Weg gelaufen, …auch wenn sie eine Schneise in mein Sparbuch brennt! Es ist mir egal! Vielleicht kommen bald bessere Zeiten!«

War das ein Hinweis? Hat Christoph Raff doch ein Projekt in petto, das er ihm zuspielen könnte?

»Sag ich doch! Ein Projekt wie in Henstedt-Ulzburg könnte uns beide retten!«

Doch zu seiner Enttäuschung steht Raff auf und klopft mit dem Zeigefinger auf seine Armbanduhr:

»12 Uhr 30! Tut mir leid! Projektbesprechung! Ruf nächstes Mal besser an, dann habe ich mehr Zeit für dich! Oder wir könnten uns mal wieder im »Fischerhaus« treffen. Was meinst du?«

Den Türgriff schon in der Hand, sagt Raff:

»Da fällt mir doch noch was ein! Hab ich dir eigentlich von dem Projekt auf Gran Canaria erzählt, um das wir uns bemühen? Die Chancen stehen gut. Der Chef ist sicher, dass er den Auftrag an Land ziehen wird! Das Projekt, ausschließlich Bauleitung, soll über zwei Jahre laufen! Ich hatte das Gefühl, dass er nah dran ist!«

Raff reibt Daumen und Zeigefinger. Richard kennt die Geste zur Genüge!

»Das wär vielleicht was für dich! Sprich doch mal mit ihm!«

Der Aufhebungsvertrag

Die Tür zum Vertriebsbüro steht offen. Auf dem Cognacglas, das aus diesem Raum nicht wegzudenken ist, kleben tagealte Fingerspuren.

Felix Ritter sitzt hinter seinem Schreibtisch. Wie üblich arbeitet er an seinem Rechner. Ein metallisches Klicken begleitet jede Zahl und jeden Buchstaben, die er eingibt. Ritter brummelt ein dünnes »Hallo«, das von Richard überhört wird. Er zwingt sich, die Wut gegen diesen »Kollegen« unter Kontrolle zu behalten.

Richard fackelt nicht lange. Er greift zum Hörer. Seine Finger hasten über die Tasten.

»Sekretariat von Manfred…!«

Richard schneidet Bettina Hansson das Wort ab, so dass sie ihren Standardspruch nicht runterleiern muss.

»Hallo, Betti! Ist er da?«

»Du, …ich weiß nicht recht!?«

Richard sieht Betti vor sich, wie sie den Hals dreht und durch die offene Tür späht.

»Er ist nicht besonders gut auf dich zu sprechen!«

»Nun sag schon, ist er da?«, drängt Richard.

»Ja!«

»Dann wird sich seine Laune bestimmt gleich bessern!«

»…?«, Betti versteht nicht.

»Ich komm eben hoch, brauchst mich nicht bei ihm anzumelden!«

»Aber, du kannst doch nicht …!«

Richard wirkt entschlossen. Ritter greift zur Cognacflasche und schenkt sich zweifingerbreit ein.

»Doch, ich kann!«, faucht Richard ins Telefon. »Ich will ihn sprechen! Und zwar gleich!«

Richard knallt den Hörer auf die Gabel! Im Gehen krempelt er die Manschetten hoch. Felix Ritter sieht auf und blickt ihm mit offenem Mund hinterher.

Schnurstracks eilt Richard zum Treppenhaus, steigt, immer zwei Stufen auf einmal, bis in den 5. Stock, wo Thaler seit seiner Ernennung zum Prokuristen sein Büro hat.

Mit kurzangebundenem »Hallo!« hastet er an Bettina Hansson vorbei, die eine Unterschriftenmappe mit Tagespost füllt. Sie versucht gar nicht erst ihn aufzuhalten.

»Hast du einen Augenblick Zeit für mich?«

Ehe Manfred Thaler ja oder nein sagen kann, fährt Richard fort:

»Ich möchte über den Aufhebungsvertrag sprechen!«

Thaler zeigt ihm zunächst die kalte Schulter. Dann wird er sich Richards Worte bewusst und bekommt den Widerwillen gegen den Überfall in den Griff.

»OK, geht schon«, sagt er, »setz dich an den Besuchertisch!«

»Betti!?«

Thaler geht um seinen Schreibtisch herum.

»Betti!? Bring mir Richards Auflösungsvertrag!«

Und an Richard gewandt:

»Tut mir wirklich leid, aber EMU muss an die Bedürfnisse des Marktes angepasst und, wo nötig, neu organisiert werden! Die Personalkosten brechen uns das Genick! Wie gesagt, kommt von oben, Managemententscheidung!«

»Managemententscheidung! So ein Blödsinn! Wer ist denn bei EMU das Management!? Du, das Management bist du!«

»Glaub mir! Uderich hat mir aufgetragen, die Personalkosten zu senken! Das ist wirklich keine schöne Aufgabe! Sie ist aber notwendig, denn sonst können wir den Laden dicht machen!«

»Verkriech dich nicht hinter Uderich!«

Thaler nimmt die Unterschriftenmappe von Betti entgegen und setzt sich zu Richard an den Glastisch.

»Was soll ich machen, Richard? Ich habe keine andere Wahl. Du wirst ja gleich sehen, dass der Alte einem großzügigen Abfindungsvorschlag von mir zugestimmt hat. Ich habe mich für dich eingesetzt!«

»Abfindung hin oder her, der Job ist weg! Ein schlechter Deal, wenn kein neuer in Aussicht ist!«, hält Richard dagegen. Er glaubt ihm nicht, hat Mühe, seinen Zorn im Zaum zu halten.

Ihre Blicke bohren sich ineinander. Manfred Thalers rechtes Auge driftet aus der Achse, was die rücksichtslose Härte in seinem Gesichtsausdruck unterstreicht.

»Schau dir den Vertrag an! Ich bin gleich wieder zurück. Muss mal in die Zentralentsorgung.«

Thaler schiebt die Unterschriftenmappe über den Tisch und verlässt das Büro durch die Nebentür, die direkt in den Flur mündet.

Richard senkt den Kopf und liest. An der einen oder anderen Stelle des Aufhebungsvertrages bewegen sich seine Lippen: *»Lösung des Arbeitsverhältnisses zum 31.03.1987... bis dahin Lohnfortzahlung. Sofortige Freistellung... der Jahresurlaub ist dadurch mitabgegolten. Nutzung des neutralen Dienstwagens bis zum oben genannten Vertragsende ... unter Übernahme sämtlicher Betriebsstoffkosten. Bei Zustandekommen des Aufhebungsvertrages zahlt EMU International GmbH eine Abfindungssumme in Höhe von 100.000,- D-Mark... darüber hinaus sind weitere Ansprüche ausgeschlossen. EMU zahlt eine betriebliche Versorgung in Höhe von 200,- D-Mark im Monat, die mit Eintritt in die Altersrente fällig wird«*

Wenn man den Kaufpreis für ein Auto abzieht, wird das Geld gerade mal 12 Monate reichen, fasst Richard den Vertrag in Gedanken zusammen.

Er sieht sich im Büro um. Der Raum riecht nach Thalers zu süßlichem Rasierwasser. Allein von dem Geld, das die von Designerhand geformten Möbel gekostet haben, könnte er sich einen kompakten Kleinwagen kaufen.

Von nebenan dringt Bettinas gekünstelte Lache in den Raum. Die Tür wird aufgestoßen. Thaler tritt ein, reibt zufrieden die Hände und setzt sich zu Richard an den Besprechungstisch.

»Du hattest ja schon unterschrieben!«, beginnt Richard und schiebt die Mappe über den Tisch.

Thaler sortiert die Unterlagen und steckt ein Vertragsexemplar in einen DIN A4-großen Briefumschlag.

»Der ist für dich!«, antwortet er und reicht den Umschlag rüber. »Deinen Dienstwagen kannst du bis zum 31. März behalten!«

»Das habe ich gelesen!«

»Durch deine Unterschrift bist du mit sofortiger Wirkung von der Arbeit freigestellt!«

Richard erhebt sich, nimmt den Umschlag entgegen und kehrt Thaler den Rücken zu.

»Brauchst du wirklich nicht noch mal extra zu betonen! Steht ja drin!«

Ohne ein weiteres Wort verlässt er Thalers Büro durch die Seitentür.

Kneipe »Vogel«

Sie stritten jeden Tag! Sobald Katrin sich auf den Weg in die Schule gemacht hatte, trat ihre Ehekrise deutlich hervor. Sie schrien sich an, führten fruchtlose Diskussionen! Schwiegen oft stundenlang und gingen eigene Wege!

Bis Richard es nicht mehr aushielt! Er rief Nora Olsen an! Sie hatte seinem Bestechungsversuch widerstanden, sich nicht auf die schiefe Bahn ziehen lassen! Der Versuch, sie für sich einzuspannen, hatte ihr Verhältnis stark belastet. Er wusste, dass er sich sehr bemühen musste, damit sie ihm verzieh. Richard schlug Nora vor, sich im »Vogel« zu treffen. Er wolle sich endlich für sein unmoralisches Angebot bei ihr entschuldigen! Nora gab sich während des Telefongesprächs weder euphorisch noch abweisend. Richard merkte nicht, dass sie über seinen Anruf erfreut war.

»Vogel« prangt in Altdeutsch über der vergitterten Eichentür, von der die grüne Farbe abblättert. Ein Stapel Gartenstühle und Klapptische warten – mit einer Eisenkette am Regenrohr gesichert – auf das Frühjahr. In den Pflanzkübeln liegt Laub über Zigarettenkippen. An der Steinstufe, die in die Kneipe führt, kleben Schnee und durchweichtes Zeitungspapier. Eine vom Wind zerzauste Möwe stößt einen entzückten Laut aus, bevor sie im Sinkflug eine zerknüllte McDonald's -Tüte ansteuert. Fahrzeugtüren klappen. Stimmengewirr.

Noch ist die Rentner- und Studentenkneipe leer. Der Run auf den Tresen setzt meist gegen 19 Uhr ein. Richard wartet im hinteren Gastraum auf Nora. Vom Flipper grinsen bis an die Zähne bewaffnete Piraten zu ihm herüber. Er beobachtet durch das Fenster, wie Nora ihren froschgrünen Polo in die einzig freie Parklücke vor der Kneipe zwängt. Sie zieht den Schlüssel aus dem Zündschloss. Augenblicklich stellt der Keilriemen sein Jaulen ein.

Nora dreht den Rückspiegel, mustert sich darin, kramt einen Lippenstift aus der Handtasche hervor und perfektioniert ihr Make-up.

Sie steigt aus, entdeckt Richard hinter der Glasscheibe und winkt ihm zu. Richard erhebt sich und geht ihr entgegen.

»Ich freu mich, dass du gekommen bist!«, sagt er und führt sie am Tresen vorbei ins Hinterzimmer.

Am Tisch fragt er sie: »Möchtest du was essen?« und schiebt ihr die Speisekarte zu, auf deren Deckel ein Papagei in einem Krug voll schäumendem Bier badet.

Heiner, der Wirt, kommt zu ihnen an den Tisch. Sie geben ihre Bestellung auf: Zwei Bier vom Fass, ein Croque Monsieur und Tortellini mit frischen Champignons in Gorgonzola-Sauce. »Gute Wahl!«, lobt Heiner, als säßen sie in einem Gourmetrestaurant, und verschwindet hinter dem Tresen.

Richard sucht Noras Hand.

»Ich möchte mich bei dir entschuldigen!«

Nora zieht die Hand zurück, zupft eine Reno aus der grünweißen Packung – er kann sich nicht daran erinnern, dass sie damals rauchte – und ratscht ein Streichholz an.

»Findest du nicht, dass es eine Riesensauerei war, mich für deine Machenschaften einzuspannen?«, fragt sie. »Für wen hältst du dich eigentlich? Glaubst du, dass ich es mir leisten kann, meinen Arbeitsplatz aufs Spiel zu setzen!? Außerdem ist das Betrug! Kriminell! Du glaubst doch nicht wirklich, dass ich deinetwegen im Gefängnis landen will?«

Heiner bringt ihnen schon mal die Biere an den Tisch.

»Wohlsein!«

An diesem Abend sprechen sie ungeschminkt, offen und ehrlich miteinander. Richard erklärt Nora noch einmal den Erfolgsdruck, unter dem er gestanden hat, und gibt zu, dass Thaler ihn inzwischen wegen »Untauglichkeit« auf die Straße gesetzt hat. Nora macht keinen Hehl daraus, dass sie sich nach einem Partner sehnt, der ihrem Sohn ein Vater sein könnte. Sie kommen einander näher. Viel näher, als bei dem übereilten One-Night-Stand vor drei Wochen, der für Richard hauptsächlich Mittel zum Zweck war. Er fühlt sich zu Nora hingezogen, obwohl er weiß, dass auf sie keine gemeinsame Zukunft wartet. Scheidung kommt für ihn nicht in Betracht und Katrin – sozusagen als »Leihtochter« – nur noch an jedem vierten Sonntag sehen zu können, das will er sich gar nicht erst vorstellen!

Um 23 Uhr möchte Richard aufbrechen. Es ist fast alles gesagt. Sie stehen an der Bordsteinkante und halten sich in den Armen. Der Abschied will kein Ende nehmen.

»Was wäre geworden, wenn wir zusammengeblieben wären?«, fragt Richard und streicht Nora eine Locke hinter das Ohr.

»Du weißt doch, ich wollte damals auf gar keinen Fall weg aus Hamburg!«, gibt sie zu bedenken.

»Eigentlich hattest du nur Angst vorm Fliegen!«

Nora lacht.

»Nicht nur das! Ich hatte überhaupt Angst! Angst vor fremden Menschen. Irgendwo in Afrika oder Brasilien!? Du wolltest Freileitungen durch den Regenwald ziehen. So weit weg von zu Hause!«

»Ja ja, ich weiß! Ich mit meiner Sehnsucht nach Ferne und Abenteuer!«

Richard drückt Nora an sich und küsst sie auf die Wange.

»Heute denke ich ganz anders darüber«, antwortet sie. »Die Fliegerei macht mir nichts mehr aus. Bin mutiger geworden!«

»Ach ja, war ein feines Leben da draußen«, sinniert Richard. »Nur schade, dass Helen so schnell wieder nach Hamburg wollte!«

Er hätte Helen besser nicht erwähnen sollen. Nora löst sich aus seiner Umarmung und schließt die Wagentür auf.

»Ich glaub«, sagt sie, »ich hab einen großen Fehler gemacht, als ich dich ziehen ließ! Heut würde ich mit dir gehen!«

Richard fasst sie an den Schultern. In ihren Augen erkennt er, dass das eben Gesagte von Herzen kommt und antwortet:

»Du weißt, dass das unmöglich ist! Trotzdem würde ich lieber heute als morgen Hamburg den Rücken kehren!«

Helens Plan

Am Mittwochmorgen schnappt Richard sich die Autoschlüssel, steigt in seinen Dienstwagen, der ihm noch bis zum 31. März zur Verfügung steht, und fährt zum »Altonaer Balkon«. Wie ein Mörder, der vom Tatort angezogen wird, zieht es ihn fast jeden Tag an den Hafen. Die Erinnerung an Klaus Frosts Sprung in den Tod holt ihn immer wieder ein.

Unweit vom Altonaer Rathaus entfernt, am Klopstockplatz, findet er eine Parklücke an der Bordsteinkante.

Richard steigt aus, überquert Elbchaussee und Kaistraße auf dem Zebrastreifen und lehnt sich an das Geländer, das den »Altonaer Balkon« zur Elbböschung hin abgrenzt. Er schaut über die Elbe zur Köhlbrandbrücke, die, wie oft in dieser Jahreszeit, in den Vormittagsstunden im Nebel verschwunden ist.

Zur gleichen Zeit – die Digitalanzeige der Küchenuhr springt auf 11 Uhr – sitzt Helen am Küchentisch.

Sie legt die Zeitschrift zur Seite, nimmt das Teeglas in die Hand und trinkt mit kleinen Schlucken von dem Darjeeling. Ihre Gedanken kreisen schon wieder um den Briefumschlag, der oben im Schlafzimmer in der Schublade zwischen Richards Socken liegt.

Angetrieben von Langeweile und aufkeimender Spielsucht steigt Helen zum dritten Mal die dreizehn Eichenstufen ins Obergeschoß empor und geht ins Schlafzimmer. Sie zieht die unterste Schublade von Richards Schrank auf und kramt unter den Socken den prall gefüllten Briefumschlag hervor. Richard hat von dem Geld bisher noch keinen Pfennig ausgegeben.

Helen öffnet den Umschlag und schüttet den Inhalt auf das Bett: 25.000 Mark! Ein Haufen gebrauchter Geldscheine in Hundertern und Fünfzigern. Sie streicht mit den Händen über das raschelnde Papier. Mit offenen Augen träumt sie davon, aus dem Geld das Vielfache, mindestens aber den doppelten Betrag am Roulette-Tisch zu machen! Sie glaubt, dass sie das Geld heimlich verwenden kann, ohne Gewissensbisse dabei haben zu müssen. Er will es ja nicht! In ihrer Phantasie sieht sie sich bereits in Begleitung von Ritter im Spielcasino. Von dem Moment an, an dem sie von Richards ergaunertem Geld erfuhr, war sie wie elektrisiert! Wozu war all das Geld da? Sie würde so gern mal wieder ins Spielcasino fahren, was mit ihm nicht zu machen war! Und je weniger er dazu bereit war, umso mehr peinigte die Spielsucht sie, wurde zur fixen Idee und nahm vollständig Besitz von ihr.

Die Scheine vor sich liegend sehend, brütet sie einen Plan aus: Sie wird einfach zu Richard sagen, dass sie am kommenden Freitag Linda – Helens älteste Freundin und Vertraute – in Bremen besuchen und über Nacht bleiben will. Sie braucht jemanden zum Reden, muss mal raus aus dem familiären Stress! Und ihm täte es bestimmt auch gut, mal allein zu sein. ‚Mach dir keinen Kopf', wird er sagen, ‚wegen Kati und mir, wir zwei kommen schon zurecht.'

Helen steckt das Geld zurück in den Briefumschlag. Sie geht nach unten ins Wohnzimmer, will Felix Ritter im Büro anrufen, solange Katrin noch in der Schule und Richard unterwegs ist. Sie braucht Ritter, denn ohne männliche Begleitung traut sie sich nicht ins Casino.

Ritter rechnete mit allem, als er zum Telefon griff, aber dass Helen am anderen Ende der Leitung war, zog ihm quasi die Schuhe aus. – Ihr war egal, was er über sie dachte! Sie hatte nur ein Ziel vor den Augen: Sie wollte ins Spielcasino! Und Ritter war genau der richtige Begleiter dafür!

Im »Elbe-Einkaufs-Zentrum«

Heute Morgen stand Helen früh auf, absolvierte gymnastische Übungen im Giebelzimmer, war noch vor Katrin und Richard im Bad, duschte ausgiebig und rasierte sich die Beine.

Etwas später, während Richard Katrin, die in die Schule muss, zur Haustür bringt und danach die Kaffeemaschine in Gang setzt, nutzt Helen die Gelegenheit und huscht aus dem Bad ins Schlafzimmer. Sie öffnet Richards Sockenschublade, zerrt den braunen Briefumschlag hervor und langt hinein. Ohne den Stapel nachzuzählen, lässt sie das Geld in ihrer Handtasche verschwinden.
 Gegen 14 Uhr bricht sie auf. Fast hätte Petrus ihr einen Strich durch das Vorhaben gemacht. Doch der angekündigte Neuschnee soll nicht so stark und erst spätabends einsetzen. Sie stellt die Reisetasche in den Kofferraum, schlägt die Klappe zu und steigt in den Wagen. Der Kadett springt trotz des feuchtkalten Wintertags ohne zu mucken an und rollt mit ihr davon.
 Nur um die Zeit bis zum Abend totzuschlagen, fährt Helen ins »Elbe-Einkaufs-Zentrum«.

Sie bummelt durch die tristen Passagen. Zwischen Quelle und Karstadt ersteht sie bei Görtz ein Paar schwarze Pumps und probiert in einem kleinen Wäschegeschäft Dessous aus, ohne sich für ein Teil zu entscheiden.

Es ist längst dunkel draußen, als sie ins Parkhaus spaziert, ihre Reisetasche aus dem Wagen holt und damit zurück ins Center geht.

Sie verzieht sich in die Toilette, um sich dort umzuziehen.

Kaum wiederzuerkennen, den Kamelhaarmantel lässig über dem Arm, steckt sie jetzt in einem dunklen Hosenanzug mit Nadelstreifen. Dazu trägt sie eine Satinbluse, deren Kragen offensteht, und die brandneuen schwarzen Wildleder-Pumps. Ihre Haare sind hinter den Ohren mit Klammern festgesteckt.

Zufrieden mit ihrem Äußeren geht Helen zurück ins Parkhaus, setzt sich hinters Lenkrad und fährt auf Schleichwegen nach Altona.

Einzelne Schneeflocken landen auf der Windschutzscheibe, tauen im selben Augenblick. Helen schaltet die Wischer ein. Im Ristorante »Mamma Mia« bestellt sie sich die Haus-Pizza. Dario, der sizilianische Kellner, wundert sich, dass sie ohne Richard gekommen ist. Nach dem Warum fragt er nicht, das wäre aus seiner Sicht unprofessionell!

Um 19 Uhr bittet Helen Dario um die Rechnung. Sie kann es kaum noch erwarten und will los. Dario eilt, sprüht über vor Charme. Aus dem großzügigen Trinkgeld, das sie ihm auf den Teller legt, wird ohne Worte ein Schweigegeld.

Dario versteht und sagt: »*Mille Gracie!*«

Zero

Eine halbe Stunde später tasten die Scheinwerferkegel des silbergrauen Kadetts den Parkplatz nach einer freien Lücke ab. Der Wagen verschwindet hinter dem Taxenstand. Motor und Abblendlicht werden ausgeschaltet. Nur das monotone Fiepen der Wischerblätter durchdringt die eingetretene Stille, bis auch das verstummt.

Helen steigt aus. Prompt landet sie mit den Füßen in einer Schneepfütze. Sie wirft den Mantel über die Schultern und flucht wie eine Marktfrau über Regenwetter:

»Oh, Mist, …meine neuen Schuhe,…pitschnass!«

Die Auspuffgase haben sich noch nicht verflüchtigt, da steht Ritter neben ihr – Flanellhose, hellblaues Hemd mit weißem Kragen und Manschetten, silbern-rot gestreifte Krawatte und marineblauer Blazer mit fahl blinkenden Messingknöpfen.

Er ordnet seinen Schritt, was Helen bei der mangelhaften Ausleuchtung des Parkplatzes nicht mitbekommt. Felix Ritters Präsenz, sein offener Blick und die seriöse Art sich zu kleiden stehen im krassen Gegensatz zu seiner zweifelhaften Moral! Doch Helen sieht darüber hinweg! Sie hält ihm die Wange hin und erntet ein Küsschen dafür, das nach Cognac riecht.

»Gut siehst du aus!«, schmeichelt Ritter, dem nichts Klügeres einfällt, weil er in Gedanken bereits wieder mit ihr im Bett ist.

»Komm schon!«, drängt Helen. »Ich hab nasse Füße, schnell!«

Mit einem »Schönen guten Abend, die Herrschaften!« öffnet der Casino-Page ihnen die Tür, nimmt ihnen die nassen Mäntel ab und wünscht »Viel Spaß!«

Helen drückt Ritter ihren Autoschlüssel in die Hand und bittet ihn, das Paar Schuhe in der Görtz-Tüte auf dem Rücksitz zu holen. Ritter trabt los.

Bevor der Page die Glastür ins Schloss fallen lässt, ist er mit der Tüte zurück. Helen hält sich am Empfangstresen fest und schlüpft in die alten, aber trockenen Abendschuhe. Sie geben ihre Mäntel und die Tüte mit den nassen Schuhen an der Garderobe ab, steigen die indirekt beleuchteten Marmorstufen zur Bar empor und klettern auf die ledergepolsterten Barsessel.

Ritter bestellt Helen ein Glas Sekt und für sich einen Wein. Ungeduldig stürzt sie den Sekt hinunter und zieht Ritter am Revers, der sein anzügliches Lächeln grinst.

Beim Cashier tauschen sie Bares gegen Jetons ein. Als Helen 3.000 Mark in die chromglänzende Schublade zählt, die der Kassierer unter der Panzerglasscheibe hindurch zu sich herüberzieht, hebt Ritter die Augenbrauen. Er geht nicht so forsch ran und gibt sich mit 500 in kleinen Stücken zufrieden. Sein Prinzip lautet:

»Wenn du aus 500 Mark nichts machst, dann helfen dir auch keine 1.000!«

Entschlossen mischen sich Helen und Ritter unter die Zocker. An einem der Tische werden auf der Impair-Seite zwei Stühle frei. Sofort steuert Helen darauf zu. Der Croupier am Kessel nickt den beiden Hinzugekommenen routiniert-einladend zu. Sie rücken die Stühle zurecht und setzen sich. Hochgradig erregt gräbt Helen in der Handtasche nach den Jetons, holt zwei Hände voll hervor und stapelt sie vor sich auf den Spieltisch. Ritter ist in seinem Element, fühlt sich wie der »Hecht im Karpfenteich«, sprüht Funken wie ein Schweißbrenner, der sich durch einen Doppel-T-Träger frisst.

»*Faites vos jeux!*« fordert der Kessel-Croupier seine Gäste auf ihr Spiel zu machen.

»Was würdest du machen…?«, fragt Helen und linst auf Ritters Hände, die einen 20-Mark-Jeton zwischen den Fingern drehen.

»Fang klein an, zum Anwärmen!«, raunt er ihr zu.

Helen setzt 100 auf Rot.

»100 auf Rot für die Dame in Schwarz!«, wiederholt der Croupier am Kopf des Tisches Helens Ansage.

»Bitte das Spiel zu machen!«, wiederholt der Croupier, der am Roulette-Kessel steht.

Dann geht wieder mal nichts mehr.

»*Rien ne va plus!*«

Das Spiel ist gemacht und der Croupier setzt das Roulette in Gang. Die Elfenbeinkugel nimmt ihren Lauf und fällt nach einigen Umrundungen mit einem Klack in ein Zahlenfach.

»33! *Noir!*«, ruft der Croupier am Roulette das Ergebnis der Spielrunde aus.

»Schwarz! Die 33 gewinnt!«, wiederholt der Kopfcroupier und blickt in die Runde der enttäuschten Gesichter.

»Niemand?«

Er nimmt den Rechen und streicht die Jetons für die Bank ein.

Helen zieht ein Gesicht und wischt einen imaginären Fussel von ihrer Schulter.

Immer mehr Zocker drängen an die Spieltische. Das Geschäft blüht. Die Croupiers forcieren das Tempo. Neues Spiel, neues Glück!

»*Faites vos jeux!*«

Der Croupier am Roulette-Kessel eröffnet die nächste Runde.

»Kolonne!«, Helen schiebt vier Stücke à 50 über den Filz, »die erste Kolonne bitte!«

»Kolonne! 200 für die Dame!«, bestätigt der Croupier Helens Einsatz.

»Geh nicht so forsch ran!«, warnt Ritter.

»Die Kohle muss wieder reinkommen!«, kontert Helen und ballt die Hand zur Faust, so dass die Knöchel weiß hervorstehen. Ihre Kolonne deckt zwölf Zahlen ab. Die Chance zu gewinnen liegt immerhin bei 30 Prozent und im Falle eines Gewinns zahlt die Bank den doppelten Einsatz aus.

»*Rien ne va plus!*«

Und wieder verstummt das Gemurmel. Wieder sirrt die Kugel durch den Kessel, wird durch einen Rhombus abgelenkt und fällt in ein Zahlenfach.

»17! Die 17 gewinnt! Ungerade!«, ruft der Croupier das Ergebnis aus.

»Schwarz! Die 17!«, wiederholt der Croupier am Kopfende des Tisches.

»Hier«, ruft Ritter, »ich, die 17!«

Ritter hatte je ein 5-Mark-Stück auf die 0, 4, 8, 17 und 25 gesetzt. Für seinen Treffer zahlt ihm die Bank den 35-fachen Einsatz aus. Rechnet er die fünf Chips ab, die er bei diesem Spiel investiert hat, wandern immerhin 150 Mark in seinen Geldbeutel!

Helen dagegen geht leer aus:

»Was mach ich bloß falsch!? So ein Mist heute …! Irgendwas mache ich falsch!«

Helen verliert! Mit jedem Verlust sinkt ihre Stimmung. Sie setzt und verliert, wieder und wieder, bis ihr letzter Chip in die Bank gewandert ist.

Sie gehen in die Bar. Setzen sich an den Tresen. Trinken Sekt und Wein. Felix Ritter schlägt vor, aufzuhören und stattdessen ins Motel an der A1 zu fahren.

»Nein!«, sagt Helen. »Später vielleicht! Ich will weiterspielen! Noch bin ich flüssig!«

Das letzte Glas zeigt bei Helen Wirkung. Ritter kann sie nicht davon abhalten, zur Kasse zu gehen. Sie zählt 3 »Riesen« in die verchromte Schublade.

»Woher hast du das Geld?«, fragt Ritter.

»Sei nicht so neugierig!«, antwortet sie und lässt die Jetons in ihre Handtasche klimpern. »Von meinem Freund! Geborgt!«

Am frühen Morgen ist Helens Make-up verwischt. Sie kaut auf dem Daumennagel, geht mit dem Croupier am Roulette in Blickkontakt, sucht in seinen Augen nach der richtigen Zahl. Der Croupier, der Situationen wie diese zur Genüge kennt, hält ihrem Blick stand und ermuntert sie:

»Wir schließen! Bitte das letzte Spiel am Tisch zu machen!«

»Was mach ich jetzt?«

»Horch in dich rein!«, rät Ritter, der die Katastrophe längst nicht mehr verhindern kann.

»OK! Leihst du mir 100?«

»Wirklich?«

Ritter schaut in die Runde, die sich mittlerweile gelichtet hat und schiebt zwei Stücke à 50 zu Helen rüber.

»Die 7!«, flüstert Helen. »Die 7, das ist heute meine Glückszahl! Du wirst sehen, …ich weiß, dass die 7 kommt, …dann habe ich mein ganzes Geld wieder!«

Helen setzt alles – die ihr verbliebenen 200 und die 100 von Ritter – auf die 7.
»300 auf die 7, für die Dame«, wiederholt der Croupier am Kopf des Tisches. Nichts geht mehr:
»*Rien ne va plus!*«
»*Zero!*«
Ein gedämpftes Seufzen schwappt um den Spieltisch wie eine *La Ola*.

Nichts geht mehr

Hinter dem Spielcasino haben sich die Reihen der parkenden Autos gelichtet. Auf den Straßenlaternen schmilzt der Schnee und tropft mit lautem Platschen in die Pfützen, die sich um die Masten gebildet haben.
Am Taxistand lauert eine betagte Droschke mit hechelndem Motor auf Kundschaft. Der Kutscher lehnt trotz Feuchtigkeit und Kälte am Radkasten und nuckelt an einer Bent Apple-Pfeife. Süßlicher Tabakrauch weht herüber. Durch das Seitenfenster, das einen Spalt offensteht, plärrt Rockmusik:
»*I can get no...*«
Helen rauscht aus dem Spielsaal! Sie spricht zu sich selbst:
»Wahnsinn! 6.000 Mark in den Sand gesetzt! Ich werd nicht wieder!«
Sie schlingert an der Casino-Bar vorbei auf die Marmorstufen zu.
»Einfach so!«, Helen schnippt mit den Fingern, »... ‚Nichts geht mehr'!, und schwupp! haben sich die Scheine in Luft aufgelöst!«
Die Hand am Geländer, tastet Helen sich Schritt um Schritt die Marmorstufen hinunter, geht zur Garderobe, nimmt Mantel und Tüte entgegen, stößt die Glasschwingtür auf und tritt ins Freie. Sie atmet mehrmals hintereinander tief durch. Bizarre Atemwölkchen hängen an ihren Lippen.

‚Verdammt, das war sein Geld', spukt es in ihrem Kopf umher!
»Nun warte doch mal auf mich!«, ruft Ritter hinter ihr.
»Lass mich in Ruhe!«
Im Gehen steckt Ritter sich eine Zigarette an. Er inhaliert vier, fünf Mal und wirft die Kippe in eine Pfütze.
»Lass uns das Taxi nehmen!«
»Sag mir lieber, wo ich die 6.000 Mark hernehmen soll! Wenn Richard dahinterkommt, dass ich mit dir im Casino war, bringt er mich um!«
»Ich könnte dir Geld leihen!«
Helen winkt ab! Ritters Vorschlag erreicht sie nicht.
»Nun komm schon, wir nehmen das Taxi, fahren ins Motel und schlafen uns erst einmal aus!«, sagt Ritter, dessen Testosteron-Pegel in seinem Gesicht abzulesen ist.
Helen ist bei ihrem Auto angekommen. Es dauert, bis sie den Autoschlüssel im Schloss hat. Sie reißt die Tür auf, wirft Tüte und Handtasche auf den Beifahrersitz. Schlüsselbund und der goldene Lippenstift fallen heraus.
»Du willst doch nur mit mir schlafen!«
»Quatsch, ich will dir helfen! Hab genug Bares im Schließfach liegen! Montag früh könnte ich zur Sparkasse fahren, die 6.000 holen und dir geben. Denk doch mal nach!«
Helen windet sich unter seinen Händen, die er, nur um sie zu trösten, auf ihre Schultern gelegt hat. Sie ist enttäuscht, wütend und betrunken zugleich, löst sich aus seiner Umklammerung und forscht in seinen wässrig-blauen Augen, wie ernst er es mit seinem Versprechen meint.
»Nein! Heute nicht! Ich will nicht!«
Ihr Magen revoltiert und sie erbricht sich!
»Herrgott..., was ist denn jetzt los!«, Ritter bedauert seinen Ausflug ins Spielcasino, »...auch das noch!?«
Ein Pärchen, Mitte vierzig und engumschlungen, schwebt auf Wolke Sieben durch die Casinotür. Geradeaus steuern sie auf das immer noch auf Kundschaft wartende Taxi zu. Der Fahrer klopft

den Tabakrest aus seiner Pfeife und öffnet den beiden die Wagentür.

»Siehst du, das hast du nun davon, es ist weg!«, beklagt Ritter die neue Situation. »Ich geh rein und bestell uns ein neues!«

Helen ringt einen weiteren Übelkeitsschub nieder. Benommen steigt sie in den Wagen, steckt den Schlüssel ins Zündschloss und startet den Motor.

Als Felix Ritter kurz darauf aus dem Casino zurückkommt, ist der silbergraue Opel Kadett nicht mehr an seinem Platz.

»Bist du denn von allen guten Geistern verlassen!«, ruft Ritter, sichtlich um Fassung bemüht, dem Wagen hinterher, der über den Parkplatz knirscht, rechts in die Kirchstraße einbiegt und mit durchdrehenden Reifen davonrast.

»Was soll denn das?!«

Der Unfall

»6.000 Mark in den Sand gesetzt!«, Helen versteht es noch immer nicht.

Vorbei an pikfeinen Villen und schmucken Fachwerkhäusern prescht sie Richtung Autobahn.

An der Anschlussstelle Fleestedt verlässt sie die Landstraße und fährt auf die A7. Schneeregen setzt ein. Sie tritt auf das Gaspedal und jagt mit hoher Geschwindigkeit davon.

Helen gähnt mit offenem Mund. Die Frontscheibe beschlägt. Sie tastet nach der Kurbel und öffnet das Seitenfenster. Der Fahrtwind reißt an ihren Haaren. Nach ein paar Augenblicken schließt sie das Fenster wieder, streift die blonden Strähnen aus dem Gesicht, dreht am Radio und holt alles an Lautstärke heraus.

Weiter vorn, bei der Autobahnraststätte Hamburg-Harburg, blinkt ein 7,5-Tonner. Der Fahrer lenkt das Fahrzeug in die rechte Fahrspur ein, die nach Hamburg führt. Helen starrt durch die Windschutzscheibe. Die Rücklichter des Lasters kommen schnell näher. Sie wacht gerade noch rechtzeitig aus dem Sekundenschlaf auf, wechselt auf die Überholspur und rast mit 160 Sachen am Möbelwagen vorbei.

Die Scheinwerferkegel fressen sich durch die Finsternis. Einer schwarzen Wand gleich fliegen die Bäume der Harburger Berge am Wagen vorbei.

Helen verliert den Kampf gegen Alkohol und Müdigkeit. Ihre Augenlider werden zu Blei, um Sekunden später vor Schreck weit aufgerissen zu werden.

»Nein!!!«, sie stößt einen Schrei aus. »Richard!! Nein!!!«

Der Wagen schrammt die Leitplanke entlang! Vom Schock wie gelähmt, reagiert sie nicht! Das Auto rast in eine Reihe Absperrbaken, die nach einer Fahrbahninstandsetzung neben die Leitplanke gestellt worden sind und auf den Abtransport warten. Es schleudert mit dem Heck herum und bäumt sich auf wie ein Zirkuspferd, überschlägt sich zweimal, rutscht quer über die Fahrbahn und kracht voller Wucht in die Leitplanke! Blech schreit! Grellweiße Funken stieben! Die Kühlerhaube legt sich in Falten. Das Wagendach ist eingedellt, als hätte ein Dampfhammer zugeschlagen! Türen und Heckklappe sind aufgeflogen, sämtliche Scheiben zerborsten! Aus dem Tank fließt Benzin, verläuft zu einer größer werdenden Lache. Es riecht nach geschundenem Lack, Blech und Reifengummi!

Der Möbelwagen rollt heran und hält in sicherem Abstand zur Unglücksstelle auf dem Seitenstreifen. Fahrer und Beifahrer steigen aus und rennen los: Es macht keinen Sinn mehr!

Hauptfriedhof Altona

Lufthansa-Flug LH 2033 aus München setzt zur Landung an. Der Airbus donnert so tief über den Altonaer Hauptfriedhof hinweg, dass die Trauergäste, die durch das offene Tor zur kleinen Kapelle streben, zuschauen können, wie der A-300 das Fahrgestell ausfährt.

Auf der asphaltierten, vom Schnee befreiten und gestreuten Birkenallee kommen die Trauernden an einigen aufwendig gestalteten Grabmalen vorbei. Der schlichte Rotklinkerbau, dessen Vordach von vier weißen Betonsäulen getragen wird, badet in der Morgensonne.

Vier Träger in langen grauen Mänteln und dazu passenden Schirmmützen heben den Eichensarg auf ein Fahrgestell. Sie verneigen sich vor der Toten, die in einem geblümten Sommerkleid auf rotem Samt im Sarg liegt, und schieben das Gefährt durch die Tür.

Richard nimmt Katrins Hand. Tränen strömen über ihr Gesicht. Sie folgen als erste dem Sarg. Helens Mutter, die den Tod ihres einzigen Kinds nicht wahrhaben will, wird von Günter gestützt.

Der Trauerzug, der sich ihnen anschließt, ist lang: Richards Geschwister, Helens Lieblings-Cousine mit Mann, Freundin Linda aus Bremen, Onkel und Tanten, die Freunde Alex und Cisco. Erni, die Dubliners und Hotte sind mit ihren Frauen da. Katrins Lehrerin ist gekommen, die beste Schulfreundin von Katrin ist mit ihrer Mutter da, gefolgt von Christoph Raff und ein paar bekannten Gesichtern aus der Nachbarschaft. Von EMU International GmbH ist nur der Alte, Walter Uderich, erschienen.

Sie geleiten Helen einen schmalen Waldweg entlang Richtung Ehrenmal.

Eine Elster fliegt keckernd über den Eichensarg hinweg. Von Tannen und Rhododendron-Büschen tropft schmelzender Schnee. Richard fröstelt trotz des dicken Mantels. Sein Blick geht nach innen, das Gesicht ist blutleer und grau. Katrin blickt mit verweinten Augen zu ihm hoch. Er sieht die quälenden Fragen hinter ihrer Stirn, presst die Lippen zu einem schmalen Strich zusammen und weiß keine Antwort darauf.

Helens Grab befindet sich auf einer schneebedeckten Wiese hinter dem Ehrenmal. Die zwei Meter tiefe Grube ist mit Kunstrasenplanen verhängt worden. Auf dem Erdhügel daneben sind Blumen und Kränze dekoriert. An einem Strauß roter Gladiolen – Helens Lieblingsblumen – hängt eine weiße Schärpe mit goldener Aufschrift:

»*In Liebe*« und darunter »*Richard und Katrin*«.

Die Träger setzen den Sarg auf zwei Vierkantbalken, die quer zur Grube auf Gerüstbrettern liegen. Nach wenigen Worten des Abschieds straffen sie die Tauenden, die parallel zu den Vierkanthölzern über dem offenen Grab liegen, lupfen den Sarg kurz an, entfernen die Balken und versenken den Sarg, Hand um Hand, in die Grube.

Richard und Katrin treten als erste ans Grab. Aus der Tiefe riecht es nach Moder und frisch ausgehobener Erde. Er geht in die Knie und führt Katrin die Hand. Fast gleichzeitig landen zwei rote Gladiolen auf dem Sargdeckel.

Richard erhebt sich. Katrin bricht wieder in Tränen aus. Sie löst sich aus seiner Hand und flieht zu ihrer Großmutter, die sie in den Arm nimmt.

Neben dem Grab steht eine mit Friedhofserde gefüllte Schale. Richard bückt sich, lässt die kleine Schaufel mit dem langen Holzstiel stecken, nimmt eine Handvoll schwarzer Erde und wirft sie zu Helen ins Grab. Er richtet sich wieder auf, neigt den Kopf, bittet Helen um Verzeihung und verspricht, dass er immer auf Katrin achtgeben will.

Nach der Beisetzung wird er von seinen Schuldgefühlen nahezu erdrückt. Richard geht mit sich ins Gericht und durchlebt harte Tage und Nächte. Ihm ist längst klar geworden, dass letzten Endes er selbst dafür verantwortlich war, als er aus egoistischen Motiven andere bestach und sich dabei die Finger schmutzig machte! Dass er seine Seele verkaufte und dass es das unrechtmäßig erworbene Geld war, das Helen ins Spielcasino und schlussendlich ins Verderben trieb.

Der neue Job

Zwei Wochen nach Helens Beerdigung steigt Richard in einen Leihwagen von Auto Sixt und fährt in die City Nord. Bei RAT Consulting bittet er die Französin, Christoph Raff sprechen zu dürfen. Wie gewöhnlich komplimentiert ihn die Blondine mit charmantem Akzent ins Besprechungszimmer.

Richard wandert im Raum umher. Die abgestandene Luft weckt Erinnerungen an überheizte Baucontainer in ihm, in denen es nach Zigarettenrauch, Kaffee und Staub, feuchten Socken und Lederstiefeln riecht. Selbst die Fächerpalme, die auf der Fensterbank dahinvegetiert, strahlt irgendwie Exotik aus.

Nachdem er die Schwarzweißfotografien, die neben dem Whiteboard an der Wand hängen und den im Januar 1975 von Bundeskanzler Helmut Schmidt eingeweihten und für den Straßenverkehr freigegebenen Neuen Elbtunnel zeigen, ausgiebig betrachtet hat, geht er zurück an den Tisch und lässt sich in einen Stuhl fallen, zieht die Isolierkanne zu sich heran und schenkt sich einen Kaffee ein.

Irgendwo im Haus klingelt ein Telefon. Wortfetzen huschen hinter der angelehnten Tür vorbei.

Es dauert nicht lange und Christoph Raff steht im Türrahmen. Richard federt aus dem Sessel, geht auf ihn zu und umarmt ihn.

»Mensch, Christoph!«

»Hab schon gehört!«, antwortet Raff und klopft Richard auf die Schulter.

»Danke, dass du ein Wort für mich eingelegt hast. Ob ich ohne deine Fürsprache…?«

Christoph Raff zieht Richard am Ellenbogen an den Tisch. Er rückt einen Stuhl für ihn zurecht.

»Lass man stecken, alter Junge! Und die Kleine, was macht die Kleine?«

»Katrins Großmutter kommt jeden Tag zu uns ins Haus! Zum Glück hat sie eine! Ihre Oma ist eine starke Frau und gibt sich wirklich viel Mühe mit ihr. Hoffentlich lässt Helens Tod Katrin bald los, noch ist es zu früh!«

Richard kämpft gegen die aufkommenden Tränen an, indem er ziellos in seinen Jackettaschen nach Zigaretten gräbt. Er wird fündig und bietet Raff eine an.

Sie schweigen, sitzen da und paffen Schwaden in den Raum.

Nach einer Weile unterbricht Christoph Raff die beklemmende Stille:

»Es klingt irgendwie abgedroschen«, räuspert er sich verlegen, »aber, bitte entschuldige, wenn ich das so offen zu dir sage: Es ist wichtig, wieder nach vorn zu blicken!«

»Ja ja, stimmt schon…!«

»Auf dich wartet ein Bombenjob auf Gran Canaria!«

Richard ist sich nicht sicher, ob er die richtige Entscheidung getroffen hat. Schließlich hat er Helen gelobt, Katrin nicht allein zu lassen! Kann er sie so einfach zur Großmutter abschieben?

»Würde Helen noch leben, wär das was anderes, …ja ja, ich weiß, …die meisten müssen zahlen, wenn sie in den ewigen Frühling reisen.«

»Genau! Das meine ich!«, sagt Raff. »Und du hast das Glück, dort einen gut bezahlten Job zu haben! Mensch, freu dich, Richard! Mittags zum Schwimmen an den Strand von Las Canteras! Am Wochenende Ausflüge ins Inselinnere. Ein Spanischkurs auf RATs Kosten! Das ist doch was?!«

Richard lässt Christoph Raffs Worte auf sich wirken.

»Doch, …schon, …du hast ja recht! Ich muss die Zukunft angehen! Ohne deine Hilfe, …ich, …ehrlich Christoph, ich hatte gestern einen schönen Bammel, als der Brief von RAT im Kasten lag! Ich riss den Umschlag noch vor der Haustür auf, fragte mich, ob ich eine Absage verkraften würde!?«

»Nur Mut, Richard! Ich sag dir was: Ich freu mich sehr auf unsere Zusammenarbeit!«

Christoph Raff sendet pure Zuversicht aus.

»Stimmt schon, die nächsten zwei Jahre hab ich erst einmal im Sack! Ist eine lange Zeit!«
»Das ist die richtige Einstellung! Du wirst sehen, eh du dich umdrehst, ist eine neue Baustelle für dich da!«

Nachdem Richard Mitte Februar den Auflösungsvertrag bei EMU unterschrieben hatte und weil keine anderen Perspektiven in Sicht waren, klopfte er, ohne Helen davon erzählt zu haben, beim Büroleiter von RAT Consulting an die Tür.

Es war genau der richtige Moment, denn inzwischen war der Auftrag für Projektsteuerung und Bauleitung am Kraftwerk von Las Palmas auf Gran Canaria eingegangen. RAT hatte noch keinen geeigneten Bewerber gefunden und Richard bekam auf Empfehlung von Christoph Raff seine Chance.

Seine Bewerbungsunterlagen wurden für gut befunden und da er Erfahrungen auf Auslandsbaustellen mitbrachte und einige Spanisch-Kenntnisse einbringen konnte, stand er weit oben auf der Liste. Über das Hin und Her der letzten Wochen und Helens plötzlichem Tod hatte er seine Bewerbung fast vergessen.

Umso so größer war seine Überraschung, als gestern Abend das Schreiben von RAT in seinem Briefkasten fand: Er hatte die Stelle bekommen!

»Montag fange ich bei euch an!«
Christoph Raff steht auf und klopft Richard freundschaftlich auf die Schulter:
»Bei uns, Richard! Bei uns! Wir sind jetzt Kollegen!«
»Hab vier Wochen Zeit für die Einarbeitung.«
»Bei deiner Baustellenerfahrung reicht das dicke. Frag mich, wenn irgendetwas unklar ist. Ich leite ja das Projekt hier im Hause. Für dich hab ich immer ein offenes Ohr!«
»Besuchst du mich auf Gran Canaria?«
Auf die Frage scheint Christoph Raff nur gewartet zu haben.
»Na klar, Mensch! Was denkst du? Das wird sich überhaupt

nicht vermeiden lassen! Denkst du, ich lass dich mit meinem Projekt allein?«

Raff lächelt, schiebt den Hemdsärmel hoch und tippt auf die Uhr:

»11 Uhr 30! Tut mir leid, ich muss jetzt los! Baubesprechung! Wir sehen uns!«

»Montag!?«

»Yepp!«

Richard hat nicht allzu viele enge Freunde: Christoph Raff gehört von diesem Augenblick an dazu!

Aufbruch

Seit Richard seine Stelle bei RAT angetreten hat, sind die Tage mit Arbeit ausgefüllt. Tagsüber fährt er ins Hamburger Büro, fuchst sich in die Kraftwerkserweiterung in Las Palmas ein und strickt mit Christoph Raff Bauzeitenpläne zusammen. Nach Feierabend hockt er im Colón-Fremdsprachen-Institut in den Colonnaden einer jungen Spanierin gegenüber und poliert seine Spanischkenntnisse auf.

Katrin ist vorübergehend bei ihrer Großmutter untergebracht. Von dort fährt sie jeden Tag mit dem Bus zur Schule. An den Wochenenden ist sie bei Richard in Hamburg oder er abends bei ihnen am Stadtrand. Oma kocht für sie. Sie essen deftige Hausmannskost, sehen zusammen fern, spielen oft UNO oder manchmal eine Partie »Mensch ärgere dich nicht« und lernen ohne Helen weiterzuleben.

Seit Wochen halten sich Sonne und Regen die Waage. Neben der Auffahrt steht ein 7,5-Tonner der Firma »Besenrein«. Auf der Ladefläche des Kastenwagens türmt sich Gerümpel aus Keller und Gartenhaus, für das Richard keine weitere Verwendung hat. Die Männer von »Besenrein« werden ihrem Namen gerecht! Sie machen klar Schiff und kehren mit ihren Besen den letzten Abfall zusammen. Die Möbel, an denen Richards Herz hängt, sind gestern vom Möbelpacker Heinrich Bollow abgeholt worden und für 100 Mark Platzmiete im Monat in eine Halle am Klein Flottbeker Bahnhof eingelagert worden.

Nachdem Richard die leeren Räume inspiziert hat, drückt er dem Boss der Männer von »Besenrein« den vereinbarten Lohn in die Hand. Er zieht die Haustür hinter sich zu und schließt ab.

Was das Reihenhaus anging, hatte Richard eine glückliche Hand. Schneller als erwartet konnte er es an ein Ehepaar mit zwei Kindern im Vorschulalter vermieten. Schon morgen zieht die Familie ein.

Der Abschied fällt ihm schließlich doch schwerer als erwartet. Selten fühlte er sich so einsam wie bei der Schlüsselübergabe!

Jetzt marschiert er wie ein Fremder die Gottorpstraße entlang. Für die Zeit, die ihm noch in Hamburg verbleibt, ist er mit zwei schweren Koffern ins »Hotel Schmidt« am Othmarscher Bahnhof gezogen, wo bereits das Flugticket nach Las Palmas de Gran Canaria in der Brusttasche einer neuen sandgrauen Feldjacke auf ihn wartet.

Im Hotelzimmer angekommen, setzt er sich auf die Bettkante und greift zum Telefon.

Las Palmas de Gran Canaria

Zwei Monate ist es her, seit Richard von einem Fahrer der Energiewerke am Flughafen abgeholt wurde. Zusammen hoben sie die Schalenkoffer und die olivgrünen Bundeswehr-Blechkisten, die mit Ausführungszeichnungen und Spezifikationen vollgestopft waren, in den VW-Bus, der vor dem Flughafengebäude parkte. Danach fuhren sie direkt zum Power Plant in Jinámar, das südlich der Playa de La Laja am Atlantik liegt. In den ersten Wochen wohnte Richard in einem Apartment in Las Palmas. Unter seinem

Balkon flanierten Touristen und Canarios die Playa de las Canteras entlang. Er meldete sich zu einem Sprachkursus an, beschafte sich einen Mietwagen und machte sich auf die Suche nach einer passenden Wohnung.

Auf der Baustelle findet Richard sich schnell zurecht. Mit Geof Dougeel, einem Maschinenbauingenieur aus England, teilt er sich einen Bürocontainer. Sie freunden sich an, helfen sich gegenseitig, die Baustelle anzuschieben, und verbringen ihre Wochenenden damit, die Insel zu erkunden.

Der Job, die Auseinandersetzung mit der Sprache und all die anderen Aktivitäten drängen die Trauer um Helen immer mehr in den Hintergrund. Den Rest besorgt die Zeit, die bekanntlich alle Wunden heilt. Nur Katrin, seine »Kleine«, fehlt noch zu seinem Glück.

Richard stößt die Wagentür auf. Feuchtwarme Tropenluft umschlingt ihn. Er hält die Nase in den Wind. Der Atlantik ist bis an den Flughafen zu riechen! Richard marschiert über die überdachte Fußgängerbrücke, die das Parkhaus mit dem Flughafengebäude verbindet, und folgt den dreisprachigen Hinweisschildern. In der Abflughalle springt er auf die Rolltreppe, die nach unten in die Ankunftshalle fährt. Die Metallstufen ruckeln unter seinen Turnschuhen wie der Kettenzug einer Achterbahn.

In der Halle ist der Teufel los! Handgeschriebene Schilder, auf denen gezielt nach Flugreisenden gesucht wird. Absätze, die über schwarze Fliesen klackern. Pauschaltouristen, die ihre Gepäckwagen Richtung Ausgang schieben und nur eines im Sinn haben: die mehlige Hautfarbe gegen Urlaubsbräune einzutauschen. Über dem hektischen Gewusel schwebt eine Glocke aus Stimmengewirr.

Richard legt die Hände wie zwei Scheuklappen an die Augen und drückt seine Nase gegen die Glasscheibe, die ihn von der Gepäckhalle trennt. Chromglänzende Gepäckwagen warten ordentlich aufgereiht und ineinandergeschoben auf Reisende.

Ein Signal ertönt. Mit einem Ruck setzt sich das Gepäckband in Bewegung.

Endlich strömen die ersten Passagiere des Condor-Flugs 7978 aus Hamburg die Treppe herunter. Er entdeckt Katrin sofort. Sie läuft voraus, kümmert sich nicht um das Gepäck und erkennt ihren Vater hinter der Verglasung. Sie winkt ihm zu und läuft zur Glaswand. Sie drücken ihre Hände, die durch die Scheibe getrennt sind, flach gegeneinander. Katrin macht kehrt und zieht Sven-Musa aus der Menge, der das geduldig mit sich geschehen lässt. Hinter den beiden steht Nora Olsen. Sie hebt die Arme und winkt, stellt sich zu den Kindern, lächelt Richard aus der Ferne zu und bittet Sven-Musa, einen Gepäckwagen zu besorgen.

Eine Viertelstunde später gleiten die Glastüren auseinander. Katrin schießt als erste aus dem Durchgang hervor und fällt Richard in die Arme.

»Papi!!!«

»Meine Kleine!«

Richard wischt sich die Tränen aus den Augen.

»Da bist du ja!«

Nora und Sven-Musa schieben den beladenen Gepäckwagen. Richard hält Katrin an der Hand. Sie gehen ihnen entgegen.

»Hallo, Sven-Musa!«

Richard registriert seinen festen, männlichen Händedruck. Sven-Musa hingegen sucht nach einer Antwort in Richards Gesicht. Denn so richtig versteht er nicht, was er von der ganzen Chose hier halten soll. Nora hat Hals über Kopf die Zelte in Hamburg abgebrochen, ihre Möbel verkauft oder verschenkt, ihn aus dem Gymnasium genommen und eine Abschiedsparty für seine besten Freunde organisiert. Und das alles nur, um diesem Fremden, diesem Richard Gotha hinterher zu reisen!

»Ich freu mich, dass ihr da seid!«

Richard nimmt Nora in seine Arme. Er spürt die Wärme, die von ihr ausgeht. Sie horcht in sich hinein. Erst als ihre innere

Stimme flüstert, richtig gehandelt zu haben, löst sie sich aus der Umarmung und sagt:

»Dann lass uns mal! Übrigens, Günter hat uns zum Flughafen gefahren!«

»Gut! Und wie geht es der Oma?«

»Die hat geweint, dass ich so schnell weg bin!«, mischt Katrin sich ein.

Richard beugt sich zu ihr hinunter und sagt, so dass Nora es ebenfalls hören kann:

»Was haltet ihr davon, wenn wir Oma zu Weihnachten einladen?«

Am Ausgang bittet Richard seine Patchwork-Familie, auf ihn zu warten, bis er mit dem Wagen zurück ist. Es dauert keine zehn Minuten und ein Sahara-gelber Kombi biegt um die Ecke des Flughafengebäudes

Sie heben die Koffer in den Kombi, steigen ein, die Kinder hinten, und legen die Sicherheitsgurte an.

Die Sonne steht tief über den Bergen, als der Opel Omega die palmengesäumte Straße verlässt und in den Kreisel einbiegt, der die schmucke Allee mit der Autobahn nach Las Palmas de Gran Canaria verbindet.

Richard fädelt sich in den Feierabendverkehr ein und tritt auf das Gaspedal. Ein Guagua, ein Überlandbus, rauscht vorbei. Auf der Höhe von Marzagán teilt sich die Autobahn. Richard hält sich rechts, immer in Sichtweite zum Atlantik, der tiefblau in der Abendsonne glitzert.

»Seht ihr das Kraftwerk da vorn? Da arbeite ich!«, sagt Richard nicht ohne Stolz auf seinen neuen Arbeitsplatz.

»Wo?«, fragt Sven-Musa.

Zu spät! Die Leitplanke verdeckt die Sicht. Turmhohe Schornsteine fliegen an ihnen vorbei.

»Schaut mal. Da vorn! Da fängt Las Palmas an!«, schwärmt Richard.

»Ist da die Schule?«, will Katrin wissen.

»Mach dir man keine Sorgen! Als ich euch anmeldete, habe ich einige der Lehrer kennengelernt. Die fand ich ganz nett!«

»Welche Lehrer sind schon nett!?«, Sven-Musa beißt sich auf die Zunge.

»Nun mal keine Angst, mein Großer, das wird schon nicht so schlimm werden«, relativiert Nora die Bedenken ihres Sohnes.

Rechts vor ihnen taucht eine Reihe ineinander geschachtelter Häuser auf.

»Das sind die Fischerhäuser von St. Christobal«, erklärt Richard, »an der nächsten Ausfahrt müssen wir raus!«

»Wohnen wir etwa in einem dieser hässlichen Häuser, in denen es nach Fisch stinkt?«, fragt Katrin.

»Nun lasst euch mal überraschen!«

Nora hält sich zurück. Sie hat versprochen, nichts zu verraten.

Richard biegt von der Schnellstraße ab, die am Atlantik entlang bis in die Innenstadt und zum Hafen von Las Palmas führt. In einem weiten Bogen geht es zurück, unter der Schnellstraße hindurch, bis sie an dem Kreisel angelangt sind, der nur einen Steinwurf weit von ihrem neuen Zuhause in der Calle de León entfernt ist.

»In einem Hochhaus?«

Katrin staunt nicht schlecht und sieht zu Sven-Musa rüber, der das »Cool!« findet.

Richard ist eher zufällig an die Wohnung geraten. Die Schwägerin von Geofs canarischem Kollegen José war kürzlich verstorben, sodass dem Bruder des Kollegen, der von da an allein in der großen Wohnung lebte, die Decke auf den Kopf fiel. Er wollte raus und in eine andere, kleinere ziehen. Mit umgerechnet 400 Mark im Monat war die 5-Zimmer-Wohnung ein Schnäppchen und Richard schlug zu. Von dort ist er in zehn Minuten auf der Baustelle und kann, wenn er will, zum Mittagessen nach Hause fahren. Das sind optimale, besser gesagt persische Verhältnisse.

»Wart ab«, sagt Richard zu Katrin, »bis wir mit dem Fahrstuhl nach oben gefahren sind. Von deinem Zimmer aus kannst du die Schiffe und das Meer sehen!«

Mit der Antwort ist Katrin erst einmal zufrieden. Sie steigt aus dem Wagen, läuft auf den Hauseingang zu und öffnet die Tür.

»Wie vornehm!«, kommentiert sie die ganz in weiß gefliese Eingangshalle, »in welchem Stock wohnen wir denn?«

»Im Vierten! Das ist hoch genug, um einen schönen Ausblick zu haben, aber nicht zu hoch, falls der Fahrstuhl mal ausfallen sollte und wir die Treppen steigen müssten!«, sagt Richard.

Er rastet die Hauseingangstür ein, während Sven-Musa bereits am Auto ist, die Koffer aus dem Kofferraum zerrt und über die Straße bis vor die Aufzugstür schleppt.

Was danach geschah ...

WALTER UDERICH engagiert ein Beratungsunternehmen, das seinen Betrieb aufpoliert und ihm beim Verkauf des Ladens hilft. Er hat noch drei gute Jahre, bis ihn der Krebs einholt. Männersache! Walter Uderich stirbt mit 69 Jahren.

MANFRED THALER wird von den neuen Eigentümern der EMU International GmbH übernommen. Wird dann jedoch Opfer der Fusion, da zwei kaufmännische Leiter im Betrieb nicht tragbar sind. Er versucht sich als freiberuflicher Berater für Vertriebsangelegenheiten, lebt aber hauptsächlich von dem Geld, das er auf einem Schweizer Nummern-Konto vor dem Finanzamt versteckt hat.

FELIX RITTER schaut immer tiefer ins Cognacglas. Mit allem hat der gewiefte Charmeur gerechnet, nur nicht mit einem Schlaganfall, der ihn eines Abends auf dem Weg zur Toilette umriss. Er erholt sich leidlich davon. Sein anzügliches Gesicht wird zur Grimasse. Ein Arm und ein Bein wollen nicht mehr. Mit 58 Jahren hört Ritter der Not gehorchend auf und geht in den Ruhestand.

CHRISTOPH RAFF beendet die kostenintensive Beziehung zu Isolina. Stattdessen besinnt er sich auf Rita, seine Ehefrau, die unter der Abstinenz des Workaholics schwer gelitten hatte. Zwischen ihm und Richard entwickelt sich eine Freundschaft, in der beide akribisch darauf achten, das Berufliche nicht mit dem Privaten zu vermischen.

RICHARD GOTHA wird mit seiner Patchwork-Familie auf Gran Canaria sesshaft. Während die Baumaßnahme am Kraftwerk in Jinámar zu Ende geht, gründet er mit Geof Dougeel und dessen canarischem Mitarbeiter und Freund José eine Firma für Kältetechnik.

Das Geschäft mit den kompakten Air-Conditioning-Geräten floriert so gut, dass er in der Lage ist – allerdings nicht ganz ohne die Hilfe der Banken – eine halbfertige, aus 22 Reihen-Bungalows bestehende Ferienwohnanlage unter Wert zu kaufen und fertig zu bauen.

NORA OLSEN, die mit Familiennamen jetzt wieder Gotha heißt, kümmert sich um KATRIN und SVEN-MUSA und die kleine Bungalowanlage, auf der bald keine Hypothek mehr lasten wird, wenn die Vermietung an deutsche Urlaubsgäste auch in Zukunft so gut läuft wie bisher.

Ich danke:

Bernd Schmidt, Freund und Lektor, der mich von Anfang an bei der Arbeit an diesem Buch begleitete; Michael Jalowczarz, meinem Bruder, der an mich glaubte und den Umschlag zu diesem Buch gestaltete; der Hamburger Autorengruppe »Blut & Feder« für Anregungen und konstruktive Kritik; und besonders meiner Frau Petra Maria Jalowczarz, die nicht alles, was ich zu Papier brachte, kommentarlos durchgehen ließ.

Reinhard Jalowczarz